SHIXUE
MENGXIN

誓血盟心

时代出版传媒股份有限公司
安徽文艺出版社

秋古墨 —— 著

　　秋古墨，原名邓荣。1985年4月生于中国云南墨江，中国当代作家、编剧、作词人，毕业于西北大学。

　　主要作品：长篇小说《爱情99℃》《锦上花》，短篇小说集《人间闹剧》，电影剧本《筑魂》《坝兰河上》《誓血盟心》，等等。为歌曲《十字街》、《马帮情歌》剧目系列作词。

　　其中长篇小说《爱情99℃》荣获榕树下第六届全国原创文学大赛青春组十佳作品；长篇小说《锦上花》入选中国作协2014年度少数民族文学重点作品扶持项目，入选"中国多民族文学丛书"第一辑；电影剧本《筑魂》入选中国文联2016年度青年文艺创作扶持计划项目，荣获2017年云南优秀电影剧本三等奖；长篇小说《山河故我》入选2017年中国作协定点深入生活项目；散文集《云的那一边》荣获2019年第五届滇云网络文学大赛二等奖；电影剧本《坝兰河上》《誓血盟心》分别荣获2020、2021年"美丽中国"青少年剧本征集活动最佳剧本奖。

SHIXUE
MENGXIN

秋古墨 —— 著

时代出版传媒股份有限公司
安徽文艺出版社

图书在版编目（CIP）数据

誓血盟心/秋古墨著. --合肥：安徽文艺出版社,2025.1
ISBN 978-7-5396-8037-8

Ⅰ. ①誓… Ⅱ. ①秋… Ⅲ. ①长篇小说－中国－当代
Ⅳ. ①I247.5

中国国家版本馆 CIP 数据核字(2024)第 044066 号

出 版 人：姚 巍　　　　　策　划：王士宇
责任编辑：张妍妍　段 婧　　装帧设计：张诚鑫　王明自

出版发行：安徽文艺出版社　　www.awpub.com
地　　址：合肥市翡翠路 1118 号　邮政编码：230071
营 销 部：(0551)63533889
印　　制：合肥创新印务有限公司　　(0551)64456946

开本：700×1000　1/16　印张：20.75　字数：300 千字
版次：2025 年 1 月第 1 版
印次：2025 年 1 月第 1 次印刷
定价：68.00 元

（如发现印装质量问题，影响阅读，请与出版社联系调换）
版权所有，侵权必究

# 目　　录

第一章　林中枪声 / 001

第二章　恩怨情仇 / 013

第三章　山寨联盟 / 026

第四章　藏云新娘 / 038

第五章　提亲比试 / 054

第六章　情敌相见 / 067

第七章　剿匪奇计 / 085

第八章　联盟破裂 / 097

第九章　盛大婚礼 / 109

第十章　再次相遇 / 118

第十一章　多蒙抢亲 / 132

第十二章　兵临城下 / 144

第十三章　重要决定 / 156

第十四章　山寨危机 / 169

第十五章　危机四伏 / 181

第十六章　追杀多蒙 / 197

第十七章　库藏归来 / 214

第十八章　歃血为盟 / 224

第十九章　林中山匪 / 238

第二十章　手足相残 / 251

第二十一章　绝地翻盘 / 263

第二十二章　两寨会盟 / 274

第二十三章　库藏之死 / 287

第二十四章　百年仇怨 / 297

第二十五章　水落石出 / 310

第二十六章　复仇之战 / 317

尾声 / 326

# 第一章　林中枪声

悠扬的马铃声从松林中传来，一支马帮出现在山坳中，一眼看去，浩浩荡荡，骡马有数百匹之多，赶马的马脚子不下百人。在这个兵荒马乱的年代，小马帮已不敢单独上路，他们必须依附大马帮，才能在茶马大道上混一口饭吃。

走在马帮最前面的是一个年轻的马锅头，他二十七八岁，面容黝黑，眉宇间藏着一股英气。他骑在一匹名叫"黑聪"的黑色骏马上，上穿青色短袖无领上衣，下穿黑色大裆宽筒裤，腰中别着一把一尺长、镶嵌着绿宝石的腰刀，马背上的枪袋中插着一支汉阳造的长枪。

年轻马锅头的身后是马帮的头骡———一匹母骡子。头骡的打扮非常讲究，嘴戴花笼头，头戴红缨，尾巴上系着牦牛尾。一面绘着飞鹰的旗子插在马鞍上，旗子中央绣着一个大大的"蒙"字。只要看到这面旗子，马道上行走的人就知道这支马帮的主人是谁，他正是"哀牢三鹰"中最年轻的雏鹰多蒙。

这时，一匹快马飞奔而来，一个如猴般的瘦子骑在马背上，到了马锅头多蒙面前，勒住缰绳说："多蒙哥，前面卧马谷中似乎有马匪埋伏。"瘦子气喘吁吁，他是马帮的前哨探子，因为人机灵，猴精猴精的，照看马又有一套，大家便给他取了个外号"马猴"。

"前面不是还有一支马帮吗？"多蒙勒停黑聪，头骡也跟着停下，整个马帮同时停住了。他没有记错，走在他们前面的是一支大马帮，如果卧马谷中真有马匪埋伏的话，首先遭到袭击的应该是前一拨马帮。

多蒙的话音还未落,砰砰砰……远方的山谷中连续传来枪响,枪声在山谷中回荡着,许久不散。所有马脚子都惊了,慌忙抽出马背上的长枪,围着马匹警戒起来。多蒙一脸凝重,取下身后马背上的长枪:"还真有马匪敢来抢货物。"他回头下命令,"小飞、三盒子、马猴跟我去看看情况,其他人原地护住马和货物。"

多蒙一马当先,朝着山冈上较高的地势快马而去,另外三人也骑上马,紧随其后。不一会儿,多蒙带着三个手下到了山冈上,此时枪声越来越密集。卧马谷中的马帮已经和马匪交上火了,除了枪声之外,不时还夹杂着马的嘶鸣声和人中弹受伤的哀号声。现在时局动荡,马匪抢马帮的事时常发生,但是像今天这样,敢抢有数百匹骡马的大马帮的马匪还鲜见,也不知是哪一拨马匪,有这么大的胆子。

"要帮忙吗?"跟在多蒙身后的马猴询问着,又提醒道,"我看头骡上的旗帜,画着一把刀,还写着一个'杜'字,应该是杜元德的马帮。"马猴身旁,小飞和三盒子都注视着多蒙。多蒙对杜元德这个名字恨之入骨,此人是他的杀父仇人。

"杜元德!"多蒙咬牙切齿,眼睛里迸射出仇恨的火焰,手中紧紧地握着枪。这么多年来,他都在想着如何复仇,将杜元德碎尸万段。仇恨的怒火在他眼中燃烧,可他依然一动不动地盯着山谷中马匪和马帮交战,并没有采取任何行动。山谷中守护马帮的队伍渐渐地不支,很明显马匪占了上风,并不断地缩小包围圈,这样下去,不用一刻钟工夫,这支马帮就要被马匪吃掉了。

"多蒙哥,怎么办?"小飞又急切地问道。

"多蒙哥,我们不能袖手旁观啊!如果我们今天不帮忙,以后就没办法在茶马大道上混了。"冷静的三盒子又劝道。在这条道上有一条不成文的规矩:无论哪一支马帮受到马匪山贼的侵扰偷袭,其他路过的马帮都有义务共同对抗马匪山贼。见死不救,将受到道上所有马帮的指责,以后就没法在茶马大道上混了。

"走,兄弟们,干了这群混账!"作为一个优秀的马锅头,多蒙立刻醒悟,一拉枪栓,纵马朝山谷中冲去。

小飞和马猴也跟在多蒙身边,要一起前往,三盒子连忙喊住马猴道:"马猴,你马快,快回马队,喊兄弟们来帮忙。"又吩咐小飞道,"你跟在多蒙哥的左翼,我右翼,掩护多蒙哥。"三盒子双腿一夹马肚子,和小飞一起追多蒙而去。

"你们小心啊!"马猴掉转马头,按照三盒子的嘱咐,回马队喊兄弟们前来。

转眼间,多蒙冲到了山下,砰砰两枪,两个马匪被打倒在了草丛中。多蒙的枪法在马帮中一直都是很有名的,这也是他年纪轻轻就能做到马锅头的重要原因之一。

"多蒙哥,小心!"小飞在多蒙的左翼大声地提醒着,同时手起枪响,一个要偷袭多蒙的马匪被小飞打中肩膀,倒在了地上。三盒子在右翼配合着,三个人形成了三角形的阵势,快速地朝马匪堆里推进,硬生生地将马匪的包围圈撕开了一道口子。马匪被这突然袭击打得措手不及,后来发现对方才三个人,立刻稳住了阵脚,调整队形,把多蒙刚撕开的口子重新填补上。

多蒙、三盒子、小飞突进包围圈后,跳下马,躲在一块大石头后。多蒙边还击边问:"三盒子,你见过这样的马匪吗?"

"没有!"三盒子一边还击,一边回答。正常来说,一般的马匪不敢袭击大马帮,而且一般的马匪纪律性较差,更不用说使用战术了。现在这群马匪不仅袭击了大马帮,而且在包围圈被撕开一道口子后,还能迅速地填补到位,这哪里是一般的马匪能做到的?

"难道来抢货物的不是马匪?"小飞问。

"鬼知道呢!现在还是想想怎么拖住他们,等我们自家兄弟到吧。"三盒子答复着,现在的情况比想象中的糟糕太多。以往遇到马匪,只要稍微冲击几下,击杀几个人,马匪就会识趣地退去。显然今天这群马匪是不可能退却的，他们铁了心要抢货物。

"三盒子，去见见这队马帮的马锅头。眼下的情况，货物恐怕保不住了，人命要紧，看能不能撤，只要我们撤了，他们应该不会追击。"多蒙说。

"好，我这就去。"三盒子又朝马匪放了一枪，身形在林间和石块间闪过。多蒙看了一眼三盒子的背影，想到如果对方的马锅头是自己的杀父仇人杜元德的话，该怎么办？毫无疑问，这是千载难逢的好时机，趁着混乱，足以取了杜元德的狗命，如果运气好，可以做得神不知鬼不觉。

"等会儿见到杜元德，要一枪崩了他吗？"小飞似乎看出了多蒙的心思，他随多蒙一起长大，多蒙心中的仇和恨，他非常了解。多蒙却没有回答，只是轻微地点点头，既然上天给他这个机会，绝对不能错过。

"如果是杜家其他人呢？要不要也一枪崩了？"小飞问。

"冤有头，债有主。"多蒙端着枪，朝马匪开了一枪，一个马匪应声倒下。

交战还在继续。不一会儿，三盒子回来了，他藏在不远处的山石后，向多蒙比画着，要多蒙过去。多蒙开着枪，几个翻滚，冲到了三盒子身边问："情况怎么样？"

"马锅头是杜家三小姐，她让我们过去。"三盒子说。

"杜家三小姐？那个被称作'花斑虎'的女人杜沈思？"多蒙皱了皱眉。这位杜家三小姐近些年才开始活跃在茶马大道上，他略有耳闻，却从未见过。他暗想，听着绰号，想必是一个虎背熊腰、五大三粗的女人吧。

多蒙跟在三盒子身后，很快见到了花斑虎杜沈思。杜沈思此时正躲在一块大石头后面，手中持着两支毛瑟半自动手枪，不断地朝马匪还击。多蒙暗想，除了打枪的架势配得上花斑虎这个绰号外，这女人的样子完全和花斑虎不沾边。看她上穿七彩短衫，下穿多彩长裙，头顶银泡珍珠，脚踩黑红布鞋，身材高挑，体态婀娜，可谓花儿见了低头，鸟儿见了围观的奇女子啊。多蒙内心仿佛触了电，他的眼睛再也没有离开杜沈思的脸颊。她的脸不像大家闺秀的脸那般白皙，而是经历过阳光风雨，皮肤有些呈麦红色,再配上一双清澈明亮的眼睛,这一刻,他彻底沦陷了。

"这就是我们的马锅头多蒙哥。"三盒子向杜沈思介绍多蒙。

"多蒙哥,我赶马以来,还从未遇到过这种情况,现在该怎么办?我想听听你的意见。"杜沈思的精神全部集中在对付马匪的事情上,没有注意到多蒙正目不转睛地看着她。

"知道对面抢货物的是什么人吗?"多蒙闻言才回过神来。

"我手下的马脚子说对面是刀头七,但看他们的火力,有轻机枪,我看不像刀头七。"杜沈思回答。

多蒙低头沉思,敢劫大马帮的马匪不是一般的马匪。正常的马匪,有汉阳造就已经不错了,怎么可能有轻机枪呢?由此可以判断,这群马匪绝对不简单,如果硬拼下去,可能整个马帮会全军覆没。想到这里,他劝道:"对方火力太猛,又有战术,不能硬拼。他们要的是货物,我们只要放弃货物,撕开一道口子,突围出去,他们应该不会追击。"

"真的要放弃货物吗?这可是三百多匹马,还有价值数千大洋的货物。"杜沈思不甘心地回答。对于马帮而言,货在人在,货失人亡,这本就是在刀尖上舔血的生意。

多蒙没有说话。作为马锅头,他当然明白放弃货物意味着什么,那等于放弃了生命,如果是他遇到这种情况,也绝对不会放弃货物走的。他没办法劝杜沈思,只能跟着杜沈思,持枪继续顶着马匪的火力。马匪的火力确实比马帮强许多,随着包围圈的缩小,马脚子一个接一个地倒在了血泊之中,如果继续抵抗,只有全军覆没一个结局。但多蒙和杜沈思都杀红了眼,根本没有半点儿要退的意思。

"货丢了可以再赚,命没了可就全完了。"三盒子的脑子还算清醒,他拉了一把多蒙,将多蒙从狂热的情绪中拉了出来。多蒙这才意识到确实不能再拼下去,他高声地对杜沈思喊:"喂,花斑虎,我们必须撤了!"

接着,多蒙吹了一声哨子,黑聪飞驰而来。多蒙一下子跳上了黑聪,朝着身后较为开阔处放枪,并高声道:"兄弟们,跟上我,一起杀出去!"多蒙一马当先,子弹从他身旁嗖嗖飞过,他斜着身体,藏在马背上,甩手又是一枪,把在身后追击的一个马匪打倒了。

小飞和三盒子紧跟其后,放着枪,大声招呼着:"兄弟们,丢了货物,杀出去!留得青山在,不怕没柴烧!"众马脚子闻言,也不管货物了,纷纷跳上马,跟在多蒙身后,杀出重围。杜沈思见马脚子撤了,回过神来,抵抗显然没有任何胜算,她也只能跳上马,跟着撤。

马匪中突然传出一声高喊:"别让那女的跑了,抓活的。"杜沈思听到喊声,在马背上回头一看,五个马匪听到命令,疯一般追了上来,她只能边转身放枪,边朝山坡上狂奔,五个马匪紧追不放。杜沈思一口气冲上了山坡,眼看就要逃出敌人的视线。山林间一声枪响,一颗子弹正打在马屁股上,马痛苦地嘶鸣一声,倒在了山坡上,杜沈思也随着马一起摔倒。但她身体灵活,借着惯性,一个翻滚,重新站起来,迈开步子朝山顶跑。

杜沈思刚跑到山顶,五个马匪已经冲上了山坡,持着枪,迅速将她围住了。带队的小头目用调戏的口吻道:"嘿,小妞,我们老大看上你了,你只要放下枪,乖乖地跟我们走,保管你以后吃香的喝辣的。"

"呸!"杜沈思大怒,扣动扳机,想和马匪来个鱼死网破,但连开数枪,才发现枪里已没有子弹了。

"哈哈,这小妞还有些骨气,难怪老大一眼看上了她。"马匪小头目比画着,要手下动手控制住杜沈思。

四个马匪得令,跳下马,满脸淫笑,一步步靠近杜沈思。杜沈思毫不示弱,从袖子中抽出了一把匕首,搭在了自己的咽喉处,冷峻地道:"你们再靠近,我就死在这里。"

五个马匪停顿了数秒,互相看了一眼后,马匪小头目笑道:"哈哈,有骨气!你要死就快一点儿,我们抬着你的尸体回去,只要跟老大说你自杀了,也就交差了。"

杜沈思绝望地闭上眼睛,握紧手中的匕首,准备结束自己的生命。在这生死关头,远处传来一声枪响,接着是马匪小头目的惨叫声和摔落马背的声音。她睁开眼睛,发现马匪小头目躺在地上不动了。其余四个马匪听到枪响,回头一看,多蒙骑着黑聪持着长枪冲了过来。又是一声枪响,一个马匪倒地。余下的三个马匪惊了,慌忙跳上马背夺路而逃。

多蒙快马飞奔到杜沈思的身边,一下子拉住杜沈思,把她拉上了马背,抱在了怀中。杜沈思脑海中一片茫然,只能任由多蒙抱在怀中,向山下狂奔。还未走百米,杜沈思听到一阵枪声在身后响起,她转头一看,更多的马匪骑着马追了上来。

多蒙双腿紧紧地夹着黑聪,不顾一切地向山的另一个方向跑去,马匪也紧随其后,一副誓不罢休的样子。多蒙担心马匪追上已经逃走的马脚子,他不敢朝大队人马撤退的大路方向跑,只能选择小路,但小路越走越窄,山坡也越来越陡峭,放眼望去,山下是一条滚滚的河流。

路太险,多蒙只能放慢马的速度。身后的枪声更近了,又几声枪响后,多蒙身体一震,一股椎心的痛从肩膀传来。马受到惊吓,双蹄扬起,多蒙抓不住缰绳,黑聪又来回跳了几下,蹄子一滑,连人带马滚落斜坡,跌落在河流之中。

河水的冰冷和背部的刺痛刺激着多蒙的神经,他一只手扣住杜沈思,随着河流向下游漂去。这时,山崖上又传来数声枪响,一个声音传来:"竟然让他俩就这样跑了,回去怎么向大哥交代?"声音渐远,多蒙、杜沈思也随着河流慢慢漂远。

多蒙自小在江边长大,水性极好,就算受了伤,只要不失去意识,就不会被水淹死。杜沈思水性虽然没有多蒙好,自保却也没有半点儿问题。漂出一段距离之后,两人游到岸边,爬上了河滩。杜沈思走在河滩上,环视周围,都是密林,追击的人已远,总算得救了。她舒了一口气,回头对多蒙道:"谢谢你救了我。"

多蒙没有回答,一个趔趄,倒在河滩上。杜沈思大惊,忙跑到多蒙身边,查看多蒙的情况,才发现多蒙肩膀被枪击中,鲜血不断地往外冒。杜沈思忙扶起多蒙,摇着多蒙的身体喊:"你不要吓我啊!"可多蒙已经虚脱，脸色苍白。杜沈思摸摸脉搏、探探鼻息，他并没有死，只是暂时昏迷过去了。

杜沈思只能拼命架着多蒙，将他架出了河滩。在河岸的林间，她发现了一间小木屋。有屋子就说明周围有人，杜沈思大喜，奋力地架着多蒙朝小木屋走去。费了九牛二虎之力，好不容易来到小木屋门口，她才发现小木屋根本没有人居住，可能是猎人打猎时的临时住所。虽然没有人居住，但小木屋内放着柴草、火石和一些简单的生活用具，大约也是猎人留下的。她顾不了太多，只能将多蒙架到小屋中，脱去他身上潮湿的上衣，又检查了一遍多蒙的伤口，伤口的血已经凝住了，但子弹还嵌在肉中，必须尽快将子弹取出来。

救人要紧，杜沈思忙在火塘里生起一堆火，又用屋子中的锣锅烧了一锅热水。一切准备就绪，她取出了那把从不离身的匕首，放在火上烤。她正忙碌着，多蒙醒了，睁开眼睛，抬头望了眼屋子，又低垂着眉，虚弱地问："你要做什么？"

"你醒啦！"杜沈思大喜，忙转头说，"你好好躺着，不要动，你肩膀中弹了，我给你取子弹。"

"你给人取过子弹吗？"多蒙弱弱地问。

"没有。"杜沈思红着脸说，"我虽然没有给人取过子弹，但是我曾经给马取过子弹。以前我家有一匹马中枪，取过一次，不过那一次我族人把马捆住了，我才动了刀。"她看了一眼放在火塘边的匕首，匕首尖已经烧红了。她拿过匕首，递给多蒙一根用布包裹的木棒，说："会很痛，咬着这根木棒。"

多蒙顿了顿，看了一眼杜沈思，她那双会说话的眼睛如精灵一般闪耀着光，他收回目光，咬住了木棒。

"会很痛，你一定要坚持住。"杜沈思让多蒙趴在木板上，持着烧红的匕首，在伤口上轻轻地划了一刀。一股刺入心扉的痛传遍多蒙的全身，他瞪大眼睛，全身紧绷，脸色煞白，伤口的血又不断地冒出来。杜沈思动作极快,她将刀尖朝着子弹一挑,子弹被挑了出来,掉落在地上。她用一块粗布麻利地蘸着锣锅中烧开的水揩去鲜血,撕开在火塘边烤着的多蒙的上衣,做成绷带,给多蒙包扎好。

"你是一个医生?"多蒙忍着痛,趴在木板上望着身边的弹头说。

"还不敢称医生,只能医马,最多算个兽医,给牲畜做过不少手术,给人做还是第一次。"杜沈思不紧不慢地回答着,擦干匕首,放在火塘边,直起身说,"你好好躺着休息,我到外面看看有没有包扎伤口的草药。"出门之前她检查了一遍小木屋,发现门口挂着一把弓和几支箭,大约也是猎人留下的,她取下弓和箭出了门。

多蒙有伤在身,只能继续趴在木板上休息。等多蒙再次醒来时,杜沈思已经回来了,她正在用石头捣药,而火塘上架着一根棍子,棍子上穿着一条鱼和一只兔子,散发着浓浓的香味。多蒙吃力地从木板上爬起来,靠在小木屋的墙壁上。

"你醒了!伤口感觉怎么样?"杜沈思问。

多蒙扭头望了一眼背,看不到伤口,但他能感觉火辣辣的伤口被涂上一层药以后有丝丝的凉意,钻心的痛似乎也不是那么强烈了——也不知道什么时候,杜沈思给他的伤口敷了草药。他感激地说:"谢谢你救了我。"

"我该谢你才对。如果不是你,我今天绝对活不了;如果不是因为我,你也不会受伤。"杜沈思微笑着抬起头,那甜美的笑容让多蒙感觉像一阵春风拂面,不知不觉就沉醉在她的笑容里,甚至忘记了肩膀上的伤还在痛。杜沈思发现多蒙盯着她看,羞涩地低下了头,装作若无其事的样子,继续捣着药。

过了一会儿,杜沈思微微抬起头,问多蒙:"你知道我是杜元德的女儿吧?"

"知道。"多蒙回答。

"知道你还救我。让我死在马匪的枪下,不正合你的意?"杜沈思盯着多蒙问,"你为什么要救我?"

"哈哈,我和你爹杜元德有杀父之仇,冤有头,债有主,与你何干？我多蒙从来看不惯一群男的欺负一个女子。"多蒙这一笑扯到了伤口,又痛得皱了皱眉,舒缓了点儿,问道,"那你为什么救我？不怕有朝一日我杀了你父亲？"

"唉,当年我爹年轻气盛,失手杀了你爹,时过二十多年,我爹每谈及此事,都懊悔不已。我大哥也因为仇家,毁了一只眼睛。我二哥痛恨这一切,远走海外。"杜沈思说。

"呵呵,后悔了？你不会就这样想让我放弃报仇吧？"多蒙冷笑着。

"我爹一直说,他欠你一条命,你随时可以去取。但是你敢碰我爹一个指头,我和你势不两立。"杜沈思看了一眼火塘边锋利的匕首。

"干脆你现在杀了我吧,不然,我终会取你爹的性命。"多蒙的语气冷得可怕,杜沈思的话完全吓不倒他。火光中,他想起父亲死时的情形,父亲被杜元德一枪打中胸口,在痛苦中死去,只留下他和母亲,一对孤儿寡母。父亲死后,族人觊觎他家的财产,使用各种下三烂的手段,把他家的财产瓜分干净,而他和母亲流离失所,被人嘲笑、欺负。每每想到这些,多蒙都咬牙切齿,他恨一切欺负、嘲笑过他的人,更恨杜元德,如果不是杜元德杀了父亲,他至少是个头人的儿子,起码会有一个快乐的童年。

杜沈思放下了捣药的石头,捡起了火塘边的匕首,火光下,匕首寒光逼人。她水灵灵的大眼睛中似乎有一丝杀气,可转瞬即逝。她拿下在火塘里烤的兔子,割了一块肉递给多蒙,说了一句:"人是会变的,以后的事情,以后再说吧。"

多蒙接过兔肉,用力地撕下一点儿,嚼了几下,吞了下去。人固然会变,仇恨是否也会变呢？如果可以选择的话,他当然不愿意带着仇恨过完这一生,更不愿意和眼前这位美丽的女子成为敌人,可曾经发生的一切他无法改变,仇恨的种子也已深埋在心底,他知道自己无法回头。"等到哪一天,我杀了你爹,你就用这把匕首为你爹报仇吧。我听说你们杜家有把用天外飞石锻造的名刀,名为'断情刀',想必就是这把了吧?"多蒙能感觉到,杜沈思手中这把匕首锋利异常,刀柄上镶嵌着红宝石,在火光的映照下闪闪发光。

"好,仇恨像瘟疫,会传染的。如果真有那么一天,我就用这把断情刀斩断我们两个山寨百年的仇怨。"杜沈思皱着眉,为自己割下一块兔肉,切成几片,细嚼着。

"你说,谁这么大胆,敢抢你们杜家的马帮?"多蒙换了一个话题。

"刀头七,错不了。"杜沈思说。

"不可能,刀头七纵有天大的胆子,也不敢抢你们杜家的马帮,除非他不想活了。再说了,一群占山为王的马匪,能有多少实力?不过就是乌合之众,怎么可能吞下这一大批货物,组织这么强势的进攻?我看他们不仅有轻机枪,还有手雷。"多蒙知道刀头七在黑岭一带占山为王也有些年月了,从来只敢劫持些路人或者小马帮,还从未听说打劫大马帮。

"唉,这些年战火连天,把日本人打跑了,又打起内战,环境恶劣。狗急了也会跳墙,更何况是刀头七这样的马匪?是否全是刀头七的人打劫我们,我不敢确定,但我手下的马脚子看到刀头七和他的手下也在其中,这绝对错不了。"

"既然看清楚了,这笔账一定要算!"多蒙咬牙切齿,作为马帮的一员,他对打劫马帮的行为深恶痛绝。

"必须算!"杜沈思附和着。两个人在这一点上达成共识。

说完了,两人又陷入了沉默。火塘中的火继续燃烧着,房间里只有柴火燃烧炸裂的声音和锣锅里水的吱吱声,两人都低着头,嚼着兔肉。兔肉烤得很鲜嫩,唯一的遗憾是没有盐,怎么吃都少了点儿滋味。杜沈思皱着眉头说:"这兔肉有点儿盐就好了。"

"盐!"多蒙停住了,呆了片刻说,"对,盐,一切都是为了盐。"

"没错,都是为了盐。"杜沈思站起身,用火折子点着火,在小木屋中四处寻找起来。片刻后,杜沈思发现墙壁的小洞中藏着一个小陶罐,罐子里装着有些发黄的盐巴,大约也是猎人打猎时留下的。杜沈思将小罐中的盐撒在了兔肉和鱼肉上,再吃,味道果然好了许多。

"这回好多了。这小小的盐,看似平淡无奇,却有一种难以抗拒的魔力。"多蒙吃着杜沈思给他新切的兔肉,说道。

"如果不是盐,我们两家可能一直是世交,而不是世仇。"杜沈思说。

多蒙没有回答,关于这段往事,他也知道一些。当年,多蒙的祖爷爷和杜沈思的祖爷爷并不是仇人,而是歃血为盟的兄弟。而一切的改变,只因为一次偶然的机会,他们的祖爷爷在白沙镇发现了一口盐井。

本来,盐一直由官府专卖。但清朝灭亡后,军阀四起,时局动荡,没有官方的管制,私盐贩卖盛行。多蒙的祖爷爷和杜沈思的祖爷爷靠着这口盐井贩卖私盐,做起了一本万利的买卖,最终成为富甲一方的豪绅。但盐的巨大利润也一点点腐蚀着他们祖爷爷彼此的感情,两家的猜忌心渐渐地加重,矛盾越积越多。最终,为了这口盐井的归属权,歃血为盟的兄弟变成了刀枪相见的仇人。一旦仇恨的种子埋下,就再也无法回头,仅几代人,这颗仇恨的种子就长成了参天大树。

多蒙想到这些,叹了口气说:"那句古话说得对,'天下熙熙,皆为利来;天下攘攘,皆为利往'。如果当年没发现盐井,没有仇恨,或许今日,我和你会是发小呢。"

"或许是吧!"杜沈思微微一笑,盖上装盐的小陶罐的盖子,放回了原来的位置。历史没法假设,那些曾经发生过的事情,都需要他们今天来承担,这是她和多蒙逃不过的宿命。

# 第二章　恩怨情仇

　　第二天早上,两人走出小木屋。清晨的阳光洒在林间,天空中飘着薄薄的晨雾。小木屋的门前长满了野草和小黄花,多蒙的黑聪在草地上悠闲地啃着草皮,杜沈思大喜:"这不是你的马吗?它怎么会在这里?"

　　多蒙走到黑聪跟前,轻轻地抚摸着黑聪的马鬃说:"它叫黑聪,它妈把它生下来后就死了,我一手将它养大,这个世界上除了我,它再也没有其他兄弟。"黑聪的身世和他有几分相像,没爹没娘的,漂泊在这世界上,孤苦无依。万物皆有灵,马也不例外。黑聪自小和多蒙有一种特别的情分,这些年一直跟随着他跋山涉水,这份感情和亲兄弟无异。

　　多蒙想骑上马背,可身上有伤,连上马都有些吃力。黑聪似乎懂得多蒙的心思,很懂事地前足跪地,趴在地上,多蒙一跃跳上了马背,黑聪稳稳当当地重新从地上爬起来,站直了。多蒙回头对杜沈思说:"走吧,去马哭里驿站,我昨天让逃出去的兄弟在驿站等我俩。"

　　杜沈思环视四周,没有其他马,她意识到多蒙要和她同骑,昨日多蒙救她的时候,不仅与她同骑,还把她抱在怀中,想起来不禁有些尴尬。有了昨天的经历,她也不在乎太多,直接跳上马背,坐在了多蒙的身后。多蒙双腿一夹,黑聪顺着林间小道,朝着马哭里驿站奔去。

　　多蒙和杜沈思一路无话。该讲的昨夜已经讲完,多蒙不知道再说些什么。如果是平时,见到漂亮女子,他总是口若悬河,滔滔不绝,逗女子开心,从而赢得女子的芳心,他的女人缘一直不错。可当面对杜沈思时,调皮的情话和甜言蜜语他一句都讲不出来。杜沈思在他身后,始终和他保持着一点儿距离,只有黑聪行得快了,她才稍微用点儿力,抱紧多蒙的腰。

黑聪似乎知道多蒙的心思,像一道黑色的闪电,跑得越来越快。杜沈思抱得更紧了,眼前的这个男人哪怕受了伤,如山般厚重的腰、坚实的肌肉,也会让她的内心有种异样的感觉。这仿佛是一阵春雨,又似乎是一簇烈火,温柔、炽热地包裹着她,她突然希望这条路变得更长,永远也没有尽头。可路终有尽头,一个小时后,他们穿出了树林,重新回到了大道上,大道上的行人也渐渐多了。

杜沈思的思绪回到了现实中,她松开多蒙的腰,悠悠地问了句:"快到马哭里驿站了吧?"

"快了!这次丢了货物,回去有什么打算?"

"找刀头七要货。"

"刀头七不会那么容易就范,要消灭他有些难,但这不是你们一家的事情。"多蒙提醒着,像杜家这样的大马帮,除了杜家自家的货物外,还有不少小马帮的货物,所以这一趟牵扯的马帮和利益也不少,"刀头七劫马帮也不是一天两天了,最好大家同心协力,把刀头七剿灭,这样才能一劳永逸地解决问题。"

"你也知道,我们碧河镇与你们青山寨平日里水火不容,和其他山寨也矛盾不断,能指望这些头人一同去剿灭刀头七吗?"杜沈思问道。

"有一个人如果愿意牵头,应该可以。"

"谁?"

"乌马寨的刀罕。"

杜沈思沉思片刻。乌马寨的刀罕是一个养马商,经常给各山寨的马帮提供马、骡子,和各山寨的关系一直很不错,颇有威望,如果他肯出面做个牵头人,或许能让各山寨的头人一起剿灭刀头七。

两人聊着,不多时,茶马驿站马哭里就出现在眼前。马哭里建在一条清溪边上,两边为青山,青山下为河谷,河谷中土地肥沃,水流充沛,河谷的草地上四处散放着马帮的马儿,它们正悠闲地啃着青草。半山上,放哨的马脚子见多蒙和杜沈思骑马而来,挥手向驿站方向喊:"多蒙大哥回来了,他带回了杜家大小姐!"

几分钟后,驿站中拥出很多马脚子,他们见多蒙和杜沈思还活着,喜出望外,接着又痛哭流涕。其中一个马脚子对杜沈思道:"大小姐,我们的货物丢了大半,回去怎么办?"

多蒙听了一愣,不是全丢了吗?这时马猴走上前来,扶着多蒙的肩膀说:"大哥,你总算回来了。昨天你们和马匪交战,撤出去后,我带着自家兄弟赶到,也和马匪打上了,抢回了部分货物。"

"兄弟,辛苦了!"多蒙想不到自家兄弟竟有这种实力,能虎口夺食,要知道,自家兄弟的枪可比不上这群马匪的啊。

另一边,杜沈思宽慰丢了货物的马脚子:"兄弟们,我们杜家的货物也和大家的一样,丢了大半,这债,我们杜家一定会替大家从刀头七那里一起讨回来的。"

"事情可能没那么简单。"三盒子从人群里走出来,他的身后跟着一位身穿蓝色军装、头戴五角星帽子的中年男子。

三盒子将中年男子引到多蒙和杜沈思跟前,介绍道:"多蒙哥,这是中共边区纵队的连长李连城,正是他带着连队打退了马匪,夺回了部分物资。"

"你好!"李连城主动上前与多蒙、杜沈思握手说,"真抱歉,我们来迟了,我们本是追击一小股国民党军残余部队经过这里的。从马匪的情况来看,马匪和国民党军残部极有可能勾结在一起了。"

"难怪马匪的火力这么猛。"多蒙恍然大悟,"李连长,我们以前是不是在哪里见过?听口音,你是本地人吧?"

"我以前是中共地下党,思普中学的教师。"李连城笑道。

"难怪有几分熟悉。"多蒙和思普中学曾经有过一些接触。

"诸位,既然多蒙和杜姑娘都安全回来了,我有要事在身,就先告辞了。"李连城向众人拱拱手。不一会儿,一个马脚子牵着一匹马交到李连城的手中,李连城上了马,作揖告别后,皮鞭一挥,快马朝驿站外而去。

李连城走远后,多蒙才知道,解放军边区连队并未进驻马哭里,他们驻扎在山外,这支边区纵队的主要任务是追击国民党军残部。李连城之所以停留,只是为了和大家商议怎么解救多蒙和杜沈思,现在见两人回来,他要继续追击国民党军残部。

杜沈思回过头,又问手下的马脚子,货物是否清点完毕。除了部分被马匪带走外,剩下的货物早已清点好。一切准备妥当,她对众人说:"各位兄弟,感谢大家昨天施以援手,今天就此告别,后会有期。"说完,带着手下的马脚子转身离去。

多蒙等人目送杜沈思离开,不一会儿,杜沈思的马帮走出马哭里,消失在了山岭里,只留下清脆的马铃声。多蒙注视着杜沈思离开的方向,许久没有回过神来,他突然有点儿失落,仿佛心被杜沈思带走了,魂已经不在他的身上。

"多蒙哥,你是爱上这个女人了吧?"马猴望着多蒙的神情,他早已看出了一切,"跟兄弟们说说,你昨晚和这个女人独处了一晚,有没有发生一点点事情?"马猴眯着眼睛,神情有些猥琐。

"多蒙哥,怎么受伤了?"细心的三盒子望着多蒙的肩膀,肩膀处的外衣破了一个洞,还有一些血迹,多蒙的脸也因为失血过多有些苍白。

"多蒙哥,你可别忘了,这个女人的父亲是你的杀父仇人。"小飞在一旁提醒着。

多蒙没有说话,他不知道该怎么回答,回想昨天,小飞一直反对救杜沈思,杜沈思是仇人之女,他们不落井下石已经不错了,哪里还有救的道理?可多蒙还是不顾一切地救了杜沈思。尽管他对杜沈思说,不想看到一个女人被众男人欺负,其实在他的心底,是因为他自见到杜沈思那一刻就爱上了她。现在经小飞这么一提醒,他再次陷入了矛盾和纠结中。

"冤有头,债有主。"三盒子拍了拍小飞的肩膀。

"杀了仇人,再睡了他的女儿,不是挺好的吗?"马猴依然油腔滑调地开着玩笑。

小飞铁青着脸望着多蒙,眼里全是失望。他和三盒子、马猴的不同之处在于,他与多蒙有个共同的仇人——杜元德。当年,小飞的父亲和多蒙的父亲同时被杜元德所杀,两人都成了孤儿,相同的遭遇和仇恨,让小飞和多蒙的情感有更多的相通之处,这也是他失望的原因,多蒙极有可能为了一个女人放弃报仇,要是这样,小飞无论如何都无法接受。

此刻,多蒙内心五味杂陈,脸色更加难看,由苍白变成青绿,心中置气,一股血腥味从喉咙处涌出来,接着猛地喷了一口血,身体向后倒去。一旁的三盒子等人见此情况,连忙上前扶住了多蒙,同时又叫跟随马帮的医生为多蒙检查伤势。

等多蒙再次醒来时,发现自己躺在一辆马车上,马车有些颠簸,马车内,除了他,还坐着三盒子。三盒子见多蒙醒来,忙上前扶起多蒙,让他靠在挡板上:"多蒙哥,你醒了,你可睡了三天三夜。"

"这是到哪里了?"多蒙问。

"快到青山寨了。我们看你昏迷,时局动荡,不敢停留,商量之后,载着你,计划先回青山寨。"三盒子又宽慰道,"马帮的事情,我已经安排给小飞和马猴了,你不用操心,安心养伤就好。你的枪伤虽说不致命,但也不能大意,要完全康复还需要一些时间。等你回到青山寨,我找达目里司给你好好治疗,应该没啥大碍。"

"让兄弟们操心了。"多蒙放下心来,又问,"三盒子,那天你们怎么抢回了部分物资,能不能跟我仔细讲一讲?"

"哦,这件事啊,是马猴跟我讲的。他说当日,他组织自家兄弟和马匪展开了枪战,但是马匪的火力太猛,并没有讨到半点儿便宜。他们正准备撤退,不和马匪过多纠缠时,李连城带着队伍赶到,打退了马匪,夺回了部分马匹和货物。"

"其他的呢?"

"还抓了一个受伤的马匪,马匪被他们带走了。马匪交代,他们是黑岭刀头七的手下,这次下山是专门来抢大马帮的,因为现在马匪已经抢不到小马帮和路人了。"

多蒙点点头,这年月,一般人不好过,马匪同样不好过。抗日战争结束,又爆发内战,战火连天,马匪坐吃山空,无奈之下,只能硬着头皮来抢大马帮。

"马匪不可能有轻机枪,最多也只有汉阳造,你见过黑岭的马匪啥时候有勇气和大马帮硬干吗?"多蒙一直没有想通这个问题。

"从死去的马匪的枪械来看,边纵连队剿走了三支春田步枪,还有一支卡宾枪,以及汤姆逊冲锋枪。"三盒子想了想说。他对枪械还是很熟悉的,想当年,青山寨为了自保,决定向外国商人购买一批枪械,钱交了,枪却没有买到。外国商人给了答复,枪被国民党政府扣下打日本人了,并出示了国民党政府的收据,青山寨只能哑巴吃黄连,毕竟当时正值抗日战争时期。

"可能有一部分国民党军队败退后,在黑岭落草为寇,刀头七才得了这些装备。"多蒙说。

"李连城也这样认为,国民党军队残部和马匪勾结,马匪实力大大增强,才敢劫持大马帮。如果是这样,以后我们也要多加小心。"三盒子说。

"这李连城,我似乎什么时候见过。他说他曾是中共地下党,思普中学的老师,你还记得当年思普中学的事情吗?"多蒙问。

"当然记得,唉!"三盒子叹息道。

那时候,三盒子和多蒙刚刚出道,作为马脚子,跟着青山寨的大哥库藏走茶马大道。一天晚上,他们途经思普府,住在一家客栈中,这时,一个戴着眼镜、拿着宣传单的青年匆匆进了客栈,希望得到庇护。紧随青年而来的是国民党特务,他们正在追查中共地下党。出于种种考虑,库藏把这位戴眼镜的青年交给了国民党特务。后来经过查实,此人正是特务们搜查的中共地下党员,思普中学的老师。

再后来,这名中共地下党员作为国民党政府的敌对分子,当着思普中学师生的面审判后被处决了。当时审判大会上除了思普中学的师生,还有库藏的马帮兄弟们,库藏因协助抓到中共地下党员,得到思普府的"嘉奖"。由此,大哥库藏和思普府的官员越走越近,有了这座大靠山,库藏所带马帮在思普地区畅通无阻,茶盐生意也越做越大,最终成为整个思普府屈指可数的大马帮之一。

"我确定没记错,李连城就在思普中学那群老师当中。"多蒙想起,在审判那位中共地下党员时,特务一个个拷问了思普中学的老师,问他们和中共有没有联系,李连城不卑不亢的态度让他记忆犹新。特务威胁思普中学的老师:谁敢"勾结"中共,再发传单,就枪毙谁。李连城质问:"现在国共合作抗日,中共宣传抗日难道有错?要像汪精卫伪政府一样,卖国投降,做个破坏抗日民族统一战线的汉奸才对吗?现在国难当头,为什么要做兄弟相残、党同伐异的事情?"

审问者被问得哑口无言、恼羞成怒,枪毙了那位中共地下党员,同时抓捕了李连城。但在思普中学师生的强烈抗议下,特务最终只能放了李连城。这件事对多蒙影响很深,后来他又听说国共之间的矛盾越来越深,发生了皖南事变,国民党政府又杀了很多共产党员。政党的斗争他不懂,他唯一能确定的是,李连城是一条真汉子。

"如果是这样,他今天会不会为了报仇,对付库藏大哥和青山寨?"三盒子神情阴沉。库藏当年协助特务逮捕了那位中共地下党员,李连城要追究的话,库藏和青山寨难辞其咎。这些年,青山寨为了做大茶马大道的生意,和思普府的政府官员没少来往,李连城要清算这些事情的话,青山寨可能要遭到灭顶之灾。

"唉,极有可能啊,国民党政府已经失败,以后的中国将是共产党的天下,思普府也解放了,以后这茶马大道上的生意该怎么做?"多蒙有些忧心。

"想想也不用担心,云南王走马灯一样地换,可天下还是那个天下,当官的也还是那些人,需要收税吃饭,日子不还是照旧?"三盒子念头一转,宽慰受伤的多蒙。

多蒙不再说话,身上带着伤,心思又重,一阵疲惫袭来,他闭上眼睛,沉沉地睡去。等他再次被喊醒时,已到了青山寨。

青山寨位于一处开阔的坝子中,坝子两边都是高耸的大山,山坡布满了梯田和茶园,一条清河随着蜿蜒的山势从山脚的坝子由北向南流去,村寨沿着清河而建。

"多蒙哥,到青山寨了。"三盒子叫醒了多蒙。

多蒙不顾身上的伤,走下马车。此时正值中午,整个马队都停在了青山寨入口一块开阔的平地上,倒货的小商贩正围着小马帮的马脚子大声地讨价还价。马帮主要向外运送食盐和茶叶,回来时带回马匹、布匹、药草等,都是生活所需的物品。讨价还价的声音很高,多蒙环视了一圈,同行的大小马帮早已散去。

三盒子跟在多蒙身后问:"货物入仓,我已经吩咐小飞和马猴去办了,这次的货物清单我去交接,你有伤在身,先回家休息。"往常的话,多蒙当天回到寨中,便立刻交接货物清单。今天他有伤在身,三盒子多了一个心眼。

"好,有劳兄弟了。"多蒙回身,拍了拍三盒子的肩膀,向寨子里走去。

多蒙走在青山寨的石阶上,想到十多年前,青山寨比现在热闹多了,那时做生意的人更多,各种小商贩都会等在青山寨,等着马帮回来,做一道转手的生意。除了小商贩,还有不少茶农,他们将自家种的茶卖给马帮,再由马帮运送出去。青山寨作为货物转运的集散地,一直都很热闹。经过十多年的战火摧残,青山寨大不如从前热闹。多蒙一直在等战争结束,他始终坚信,只要没有战争,青山寨就会恢复往日的繁荣。

多蒙沿着山寨的石阶朝寨内走,他离家已快一年,石阶两边的屋子、木柱、茅草屋头、竹篱笆依旧。屋子外站着的寨民见到多蒙回来,都笑着和多蒙打招呼,有喊多蒙抽一筒烟的,也有喊多蒙喝一杯酒的,多蒙都笑着打招呼,他自小在寨中长大,对寨中的一切都太熟悉了。

多蒙没有停留,继续朝寨东头的万年青树下走去。万年青树下正是多蒙的家,一栋茅草顶的小木楼,外面围着一圈竹篱笆,篱笆内种着一些蔬菜,篱笆角落还有个小栅栏,栅栏里关着五只鸭子。鸭子发现多蒙后,发出嘎嘎的吵闹声。他在竹篱笆门口停下了脚步,望着自己的小屋,屋内冒着烟,淡淡的炊烟笼罩在院子周围,他吸了口气,还闻到了一股喷香的糯米饼的味道。

"阿木哩,我回来了!快来看看我给你带了什么东西。"多蒙站在门口朝小屋内喊。

小屋门吱呀一声开了,从门内走出一个花季少女,她是多蒙的妹妹阿木哩。阿木哩穿着红黑花纹相间的小马褂、长裙,一头黝黑的长发披在肩背上,头上戴着白色银饰发箍,小麦色的脸蛋上镶嵌着黑亮的眼睛,像两只闪动的黑精灵。阿木哩见到多蒙回来,满脸都是喜色,甜美的笑容如十五的满月,满心欢喜地迎上来,一把抓住多蒙的双臂,激动地说:"多蒙哥,你回来啦!"

"看看我给你带回来了什么。"多蒙微笑着,从随身背的小布包里掏出一个黑色的檀木盒,递给了阿木哩。

"胭脂盒!"阿木哩更激动了,一把抱住多蒙,开心地说,"谢谢多蒙哥!"

"松手,松手!"多蒙一下子痛得脸色发白,阿木哩的拥抱压到了他的伤口。

阿木哩松开手,才发现多蒙受了伤,她忙扶着多蒙进屋,关心地问:"多蒙哥,你怎么受伤了?"

多蒙解释着,两人上了楼,阿木哩将多蒙扶坐在木凳上,为多蒙脱下外套,先检查了伤口。见是枪伤,阿木哩简单嘱咐后,匆匆出门请医生去了。屋子里只留下多蒙一人,多蒙望着阿木哩远去的婀娜背影,突然意识到,一年的时间,曾经那个瘦小的阿木哩竟然长成了大姑娘。

多蒙又想起第一次遇到阿木哩的情形。那一年,他跟着大哥库藏跑商,路过思普府时,见阿木哩跪在街道上,卖身葬双亲。当时时局动荡,死了很多人,逃难的人无数,就算是卖身葬双亲,也几乎没人买。多蒙第一眼见到阿木哩,就想到了得痢疾死去的妹妹。或许是出于对妹妹的怀念,多蒙掏了五块大洋,为阿木哩葬了双亲,十岁的阿木哩自此跟随他一起生活。他一直对阿木哩说,她是自由的,他帮她葬下双亲是出于同情,而不是为买下她。可孤苦的阿木哩认定多蒙就是她的主人,一直跟在他身后,任多蒙怎么说,也不肯离开。多蒙见她和自己一样成了孤儿,便不再忍心赶她走,把她带回家里,视作妹妹。就这样,阿木哩和他相依为命,一待就是六年,阿木哩也从一个瘦弱的小女孩长成了亭亭玉立的少女。

多蒙想着想着,靠着柱子睡着了。不知睡了多久,门响的声音将他吵醒,不一会儿,阿木哩带着一个六十岁的老者上了楼,这位老者正是寨中的草医达目里司。达目里司将随身携带的药箱放在木桌上,笑着道:"多蒙,听说你中枪了。"

"被马匪打了一枪。"多蒙苦笑着。

"从来只听说你打人,被人打还是第一次吧?"达目里司开着玩笑,走到多蒙身后,解下临时绷带,检查伤口,皱着眉说,"给你处理伤口的是一个新手吧?"

"可能是吧。"多蒙脑海中又浮现出杜沈思的美丽身影,耳边回响起她甜美的声音,一时间,他失了神。

"多蒙哥的情况怎么样?"站在一边的阿木哩关心地问。

"虽说是个新手,至少把子弹取出来了,也消了毒,嗯,性命无虞,需要多休息些时日。"达目里司将换掉的绷带和草药放在桌子上,又吩咐阿木哩烧点热水,为多蒙洗伤口,阿木哩忙转头烧热水。

达目里司坐到多蒙对面,为多蒙把脉,了解完情况,从随身带的箱子里掏出几包药摆在桌上,嘱咐如何内服外用后,又安慰多蒙说:"记得好好休息,千万别落下病根。"

多蒙点头称是。这时,阿木哩端着装着热水的木盆过来了,按照达目里司的吩咐,为多蒙清洗伤口,敷上药,又用干净的布包扎上。

包扎过程中,达目里司抽着旱烟问多蒙:"你出去这么久,外面的情况怎么样?"

多蒙说:"唉,还不是那个样子?"

达目里司深深地吸了口烟,不紧不慢地说:"你看云南王换了一个又一个,换汤不换药。现在只能希望少打点儿仗,不然这日子没法过了。"

"希望吧!"多蒙也不知道该怎么说,想到达目里司年纪较大,这一生什么情况没遇过?先是军阀混战,后来又打了十四年的抗日战争,抗日战争结束,以为天下太平了,又打了三年的内战,现在内战总算快结束,但谁又能说得清楚以后会不会继续打仗?

达目里司见多蒙有些疲惫,该交代的都交代清楚后,他背起药箱,准备离开。多蒙摸了一块大洋给达目里司,又让阿木哩将他送出门去,事情才算完。阿木哩送走达目里司,回屋子为多蒙准备了稀饭,多蒙吃了稀饭,在床上躺下。

阿木哩忙里忙外,为多蒙清洗换下来的衣服和绷带,又熬好药,让多蒙喝下。多蒙躺在床上,望着忙碌的阿木哩,心中涌起了一股暖意。自己的父母逝世后,他很久没有感受到家的温暖,幸好有阿木哩陪在他的身边,阿木哩虽说和他没有血缘关系,可给他的感觉,不是亲妹妹,胜似亲妹妹。多蒙想着想着,又睡着了。

等多蒙再次睁开眼时,已经是深夜,皎洁的月光从窗户照进来,洒在了木楼的地板上。多蒙定了定神,听到轻微的呼吸声,发现有个人和他睡在了一起。多蒙有些吃惊,用手摸摸身边睡着的人,指尖触碰到润滑的皮肤,一道闪电般的感觉直击他的内心,竟是一个女人。下意识的反应让他清醒了许多,他侧身定睛细看,月光下,阿木哩像一只温顺的小猫,蜷缩着,将头埋在枕头中,睡得很沉,她的胳膊露在被子外,洁白的胳膊在月光中,宛如一只羊脂玉臂。

"阿木哩,你怎么睡在这里,不回自己房间睡?"多蒙惊讶地问。

听到多蒙的声音,阿木哩醒过来,她睡意蒙眬地转了一个身,向多蒙挤了挤,一只手抱住了多蒙,身体贴向了多蒙。一股温柔的感觉向多蒙袭来,多蒙这时才发现,阿木哩不仅睡在他身边,而且还没穿衣服。阿木哩抱着多蒙喃喃道:"多蒙哥,库玛前不久和我说,我是你的女人,我已经长大了,长大了就应该陪你睡觉。"阿木哩说着,抱得更紧,这股强烈的温柔让多蒙有些喘不过气来。

"阿木哩,你听我说,你不是我的女人,虽说当年我掏钱为你葬了父母,但我并不是买你,后来我收留你,是因为我把你当作了我的妹妹。"多蒙强压住心中的炽热解释道,"听我的,你回自己房间睡吧,你不用陪我睡觉。"多蒙的话音刚落,房间里陷入了短暂的沉默。阿木哩从睡梦中慢慢地清醒了,她依然紧紧地抱着多蒙,仿佛害怕失去他一般,接着又缓缓地收回手,轻轻地掀开被子,坐在床边,背对着多蒙。

月光下,多蒙看着阿木哩洁白的背,她一丝不挂,低着头,肩膀在轻微地抖动着,小声地抽泣起来。一时间,多蒙心神全乱,他不知该怎么安慰阿木哩。阿木哩十岁时跟着他,已经和他一起生活了六年,这六年里,他大多时间在赶马,与阿木哩聚少离多,可每次远行,想到家中还有阿木哩等着他,心中便有了几分牵挂,正是这牵挂让他这个孤儿的内心没有继续地冰冷下去。只是他对阿木哩的感情,最开始萌发于死去的妹妹,之后的时间,他也把阿木哩当作上天赐予他的妹妹,这份感情并非爱情,而是亲情。想到这些,多蒙坐起来,靠在床头说:"阿木哩,你别哭。"

"多蒙哥,你不爱我吗?"阿木哩突然问了一句。

多蒙一愣,不知如何回答,他当然爱着阿木哩,可这只是亲情,并非爱情。他的脑海中又浮现出了杜沈思的笑貌,杜沈思的一颦一笑,不知不觉刻在了他的心底,总在无意间浮现在他的脑海里。如果没有遇到杜沈思,他或许不会明白什么是爱情,那样的话,他可能会接受阿木哩。只可惜他遇到杜沈思后,明白了爱情和亲情之间的鸿沟。想到杜沈思,接着又想到和杜家的仇怨,一时间,多蒙悲从中来,手一挥,牵动了他身上的伤口,巨大的疼痛让他面色发白,咬紧了牙关。

"多蒙哥,你怎么啦?"阿木哩发现了多蒙的异样,她心中着急,一时间忘记了刚发生的事情,她慌忙穿上衣服,下床将多蒙扶住,让他躺下。过了几分钟,多蒙的疼痛渐渐得到缓解,脸也恢复了血色。阿木哩自责道:"多蒙哥,我错了,我忘了你身上有伤。"

多蒙哭笑不得,也不知三姐库玛给阿木哩讲了什么,估计懵懂的阿木哩并不真正明白陪他睡觉的含义。阿木哩点上灯,给多蒙检查了伤口,伤口处流了一些血,阿木哩忙去拿草药和绷带。多蒙注视着阿木哩忙碌的身影,心中五味杂陈,又觉得阿木哩做他的妻子其实也挺好。她和他一样,失去了所有的亲人,他现在是她的唯一依靠,如果他不娶她,她又该怎么办呢?但是他也知道,如果他真的娶了她,对她来说,并不公平。他又安慰自己,或许阿木哩再长大一点儿,会明白什么是爱情,当她遇到所爱之人时,便会有依靠。多蒙安慰着自己,在纠结中看着阿木哩忙里忙外。

阿木哩服侍多蒙换好药,重新躺下后,没有坚持和多蒙睡在一起,她带着换下的药和绷带离开,没有再回多蒙的房间。多蒙听到阿木哩在隔壁的房间中睡下了,不一会儿,隔壁阿木哩的房间中有轻微的鼾声,她睡着了,就像刚才什么事情都没发生过一般。多蒙不像阿木哩那样没心没肺,他在床上翻来覆去,久久难以入睡,听公鸡打鸣,看着天一点点亮起来。

# 第三章　山寨联盟

在阿木哩的悉心照料下，一周后，多蒙的伤势好转。这天早上，大哥库藏派三盒子来找多蒙，说有重要的事情商议。多蒙稍作准备后，辞别阿木哩，跟着三盒子一起离开了家。路上，多蒙问三盒子："库藏大哥匆匆喊我，寨里发生了什么大事情？"

"上次马帮被劫的事情。"三盒子说。

"杜家的人来了？"多蒙问。

"不是，是乌马寨的刀罕派人来了。"三盒子回答。

多蒙想起当日和杜沈思谈起此事，青山寨和碧河镇之间结怨太深，要合作剿匪几乎没有可能，除非乌马寨的刀罕肯从中协调，才有可能让两寨一起剿匪。没想到杜沈思果真按照他所言，让乌马寨的刀罕出面协调。

不多时，多蒙和三盒子到了库藏家大院外。大哥库藏的家在青山寨的最上面，是一排砖木楼房，楼房周围高楼林立，每处高楼上都有守卫。多蒙发现大院外拴着十几匹大马，三盒子说是刀罕手下带来的马，送给库藏的。多蒙深感刀罕这次为了剿匪，下了一些血本。不过他有些不明白，被劫货物最多的是杜家，刀罕就算从大局出发，也不用下血本来剿匪啊。

多蒙思索着，跟着三盒子一起进了大院。库藏家的大院修得十分气派，整个大院分为三层：前院、中院、后院。比起山下寨民的草木结构的房子，库藏家的大院全为砖木结构，红柱白墙，青砖绿瓦，雕梁画栋，亭台别院。按照南方庭院的格局，布置小池、流水、假山，水中种着荷花，池边栽着杨柳、花卉，别有一番景致。多蒙穿过前院，来到中院，中院大堂里早坐着主人和客人。坐在中间虎皮大椅上的是库家的大当家库藏。

库藏已年过四旬,身材魁梧,满脸胡须,身穿藏青色棉布长裳、棉裤,头戴黑色包头帽子,横着眉,不怒自威。左边的是乌马寨来的客人,右边的是库藏的亲兄弟库什和家丁。多蒙走进大堂里,库藏微笑着从座位上起身,到堂屋中,两手抱着多蒙的肩膀,高兴地说道:"三弟,你的伤总算好了。这段时间寨里忙,我也刚从寨外回来,没时间去看你,听达目里司说你伤势不重,我才放了心。"

"让大哥担心了!"多蒙想,这多事之秋,库藏需要处理的事情确实太多了。

"来,给你介绍乌马寨的客人。"库藏将多蒙带到左边客人坐的位置。乌马寨的客人都从座位上站了起来,满面笑容地注视着多蒙。库藏介绍说:"三弟,这是乌马寨的二当家刀松,你们应该是第一次见面。"多蒙拱手问好,抬头细看刀松。刀松大约三十岁,中等身材,上穿无领对襟,下着宽腰无兜长裤,头缠布巾,肩挎青红布包,腰间别着牛角短刀。

库藏介绍完刀松,又介绍多蒙:"刀松兄弟,这是我们青山寨中最年轻的马锅头,我的结义兄弟多蒙。"

"'哀牢三鹰'中的雏鹰多蒙,久仰久仰。"刀松拱手作礼。

寒暄完了,库藏安排多蒙在库什下位坐下,三盒子站在多蒙的身后。库藏坐在大椅上聊起正事:"刀松兄弟,今天青山寨除了我结义二弟关安逸还没有到,当家的都到齐了,毕竟剿匪一事事关重大,还需从长计议。"

"这次刀头七劫持马帮,多蒙兄弟为此受了伤,具体情况多蒙兄弟应该非常了解。"刀松看向了多蒙。

"刀头七这次确实是冲着大马帮来的。"多蒙大致将当日刀头七劫持杜家马帮的事情讲述了一遍。库藏听闻刀头七手中多了一些硬家伙,也吃了一惊,如果这事情不是多蒙亲眼所见、亲口所述,库藏估计都很难相信。由此看来,以后无论是谁家的马帮,都可能面临危险。随着多蒙的讲述,库藏的表情也由开始的微笑转变成严肃,又从严肃变成凝重。这多少年来，还真没有出现过马匪抢大马帮的事情，尤其是杜家这种大马帮，其实力完全不输给青山寨的马帮。

"不就是马匪吗？多了几杆枪而已，我们也不要灭自己志气，长别人的威风。"坐在多蒙上首的库什听不下去了，发话道，"最后，他们也仅仅抢走了部分马匹和财货。如果他们碰到我们青山寨，绝对让他们讨不到半分的便宜。"库什神情淡然地靠在椅子上，气定神闲地说。他的话音刚落，青山寨的各小头目都附和着说："库什二当家说得对，刀头七也就只会搞偷袭，以后我们有准备，绝对让他讨不到便宜。"又是一阵乱哄哄的发言，青山寨的小头目们平时豪横惯了，自然不把刀头七放在心上，毕竟刀头七打劫小马帮的事情，也不是第一次听说，在大家眼里，刀头七一直都是欺软怕硬的马匪。

吵了片刻后，库藏抬起手，要大家安静，大家只能重新安静下来。库藏看向多蒙问："三弟，这事你怎么看？"

"当日，我们确实夺回了部分马匹和货物，我们青山寨虽出了一份力，但重要原因是，共产党边区纵队刚好经过，助了我们一臂之力，否则，我们不可能夺回部分马匹和货物。"多蒙说到这里，看了一眼站在身旁的三盒子。三盒子立刻领会了多蒙的意思，接过多蒙的话头说："多蒙哥说得没错，是共产党的边区纵队出手，我们才夺回了部分马匹和货物。"

"你说共产党的边区纵队？"库藏的脸色变得沉重，沉默片刻，说，"我们和刀头七也打过交道，他怎么可能有实力劫持大马帮？"

多蒙沉思片刻，说："内战结束，国民党的军队败退，可能被共产党打散的部分国民党军人在逃散过程中加入了刀头七的马匪队伍，他们同时带去了枪支，只有这样，才能解释刀头七的实力一夜之间壮大的原因。"

坐在多蒙对面的刀松不禁鼓起掌道："不愧是雏鹰多蒙，年纪轻轻，有此见识。我从乌马寨出门时，我刀罕大哥也有此推测，多蒙兄弟和我大哥英雄所见略同。"

青山寨没有人再说话了，只要稍微聪明点儿，就明白这件事的严重性,随着国民党军队的溃散,刀头七的实力只会有增无减,到时候,没有哪个马帮能独善其身,这茶马生意估计也不用做了,至少一段时间内将受到极大影响。刀松见大家不说话,又接着说:"不瞒诸位,他们不仅敢抢马帮,还敢抢我们的马场,就在三天前,他们抢了我们乌马寨的一个马场,我们丢了几十匹马和骡子。这样下去,刀头七只会越来越嚣张,所以这毒瘤,无论如何都要铲除。"

库藏接过刀松的话头道:"刀松兄弟,剿匪一事,从大局出发,我青山寨一定尽一份心,出一份力。你回去对刀罕兄说,我青山寨一定会如约而至,和其他山寨一起剿匪。"

"有大当家这话,我就好回去交差了。"刀松得了库藏的承诺,高兴地从座位上起身,拱手道,"既然大当家做了决定,那我今日就此别过。"

"不急嘛,刀松兄弟既然来了,多住几日,我们好把酒言欢。"库藏道。

"改日再来叨扰,今日我还得赶去碧河镇、白沙镇和藏云寨,见一见各寨主,好商议剿匪之事。"刀松道。

"既然如此,那我就不留刀松兄弟了。"库藏将刀松送到大厅门口,又道,"刀松兄弟到了白沙镇,我结拜二弟关安逸在那里,你只管前去找他。"

"多谢大当家,我一定会去见一见关二当家的。"刀松拱手作别。

"三弟,有劳你送一送刀松兄弟。"库藏转身对多蒙说。

"是,大哥。"多蒙答应着,引着刀松及其家丁出了大厅,朝着大院外走。

多蒙和刀松走在前面,刀松的家丁跟在二人的身后。刀松环视着院子,感叹道:"好多年没来青山寨了,这青山寨还是青山依旧,多蒙兄弟正如传闻一般英俊威武啊。"

"刀松兄弟说笑了,以后有时间多来青山寨坐坐。"多蒙说。

"我听说你此次救了杜家大小姐杜沈思。"

"举手之劳!"

"我还听说,你和杜家有杀父之仇。"刀松停下脚步,顿了顿。多蒙闻言,不知道该怎么回答,皱着眉头,一言不发。刀松见多蒙不悦,又马上转换话题道:"这一次,杜家大小姐杜沈思找到我乌马寨,让我大哥刀罕主持大局,杜沈思说,这主意是你出的。多蒙兄弟真是深谋远虑啊,我看这杜家大小姐对多蒙兄弟你有几分欣赏。"

"哪里,哪里!"多蒙不知刀松何意,也搞不明白杜沈思为何把这话讲给了刀罕,按照常理而言,完全没必要说是自己出的主意。

"我大哥的独子,也就是我大侄子刀龙,对这杜家大小姐一见钟情。"刀松说。

"是吗?你们两家如果能结下姻缘,那真是要人有人,要马有马,要钱有钱,这茶道盐道上的生意,大半都是你们两家的了。"多蒙笑道。

"哈哈,为了我大侄子,已经找媒人去说亲了。"刀松始终注视着多蒙的眼睛。

"看来我只能等着喝喜酒了。"多蒙话虽这么说,但他心里还是咯噔一下,变得有些失落。

"没那么简单,这杜家大小姐一直不同意这门亲事,我又听闻你当日救了她,她多次谈起你,所以今日才有此一问,失言的地方,望多蒙兄别往心里去。"刀松带着歉意道。

"刀松兄言重了,不瞒刀松兄,我和杜家确实有杀父之仇。"多蒙心中五味杂陈。

"看来传言非虚啊!"刀松说。

两人说话时,不知不觉已到门外,多蒙和刀松又说了些道别的客套话,刀松才带着家丁,骑着马,飞驰而去。多蒙看着刀松等人远去的背影,想着刚才说的话,杜沈思的笑貌在他脑海中浮现出来,如果杜沈思真的嫁人了,将是他这一生最大的遗憾。但是就算杜沈思没嫁人,他又能如何呢?放下杀父之仇,和她远走高飞?他不敢想,也不能想。这些年,对杜家的仇恨是他不断奋斗的动力之一,无数困苦的时光中,他都咬牙告诉自己,他要报仇,要变得比任何人都强。正是这份执念,才成就了他——雏鹰多蒙。

等多蒙重新回到大厅时,库藏已经遣散了大厅中的小头目,大厅里只剩下库藏、库什。多蒙回禀道:"大哥,人已经送走了!"

"兄弟,坐!"库藏示意多蒙在左边坐下。等多蒙坐好后,库藏问:"三弟,剿匪这件事你怎么看?"

"想必大哥已经有了主意。"多蒙说。

"二弟,你说呢?"库藏看向库什。

"大哥,现在是多事之秋,你要三思啊。目前最重要的是保存实力,谁枪杆子硬,谁就有更多筹码。"库什提醒说。

"我何尝不知道这一点?只是如果我们不派人剿匪,道义上说不过去,我们和刀罕怎么说也有生意上的来往,总不能不给他面子。"库藏揉着脑门。

"大哥,我担心他们借剿匪之名,削弱我们的实力。我听说刀家要和杜家联姻,两家若是联姻成功,将是我们这一带最强大的马帮势力,到时候一定会影响我们的生意。"库什又说。

"兄弟所言也不无道理,那依兄弟所见,该当如何?"库藏问。

"现在两难,不如问一问三妹夫,他计谋一直较多。"库什建议道。

"好,那请三妹夫过来商议商议。"库藏说着,吩咐家丁去喊自己的三妹夫宋真司。

家丁领了命,去请宋真司,库藏、多蒙、库什三人喝着茶,等着宋真司到来。

多蒙想到宋真司到库家已十年有余,这些年来为库家出了不少好主意,库家的生意才越做越大,大哥库藏对这位三妹夫的评价一直很高,认为他只要肯入世,以他的智谋,做个将军毫无问题。多蒙也听说过一些宋真司年轻时的经历,据传他曾到日本留学,九一八事变后回到中国,后加入国民党,一腔热血,准备报效祖国。可惜国民党政府让他大失所望,他处处遭到排挤,见报国无门,心灰意冷地回到故乡,娶了库家小姐库玛为妻,从此安顿下来,不再过问国事,每日研究佛道经典,潜心修行。

不一会儿,家丁领着宋真司进了大厅。多蒙已半年没见宋真司,他看上去依然表情肃穆,一副道长的模样,神态平和,快五十岁的人,看上去只有三十多岁。宋真司在多蒙下首坐下,四人寒暄了一阵后,库什大致和宋真司讲述了目前的情况。宋真司听后沉思道:"剿匪一事,不能不出手,否则有失人心,但是必须有所防备,以免被人当枪使,削弱自己的实力。"说着,从怀中掏出一张地图,让家丁交到库藏的手中,"大当家,这是黑岭的地图,地图右下角的位置是刀头七的老巢跃马峰。跃马峰三面环山,只有正南有条山道,如果攻击刀头七的老巢,无论是谁,都会遭到重大损失。"

库藏注视着手中的地图,他也知道打马匪窝是很难的,否则早就把刀头七剿灭了。库藏接着问:"那依妹夫之见,该当如何?"

宋真司笑了笑:"我听说杜家马帮被攻击,就猜到了他们必然会有所行动。乌马寨的刀罕如此上心,最主要的原因还是想和杜家联姻,所以无论如何,我们都不能让杜家和刀罕两家联姻,否则以后这茶马大道上的生意都要被他们两家压着一头。"

宋真司看了一眼多蒙,笑道:"很简单,你看我们三弟多蒙,也未曾完婚,我还听说多蒙救了杜沈思一命。不如这样吧,我们也派一人去,为多蒙兄弟说媒,无论能否成功,至少不让乌马寨那么顺利。"

库什附和道:"妹夫所言极是,如我们三弟多蒙去说媒,断然让乌马寨没那么容易和杜家联姻。"

库藏转头看向面无表情的多蒙:"三弟意下如何?"

多蒙一时间不知道该怎么回答,打心底说,他喜欢杜沈思,但是不共戴天的杀父之仇也不能不报啊!库藏见多蒙不说话,说道:"妹夫,你也知道,多蒙和杜家有杀父之仇,让他娶杜家的大小姐,也太难为他了。还有没有其他办法?"

宋真司道:"还有一计,藏云寨白家有一个女儿,也到了出嫁的年纪,如果我们青山寨能和藏云寨的白家联姻,那么至少足以对抗杜家和刀罕家的联姻。"

库藏大喜:"妹夫此计确实不错,三弟你觉得呢?"

多蒙沉思了片刻,缓缓地说:"大哥,能否让我考虑考虑?"

库什提醒道:"要么去娶杜家大小姐,要么和白家联姻,多蒙兄弟,无论怎么选择,都是一桩神仙美事。我听闻杜家大小姐杜沈思才貌出众,而白家大小姐白珊也不输杜沈思半分,你考虑好了和哥讲,哥帮你去说媒。"库什拍了拍胸口保证着。

库藏转换话题问:"妹夫,你对共产党怎么看?"

宋真司喝了一口茶,脸上露出一丝笑意:"这些年来,各路军阀来了去,去了来,谁来不都一样?该上供还需上供,该交钱的继续交钱,谁掌控这个天下都要吃饭收税,都需要马帮。"

库藏听了宋真司的话,脸上的神色依然很凝重。宋真司又宽慰道:"大当家,不必过多忧虑。依我看,共产党并不像国民党宣传的那般不堪……"

一时间大厅中气氛活跃起来。这时,婢女翠红来到大厅说,大奶奶好久未见多蒙,要多蒙到后院一见。多蒙闻言,跟着翠红走向后院。

多蒙和翠红出了中堂的后门,走过一条长长的走廊,来到了后院中。后院中围着荷花池建着数栋两层木楼,荷花池上架设着小桥,走过小桥,可以看到正在盛开的粉色荷花。荷花池边站着一位老太太,她手中拿着鱼食,正在给荷花池里的鲤鱼喂食,她正是库藏的母亲、多蒙的干娘——大奶奶王夫人。王夫人年过六旬,精气神不是很好,她的脸色有些苍白,身材非常瘦削,仿佛一阵风就能把她吹走。

多蒙向前走了几步,一个雍容的女子端着一个盘子站在桥头,盘子上放着一只精致的青花瓷小碗,她笑着对多蒙道:"多蒙兄弟,你回来了。"

"大嫂好!"多蒙连忙点头回答,这女子是大哥库藏的妻子娜莫。多蒙走到她跟前,闻到一股浓浓的中药味,他端详着青花瓷小碗中还在冒着热气的草药问:"干娘的药吧?她近来身体可好一些?"

娜莫回头看了一眼站在荷花池边的王夫人,沉着脸,摇摇头,显然情况不容乐观。这时,荷花池边的王夫人咳了两声,娜莫赶快端着药,带着多蒙一起到了王夫人跟前。王夫人听到脚步声,手里拿着鱼食,回头看了一眼来的人,见是多蒙,脸上露出了慈祥的笑容。

王夫人转过身来迎多蒙,跟在王夫人身边的库玛立刻扶稳了王夫人,两人缓步走到桥头的小庭院里。在小庭院中,王夫人拉着多蒙,仔细看了一阵,关心地说:"蒙儿,听说你受伤了,现在好一些了吧?"

多蒙笑着,拍拍胸膛说:"谢谢干娘关心,你看我现在这身体,可以蹦蹦跳跳了。"

王夫人捏了捏多蒙的胳膊,端详着他的脸:"看上去瘦了些,也黑了些,不过身体还可以。"

"妈,别站着,坐下说吧。"扶着王夫人的库玛建议着,将王夫人扶到垫着草垫的椅子上坐下。

"对对,你们也坐。蒙儿,坐。"王夫人转向站在一边的翠红,"小翠,你去喊二夫人,让她把今年最好的普洱茶给我泡上一壶。"

"是,大奶奶。"翠红领了命,转身离开了。

多蒙按照王夫人所言,在小庭院中的座位上坐下,坐定后,王夫人慈爱地看着多蒙说:"蒙儿啊,我记得你今年二十七岁了吧?"

"是的,干娘,今年二十七。"多蒙道。

"今天把你喊来,主要还是和你说说婚姻大事。你爹妈去世得早,没有为你早点儿定一门亲事,你的婚事该落到你大哥库藏这里,长兄如父嘛。但你大哥库藏太忙,一个老爷们儿似乎也不擅长婚姻的事情,所以这件事,我这做干娘的还是需要操操心。"王夫人笑着说。

"干娘说得是,只是我有父母的仇在身,不报了仇,不敢轻易言婚事。"多蒙答道。

"多蒙啊,不是三姐说你啊,你这想法就不对了,男大当婚,女大当嫁。"库玛劝着,话锋一转说,"你说,你家的阿木哩和你一起生活了六年,她现在长大了,你应该给她个名分吧,好让她为你生一儿半女啊,我娘还想抱你的孩子呢。我说得是吧,娘?"

"对,我也是这个意思。"王夫人说。

"我看阿木哩今年长大了,也长开了,婀娜美丽得像这荷花池里的一朵莲花,我们看着都喜欢。多蒙啊,你只要点个头,我们找个时间,帮你把婚事办了。"娜莫不失时机地说。

三个女人一台戏,多蒙听得有些头疼,他想到当日阿木哩要和自己一起睡,大约也是被王夫人开导了一番。如果在平日,他可能会被说服,若论感情,阿木哩和他一起生活了六年,自然是有的。可他也懂得,他内心深处对阿木哩的感情仅是兄妹之情,尤其遇到杜沈思后,他内心深处的感情似乎变得更加泾渭分明了。他知道自己的内心,却没法解释,稍作沉思,想到刚才宋真司出的主意,索性拿出来作为挡箭牌道:"干娘、嫂子、三姐,你们的心意我领了,只是今天大哥、二哥还有姐夫讨论说,要为我去谋一门亲事,要么是碧河镇杜家大小姐杜沈思,要么是藏云寨寨主的女儿白珊。"

"有这事!"王夫人和娜莫、库玛相视一眼,这消息倒有些突然。

"就算这样也没关系嘛,男的有个三妻四妾不很正常吗?再说,与碧河镇、藏云寨的亲事八字还没一撇呢!结婚这事情嘛,赶早不赶晚。"库玛又建议说。

"女儿说得对!蒙儿啊,你可以先把阿木哩娶进家门,她本来就和你在一起,当年你买下了她,总不能再抛弃她吧?这名分还是要的。"王夫人说。

多蒙只感觉头疼,这事的确让他有些进退两难,他也不好回复王夫人的话。更关键的一点是,他确实没有认真想过阿木哩的事情。现在想想,他也觉得阿木哩的确年纪不小了,到了该出嫁的年龄。尽管他心底一直把阿木哩当作妹妹,但是外面的人并不这么看,说来说去,阿木哩是他花钱买来的,是他的女人,按照这个逻辑,自然没有人敢打他女人的主意,也难怪这些年从来就没有媒人上门为阿木哩说媒,这么说,他多蒙确实应该为阿木哩的婚姻和未来负责。可怎么解释呢?多蒙一时间也没想出来。

正在他为难之际,库什的妻子扎依端着烧好的茶和茶杯来了。扎依身穿一套崭新的衣服,藏青色的衣料,上面挂满了银泡和银饰,走动时发出一串银铃般的撞击声。这一身打扮,似乎压制住了娜莫和库玛的美丽,王夫人也不再紧追着问多蒙关于阿木哩的婚事。

扎依来到小庭院中,将茶壶和茶杯摆在桌面上,打过招呼后,为多蒙等人泡着茶说:"听说三弟回来了,今年我从思普府带回了上好的普洱,我早准备了,今日总算有机会给大家来一壶,这可是我亲手制作的哦!来来,大家试试我的茶艺。"

"二嫂,今年茶的收成还不错吧?"大嫂娜莫品着茶问。

"收成还不错,比去年多了三成,现在愁着怎么把茶叶运送出去。"扎依说。

"我也试试今年的新茶。"王夫人见茶色透亮的茶水,忍不住端起来,稍微喝了一口,又放下了,"味道不错,可惜我这一身病。"说着,看了看放在桌上的药。

娜莫赶忙把药端过来,让王夫人服下。喝了药后,王夫人有些忧伤地对多蒙说:"孩子,不是我催你,我这身体恐怕支撑不了多久,我和你娘亲情同姐妹,我现在担心,哪一天我如果一病不起,去下面见你的娘亲,你娘亲问起你的亲事,我该怎么回答?"

"干娘的心意我心领了,我看干娘精神还可以,只要好好吃药,细心调养,身体一定会好起来的。"多蒙说。

"你这是宽慰我,我这身体,行将就木了啊。"王夫人语气很平和,似乎早看淡了生死,她话锋一转说,"刚才你说你大哥要给你谋一门亲事,我看也行,找一个门当户对的女子似乎更为合适,阿木哩就作为你的小妾,也不是不妥,你看怎么样?"

"干娘,我还要考虑考虑。"多蒙说。

"这有啥好考虑的?阿木哩本来就是你的人,现在只是要个名分而已。"王夫人笑道。

"我们看你和阿木哩还没有丝毫动静,也急啊,现在阿木哩长大了,也应该给你生个一儿半女了。"库玛催促说,"阿木哩那边,你离家这段时间,我也和她聊了聊,她的心早已是你的了,不要辜负她的心意啊!"

多蒙不知道该说什么好,娜莫见多蒙一脸的无奈,圆场道:"娘、三妹,多蒙也长大了,这件事还是给他一些时间考虑考虑,这么多年都过来了,来日方长,不急嘛。"

扎依倒着茶说:"男大当婚,女大当嫁,也不能不急啊。"

多蒙低着头,默默地喝着茶,四个女人你一言我一语地劝着多蒙,好不容易熬了两刻钟,多蒙找了个理由,告辞离开。多蒙临走时,王夫人又让翠红拿来人参、鹿茸、灵芝等补品给多蒙,才放多蒙离开。

# 第四章　藏云新娘

　　一周后的一天早晨，大哥库藏又让三盒子找多蒙商谈事情。多蒙来到了库藏的府中，见王夫人、库藏、宋真司、库玛等人都在大厅里等着他，有种如临大敌的感觉。多蒙坐下后，翠红为多蒙上了一杯茶，大家才切入了今日的话题。

　　首先说话的是库藏："三弟，今天找你来，关系到你的人生大事，也关系到我青山寨的前程。本来，二弟库什也准备参与今日的家庭聚会，可惜昨日思普府的茶庄出了些问题，他只能和弟媳扎依连夜赶回去了。"

　　王夫人坐在大厅中央，拄着凤头拐杖说："蒙儿啊，事情嘛，三盒子应该和你说了一些吧？毕竟是你的婚姻大事。这些天，我也和库藏商量了一番，我听说你和碧河镇杜元德的女儿杜沈思有一面之缘，你还救了她，也算缘分吧。但她毕竟是你仇人的女儿，碧河镇和我们青山寨因白沙镇盐井的事，素来不和，要结亲，恐有不少问题。我思来想去，还是与藏云寨结亲较为稳妥。"

　　多蒙喝了一杯茶，没有说话。这些天，他也在思考这事，一想到杜沈思，他心里就一团乱麻，完全没有头绪。不知什么原因，妹妹阿木哩这些天对他客气了许多，对他的尊重有增无减，照顾也更加用心，只是说话少了许多，这种感觉就像两个人被一张纸隔住了，让他有些别扭。

　　库藏见多蒙一脸的心事，继续说道："三弟，我和三妹夫真司也商谈了一番，据可靠消息，乌马寨已经准备派人到碧河镇下聘礼，他们两个山寨的这桩婚事，估计十拿九稳，这样看，我们青山寨必须行动。前几日，我派小飞和马猴去了一趟藏云寨,打探了藏云寨头人白孟的口风。白孟的女儿白珊确实未曾许配与人,与我们青山寨联姻的事,白孟头人也很真诚,两山寨如能联姻,也就不惧碧河镇和乌马寨联手了。三妹夫,你是我们青山寨的智囊,谈谈你的看法。"

宋真司看了一眼多蒙,笑道:"多蒙弟,何故这样愁眉不展?实话和你说吧,小飞和马猴去了一趟藏云寨,都说白孟头人的女儿白珊貌若天仙,藏云寨方圆百里之内,再也没有这样的美人,比起杜沈思,有过之而无不及。你若不信,可以问问小飞和马猴。"

此时小飞和马猴站在三盒子的身后,宋真司刚把话说完,马猴立刻搭上话:"多蒙哥,真司姐夫说得没错,藏云寨的白珊那个美啊,怎么形容呢?就像天上的月亮,又白又温柔。"小飞没有读过多少书,也没法具体讲出到底怎么漂亮,但看他无限赞美、憧憬的眼神,能感觉到马猴所言非虚。再说了,这些年,马帮中都流传着一句话:"碧河沈思,藏云白珊。"由此来看,白珊的美貌绝非浪得虚名。

白珊固然漂亮,可惜自从遇到杜沈思后,多蒙的心完全被杜沈思占据,宋真司夸奖白珊的话,他一句都没听进去,反而听大哥说乌马寨已派人向碧河镇下聘礼,心被狠狠扎了一下,连聘礼都下了,显然杜沈思将要嫁给乌马寨的刀龙了。他感觉心灰意冷,既然杜沈思要嫁人,那么自己娶谁也无关紧要了,死心后,他反而不再纠结。多蒙抬起头,毫无情绪地道:"既然这样的话,我听大家的。"

库藏见多蒙答应,大喜道:"就等着三弟答应了,我也知道三弟一定会答应。昨日我已经让三妹准备了聘礼,事不宜迟,明日你就跟着三妹和三妹夫一起前往藏云寨提亲。哦,小飞和马猴带着几个兄弟一同前去,希望你们马到成功。"

宋真司拱了拱手,表示应承。库玛站在王夫人身边,信心满满地说:"娘、大哥,你们放心吧,我和夫君一出马,一定能马到成功,更何况我们三弟英俊帅气,人中豪杰,配藏云寨大小姐,正是英雄配美人啊!"

在场的人都应和着库玛的话,只有多蒙依然面无表情,他的心还是被杜沈思绊住了:既无缘,又何必相识?既相识,又何必念念不忘?既念念不忘,又为何没有回响?多蒙的心就这样在众人的欢声笑语中一直沉落,最后成了一个陪着众人大笑的多余人。

次日清晨,宋真司、库玛带着准备好的聘礼,由小飞和马猴几个马脚子押运着,准备前往藏云寨。多蒙穿了一套新衣服了,理了头发,看上去精神了许多。

库玛上前拍了拍多蒙的衣服道:"三弟,你这衣服选得不错啊,很有眼光,有姑爷的样子。"

"是吗?好多年都没穿新衣服,这衣服是阿木哩做的。"多蒙低头拉了拉上衣。上衣主体为黑色,外围镶嵌着红色的边,肩膀和衣角处分别有三个大银泡,开领短袖的式样,充分体现了多蒙男子汉的气质。裤子的主体为红色,只有裤脚处有一圈黑色和黄色,勒裤子的腰带红黄黑相间,和裤子搭配在一起,喜庆而不失尊贵。多蒙佩服心灵手巧的阿木哩,她竟然不知何时为他设计制作了这样一套衣服。

"阿木哩做的?"小飞听说这衣服是阿木哩做的,忍不住感叹道,"忙乎了一场,却为他人作嫁衣。"话才说出口,宋真司上前拍了一下小飞的肩膀。小飞立刻意识到失言,连忙转换话题道:"阿木哩好手艺,这衣服做得不错。"

不用小飞说,多蒙心里也不是滋味。昨夜回去,当他向阿木哩说要去藏云寨说亲时,阿木哩整个人都呆住了,她茫然失神地站在多蒙的跟前,片刻后,热泪夺眶而出,顺着她的脸颊落在地上。多蒙看得心痛,无论怎么说,阿木哩和他生活了六年,不是亲人,胜似亲人。这还是六年来,第一次见到阿木哩哭,而且是为了他哭,多蒙心都碎了。不知道该怎么安慰阿木哩,他上前,用手为阿木哩揩去眼角的泪水,把她拥抱在怀里,阿木哩像一只失落的鸟儿,缩在多蒙的双臂中,两人沉默无言。大约一刻钟后,阿木哩才挣开多蒙的怀抱,转身去自己的房间,拿出了这套为多蒙准备的新衣服。不用阿木哩说，多蒙也知道，这套衣服是阿木哩为她和自己准备的，可惜世事难料，一切都超出了阿木哩的计划。

"抬上聘礼，走吧。"宋真司见多蒙神色不悦，心中早明白是怎么回事，他怕多蒙变卦，忙催着众人上路。小飞和马猴得令，赶着载聘礼的骡马先走了。宋真司和库玛也上了马，跟在马队后，向多蒙喊道："三弟，走了，有啥问题，我们边走边说。"

多蒙一手拉着黑聪，迟疑了片刻，最终还是上了马，跟在宋真司和库玛的身后。就这样，一行人不紧不慢地走到寨口，出了寨门。多蒙回首看了一眼青山寨，此时的青山寨笼罩在一片薄雾中，或隐或现，寨两边的梯田如银白的绸带挂在山腰上，东面的太阳不急不缓地爬上山头，照在青山寨上空，晨雾和阳光混在一起，散射着七彩的光。光芒中，一匹白色的骏马穿过晨雾飞驰而来，所有人都看向了这匹白色的骏马，隐约中，白色骏马上显现出一个婀娜的红色身影，大家都悄悄地猜测着来者是谁。不一会儿，红色身影穿过阳光和晨雾，出现在了众人跟前，大家总算看清了，这如新娘一般打扮的红衣女子不是别人，正是阿木哩。

阿木哩飞驰到多蒙的跟前，一把勒住马，露出甜美的微笑道："多蒙哥，你要找的女人，我一定要去看看。"说罢，也不管多蒙同不同意，她扬起手中的马鞭，双腿一夹，纵马朝队伍最前面而去。

多蒙骑在马背上，呆立原地，一时间，他还没反应过来该怎么办。宋真司和库玛见状，掉转马头，缓步走到多蒙跟前。宋真司说："三弟走吧，阿木哩既然想去，那就让她和我们一起去吧，让她给你把把关，也很不错。"

库玛附和道："是啊，毕竟新娘子以后娶回来还要和阿木哩相处，不如直接让阿木哩去见一见，她满意了，以后你也可以省掉很多麻烦。"

"唉——"多蒙长长地叹息一声，事到如今，又能怎么样呢？他转过马头，拍了一下马屁股，朝走在最前面的阿木哩追了上去。库玛和宋真司相视一笑，心领神会，也跟在多蒙的身后，快马而行。

很快,多蒙就追了上去,他注视着阿木哩,阿木哩不仅穿了一身红装,脸上也化了淡淡的妆,让她本来已经美丽的脸又温柔了几分。她始终直视着前方,不敢看多蒙一眼,一头乌黑的秀发随着马的奔跑一起飞扬,配着她那刚长开的苗条身姿,妩媚而洒脱,让作为一个男人的多蒙第一次如此深切地感受到阿木哩是如此美丽。毕竟一起待了六年,他看着她从一个小女孩慢慢地长成了一个大姑娘,可能正是这份熟悉,让多蒙忽视了阿木哩的美丽。

多蒙追上阿木哩,两人并排而行:"阿木哩,你确定要去吗?这段路程较远,路上还可能遇到马匪。"

"怎么,你怕我拖累你?"阿木哩平视着前方,拍了拍胯下的白色骏马,"多蒙哥,你还记得它吗?"多蒙看了一眼阿木哩的马,他想不起这匹白色的马来自哪里。阿木哩见多蒙的模样,笑道:"四年前,你还记得吗?"

"白霜!"经这一提醒,多蒙立刻想起来了。那是四年前,一匹瘦弱的母马生了一匹白色的小马,小马出生时实在太羸弱了,母马又难产死了,按照以往的经验,他感觉小马毫无存活的机会了。第二天早上,他离开家,把这匹小马丢给了阿木哩。阿木哩看着奄奄一息的小马,抱着它,追出门要多蒙给取个名。多蒙站在门外,看到草叶上白色的晨霜,随口给小马取名"白霜"。多蒙把白霜交给阿木哩后,这些年几乎都在赶马的路上,和阿木哩聚少离多,如果不是今日,他甚至都不知道白霜已经长成这样一匹白色的骏马了。

"你一定猜不到,我为什么不把白霜的情况告诉你。"阿木哩微微一笑,"这些年来,我躲着你,和白霜一起练习马术,当然,还有枪法。"阿木哩笑着,从白霜背上的袋子中抽出一支猎枪,并在多蒙面前晃动着。

多蒙皱了皱眉头,他知道阿木哩一直在学习针线活和制茶,从来就没想过她会学马术和枪法。阿木哩见多蒙不说话,隐约猜出了多蒙内心的想法,笑道:"我一直想,如果有一天学会了马术和打枪,我就可以跟着你一起赶马走商。"

"赶马走商很辛苦，很危险，不适合女人。"多蒙冷淡地说。

"我不怕危险，和你在一起，总比我一个人在家独自对着孤灯好吧。"阿木哩红着脸低下了头。

"唉！"多蒙又叹息了一声。

"多蒙哥，你放心，我这次去，一定会听你的命令，不会做出任何出格的举动，我真的只是想去看看，那位以后要和多蒙哥长相厮守的人。不过如果她过不了我这关，我可不会同意的，至少我多蒙哥的女人要比我强一些吧。"

多蒙不知该怎么回答。这时，库玛和宋真司跟了上来，宋真司听到阿木哩的话，笑道："既然阿木哩想去，那和我们一起去吧！阿木哩这些年一直待在青山寨，还没出过远门呢，这次去见见世面。至于我们要提亲的这位白家大小姐嘛，我相信不会让阿木哩失望的。"

库玛道："真司说得没错，三弟、阿木哩，你们只管放心，我们为多蒙弟选的媳妇，那必然错不了。"

阿木哩听两人这么说，脸上露出明媚的笑容，开心地说："多蒙哥，我也相信，大家为你选的女人，一定是非常好的。"她双腿一夹，右手持着长枪，左手拉紧了白霜的缰绳，白霜低嘶一声，一溜烟向前跑了。阿木哩就像一只刚放出笼子的鸟儿，在自由的天空里快乐地飞着。

多蒙看着天真的阿木哩，也忍不住微笑着摇摇头。这时，阿木哩回头对库玛道："库玛阿姐，来，和我飙马啊。"

"来，让我看看你的骑术到底怎么样！"库玛挥着马鞭，飞马朝阿木哩追去，两个女人在马道上欢腾地策马扬鞭，引来了所有男人的目光。

三天后，多蒙一众人过了黑龙崖，藏云寨就在眼前。藏云寨位于哀牢山的深处，是茶马大道北上的必经之路，藏云寨周围山高水深，方圆百里内再也没有人家，藏云寨成了茶马大道上的一个要塞，往来商客在这里住宿停留，天长日久，藏云寨渐渐变得热闹。藏云寨的白家正是靠着做往来商客的生意起家,积累资本后,又做茶盐生意,成了思普府继碧河镇杜家、青山寨库家、乌马寨刀家之后的第四大马帮商人。

　　库藏等人骑着马,不紧不慢地进了藏云寨。这藏云寨建在两山的垭口处,寨子最前方是清溪河,现在正值春季,河谷河滩上种满了水稻,绿油油的一片。藏云寨四周建着三米高的土城墙,土城墙四方有四个入口,多蒙等人从正南面而进,南门正头顶的石头上刻着"藏云寨"三个龙飞凤舞的大字。比起青山寨来,藏云寨的土城墙看上去坚固许多,土城墙全都是由青石砌成的,青石上挂满了青苔,隐约可以看到不少弹痕。多蒙对藏云寨并不陌生,自然也对这山寨没有多少兴趣,只有阿木哩目光中满是好奇,对看到的每一件事物都充满了兴趣。阿木哩有库玛带着,多蒙也不用过多操心。按照事先的安排,一众人穿过藏云寨的青石路,到了藏云寨最大的茶马驿站——藏云驿。

　　藏云驿的老板娘姓徐,大家都叫她徐娘。徐娘见众人进了店,婀娜多姿地迎出店来,见是多蒙,满脸媚笑地说:"哎呀,这不是多蒙兄弟吗?许久不见,更英俊了。"她走到多蒙跟前,挥动手中的手绢,很有挑逗性地摸了摸多蒙的胸膛。阿木哩见徐娘挑逗多蒙,瞪着眼睛,狠狠地注视着徐娘。徐娘很快察觉了阿木哩的眼神,装作吓到一般说:"哎哟,这漂亮的妹妹,别这样瞪着我哦。"说罢,走到宋真司跟前,见宋真司旁边站着库玛,她只是温柔地笑了笑,不敢动手。接着她走到小飞和马猴跟前,笑容立刻满了十分:"这不是飞爷和马爷吗?几天未见,你们又回来了。你们这是住店还是打尖啊?"

　　"住店,安排八间房,准备一桌饭菜。"小飞说。

　　"好嘞,请进,请进!"徐娘招呼着众人进了店中。店的正前面是一处开阔地,建着一些马厩,专门为马帮拴马喂马准备的,现在时局动荡,走马的人也少了许多,很多马厩都是空的。穿过前面的庭院便是旅店,店又分为前店和后店,前店主要用来招待客人吃喝玩乐,后店用来住宿休息。

　　多蒙等人在徐娘的带领下进了前店,安排小飞等马脚子将贵重物品搬到店中,又吩咐马猴先去白孟府上打个招呼,好明日早晨进白府下聘礼,商谈婚事。毕竟劳累了数天,大家也疲惫了,下聘这事,还是需要做足准备,才好登门拜访。马猴领命而去,多蒙等人在店中安顿下来。

入夜,多蒙准备睡觉,这时门响了,多蒙开门,看到宋真司站在门外,他身后还跟着一个陌生人,多蒙忙把两人引进房间内坐下。到了房间内,马灯下,多蒙才看清了宋真司身后这个陌生人,他三十岁左右,身材高瘦单薄,脸色苍白,靠近时,有一股浓重的烟味。多蒙一眼看出,这陌生人大烟抽多了,精神才萎靡不振。进了房间后,宋真司介绍道:"多蒙三弟,这位是白家大少爷白帆。"

多蒙忙拱手作礼道:"白兄好。"

白帆客套地回了一个礼,借着灯光打量了一番多蒙,喜道:"我爹还担心多蒙兄弟不像传闻中一般英武,今日一见,果然名不虚传,我爹的担心有些多余了。"

多蒙忙谦虚道:"谬赞了,谬赞了。白兄请坐。"

三人在桌前相对坐下,白帆开门见山道:"多蒙兄、真司兄,实不相瞒,这门亲事,我爹先前有许多顾虑,但今天多蒙兄亲自前来,我一看多蒙英姿,甚为喜欢,做我白家姑爷,可谓门当户对,只是……"白帆话锋一转,眉宇之间略带一丝愁绪,"我家妹子的情况,也和二位谈一谈。我家这妹子,因年龄较小,深受族人溺爱,我爹对她管教松,从小按照她的喜好,不学针线,专爱读书,成年后又到省城念了女校,她的思想较为活跃,父母之命、媒妁之言,在她那里是封建残余。"

宋真司笑道:"新时代的女性,这也很正常嘛。"

白帆接着说道:"问题就在这里,一来她未见过多蒙兄弟,二来对现在这些婚俗礼节有些抵触,她一直都不肯答应这门亲事。"他说到这里,见宋真司和多蒙一脸疑惑,立刻话锋一转,"不过二位放心,我爹除了担心多蒙兄弟不够仪表堂堂之外,别无他虑。今日一见多蒙兄弟,这门亲事,我替我爹答应了。至于我妹子那边,二位只管放心,多蒙兄如此器宇轩昂,我妹必然会另眼相看。"

多蒙和宋真司听白帆这样说，才稍微宽了一些心。宋真司附和着白帆笑道："白兄，我多蒙三弟相貌堂堂，枪法更是一流，和你家妹子可以说是郎才女貌。这门亲事，无论从我们两个寨子的角度，还是从两位才子佳人的角度看，都是良缘。"

白帆笑道："真司兄所言极是。我现在就回去向我爹禀报，打消他的顾虑。明日清晨，我就在府上等二位到来。"说着，白帆起身告辞，多蒙和宋真司将白帆送到了门外。走到门口，白帆回头又问多蒙："多蒙兄弟，早听闻你枪法一绝，不知你的文采如何？"

"关公称半部《春秋》打天下，小弟不才，也熟读了《春秋》，谈不上文韬武略，但也略有所学。"多蒙谦虚地回答道。

"这么说来，多蒙兄弟是能文能武了。我白家有如此女婿，真是大幸！"白帆又叹息一声道，"多蒙兄弟，我那妹子从小娇惯任性，如果明日有得罪的地方，你就看在我白家的面上，多多担待。"

"白帆兄何出此言？"宋真司奇道。

"我那妹子啊，可能会考一考多蒙兄弟的文才武略。我这妹子吧，一直说自己的夫君必须自己选，近些年来提亲的人也不少，都被她拒绝了。"白帆欲言又止，担心多蒙和宋真司多想，就不便说太多，毕竟这门婚事和其他婚事不同，还关系到两个山寨的合作问题。

多蒙和宋真司目送白帆离开，等白帆走远了，宋真司才回头对多蒙笑道："这样看来，白家已经决定和我们结这门亲事，只是白家小姐还有些顾虑啊。"

多蒙点点头道："正常，毕竟素未谋面，确实难做决定。"

宋真司拍了拍多蒙的肩膀道："明天无论遇到什么，你只管大展身手，我相信，没有我多蒙三弟搞不定的女人。"说罢，背着手回到自己房间里。

多蒙一个人站在门口，仰头望了一眼天上的星星，对自己要娶的这位素未谋面的女子，他心中何尝不是充满了迟疑和不确定？而此时，乌马寨刀家已经向碧河镇下聘礼了吧？杜沈思对刀家公子刀龙是否有爱意呢？如果杜沈思不爱刀龙，她是否又会拒绝这门亲事？想到这里，多蒙摇了摇头，他又想多了，父母之命，媒妁之言，千百年来，又有多少女人能抗拒呢？纵然像白珊这些新女性，不也没法抗拒？他叹息了一声，不愿多想，转身回房。

回头时，小飞迎面走来，见多蒙心事重重的样子，笑道："快娶新媳妇了，还这么不开心。走，和我到前院喝一杯去，听听曲儿。"

多蒙笑了笑，跟着小飞准备朝前院走。这时，楼上门吱呀一声开了，多蒙抬头看去，见阿木哩换了一身素装，小丫头的打扮，正从门内出来。阿木哩像欢快的小鹿，从楼梯上跑下来，到了多蒙的跟前，开心地说："多蒙哥、小飞哥，我在楼上都听到了，你们要去听曲儿，一定要带上我啊。"

"嘿，你这耳朵挺灵的嘛。走，马猴已经在前面大厅等着了，这顿我请。"小飞开心地带着多蒙和阿木哩向前走，边走边说，"阿木哩，怎么换了一套衣服？我们来时你穿的那一套不是挺好的吗？"

"哈，好是好，明天毕竟要去提亲，我这个小丫头穿大红的，太显眼了，打扮成小丫鬟就好多了。"阿木哩说。

"真有心。"小飞说。

三人到了大厅中。大厅四面开阔，摆放着桌椅，主要用于客人吃饭，或者赌博押注等活动。大厅的正中央有个小舞台，舞台上坐着两个浓妆淡抹的歌姬，青衣女子抱着琵琶，紫衣女子抚着古筝，正在弹奏《高山流水》，琵琶洒脱，古筝悠扬，两个女子也算有些手艺，乐声虽好，但舞台下的听众寥寥无几。多蒙免不了心底叹息了一声，十四年抗战，三年内战，这战火纷飞的年月，生意人自然很少，动荡岁月，能活着混口饭吃已不错了。

马猴早坐在大厅正中央的桌子前，他见小飞、多蒙到来，忙向三人招招手。三人到了桌前，见桌子上已摆好了酒肉。多蒙坐下问道："其他兄弟呢？"

"真司哥和库玛姐不喜欢热闹，他们早早睡了。其他一起来的兄弟嘛,找乐子去了,不用管他们。"马猴脸上露出一丝淫笑。

"原来这样。那你俩呢,怎么不去找乐子,在这儿听曲儿?"多蒙心领神会,笑着问马猴。

"喏,我俩的乐子。"马猴抬起头,看着舞台上的两个歌姬说。

"嘿!"多蒙恍然大悟,问道,"你看上谁了?"

"我嘛,穿紫衣服的那位。"马猴瞅了一眼小飞,"小飞兄弟嘛,另一个。"

"哦,你俩不安好心啊。"阿木哩忍不住笑着说,"我还以为真是来听曲儿的。"

四人正打趣着,老板徐娘提着一壶酒,婀娜地走到桌前,为多蒙倒酒,不由自主地就往多蒙身上靠。坐在一边的阿木哩见徐娘又要对多蒙动手动脚,故意轻咳了一声。徐娘混迹江湖,一下子明白了阿木哩的意思,她提着酒壶来到阿木哩身边,为阿木哩倒了一杯酒,笑道:"嘿,妹子,多蒙兄弟是你情郎?"

"不是!"阿木哩红着脸,一口否认,"我是他妹妹。"

"哈哈,你可别骗我啊。"徐娘又提着酒壶,索性和多蒙坐在了一起,一边为多蒙倒酒,一边靠向多蒙。多蒙稳稳地坐着,不动声色地喝着酒。阿木哩见此,一下子从座位上站起来,一口喝了杯中的酒,噘着嘴,扭头便要离开。

"妹妹,你别走啊。"徐娘忙喊阿木哩,同时放下酒壶,上前一把拉住阿木哩,将阿木哩拉到多蒙的长椅上,让她和多蒙并排坐在一起。阿木哩生着气,一言不发。徐娘赔着笑,又为多蒙、小飞、马猴三人倒酒,笑道:"多蒙兄弟啊,我们老朋友一场,不是我说,有这么个大美人爱着你,你来藏云寨提啥亲啊?"

"你也知道我来藏云寨提亲?"多蒙喝了一口酒问道。

"哈哈,瞧你说的。青山寨雏鹰多蒙要来藏云寨向白家小姐提亲,这消息早就在藏云寨传遍了,现在藏云寨老老少少谁不知道?"徐娘大笑着,独自坐到了阿木哩刚才坐的长凳上,也为自己倒了一杯酒,一口喝尽,"大家不仅知道你多蒙要来提亲,还知道白孟当家几乎许了这门亲事。只是这白家大小姐自始至终都抵触这门看上去门当户对的亲事,为此差点儿离家出走,幸好被白孟当家发现,现在禁足在家。"

"哦,还有这事?"多蒙好奇地问。

"难道我多蒙哥配不上白家小姐?"小飞忍不住问道。

"小飞兄弟,你多虑了。依我看,这门亲事,门当户对,多蒙兄弟和这白家小姐也算郎才女貌,绝配!"徐娘放下手中的酒杯,又给多蒙斟酒。

"你都认为绝配,为什么还有这话?"马猴也好奇道。

"这白家大小姐白珊不是一般女子,曾在女校念书,听说还参加过革命党,办过报纸,也算女中豪杰。"徐娘顿了顿,为自己倒满酒,继续道,"听说,她在女校念书期间,和旁边一所学校的一个同学自由恋爱,后来这男同学到国外留学了。临行前,白珊和男同学有过誓言,她会一直等到男同学回来。所以这些年来,到白家提亲的人络绎不绝,白珊始终不肯嫁。这白孟老爷子见女儿年龄渐长,也是愁得不行啊。所以这次青山寨来提亲,白孟老爷子甚至都没考虑,一口许下这门亲事。"

"原来还有这么一说。"多蒙还是第一次听到关于白珊的故事,他隐约感到,那个到国外留学的男同学在白珊心中分量很重,如此说来,白珊是否还能接受他呢?

"多蒙哥,她都有心仪的人了,你还去提亲吗?"阿木哩担心地问。

多蒙慢慢地喝着酒,这酒有些辣,一杯下肚直辣心底。沉思片刻后,他缓缓地说道:"去,当然去。"想到自己心中也藏着一个女人,两人在一起,从情感的角度来说也扯平了,最重要的是这门亲事本来就不是一桩简单的亲事,主要关系到两个寨子的命运,站在这个角度来看,他更应该去。

阿木哩听多蒙说要去,不再开口说话了,她这次来,有言在先,绝不干涉多蒙的婚事。话虽这么说,她心里还是怀着不少委屈,她也不顾酒是否辣,又喝了一杯,两杯酒才下肚,她的脸就变得绯红,双目泪汪汪的,顷刻间,又添了几分娇柔美丽。徐娘忍不住感叹道:"多蒙啊,你这个妹妹难道不好?这样的大美人不娶回家,你以后一定后悔。"

多蒙低眉不语,现在已不是他爱不爱的问题,他要顾全大局。就在这时,台上两个歌姬演奏完了,两人走下台来,向多蒙等人鞠了一躬,小飞和马猴直勾勾地望着两位少女。

马灯下,多蒙才看清了两人的模样,两人的年龄在二十三四岁:紫衣女子身材微胖,长发披肩,宛如一朵美丽的紫罗兰;而另一位青衣歌姬,身材苗条,一头秀发披到了腰间,似一株玉兰。二人说话的语气清丽响亮,听口音不像是当地人。

"这是我的两个妹妹,年初才从四川过来投奔我的。"徐娘介绍道,"穿紫衣服的这个妹妹,名叫紫衣。穿青衣服的这个妹妹,名为青兰。"

"紫衣、青兰见过诸位客官。"两位歌姬异口同声地向多蒙躬身作礼道。

"唉,时局动荡啊,我这两位妹子在川蜀可是出了名的歌姬,现在不得不躲到这穷乡僻壤,和我一样,求一个安宁和平稳。"徐娘感叹道。

多蒙深知小飞和马猴对这两个歌姬动了心,他从怀中摸出十块大洋,堆在桌上道:"不知二位姑娘今日可愿意陪在下的两个兄弟一宿?"多蒙混迹江湖多年,单刀直入,对这风尘中的女人,最好的办法便是花钱,"如果这些钱还不够,二位姑娘可以开个价。"

"多蒙兄弟啊,不是我说你,你也太小看我这两个妹妹了。"徐娘扫了一眼十块大洋,很不在意地说,"我这两个妹妹,卖艺不卖身。"

"哦,真是难得。"多蒙听闻,准备收起十块大洋。

这时候,徐娘忽然伸过手,把十块大洋揽到自己面前,拿起一块大洋,吹了一口气,用耳朵听了听,确定是货真价实的大洋后,缓缓地道:"多蒙兄弟,我这两个妹妹虽说卖艺不卖身,但没有说不嫁人啊。你这十块大洋吧,就作为我媒婆的钱啰,我给你做这个媒。"

"你先做好这个媒再说吧,钱我先收着。"阿木哩早对徐娘来气,她动作灵敏地将十块大洋抢回来,攥在手中,气鼓鼓地瞪着徐娘。

"多蒙兄弟啊,你这妹妹一直气鼓鼓的,一副要吃我的样子,这媒还做不做啊?"徐娘舒展着身体,右手端着酒杯,微醺地媚笑着说,"我这两个妹妹啊,本来是富贵人家的大小姐,只是这些年战祸不断,家人死的死,散的散,才流落风尘。去给达官显贵做小妾,我这两个妹妹自然不甘心;嫁给穷人吧,她们又受不了苦。今日见小飞和马猴兄弟喜欢我这两个妹妹,我便想做个媒。这两位兄弟的人品和身份,我还是了解一二的,我这两个妹妹跟着两个兄弟,生活可以无忧,当然也不用做妾,也算门当户对了。"

"说吧,多少钱?"多蒙又直接问道。

"多蒙兄弟,我就喜欢你这么直接。"

徐娘伸出食指,微眯着眼,醉意蒙眬地说:"两百块大洋,必须明媒正娶。"

阿木哩听说两百块大洋,气得一下子拍着桌子喊道:"这么贵?!你怎么不去抢呢?"

"啊哟,小妹妹啊,这可是两个大美人啊,难道她们不值这个价钱吗?"徐娘说着,从座位上爬起来,醉意阑珊地走到两个歌姬身边,"看看,我这两个妹妹,要身材有身材,要脸蛋有脸蛋,能吹能唱,难道一个就不值一百块大洋吗?"

两个歌姬见了徐娘的醉样,抿着嘴忍不住笑了。小飞和马猴早已被两个歌姬迷得神魂颠倒,自她俩走下舞台,两人的眼睛就没从歌姬身上移开过,只有阿木哩气鼓鼓地瞪着徐娘,一副很不耐烦的样子。徐娘说完两个歌姬的身段,又摇摇晃晃地到了小飞和马猴身边,玉手轻轻地抚摸着两人的肩膀,娇媚地问道:"二位兄弟,你们说,我这两个妹妹值不值这些钱?"

"值,值!"小飞和马猴的心思早就不在自己身上了,没了魂似的机械地回答着。

"值你个鬼哦!"阿木哩怒气冲冲地对徐娘说。

"哎哟,小妹妹,不要对我这么充满敌意嘛。"徐娘依然面不改色,懒洋洋地说。

"二位姑娘,意下如何?"多蒙端着酒,眼睛稍抬,看向了两位歌姬。

"我俩全凭姐姐做主。"紫衣回答道,"这半年来,在姐姐这里吃住,也欠了她不少,我俩逃难时只顾性命,这些年攒的钱全丢了。我们这一百大洋吧,一部分偿还姐姐,剩下的也不给别人,只是自己装着,图一个安心,万一某一天被婆家嫌弃,赶出家门,也有个安身立命之本。"

"二位兄弟,你俩呢?"多蒙望向小飞和马猴,见二人目不转睛地看着歌姬,已知两人对她们动了心,他索性道,"二位兄弟,你俩这些年跟着我赶马跑商,在我这里各攒了五十块大洋,你们本意也是娶媳妇用的,这样吧,作为你们大哥,剩下的我给你们补上。"

"谢谢多蒙哥!"小飞和马猴闻言,喜出望外,二人感激地用发誓的口吻道,"多蒙哥,就知道你仗义,以后我俩就跟着你,赴汤蹈火,在所不辞。"

"得了,得了,都是多年的兄弟了。"

多蒙回房拿来一袋大洋,来到两个歌姬身边,说:"二位,这是一百块大洋,作为定亲之用,剩下的一百块大洋,等我的两个兄弟明媒正娶接二位时再一次性给清,二位意下如何?"

紫衣和青兰相视一眼,又看向了徐娘。徐娘笑着,摇晃着身体,重新坐回座位道:"两个妹妹,既然多蒙兄弟这么安排,还不接着?"

"多谢多蒙大哥。"紫衣和青兰这才躬身作礼接了钱。

"你俩别站着,快上台,给多蒙大哥来一曲《春江花月夜》啊!"徐娘吩咐道。

"是!"紫衣和青兰抱着乐器,回到舞台中央,开始演奏歌曲。

"你看,我这媒不就做成了吗?!"徐娘媚笑着,望向了阿木哩手中紧攥着的十块大洋,又问多蒙,"多蒙兄弟啊,你的两个兄弟啥时候来娶我的两个妹妹啊?"

"就在我来娶白家大小姐的那一天吧，我们三个兄弟一起娶媳妇，不是刚好？"多蒙微笑着回答。

"对对，我们三兄弟一起娶媳妇，到时候一起办酒席，热热闹闹，岂不快哉？"小飞开心地畅想着。

"多蒙兄弟，看来你对娶白家大小姐很有信心啊，不愧是雏鹰多蒙啊！"徐娘忍不住夸赞道。

"哼！"阿木哩听到这里，已经气得有点儿冒烟了，她将十块大洋重重地拍在桌子上，怒气冲冲地说，"你们听，我走了！"说罢，一口喝了杯中的酒，转身朝后院住房去了。

"喂喂，阿木哩，这《春江花月夜》弹得多好啊，你不听啦？"马猴朝着阿木哩的背影喊道。阿木哩就像没有听到一样，不回答，也没回头。

马猴想让多蒙喊一喊阿木哩，但多蒙坐回座位上，依然只是低着头，不动声色地喝着酒。马猴不知道该说什么好，再看坐在一边的徐娘，正小心地一枚枚捡起阿木哩拍在桌子上的大洋，开心地说："多蒙兄弟，这媒钱，我就收下了啊。"说着，用手绢将十块大洋包在一起装进了怀中。

# 第五章　提亲比试

次日早晨，多蒙、宋真司一行人来到白府，白帆早已带着家丁等在门口。

多蒙看向白帆，白帆身边站着一个四十多岁的男子。中年男子身穿白色对襟上衣，外套一个黑领小褂，下着宽筒裤，腰间系着一根黑七彩腰带。中年男子身后是一个身着白色上衣、蓝色裤子，丫鬟打扮的小姑娘。

白帆上前一步对宋真司说："诸位远道而来，辛苦了，大家里面请。"

宋真司作礼说："久等了。"

白帆介绍身边的中年男子："宋大哥、多蒙兄弟，这位是我们白家的管家马程。"

马程向宋真司等人拱拱手："诸位远道而来，辛苦了。在这藏云寨，如有什么需要做的，只管吩咐在下。"

"素闻马管家也是英雄豪杰，今日一见，果真气度不凡。"宋真司笑着说，"茶马大道马锅头中，论枪法，素有'南鹰北马'的说法，今天'南鹰北马'聚齐了，真是难得。"

马程将目光转向宋真司身后的多蒙，这"南鹰北马"中的"南鹰"正是指雏鹰多蒙。常年赶马，他和多蒙有数面之缘，也算是朋友，他客气地对多蒙说："多蒙兄弟，许久未见了。"

"马兄好！"多蒙说着，目光落在了马程身后的小丫鬟身上。他突然意识到，从到白府开始，这个小丫鬟似乎就一直盯着他看，脸上大有喜欢之意。小丫鬟发现多蒙看她，连忙红着脸收回了目光。

"里面请!"白帆吩咐身边家丁帮忙抬聘礼,家丁得令,上前替小飞、马猴等人扛箱子。

大家聊着天,一路热热闹闹,从大门进了白家院中,穿过几重走廊后,来到了白家大厅中。白家老爷子白孟坐在正厅中,其夫人慈心坐在下首,大家都等着宋真司、多蒙等人到来。很快,聘礼——三个大红箱子摆在了大厅的正中央。

宋真司和多蒙、库玛三人都坐下后,宋真司先开口说:"白老爷子,今日黄道吉日,闻贵府白珊小姐尚未出嫁,特此前来,为我多蒙三弟提亲。"

多蒙走到白孟跟前,躬身行礼:"晚生多蒙见过白伯伯和夫人。"

"好,好。"白孟点着头,眯着眼睛,稳稳地坐在椅子上道。

"小侄,坐,坐。"夫人慈心和白孟满意地点头相视一眼。

多蒙复坐下。夫人慈心略带歉意地说:"小女正梳妆打扮,稍后见诸位。"而后向身边的小丫鬟示意,"香杏,你去催催小姐,让她梳妆完毕尽快来见客人。"

"是,夫人。"丫鬟香杏转出大厅请白珊去了。

白孟笑着说:"真司兄弟,与青山寨联姻,白某早有此意。今日见多蒙小侄仪表堂堂,我和夫人甚为满意,这门婚事,白某先应承了。"

宋真司望着不远处的聘礼说:"既如此,这聘礼,请白老爷子收下。"

"好好,那我就收下了。"白孟挥手示意家丁将聘礼抬下去。

这时,堂外传来一声娇喝:"慢!"所有人朝门外看去,只见一个少女站在门口。少女身穿无领水红外套,内搭白色短衫,腰上系着水红色的系带,白色的头巾一侧,缨穗飘在如月的脸颊前,一双大眼带着血丝,雪白的脸上藏不住憔悴,哪怕如此,也掩盖不住少女绝世的美貌。

"珊儿。"夫人慈心从座位上站起身,面带担忧的神色。

白珊缓步走到大厅中,她身后跟着丫鬟香杏。香杏的目光一直落在多蒙的身上,白珊早已从香杏的眼神中猜出了谁是多蒙。她扫了一眼聘礼后,走到多蒙的跟前。多蒙不由自主地缓缓地从椅子上站起,和白珊对视着。多蒙有种感觉，白珊的眼神中带着愤怒和敌意，只是这份怒意藏在眼神的深处，尽力克制。

"这份聘礼收不收，就要看你能不能过我这关。"白珊斩钉截铁地说。

多蒙不动声色，一边的宋真司和库玛相视一眼。宋真司笑着说："白珊姑娘，有何要求，请讲。"

白孟脸色通红，有些尴尬地说："真司兄弟，小女过于娇惯，冒犯处，你多担待。"

"没事，没事，正常，正常。"昨晚白帆提前打了招呼，宋真司早有心理准备，今日也不意外。

白珊毫不客气，走到大厅中央提高声音说："大家都知道，这些年来，来我白家提亲的人络绎不绝，都被我一一回绝了。原因就是，我的丈夫必须文武双全，绝对不能是个厌包。"

站在多蒙身后的阿木哩这时忍不住了，高声说："白姑娘，我多蒙哥绝对不是一个厌包，不仅枪法了得，还熟读《春秋》。"

"哦！"白珊被阿木哩的话吸引，她打量着阿木哩，虽说阿木哩是丫鬟打扮，但也无法掩盖自身的美丽。宋真司忙介绍说："白珊姑娘，这是我多蒙兄弟的表妹阿木哩。"

宋真司话虽这么说，但女人并不是那么容易被糊弄的，白珊的目光一直落在阿木哩身上。阿木哩被白珊看得有些不好意思，红着脸低下头。

白珊微笑道："如果的确如阿木哩姑娘所言，多蒙武能胜过藏云寨，文能让我折服，这份聘礼我便收下。"

白珊话音刚落，一直站着的夫人慈心才舒了口气，缓缓地坐了下来。白孟拍了拍夫人的手，大有宽慰之意。这还是白珊第一次松口，以前白珊直接把下聘礼的人赶出去，对方根本毫无机会。

宋真司接过白珊的话头："白姑娘打算怎么办？"

"很简单，我也不难为诸位，众人皆知，多蒙枪法了得，和我们马管家素有'南鹰北马'之称，那就让我看看是否名副其实。"白珊的目光转向马程,"马叔,你是我们藏云寨第一神枪手,不妨一展身手。"

"小姐既有此意,马某自当尽力。只是这里太窄,不便动刀动枪,不如到外面广场上,方便施展。"马程拱手说。

"多蒙三哥,你意下如何?"白珊问。

"请!"多蒙很干脆地回答,"除了枪法,你还要比什么?"

"文的嘛,你既熟读《春秋》,必然深谙为人处世的道理,到时你只要答我的问题即可。"白珊说。

"好!"多蒙一口答应。

"都是白姑娘在出题,能否也让我们出一道,看你是否合适做我多蒙大哥的妻子?"阿木哩的话震惊四座。素来提亲者都是被白珊拒绝的,阿木哩反客为主,座上的人一下子都呆住了,甚至连宋真司这智囊都大感意外。白家人都知道白珊的性格,今日她能松口实属不易,现在反被提条件,如若她转身走人,整个局面就尴尬了。

"哦?阿木哩姑娘想出什么考题?"让所有人意外的是,白珊不仅没怒,反而来了兴致。

"你出了两道题,我青山寨就出一道。"阿木哩嘴角上扬,微微笑道,"我多蒙哥,一个赶马的马锅头,每日与马相伴,所以他的妻子也应该懂马吧。"

"我白家作为马帮世家,自然懂马,况且我也练过骑术。"白珊说。

"那好,我和白姑娘来一场赛马,如若你的马术能胜过我,那你就有资格成为我多蒙哥的妻子。"阿木哩道。

"好!"白珊不仅不怒,反而对阿木哩露出了会心的微笑。

宋真司听闻此话,忙对白孟说:"白老爷子,阿木哩年龄尚小,还不懂事,得罪之处,你多担待。"

"哈哈,挺好挺好,她和我女儿倒有几分相像,只要她们开心,想怎么比就怎么比。"白孟开怀一笑,一扫脸上的尴尬。

众人说着,不一会儿便来到白府外的广场上。

到了广场上,家丁给马程递上一把盒子枪,马程持枪在手,回头问多蒙:"多蒙兄弟,第一局比枪法,你先来还是我先来?"

"客随主便。"多蒙望向广场的正前方,百米开外放着三个标有红色圆心的标靶。马程也不客气,缓缓地抬起枪,指向了标靶。就在这时,两只黄雀从树梢上飞向天空,马程枪头一转,朝着天空开了一枪,一只黄雀随着枪声落下。

"好!"白府的家丁齐声喝彩。

同时,被击落的黄雀送到了众人跟前,白孟注视着黄雀,不免担心起多蒙:"多蒙兄弟,今天这大喜之日,不宜杀生,你就打前面的靶子,如若能打中,这比赛就算通过了。"他说着又望了一眼站在一边的白珊,白珊没有说话,表示默许。毕竟击落飞鸟的好枪法不是每个枪手都有的,万一多蒙无法打下鸟来,这场婚事岂不是泡汤了?

"小飞,拿枪给三弟。"宋真司吩咐着。

小飞从腰间拔出枪,递到了多蒙的手中。多蒙持枪在手,从怀中摸出五块大洋递给小飞。小飞会意,接过大洋,走到百米外。多蒙回头对白孟道:"白伯伯觉得射杀活物不吉利,那就换一种方式吧。"多蒙说着,将枪指向了小飞,小飞将手中的大洋抛向空中。在五枚大洋落下的瞬间,多蒙手中的枪响了,五声枪响后,银圆落了地,一边围观的家丁都跑了过去,不一会儿便拿着五枚大洋来到白孟跟前。

众人一看,五枚大洋都被打变形了,一时间喝彩声不绝于耳,多蒙的枪法,比马程有过之而无不及。马程也忍不住道:"多蒙的枪法,真是神乎其技,马某甘拜下风。"

多蒙忙谦虚道:"不敢,不敢,马叔的枪法才无人能敌。"

宋真司笑道:"二位也不必谦虚,'南鹰北马'之名,所言非虚。"

马程深知白孟铁了心想和青山寨联姻,他不失时机地对白孟道:"当家的,我藏云寨如若能得到多蒙兄弟相助,必将如虎添翼。"马程的话,不仅白孟听懂了,在场的其他人也听懂了,众人附和道:"大当家,马管家说得对，多蒙兄弟这般好枪法，有这么一个姑爷，我藏云寨如虎添翼。"

"哈哈，好好好！"白孟非常开心，多蒙露的这一手，让藏云寨从上到下折服，再望向白珊，她脸上笑容也多了几分，对多蒙有了些欣赏之意。白孟不失时机地对身边的香杏道："酒呢？这好日子，不能没有美酒。"

香杏早已准备好了酒，让家丁搬上，倒满大瓷碗。白孟端起酒，对青山寨的众人道："诸位青山寨的兄弟，你们远道而来，这杯酒是我敬大家的，以后我们藏云寨和青山寨联姻，就是一家人……"

"爹，你考完了，我还没考完呢。"白珊开口打断了白孟。

"有这么好的枪法，你还不满意啊？"白孟皱着眉头，用略带批评的口吻道，"你也不要太闹了，这世界上哪有十全十美之人？"

众人都把目光投向白珊，宋真司端着酒笑道："白老爷子，白姑娘既说要考我三弟多蒙文韬武略，不如遂了她的意，让她嫁得也心甘情愿。"

"都怪我把小女娇惯坏了。"白孟转头对白珊道，"女儿，你要考便考，但差不多就行了啊。"

"我自有分寸。"白珊早已听出了父亲话中之意。她明白，父亲见到多蒙时便决定了这门婚事，现在又见多蒙枪法了得，更是确定多蒙就是白家的女婿，如若再考下去，多蒙没有足够的文才，岂不是要坏了婚事？毕竟多蒙常年赶马，没足够的时间去读书，也在情理之中，再说一个马锅头也不用像秀才一般，需要太多知识。

"白姑娘请出题。"多蒙放下酒碗，淡定地说。

"多蒙哥不闪不避，小女子深为敬佩。"白珊缓步走到多蒙跟前，略微思考后问道，"多蒙哥对眼下的国家局势怎么看？"本来她准备了足够考倒多蒙的问题，只是她见白府上下，似乎除了她，心中都默认多蒙是未来的女婿，作为一个聪明的女人，她权衡后，想了这么一个最简单的问题。

多蒙也没想到白珊竟然问了这么一个简单的问题，只是这个问题说起来简单，似乎又不是那么好回答。他稍微整理一下思绪道："国民党政府大势已去，未来将是共产党的天下，一个新的统一的时代即将到来，但无论是谁掌管这个天下,都需要马帮运送茶盐等物资。"

白珊听了多蒙的回答,面色凝重。白孟听了满意地说:"多蒙小侄说得对,无论谁掌管这个天下,都需要马帮运送物资。"白孟话音刚落,众人都附和说:"多蒙认识问题深刻,无论天下如何变动,我们马帮都岿然不动。"

在大家的赞同声中,多蒙缓缓地问了一句:"白姑娘,我这答案如何?"

白珊的目光里含着一丝悲伤,她喃喃道:"或许,这就是你和他的差别。"

白珊的声音很小,但每一个字多蒙都听在耳中,他猛然感觉到,白珊心目中的男人在她心中的分量,就如他心目中的杜沈思,同样也是沉甸甸的。想到这点,他毫不犹豫地说:"白姑娘,既如此……"

话说了一半,宋真司截住多蒙的话头,高声对白孟道:"白老爷子,两轮考试已过,这门亲事是不是成了?"

白孟早已按捺不住,接过宋真司的话头,端着酒碗高声道:"诸位,现在我正式宣布,多蒙就是我白府未来的女婿,这门亲事就这样定了!来,来,大家端起酒,干了!"

"干了!"众人兴高采烈地端起酒碗,和白孟一起一饮而尽。多蒙呆立片刻,站在他身后的阿木哩拍了拍他的肩膀,他才回过神来,一口喝尽碗中的酒,没想到这场婚事就这么定了。白珊虽有难言之色,却没有出声反驳,那就代表着默许。一旁的夫人慈心见女儿没有反对,长长地舒了口气。

"既然婚事已定,大家请回府中,今日不醉不归。"白孟开心地向众人说道。

"婚事虽然已定,但我和白姑娘还有一个比试呢。"这时,站在多蒙身后的阿木哩开口道。

"阿木哩,既然婚事已定,那就没有比的必要了。"一向不大说话的库玛对阿木哩说,言语中有种不可抗拒的气势。

"不,事前已经商定,我和阿木哩妹妹还是要比一比的。"白珊抬起头,望着阿木哩露出了一丝笑容。

"白姑娘信守承诺,可敬可佩。既如此,那就当作一场友谊赛。"宋真司打圆场说。

"好,来一场友谊赛。"白孟心领神会,既是友谊赛,那么结果如何并不影响这桩婚事。

阿木哩和白珊都没有反驳,两人都清楚,这桩婚事已经定了,赛马的结果就不重要了。但二人像走程式一般,分别让家丁牵来了马,阿木哩的是白霜,白珊的是一匹棕马。二人上了马后,白珊笑道:"阿木哩妹妹,我骑术不精,你别笑话。"

"一样,一样!"阿木哩双腿一夹,手中马鞭一挥,对白珊道,"白姐姐,走了,我可不会让你的哦。"说罢,沿着宽阔的茶马大道冲了出去。白珊这才反应过来,她一挥马鞭,跟在阿木哩身后,飞驰追去。很快,两骑一先一后,消失在众人的眼中。

"孩子的事情,让她们玩去吧。真司兄弟,我们回府中喝酒。"白孟回头对宋真司道。

"好,请!"宋真司道。

"马程兄弟,你去照看照看两个孩子。"夫人慈心望着远处,还是有些不放心。

马程领命,带着几个家丁骑着马,向白珊和阿木哩消失的方向追去。白孟、宋真司等人转回白府,白孟安排了酒席,热情地招待了前来提亲的青山寨众兄弟。

酒席中,白孟坐在主席的位置,端着酒碗向宋真司道:"既然婚事已定,这婚礼时间也要早日商定。"

宋真司笑道:"我们出发前已算过黄道吉日,八月十八,是本年最好的日子,白老爷子意下如何?"

白孟忙叫家丁拿出历书,查了查后,点着头道:"确实是好日子,既如此,大婚定在八月十八。"

"好好,白老爷子觉得不错便好。来,期盼这天早日到来,干了这一碗。"宋真司端起酒一饮而尽,喝完了又问道,"白老爷子,对剿匪一事,你怎么看?"

"唉!刀头七确实是心腹大患,尤其这段时间,他已经数次侵扰我藏云寨,杀了我们三个马脚子。你也知道,我藏云寨百里之内没有其他大的寨子,此地又是要道,刀头七一日不除,我藏云寨一日不得安稳,所以越快除掉刀头七自然越好。"

"黑岭离藏云寨最近,这次我们四个寨子围剿刀头七,一定可以马到成功。"宋真司放下酒杯,意味深长地说,"白老爷子,我青山寨和藏云寨快成一家人,有些心里话,我也不隐瞒了。你也知道,我们青山寨和碧河镇素来有恩怨,一起剿匪,最怕彼此有异心,剿匪不成,反被当枪使。"

"真司兄之意,我自然明白。我们和乌马寨也有恩怨,我也听闻,乌马寨和碧河镇已经联姻,到时剿匪,我们离黑岭最近,两寨必然齐聚藏云寨。"白孟说到这里停住了,他倒了酒,独自喝了一口。

"白老爷子,兄弟明白你的担忧,到时,我青山寨必会和藏云寨协同,藏云寨如若出了意外,下一个便是我青山寨。"宋真司说。

多蒙在一边低头喝着酒。这些年,他知道马帮之间必须维持均势,否则,一家独大,其他马帮只能跟着喝汤。如果让乌马寨和碧河镇联合吞下藏云寨,那么他们的下一个打击对象一定是青山寨,青山寨自然无法独自和两个山寨对抗,这也是青山寨和藏云寨急着联姻的原因所在。思索半晌,他深感几个山寨之间的纠葛,和刀头七一样藏着极大的危险。

"有真司兄这句话,我就放心了。真司兄回去,和库藏兄传一句我的话,我藏云寨和青山寨以后是一家人,如若遇到问题,自当同进退。"白孟道。

"这是自然,一荣俱荣,一损俱损。来,白老爷子,这一碗,我敬你。"

宋真司又和白孟干了一碗。

　　这一边，宋真司和白孟喝得开心，白帆陪着多蒙，几杯酒下肚，话也多了。多蒙还未娶白珊过门，白帆已把妹夫挂在嘴上了，对多蒙的欣赏之意溢于言表。那一边，夫人慈心和库玛相谈甚欢，众人觥筹交错，一副其乐融融的样子。多蒙环视着热闹的酒宴，淡然的心突然有了一丝暖意。不管这桩婚事有无其他考虑，他能感觉到，藏云寨白府上上下下都把他当作自家女婿，彼此敬酒间似乎多了一些温情，这让素来缺少亲情的他有一种前所未有的感动。一时间，他似乎忘记了杜沈思，把自己当作了藏云寨白家的女婿，一切变化得太快，甚至在他的意料之外。

　　酒喝了半晌，白珊和阿木哩还没有回来，夫人慈心有些担心地问白帆："帆儿，你妹妹怎么还没有回来？赛马也早该结束了啊。"

　　白帆道："娘，我这就去看看。"

　　白帆放下酒杯正准备往外走，门口传来了白珊和阿木哩银铃般的笑声，不一会儿，两人牵着手，迈着欢快的步伐进到大厅中。夫人慈心见两人安全回来，开心地说："你俩可算回来了，再不回来，我都要派你哥去找你俩了。"

　　白孟问："你俩赛马谁赢了啊？"

　　阿木哩笑着说："白伯伯，白珊姐赢了。"

　　白珊望着阿木哩说："爹，是阿木哩让我的，其实是她赢了。"

　　白孟好奇地说："看来你俩还有故事啊。"

　　"爹，赛马赛了一段，我的马出了点儿问题，是阿木哩帮了我，我和她聊了聊，一聊之下，我和她相见恨晚，所以我俩决定结为姐妹。"白珊说着，温柔地望着阿木哩。阿木哩和白珊四目相对，眼神中没有了刚见面时的敌意。多蒙见阿木哩和白珊之间，因为一场赛马，产生这么大的转变，他暗自揣度，阿木哩和白珊到底聊了什么，才让两人的交情变得如此之好？

　　"你俩既决定结为姐妹，来来，喝了这杯酒。"白孟豪迈地让一旁的香杏给阿木哩和白珊各自倒了一杯酒。

阿木哩端着酒,豪爽地对白珊说:"承蒙白姐姐看得起我,这杯酒,我敬白姐姐。"

白珊和阿木哩碰了杯:"妹妹不必客气,来,干了,以后如若有事,只管告诉姐姐。"

二人一饮而尽,脸颊变得更加红润,宛如刚绽放的睡莲。喝了酒后,阿木哩回到了多蒙的身后,白珊站在了夫人慈心的身边。宋真司端起酒杯,开心地说:"白老爷子,今天可谓双喜临门:一来,婚事已定;二来,阿木哩和白珊姑娘结为姐妹。可喜可贺!"

白孟高兴地说:"真司兄弟说得对。来来,诸位,今天双喜临门,不醉不归!"

众人又把酒一饮而尽。这顿酒,喝到天黑才算结束。喝得最多的当数多蒙,毕竟作为藏云寨的新姑爷,敬酒的人较多,哪怕多蒙酒量再好,也禁不住藏云寨的弟兄一轮又一轮的劝酒,直到把多蒙喝得快不省人事,酒宴才结束。

回客栈的路上,小飞和阿木哩架着多蒙,马猴和库玛架着宋真司。月色下,一行人离开白家大院,摇摇晃晃地朝着藏云驿走。走了一段路,一阵凉风吹来,吹着多蒙的脸,让他稍微清醒了一些,同时,胃中只觉一阵翻腾,他蹲在路边,扶着一块石头,一阵呕吐。连续吐了三次后,把吃进去的菜和酒吐干净了,他的状态才好了些。

阿木哩忙拿出手绢为多蒙擦去嘴角的秽物,担心地问:"多蒙哥,你没事吧?"

"我没事!"多蒙重新站起身,抬头望了一眼天边有些发冷的明月,心中突然有种莫名的感伤。他摸不透这份感伤来自哪里,更不知该怎么安放它,喝酒总让人失去理性,同时又放大了心中莫名的情绪。他镇定了下思绪,缓过神道:"走吧。"

这一回,多蒙的酒醒了不少,也不用阿木哩和小飞搀扶了,只有宋真司还是醉得不省人事。多蒙苦笑道:"宋姐夫为了我的婚事也是拼了,这么多年,还从未见他喝得这么醉。"

"今天他开心,才喝了这么多酒。"库玛关心地看着醉意蒙眬的宋真司,微笑着说,"这些年,他心态恬淡,难得醉一次,也好。"

"我一定会记着这份恩情。"多蒙内心深处有几分感动。

"大家都是兄弟,就不要说这些。"库玛转头看向阿木哩,"阿木哩,你今天可把我们吓了一跳。不过,白珊姑娘有些事确实做得有些过,我们都不好反驳什么。你年少敢说,多少给我们青山寨挽回了一些面子,这次没有白带你来。"

"是吗?我还以为自己有些放肆了呢。"阿木哩听库玛夸她,得意得嘴角微微上扬。

"这白家大小姐,也只有你能治得了,一物降一物啊。"库玛转头,又对多蒙说,"三弟啊,这个媳妇娶回去,好是好,你怕是要受些气了。哈哈!"

"她是大小姐,该让着她些。"多蒙泰然地说。

"有这种觉悟不错啊。"库玛笑着道,"阿木哩,我很好奇,你和白珊赛马到底谈了什么,让她对你的态度一百八十度大转弯?"

阿木哩低头不语。多蒙见状,也说道:"阿木哩,你有事可别瞒着我们啊!"

阿木哩只能小声地说:"我和她说了我和多蒙哥的实情啊!"

"什么?你和白珊说了你和多蒙之间的关系?"库玛心中一惊,想了想后说,"她确实应该知道你和三弟之间的关系,毕竟早晚会知道的。"

"其他的呢?她没有说什么?"多蒙问。

"我和她说,我接受她做多蒙哥的妻子,还问了她心中那个人是谁。"阿木哩说。

"她心中的那个人是谁?"多蒙继续问。不要说阿木哩,他其实也想知道是什么样的男子能让自己未来的妻子念念不忘。

"白姐姐说,是谁已经不重要了,重要的是,等了这么多年,白姐姐已经没有再等下去的必要了,那个男人应该是不会回来了。"阿木哩注视着多蒙的脸,月色下,多蒙的脸有些苍白,他的眼中透着前所未有的冷意。她实在不忍说下去,宽慰多蒙道:"多蒙哥,白姐姐还是喜欢你的,不然她也不会答应这门亲事。她说这些年来提亲的人中,多蒙哥是最优秀的一个,如果错过,此生恐怕再难遇到像多蒙哥一样的人。"

话说到这里,空气像凝固了一般,多蒙的脚步也停下了,他心中像打翻了五味瓶,是喜是悲,无奈或者悲凉,各种思绪如尘沙一般,滚滚地朝着多蒙涌来。他多蒙何尝不是像白珊一样心中藏着一个挚爱?现在却要去娶一个看上去般配的人,当无数的思绪交织着浮现在多蒙的脑海中时,冰冷而又空旷的世界里仿佛只剩下一个声音,为了两个山寨的未来,他和白珊都必须放下自己的挚爱。

## 第六章　情敌相见

多蒙提亲结束,回青山寨数日后,大哥库藏又派三盒子找多蒙,要多蒙到府中议事。

前往库藏家的路上,多蒙问三盒子,离几个山寨联合剿匪还有些日子,这次大哥库藏又有什么事情。三盒子告诉多蒙,二哥关安逸回到了青山寨。多蒙听说关安逸回到青山寨,满心欢喜,又想到十多年前他和关安逸跟着大哥库藏一起赶马的日子。那时候,他们三人歃血为盟,结为异姓兄弟。那是他一生中最幸福的时光,他们三兄弟中,由于他年龄最小,遇到任何事情,都有库藏和关安逸挡在前面。因此,年少的他惹了不少祸。相较大哥库藏,二哥关安逸是出了名的护犊子,每次多蒙闯祸,关安逸都会拍着他的肩膀说:"三弟,这事二哥帮你解决,我三弟无论做什么事情都是对的,错的也是对的。"随着年龄的增长,多蒙逐渐成熟,二哥还是说同样的话,但他知道这只是对他爱护有加,错的永远是错的,哪怕是兄弟,错的事情也绝对正确不了。

很快,多蒙跟着三盒子到了库藏家。大哥库藏像往常一样,坐在大厅的正中央,库藏的右边坐着宋真司,左边正是自己的结拜二哥关安逸。关安逸见多蒙进来,一下子从座位上起身,大踏步走到多蒙跟前,一把抱住多蒙,开心道:"三弟啊,好久不见了,想死二哥了!今天,一定要和你喝一杯!哈哈……"关安逸上下打量了一番多蒙,"三弟,听说你很快就要结婚了,可喜可贺啊!这回,二哥得给你准备一份结婚的大礼。"

"谢谢二哥!"多蒙开心地望着关安逸,细看之下,二哥关安逸没有多少变化，貌似多了一些白发，"二哥，你在白沙镇过得是否舒坦？好几次想去找你，都没来得及。前次路过白沙镇，匆匆忙忙，也未来得及逗留。"多蒙偶尔会经过白沙镇，那里有口盐井，是青山寨库家的一份巨大的资产，每年多蒙都会带马帮将白沙镇的食盐运送出去，赚取高额的利润。白沙镇的盐井像一棵摇钱树，和茶叶一起，为青山寨库家带来巨大的财富，看守这棵"摇钱树"的人，就是库藏最信得过的结拜兄弟关安逸。

"两位兄弟，坐，坐，别站着说话。"库藏见多蒙和关安逸见面就站着拉起家常，笑着让两人坐下。

"二哥，今天怎么有时间回一趟青山寨？"多蒙坐下后好奇地问。

"是我叫你二哥回来的，几个山寨马上要联合剿匪了，我喊你二哥回来商议商议。要剿匪，牵扯面大，今时不同往日，国民党政府兵败如山倒，我们近些年一直倚仗龙殿英，才牢牢地抓住了白沙镇的盐井，现在龙殿英大势已去，白沙镇盐井的控制权是一个大问题。"库藏语气低沉，作为青山寨的大当家，总是需要未雨绸缪。

宋真司端着茶杯，喝了一口茶，放下茶杯道："我听说碧河镇杜家和共产党关系甚好，这样下去，终有一天，碧河镇杜家会依靠共产党的力量，夺回白沙镇盐井。"

一直满面笑容的关安逸这一刻笑不出来。这些年，他躺在白沙镇盐井上赚得盆满钵满，如若有一天碧河镇杜家真夺回白沙镇盐井，那等于断了他的财路。"大哥，这段时间我也在想这个问题。前几日，龙殿英的副官庞虎到了白沙镇，和我谈起此事，龙殿英的意思和大哥的一样，现在时局有变，碧河镇极有可能利用这个时机，打白沙镇的主意。另外，我还探知，乌马寨的刀罕和共产党走得也很近，现在他们和碧河镇联姻，对我们也极为不利。我担心，剿匪这件事，会不会是一个陷阱？"

多蒙坐在关安逸下首，听着三人的对话，想到这百年间，青山寨和碧河镇围绕着白沙镇盐井的归属权，不知道打过多少次。白沙镇盐井在争夺中数次变换了主人，尤其是上一次争夺中，青山寨背靠龙殿英，牺牲不少兄弟,才抢回了白沙镇盐井。这些牺牲的人中,就包括自己的父亲,站在他的角度看,白沙镇是父辈打下来的,若是在自己手中丢失,便是不孝。

"剿匪这件事情,哪怕是个阴谋,也没法退缩,否则我们也会输了道义。生意人,什么都可以失,却不可失了信。"库藏道。

"依大哥之见,我们该当如何?"关安逸问。

"这些天,我和真司妹夫也在思考此事,初步这样安排:剿匪,只用我青山寨的力量,你白沙镇的力量,一个都不要动。你只要按兵不动,谅碧河镇和乌马寨也翻不起大浪。"库藏转头望向宋真司,"真司妹夫,剿匪一事,我们青山寨不仅要参与,还要积极参与,拿到主动权,最好的办法就是利用刀头七的力量,削弱碧河镇和乌马寨的力量,我们取渔翁之利。所以此事,我决定交给真司妹夫去办,不知道真司妹夫意下如何?"

"大当家,我不问世事多年,恐有负你的嘱托。"宋真司道。

"这件事非你出马不可,眼下时局多变,我需坐镇青山寨,脱不开身。"库藏看向了多蒙,"三弟多蒙这些年成长极快,足以独当一面,但三弟勇气过人,谋略不足,而真司妹夫你呢,谋略有余,却不愿过多操心琐事。所以我的意思是,这次出兵剿匪,三弟多蒙作为主将,真司妹夫做他的军师,二位意下如何?"

宋真司笑道:"大当家想得真周全,既如此,我也不妨当一当多蒙三弟的'孔明先生'。"

多蒙听到此处有些急了:"大哥,你让我当个马锅头,带带马帮,没有任何问题,但是我从未带过这么多人去打马匪啊。"

坐在一旁的关安逸安慰道:"三弟啊,凡事都有一个开头。再说了,这次去剿匪,你也正好在藏云寨白家面前露一手,给你未来的老丈人看一看。据我了解,藏云寨白孟有两个孩子,大儿子白帆是个大烟鬼,典型的烂泥扶不上墙,所以这些年一直想招一个靠谱的女婿。你表现好了,以后娶了白孟的女儿,你便是白家之主了。"

宋真司笑着道:"三弟啊,你二哥说得对,只要这次你表现好了,以后你娶了白珊,这白家便是你说了算,所以无论如何,你都要把握好。不过你放心,我做你的军师,只要按照我说的办,定可万无一失。"

"既然大家对我寄予厚望,我也只能死马当作活马医了,接下这件事。"话已至此,多蒙也只能硬着头皮接受重任。

"这才对嘛!"库藏高兴地道,"难得二弟回来,我们三兄弟相聚,今日不醉不归。"说着,吩咐下人置办酒席,免不了大醉一场。

按照计划,数天后,多蒙、宋真司带着青山寨的人马再次前往藏云寨。这次到藏云寨,多蒙受到了极大的欢迎。多蒙和宋真司本要住藏云驿,但白孟一再要求多蒙和宋真司住进白家,多蒙和宋真司盛情难却,只能依白孟所言,住进白家。全府上下对多蒙这位未来的姑爷表现得极为热情,大公子白帆直接把姑爷都叫上了,完全不把多蒙当外人。只有白珊对多蒙的情感有些奇妙,谈不上特别欢迎,但似乎也不反感,毕竟还未过门,白珊对多蒙以礼相待,多蒙始终感觉和白珊有一层隔阂。

多蒙和宋真司住进白府的第二天,碧河镇、乌马寨的人马也陆续到达藏云寨。这天傍晚,多蒙和三盒子、宋真司在屋子内喝酒,讨论着明天的计划,门突然响了,多蒙打开门一看,门外站着白珊。白珊身穿红白相间的新衣,披着一袭红色的风衣,丫鬟香杏紧随其后。白珊站在门口,瞄了一眼多蒙屋内,见屋内有人,问道:"多蒙哥,你现在是不是很忙?"

"商量明日剿匪的计划。"多蒙诚实地说。

"哦,那我打扰了。"白珊低着头,略带歉意地说。

这时,宋真司和三盒子从屋内出来,走到门口道:"白珊姑娘,我们已经商量完了,你们聊吧。"宋真司非常识趣,上前拍了拍多蒙的肩膀,用鼓励的眼神深深地看他一眼,然后转身走了。三盒子走时也学宋真司的模样,拍了拍多蒙的胳膊。

等两人走远了,多蒙对白珊说:"白姑娘,外面风冷,进屋子说话。"

"不了,我来找你,是想让你陪我去见一个人。"白珊说。

"好,我穿一件外衣便和你去。"多蒙不问白珊要带他去见谁,一口就应承了。

多蒙穿上外衣，跟着白珊出了白府。出府后，三人直接朝藏云驿走。路上，多蒙暗想，明天各山寨为剿匪一事会盟，各山寨大大小小的头人几乎都住在藏云驿中，白珊要去藏云驿，想必是要见一个特别的人吧。

三人沿着青石路走了一段后，一直沉默的白珊开口道："多蒙哥，你就不好奇我要带你去见什么人吗？"

多蒙笑道："白姑娘要带我去见的，一定是一个很重要的故友吧？"

白珊笑道："没错，一个故友，也是你的故友。"

多蒙道："是吗？这马道上我的故友很多，不知道白姑娘要见的是谁？"

白珊顿了顿，才缓缓地说："杜沈思。"

多蒙心中一惊："杜……杜沈思？"多蒙不明白白珊为何要去见杜沈思，纵然她和杜沈思是故友，她大可自己去见，或者喊一个亲人陪同，完全没必要邀请自己同去见杜沈思。多蒙猜不透白珊这样做的目的。

白珊微微一笑："怎么，你不想见她？"

多蒙淡淡地回答："不是！"

白珊突然停下了脚步，转回身，注视着多蒙的眼睛，似乎想从多蒙的双眼里挖出他心底所有关于杜沈思的秘密。多蒙下意识地将目光移到一边，他确实没有勇气和白珊对视。白珊仿佛看透多蒙的心思，直接拆穿多蒙的内心："你爱她。"

多蒙不知该怎么回答，在自己的未婚妻面前，他怎么能回答爱着另一个女人呢？但撒谎又不是他的天性，他似乎也没有学会对自己的亲人撒谎，所以只能沉默不言。白珊要的似乎也不是多蒙的回答，她直接换了一个话题说："我和杜沈思以前在女校是同学，比起我们追求的革命，她更喜欢自由，喜欢当赶马人，做一个无拘无束的任侠。说起来，我觉得你和她还真般配。"

多蒙又不知该如何回答，他实在猜不透白珊这样做的目的何在，不过作为白珊的未婚夫，他觉得自己需要表明态度："白姑娘，我和杜家有世仇，杜元德曾经杀害了我的父亲，这杀父之仇是必须报的。"

"哦，还有这样的恩怨？"白珊有些意外，不过也在情理之中，几乎所有人都知道，青山寨和碧河镇之间的恩怨已有上百年。白珊笑道："难怪你不肯去碧河镇提亲，和乌马寨的刀家公子抢一抢。你看过莎士比亚的《罗密欧与朱丽叶》吗？"

"莎士比亚？"多蒙皱着眉头，不要说没看过，听都没有听过。

"嗯，一位英国的戏剧家，写了一部剧，讲两个有家族世仇的男女不顾家族的反对相爱了。有时间你可以看看，我那儿有一本。"白珊说。

"好，有时间我看看。"多蒙答应着，依然猜不透白珊的目的何在。

"等会儿见到杜沈思，你做好心理准备。"白珊笑了笑，又提醒说，"藏云驿不仅来了杜沈思，还来了杜沈思的未婚夫刀龙，我带你去看一看，你心爱的女人准备嫁给什么人。"白珊说到这里，大约也意识到自己可能做得有些过了，又解释道，"多蒙哥，你不必多想，我没什么恶意，纯粹想见一见我的故人。毕竟，我们心中的有些人、有些事总要面对的，与其以后面对，不如现在就解决，你说是不是？"

"好！"多蒙简短地回答，他抬起头来注视着白珊，她似乎知道很多，也很聪明，她这样做，或许出于女人的心理，想从杜沈思那里将自己的心夺回来，所以自己必须去面对杜沈思，以及杜沈思的未婚夫，只有这样，才能彻底放下自己心中的执念。多蒙想到这里，似乎明白了白珊的目的。

夜色下，多蒙跟着白珊来到藏云驿，驿站内传来猜拳、押注、歌舞之声，驿站外拴满了马。白珊在驿站门口稍微停了片刻，将披风的帽子戴在头上，才进了驿站内。驿站正厅中人员太杂，白珊选择从偏门进入后院。

不一会儿，三人进了后院。多蒙跟着白珊上了后院二楼，在二楼走廊的尽头，白珊敲响一间房门，门吱呀一声开了，多蒙再次看到杜沈思。杜沈思还是那么美，紧身的内衣配着花筒裙，宛如人间仙子。

杜沈思打量着白珊，脸上露出花一般的笑容："白珊姐，原来是你啊，好久不见了。"杜沈思目光清澈,她一下子认出了白珊。白珊拉下帽子,露出青丝和头饰,两个绝美的人站在一起,多蒙一下子也没法分辨出到底谁更美。或者说,两人有着不同的美:杜沈思给人的感觉是自由的,还带着一些野性,整个人都充满了活力;相较而言,白珊安静内敛,知性娇柔。

"沈思妹妹,好久不见了。"白珊微笑着望着杜沈思。

"来,来,屋里说话,外面有些凉。"杜沈思招呼着将白珊引进屋子内。

白珊和香杏先后进了杜沈思所住的屋内,最后面的是多蒙。当杜沈思见到多蒙时,两人的目光相遇,时间仿佛一下子停住了。多蒙心中早有准备,先打招呼道:"杜姑娘,前次一别,已有些时日。"

"多蒙哥,屋子里坐。"杜沈思一下子醒悟过来,将多蒙请进屋中。

这一切,白珊都看在眼里。多蒙已隐约知道白珊带他来见杜沈思的原因,也就多了个心眼,把自己内心深处对杜沈思的偏爱和思念悄悄地藏在心底,不露任何蛛丝马迹。

四人在屋子中央的火塘边上坐下,火塘上方挂着黑色的茶壶,在火塘边,能闻到一股淡淡的茶香味。白珊忍不住感叹道:"今天我们来得真及时,沈思妹妹煮了这么一壶好茶。"

"我就知道你会来看我,特意煮了一壶茶。"杜沈思笑着,拿着抹布,准备取火塘上的茶壶。香杏见状,连忙抢过杜沈思手中的抹布,帮杜沈思取下茶壶,找来瓷杯,三人围着火塘,边喝茶边聊了起来。

"我听闻妹妹要嫁人了?"白珊闻着刚倒出的碧绿色茶汤,慢悠悠地问。

"唉,是啊!"杜沈思叹息了一声,略微抬起眼,眼里藏着遗憾,悄悄地斜视一眼多蒙后说,"父母之命,媒妁之言,我也难以做主。"

"这不像妹妹你的性格啊。"白珊品了一口茶,笑道,"好茶!妹妹还记得当年我们一起在女校念书的日子吗?当时,你看了越女阿青的故事,说自己要做一个像阿青一样的女子,而我,想做一个像秋瑾一样的女子。时至今日,我们都被俗世所累,你做不了阿青,我也做不了秋瑾。"

"那时年幼,你就当是一场梦,一份纯真吧。"杜沈思低着头,若有所思地说,"你不也要嫁人了?"

"是啊,我也要嫁人了。"白珊一口喝了杯中的茶,将茶杯放回火塘边,脸上带着一丝不易觉察的苦涩的笑意,"妹妹什么时候成亲,时间定了没有?如果时间允许,我很想来参加妹妹的婚礼。"

"我爹他们已经定了,八月十八。"杜沈思说。

"八月十八?看来这一天真是好日子。"白珊笑了,香杏为白珊添了杯茶,"不瞒妹妹,我的婚期也是八月十八。"

"啊,那真有缘了。"杜沈思一口喝完杯中的茶,放茶杯的时候,又下意识地望了一眼多蒙。多蒙一言不发,脸上毫无表情,只是默默地一杯又一杯地喝着茶。

"妹妹,何不把你的未婚夫喊来,让姐姐我见一见啊?我和多蒙哥一样,非常想知道你这个大美女到底要嫁一个什么样的男人。"白珊说。

"哈,姐姐啊。"杜沈思笑了,"我又不像你,喜欢带着未婚夫到处乱跑,我可不想带着他见我最好的姐妹,还有自己的救命恩人。"说着,举起茶杯,缓和气氛一般道,"来来,我以茶代酒,敬姐姐和多蒙哥一杯,祝你们百年好合,早生贵子。"

多蒙和白珊只能举起茶杯,和杜沈思碰了碰,一口把茶喝尽。多蒙喝茶时,用余光看着杜沈思,借着篝火的光芒,他突然发现,杜沈思喝茶时,眼角滑落了一颗晶莹的泪珠,喝完茶,她顺手将脸颊一抹,那一颗泪珠消失得无影无踪,就像什么也没发生过一样。这时,白珊放下杯子,对多蒙道:"多蒙大哥,我和沈思妹妹许久未见,想聊一聊姐妹之间的事。"

多蒙立刻会意,站起身道:"二位只管聊,我去外面走走看看。"

白珊道:"好,等一会儿要走时我让香杏去喊你,你可别走远了。"

多蒙答应着,离开了杜沈思的房间。这个过程中,杜沈思没有说一句话。多蒙也没法再看一眼杜沈思,只有顺手关门时,最后看了一眼杜沈思和白珊,两人脸上没有丝毫笑容,反而多了一些沉重。杜沈思为什么会流泪？白珊和杜沈思之间有什么样的故事？……无数的问题充斥在多蒙的心中，一个也没法解答。

多蒙敲敲自己的脑袋，站在二楼吸了一口初秋的凉风，他回过神来，又听到驿站前院的吵闹声。此时，弹奏声和歌声停了，押注的声音也没有了，只剩下争吵声，其中有一两个声音他听着有些耳熟。多蒙再细听，他听得没错，对骂的声音中，有一个声音是小飞的，另一个是马猴的。多蒙心中暗忖，小飞和马猴不是都住在白家府上了吗？怎么会来这藏云驿站中，而且还和人吵起来了？

带着疑惑，多蒙下楼，来到前院大堂中。大堂中挤满了马脚子，多蒙一下子就看到了小飞和马猴，他俩身后站着惊魂未定的紫衣和青兰。小飞身前站着一个三十岁左右挺着胸的毛脸大汉，他将手扣在腰间挂着的手枪上，似乎随时会拔枪。毛脸大汉的身后有七八个马脚子，众马脚子都仰着头，一副了不起的样子，仿佛给毛脸大汉壮声势。徐娘夹在两拨人马之间，来回地劝说，似乎想缓和局势。

自家兄弟出事情，多蒙不能不管，他走进人群里，扫视一眼两边的人。小飞和马猴本来势单力薄，见多蒙到来，喜出望外。多蒙又望了一眼紫衣和青兰，不用小飞和马猴说，大约知道了怎么回事。他走到徐娘跟前，冷冷地说："徐娘，既然这两个姑娘已许配给我的两个兄弟，我们也下了聘礼，为何还要让她们出来卖唱？你是怕我青山寨给不起钱吗？"

徐娘脸上堆着笑，忙解释道："大兄弟啊，我怎么敢让两个妹妹再出来卖唱呢？只是今日刀三爷碰巧见到了我的两个妹妹，他硬要我的两个妹妹出来唱一曲，说刀少爷心情不好，如果没法让刀少爷心情好的话，说不好刀少爷就把我这驿站掀了。"徐娘说着，望向大堂正中央的长桌。长桌旁坐着一个面容白皙的英俊青年，青年双目炯炯有神，五官棱角分明，头发黑亮，这份英气相比多蒙有过之而无不及。

这时，毛脸大汉怒气冲冲地对多蒙道："你是谁？敢和我家刀龙少爷抢女人，不怕我一枪崩了你吗？"

"刀龙！"多蒙心中一惊，眼前这个青年就是乌马寨的大公子，也就是杜沈思的未婚夫？他一时间想不通，杜沈思还在楼上呢，刀龙为了两个女人闹得乱哄哄的，也不知道何意。难道他就不怕杜沈思不高兴吗？心中的思虑一闪而过，多蒙没能想出个所以然来。这时，小飞和马猴见毛脸大汉无礼，怒不可遏，撸起袖子准备动手，还好多蒙在场，劝住了二人。多蒙也不想理毛脸大汉，他命人回房取来一百块大洋，递给徐娘道："这是剩下的聘礼，这两个姑娘，我们今晚就带走。她俩在你这里，也只会给你惹麻烦。"

"还是大兄弟你想得周全。"徐娘高兴地接过大洋，忙对紫衣和青兰说，"二位妹妹，你们赶快去屋内收拾行装，准备和两位爷走。"紫衣和青兰口中感谢着，转身回了后院。

毛脸大汉见多蒙完全无视他，怒从中来，伸手就要拔枪。论拔枪，自然谁也没有多蒙快，还未等毛脸大汉拔出枪，黑洞洞的枪口已经指着毛脸大汉的脑门。毛脸大汉一惊，不敢动弹，他身边的马脚子见状，哗啦一下，全部抽出枪，对准多蒙。小飞和马猴眼疾手快，也持着枪，对准了众马脚子，气氛一下子紧张起来。徐娘见状慌了，两边劝道："诸位大爷啊，有事好商量，有事好商量，一旦打起来，谁都讨不到便宜。"

"把枪收了。"一直不发话的刀龙站起来说道，"我们今日是来剿匪，不是来藏云寨闹事的，无论怎么说，我们也得给白孟老爷子一些面子。"

众马脚子闻言收了枪，多蒙也示意小飞和马猴收枪，紧张的局势稍微缓和一些。毛脸大汉转头对刀龙道："少爷，还从来没有人敢和我们抢女人，这口气，我刀猛咽不下去。"多蒙听到此话笑了，原来眼前这毛脸大汉是传说中乌马寨惯会拈花惹草的三当家刀猛。

"原来你是刀猛。你也不看看你面前站的人是谁，他就是我大哥雏鹰多蒙。"小飞敬佩地望着多蒙。在场的所有人听闻眼前这位伟岸的男子是多蒙，都向多蒙投来崇拜的目光。雏鹰多蒙是青山寨的第一马锅头，他的枪法神乎其神，这在众马脚子中已传遍了，所有听过多蒙名号的人都免不了要高看多蒙一眼。

"你就是青山寨的雏鹰多蒙?"刀龙有些不敢相信地走过来,仔细打量了多蒙一番。

"行不更名,坐不改姓。"多蒙笑道。

"就算是多蒙又如何?今天这两个女人绝对不能让他们轻易带走,否则以后传出去,还说我乌马寨怕他青山寨。"刀猛对刀龙道。

"既如此,不想出人命,就按照道上的规矩。"多蒙不慌不忙地说道。

"好,这是你说的。今日你们青山寨才来了三人,不要说乌马寨欺负你们。我们三局两胜,如果你们赢了,就让你们把两个女人带走;如果输了,便留下。敢不敢?"刀龙冷冷地望着小飞和马猴。

"有何不敢?难道还怕你们乌马寨不成?"小飞根本不把刀龙放在眼里。

两边商定,刀龙首先带着马脚子出了驿站大堂,到了前院,多蒙、小飞和马猴尾随其后。前院较宽敞,刀龙吩咐徐娘在院中四角点上柴火,将整个院子照得亮堂堂的,院子中间腾出了一块空地——所谓道上的规矩,正是比武。

刀猛戾气最重,他脱了衣服,露出一身的横肉,在场上指着多蒙三人叫嚣道:"你们三个谁上,和本大爷过几招?"场下,乌马寨的马脚子为刀龙搬来凳子,刀龙一只脚搭在凳子上,嚼着花生米,冷眼注视着多蒙三人。马猴也给多蒙搬来凳子,与刀龙隔着场子相对而坐。多蒙淡定地坐下后,对小飞和马猴道:"这刀猛吧,外强中干,你俩谁上?只要熬他一段时间,他就虚了。"

"我来吧。"小飞脱去衣服,露出一身肌肉,走进了场子中。比起刀猛,小飞的个头稍微矮了一截,就气势而言,小飞远不如刀猛。

两人打了个照面后,刀猛急不可待地跨步朝小飞的面门一拳打来,小飞侧身一闪,躲过了刀猛的攻击。刀猛接着飞起一脚,直踢小飞的中路,小飞眼疾手快,一个扫堂腿,直取刀猛的下盘,刀猛连忙收了力,向后闪躲,勉强躲过了小飞的攻击。这时候,刀猛才意识到眼前这个比他矮小的男人也是练过的,便收起狂傲之心,小心地应付起来。

两人拳来脚往,继续比拼。刀猛显然在身体上占了优势,上半局,小飞只能被动抵挡,多次险些被刀猛打趴在地。可是正如多蒙所言,刀猛平日纵欲过度,外强中干,体力渐渐不支,拳锋也随之渐弱。小飞见机会来了,故意卖了一个破绽给刀猛,刀猛不知是计,一拳朝小飞的胸口打来,小飞顺势扯住刀猛的胳膊,近身朝刀猛腋下打去,一拳打得刀猛头上直冒汗。小飞一招得势,连续五六下重拳,接着一个扫堂腿,一下子把刀猛打翻在地,站不起来了。

除了刀龙手下,其他观众见分出了胜负,纷纷为小飞鼓掌。小飞得意地向众人抱拳作揖,潇洒地走下场。另一边,刀龙派了两个手下,将刀猛拖下场,第一场比赛结束。小飞下了场后,走到多蒙身边道:"还好没给多蒙哥丢面子。"

"哈哈,我就说嘛,对方外强中干,不足为惧。"多蒙笑道。

"下一场我来。"马猴脱了衣服,丢在一边,准备上场。

"猴哥,好好打,你再胜了,多蒙哥第三场就不用打了。"小飞提醒道。

"好,明白,放心吧。"马猴紧握着拳头,露出肱二头肌。别看马猴穿着衣服时有些瘦削,但论打架,其实他是青山寨年轻人中最能打的。这和马猴的出身有关,马猴的爹是一个走江湖的艺人,常表演胸口碎大石、扔飞镖、杂耍的技艺,当然,自家也有一套拳法——猴拳。马猴从小便随父亲学习猴拳,这些年真打起架来,基本上没人是他的对手。如果在古代,马猴绝对是一个一流的高手,可惜到了用枪的时代,拳法再高也没有用,真到玩命时,一枪就被撂倒了。

"猴儿,我知道你武艺高,但这场你别赢。"多蒙不动声色地说。

"为什么?"正准备上场的马猴听了多蒙的话,一下子蒙圈了,为什么不要他赢呢?

"你觉得我和那个小白脸谁厉害呢?"多蒙指着场对面的刀龙问道。

"那还用说？当然是你厉害了，这小白脸，来三个，你都能打翻。"马猴笑道。

"那就对了。如果你赢了，第三场就没有了，所以你不能赢第二场。我现在手痒得很，恨不得揍那个小白脸一顿。"多蒙的眼神如鹰，直视着刀龙。他也不知道为什么会突然有这种想法，就是特别想揍刀龙。嫉妒吗？或许有些。毕竟刀龙是杜沈思的未婚夫，要娶走自己心爱的女人。但真正的原因并不是嫉妒，而是愤恨，替杜沈思愤恨。杜沈思就在楼上，他作为未婚夫明目张胆地在这里拈花惹草、争风吃醋，为了两个歌姬大打出手，想想都为杜沈思不值，这样的人不狠狠揍一顿，实在难解心头之恨。

"多蒙哥放心，我心中有数，第三场一定让你上，狠狠揍那个小白脸一顿。"马猴说着，走到了场地中央。

论身材，马猴又高又瘦，并不像什么高手。这时，刀龙也派了一个打手走到了场地中央。这个打手身材健硕，全身露着结实的肌肉，走起路来虎虎生风。相较之下，马猴实在不起眼。马猴暗想，还好比的不是掰手腕，否则直接不用比了。马猴的对手上场后，按照马道上的惯例，拱手道："乌马寨朱坦。"

马猴拱手道："青山寨马侯！"马猴的本名为马侯，侯爷的侯。

马猴刚报出名字，便引来了一片笑声，走茶马大道的人都是要点儿面子的，竟有人自称"马猴"，不得不引人发笑。不过对手朱坦却不这么想，他以为马猴看不起他，胡乱取了一个名字应付他。想到此，他气得脸都绿了，还未等马猴摆好架势，一拳朝马猴打来。马猴作为练家子，自然游刃有余，轻松躲过对方的重击后，朝着朱坦的右眼一记轻拳，直接打得对方眼冒金星，右眼出现了一个黑红的眼圈。其实，如果真是搏命的话，马猴这一拳可以直接废了对方的眼睛，不过马猴自知容易伤人，所以下手轻了许多。

朱坦被一拳打中后，带着一股狠劲朝着马猴又是一顿乱拳。马猴凭借着身形左闪右躲，等对方锋芒过后，马猴找了一个空当，朝着对方的左眼打了一拳，打得对手哇哇直叫，连连后退。借着把院子照得亮堂堂的火光，大家看到朱坦左右两只眼都红肿了，哂笑不止。朱坦缓过神后，听到场外的人都在嘲笑他，更是怒从中来，拼了命地朝着马猴又是一阵拳打脚踢，一时间破绽百出。如果马猴想赢他，早把对方打趴下十几次了，但马猴始终记得多蒙的交代，这一局是要败了的。马猴连退几步后，侧眼望了望刀龙，又看了看多蒙，两人像两只公鸡，双目隔空对视着，看刀龙的模样，似乎也想下场和多蒙打一架。

马猴想到此，一个闪身跳到场外，拱手对朱坦道："朱坦兄弟，承让承让，这一局算我输了。"

朱坦闻言收了拳，不解地问："为什么？"

马猴笑道："我打你两拳，你都不倒，还越战越勇，以我的身板，你打我一拳我就受不了。再打下去，我早晚被你打中，与其挨揍，不如我认输好了。"

马猴将话讲成这样，朱坦无话可说，马猴已经认输，也算对刀龙有个交代，朱坦向马猴拱手作了个礼后下了场。场外，观众向马猴发出一阵嘘声，明眼人都看得出，马猴是练过的，对付朱坦绰绰有余，可谁也没想到马猴就这么轻易地认输，实在有些虎头蛇尾。马猴尴尬地挠挠头，苦笑着走到多蒙跟前，平摊着手说："多蒙哥，如你所愿，第三场就看你的了。我和小飞兄弟的老婆都押在你这里了，你可要帮我们狠狠揍一揍那小白脸。"

多蒙从座位上起身，拍了拍马猴的肩膀道："放心吧，我今天不把他打得半个月下不了床，我就不叫多蒙。"多蒙脱去身上的外套，递给小飞，缓步走到了场地中央，他如鹰般的目光始终落在刀龙身上，他就想看一看，今日刀龙敢不敢上场。

刀龙缓缓地从凳子上站起，脱去了外套，也走到了场地中央，两人四目相视，多蒙嘴角露出淡淡的微笑。刀龙也摆好了架势，准备和多蒙大干一场。就在这时，人群里传来一个声音："二位，先不要动手。"

所有人都循声看去，只见人群里走出两个人，这两个人多蒙都认识，一个是乌马寨的二当家刀松,另一个独眼是碧河镇的杜元德的大儿子杜岭。多蒙见到刀松,只能暂时收了手。刀松走到多蒙跟前,笑道:"多蒙兄弟,我们又见面了。我家公子不懂事,望你别放在心上。"说罢转向刀龙道,"大公子,你来的时候你爹怎么和你说的?你为了两个歌姬,和多蒙兄弟大打出手,传出去,你也不怕人笑话。我们此行的目的是什么,你忘记了?"刀龙黑着脸,一句话都没有说。多蒙听刀松教训刀龙,反而有些不好意思,他笑道:"刀松兄,我和大公子只是闹着玩玩。我的两个兄弟前次已经下了聘礼,准备迎娶两个妹子,所以不想再让两个妹子抛头露面。"

这时,藏云驿的徐娘出来说道:"刀松大爷,正如多蒙兄弟所言,前些时日,小飞兄弟和马猴兄弟已经下了聘礼,准备迎娶我的两个妹妹,我本来也不打算让两个妹妹抛头露面的,奈何……"徐娘说到这里,看了一眼躺在长凳上的刀猛。

"我知道了,一定是刀猛逼迫你,让两个妹妹卖唱。"刀松心领神会,转身朝着刀猛怒道,"成事不足,败事有余,敢教唆大公子争风吃醋,难道你不知道朋友妻不可欺的道理吗?给我拖到后院,家法伺候,三十鞭。"

刀松的话让刀猛面红耳赤,只恨地上没有缝可钻。刀家两个人上来,把刀猛拖到后院,抽了三十鞭,后院不时传来刀猛痛苦的哀号。和刀龙一起闹事的马脚子都低着头,大气都不敢出。刀松又骂道:"你们在这里做什么?还不带着大公子滚回去休息!"众马脚子不敢违抗刀松的命令,只能簇拥着刀龙朝后院走去。刀龙离开时,回头恶狠狠地瞪了一眼多蒙,大有不服气之意。多蒙淡淡一笑,心中暗想:今日真是便宜你了。

乌马寨的马脚子走了,围观的人群也逐渐散了,刀松转头对多蒙道:"多蒙兄,今日之事,确实是我们有错在先,望你海涵。"

多蒙淡淡地笑道:"误会,误会。"

刀松转了一个话题,将碧河镇的杜岭引到多蒙跟前道:"这是碧河镇杜家大公子杜岭,你们以前应该见过吧?"

多蒙向杜岭拱拱手,杜岭回礼道:"多蒙兄弟,一直未来得及谢你前次救了我家三妹,今日在此谢过。"

"不必言谢,只要是道上的兄弟,都会出手相助的。"多蒙和杜家有血海深仇,其实他不想和杜家人有太多瓜葛,所以说起话来比平日冰冷了许多。杜岭是个聪明人,自然明白多蒙和自家的这层关系,所以说了一句后,也不便说了。

这时,紫衣和青兰已收拾好行李,正准备出门。两个女子到了多蒙跟前,免不了一番感谢,多蒙让小飞和马猴带着两人暂回白府安排住下,再做打算。现在所有聘礼都付清了,从某种意义上来说,这两个人已是小飞和马猴的人了,但多蒙担心两人因为女人而不知节制,耽误了打马匪的事情,又要求小飞和马猴另行安排房间。小飞和马猴兴高采烈地带着两个女人暂回白府。

小飞和马猴带着紫衣、青兰走后,刀松对多蒙道:"多蒙兄弟,不如进去喝一杯。"

多蒙望了望天色,时间不早了,推辞道:"我在此等一个人,今日就不去喝了,等剿匪成功,再与刀兄庆祝一番。"

刀松道:"好,那便这样约定了。"说罢,拱手作别,和杜岭转身回驿站去了。

两人走后,偌大的场院上只剩下多蒙一人。多蒙注视着还未燃尽的篝火,有种莫名的孤独感。这时,一个娇柔的声音从多蒙背后传来:"多蒙哥,原来你在这里。刚才外面发生了什么事情,吵吵闹闹的?"

多蒙转身,不知什么时候白珊和香杏站在了他身后。白珊穿着连帽披风,帽子遮住了她的脸,看不到脸上的表情。多蒙解释说:"发生了一点儿小事。你们聊好了吗?"

白珊低声回答:"好了!"

多蒙道:"那走吧。"

多蒙引着路,走出了藏云驿。这时候,藏云驿的徐娘匆匆地追了出来,赶到多蒙跟前后,从怀中掏出一个小包,交给多蒙道:"多蒙兄弟,刚才两个妹妹走得急,我做姐姐的忘记把礼物送给她们,有劳你将这两支金钗交给我的两个妹妹,作为我送给她们的嫁妆。礼物虽薄,但表一点儿心意。"

"好,我会的。"多蒙小心翼翼地将装金钗的小包放进怀中。徐娘又看了一眼多蒙身边的两个女人。她认识香杏,猜出香杏身边的女子便是白府小姐白珊:"徐娘就在此恭喜二位早日喜结连理,白头到老了。"

白珊低着头答道:"谢谢!"

徐娘向多蒙竖起大拇指道:"多蒙兄弟,你果真抱得我们藏云寨的大美人归了。"

香杏有些不喜欢徐娘的粗鄙,不高兴地说:"你说啥话呢?"

徐娘忙道:"粗人不会说话,还望姑娘不要怪罪。"

白珊略带轻松道:"没事没事,我也想看看你的多蒙大哥怎么把美人抱回去了。"

徐娘立刻向多蒙挤了挤眼,多蒙会意,走到白珊跟前,一下子把白珊抱在怀中,转身就朝白府走。白珊吃惊地道:"多蒙哥,你这是干啥?"

"你不是想看我怎么抱得美人归吗?我就让你看看。"多蒙回答着,沿着青石道缓步向前走。月色朦胧,地上投下两人长长的身影,香杏一边示意徐娘不要再看了,一边像小尾巴一样紧随其后。白珊在多蒙的怀中也不挣扎,她反而搭住了多蒙的肩膀,让多蒙省些力气。多蒙感受到了她的温柔,足以融化一切的温柔,这团温柔让他孤独的心有了一丝温暖。他甚至相信,随着时间的流逝,白珊终有一天会代替杜沈思在他心中的地位,所以在这一刻,他做出了此生一个重要的决定:作为白珊的丈夫,应该给予妻子足够的爱。

多蒙抱着白珊默默地走了一段路,白珊说:"多蒙哥,我知道你是怎么抱得美人归了,你放我下来吧。"

多蒙听从白珊所言,将她放下,并为她整理好有些凌乱的外套。白珊忍不住笑道:"多蒙哥,我突然发现,你看着粗犷,其实是个温柔的男人。

你的妻子一定是最幸福的女人。"

多蒙笑道:"哪有这样夸自己的?你不就是我未来的妻子吗?"

白珊却没有回答,她转过身,独自走向白家大院,清淡的月光下,白珊的身影是那么修长和孤独。多蒙站在月光中,能感受到白珊心底藏着的寒冰,那是他的体温都无法融化的寒冰。

# 第七章　剿匪奇计

　　次日清晨，青山寨、碧河镇、藏云寨、乌马寨四大马帮齐聚白家大厅。众山寨剿匪头领到齐后，白孟坐在大厅的大椅子上，多蒙和宋真司坐在白孟左边，陪坐的还有白帆以及马程。白孟右手边，和多蒙相对而坐的是乌马寨的刀松和刀龙，其后为碧河镇的杜岭与杜沈思，其余的马脚子都等候在大厅外。

　　坐定后，多蒙与刀龙四目相视。多蒙想到昨晚的事情，心中不免冷冷一笑，刀龙看他的眼神充斥着敌意。刀松就像昨晚什么事情都没有发生过一样，和宋真司有说有笑，不时还和多蒙聊上几句。碧河镇的杜岭、杜沈思保持着缄默，除了必要的客套之外，没有其他言语。

　　白孟见各寨的头领都到了，说道："诸位，我藏云寨离黑岭最近，这些年来，每年都会遭到马匪刀头七的袭扰，我藏云寨苦不堪言，每年都有人员死伤，损失的财物更是不可计数。我藏云寨早有剿除刀头七之心，可惜以我一寨之力，只能自保。今日，难得众山寨想除掉刀头七这个茶马大道上的祸患，我藏云寨必然尽全力。在此，我也希望诸位能同心协力，暂时放下过往恩怨。"

　　刀松赞同道："白孟当家所言极是。剿匪要成功，最重要的一点，还需各山寨一心剿匪，只要我们一条心，不愁刀头七不灭。所以我今日也在此代表乌马寨表个态，无论我乌马寨和诸位曾经有何恩怨，在剿匪这事上，一定与诸位头领密切配合，如有异心，天诛地灭。"

　　多蒙见刀松发誓，只能跟着起誓："我也代表青山寨起誓，剿匪一事，如有异心,天诛地灭。"多蒙起誓完后,碧河镇的杜岭也起了誓。一时间,四个山寨大有同仇敌忾之意,只有宋真司看着诸头领起誓,淡然地喝着茶,笑而不语。

起完誓了,白孟道:"看诸位齐心,不愁大事不成。我和刀头七数次交手,此人异常狡猾,他的老巢跃马峰三面环山,易守难攻,尤其是葫芦口,可谓一夫当关,万夫莫开。我们虽有四寨人马,人员数倍于刀头七,但要攻破刀头七绝非易事。所以,我们只能智取,不可强攻。"

刀松道:"如何智取?看白孟当家胸有成竹的样子,一定有良策。"

白孟看向宋真司道:"老朽能有何良策?一切都靠真司兄谋划。"他向一边的家丁招招手,让家丁将一幅地图放在大厅中央的桌子上,"诸位,具体良策,请真司兄谋划。"

宋真司微笑着,放下茶杯,走到了地图前,诸人也纷纷围到桌前。宋真司俯视着地图道:"以我们四寨之力,要攻破跃马峰绝非易事,纵然能攻破,也要损失不少兄弟,所以我们不能强攻跃马峰,最好的办法是将刀头七的人马引出跃马峰,以此来一波打击。同时,趁着跃马峰空虚,我们再偷袭跃马峰,将刀头七及其匪巢连根拔除。"

刀松道:"好计策,问题在于怎么将刀头七引出跃马峰?"

白孟在一边道:"这个嘛,我前不久和真司商量,决定用一批马帮的货物引诱刀头七。现在时局艰难,国共内战,茶马大道上的马帮更少,所以只要我们放出马帮运送货物的消息,刀头七一定会前来抢劫货物,到时候便是消灭刀头七的最好时机。"

刀松问道:"谁来运送货物?我们又怎么知道刀头七何时来劫?"

宋真司笑道:"前次刀头七劫持了碧河镇的货物,我听说还要劫持杜姑娘。"

闻听此言,众人看向杜沈思。杜沈思脸颊微红,轻轻地抬眼,面向多蒙道:"承蒙多蒙大哥相救,否则,我可能已经身陷匪巢了。"

宋真司接过杜沈思的话头道:"可见刀头七对杜姑娘有觊觎之心,我们就借他的这个心思,由杜姑娘来押运货物,一定可以把刀头七引出来。"

杜沈思的大哥杜岭不放心地说:"由我妹妹押送马帮货物没问题,但是我们不知刀头七何时来劫。"

白孟笑道:"真司兄足智多谋,早已料到不易掌握刀头七的动向,所以已经提早派了几个信得过的兄弟打入刀头七的内部,只要刀头七有行动,我们便会知道刀头七的行踪。另外,我们多安排一些探哨,盯着跃马峰的动向,定可保万无一失。"

刀松忍不住称赞道:"真司兄的谋略极高,有真司兄在,剿除刀头七之事必可达成。"其余负责人也附和着刀松,夸赞了一番宋真司。

多蒙望着宋真司,宋真司始终微笑着,听着众人的称赞,似有几分惬意。多蒙暗想,宋真司也是个志勇双全的人才,只可惜郁郁不得志,才会偏安一隅,不问世事,如果他一心入世博取功名,以其谋略,至少也是一个将军。

宋真司安排妥当,按照方案,由杜沈思作为马锅头,押送着准备好的茶盐,沿着茶马大道向北进发。同时,白孟又四处散播杜沈思的马帮要过黑岭的消息,做了各种准备后,就等着刀头七行动的消息。黑岭地区广袤,方圆数百里,山高路陡,要过黑岭,马帮至少需要十天时间。宋真司非常明白,这次剿匪的难点在于探清马匪的动向,否则以马匪打一枪换一个地方的方式,很难将马匪一网打尽。

杜沈思进入黑岭三天,宋真司也没有接到刀头七有所行动的消息。直到第四天,一只信鸽在藏云寨白府中落下,信鸽带回了一条信息,只有"落枫谷"三个字。宋真司得到消息后,连忙将地图拿来,找到了落枫谷的位置。

宋真司指着落枫谷道:"落枫谷四面为山坡,茶马大道从谷中穿过,马匪在此设伏,将路口一封,由高处往低处打,马帮绝无逃生的可能。"

刀松皱眉道:"选了这么好的地点打劫货物,我感觉刀头七不简单。"

白孟叹息一声道:"听说刀头七一伙多了一个师爷,据说此人原来是国民党某个官员的幕僚,国民党政府败退后,此人落草为寇,成了马匪的师爷。"

多蒙听到此,不禁为杜沈思担心起来,一般的马匪基本是打劫了货物便跑,但是有师爷的马匪便不同了,对付起来可能就困难许多。

宋真司在地图上比画了一阵道:"以杜姑娘马帮的行进速度,后天中午便可以到达落枫谷,我们要做好准备,一旦刀头七采取行动,我们一鼓作气包围他,将其一网打尽。"宋真司又做出了详细的安排,"刀松兄弟、杜岭兄弟,你们带本部人马,随我同去围剿刀头七。多蒙兄弟,刀头七一旦离开跃马峰,你就带青山寨的兄弟袭击刀头七的老巢跃马峰。马程兄弟,按照原计划,带藏云寨一队兄弟随我多蒙兄弟同去。"

宋真司安排好后,白孟笑道:"真司兄,老朽虽然年龄最大,但还有些力气,怎么没有任务?"

宋真司笑道:"白孟兄,您带藏云寨一部,与我同去落枫谷,围剿刀头七,意下如何?"

白孟拍手称好:"谨听真司兄安排。"

剿除刀头七的计划拟订后,各山寨根据计划都行动了起来。临行前,多蒙在门口遇到香杏。

香杏上前对多蒙道:"多蒙大哥,你跟我来,小姐有话和你说。"

多蒙稍作迟疑,一边的三盒子对多蒙道:"多蒙哥,你未婚妻要见你,你还不去?"经三盒子的提醒,多蒙立刻醒悟过来,跟上香杏。

香杏带着多蒙来到偏院门口,停下了脚步,向院子内瞅了瞅道:"你进去吧,小姐在里面。"

多蒙按照香杏的指引进了院子内,看到白珊正蹲在池塘边望着池塘中游动的鱼儿。多蒙走到白珊的跟前,作礼道:"白珊姑娘。"

白珊站起身,回过头道:"多蒙哥,你来了。我都快嫁给你了,以后你就喊我珊妹或者珊儿吧。"

"好。珊儿今日把我喊来,不知有何吩咐?"

"是不是要去围剿刀头七了？"

"是的！"

白珊低眉道："此行凶险，我担心还未嫁给你便守了寡。"

多蒙忍不住笑道："珊儿你多虑了，真司大哥把一切都安排妥当，再说你们藏云寨为了对付刀头七也准备了些年月，这次你只管等我们的好消息。"

白珊从怀中摸出一块玉佩说："这块玉佩是我的护身符，我从小戴在身上，今天就把它送给你，保佑你能平安回来。"说着走到多蒙跟前，踮起脚，亲自将玉佩挂在了多蒙的脖子上。

多蒙望着胸前碧绿色的玉佩，这是一块圆形翡翠玉佩，绿得透亮，上面还雕刻着龙凤纹，一条红绳穿住了翡翠玉佩。

多蒙笑着故意问道："珊儿，给我这么贵重的礼物，算定情信物吗？"

白珊脸微红，上下打量了一遍多蒙，最后目光落在多蒙腰间的匕首上："没错，定情信物，我给你了一件，你务必也给我一件。我看你随时带着这把匕首，不如作为定情信物给我吧。"

多蒙下意识摸到腰间的匕首，猛然一惊，他做梦也不会想到，白珊会向他索要这把匕首。这把匕首正是当日杜沈思为他取子弹的断情刀，想起杜沈思送他匕首时对他说，如果他要报仇，就带着这把匕首去碧河镇。自和杜沈思分别后，他便把这把断情刀随时挂在腰间，成为他生命中的一部分，偶尔思念杜沈思时，会取下匕首看一看，看到匕首，仿佛见到了杜沈思，回到了和杜沈思在小木屋中的日子。

白珊见多蒙不说话，又笑着问道："怎么，多蒙哥，舍不得把你的匕首送给我做定情信物？"

多蒙回过神来："怎么会舍不得？"他本想解释这把匕首的来历，但又觉得无法开口，总不能和白珊说这把匕首是杜沈思送给他的吧。再想到他和杜沈思之间的感情算是走到头了，今日白珊要取走杜沈思送给他的唯一纪念，或许是一种定数，就是让他忘记杜沈思。想到此，多蒙解下匕首,递给白珊道:"我的定情信物。"

白珊笑道:"多蒙哥,你是多么爱这把匕首啊,这么舍不得的样子。过些日子你娶了我,我是你的,这把匕首还是你的。"

多蒙听着白珊的情话,心头一动,上前一把搂住白珊道:"珊儿,等我回来。"

白珊一下子愣住了,片刻后才尝试着拥住多蒙道:"好,多蒙哥,等你回来,你一定要注意安全。"

多蒙松开白珊:"珊儿,那我走了,外面众兄弟还等着我。"

白珊点点头,目送多蒙离开。多蒙到了偏院门口,看到香杏红着脸望着他,多蒙尴尬地笑了笑,刚才他和白珊的对话,香杏都听到了。香杏指了指多蒙胸前的玉佩,多蒙才意识到玉佩还露在外面,他忙把玉佩放在衣内,才离开了偏院,只留下白珊独自怅然地望着多蒙的背影。

多蒙离开白府后,带着青山寨自家兄弟,以及藏云寨马程的一众兄弟,飞马赶往黑岭跃马峰。

行了一天一夜后,第二天傍晚,多蒙和马程已经离跃马峰不足三里。眼看离刀头七的老巢近了,多蒙和马程改为步行。这些年,藏云寨做了不少应对刀头七的准备,包括安插自己人,定位刀头七在跃马峰的明哨、暗哨等。按照事先做好的准备,多蒙和马程迅速解决了跃马峰外围的马匪探子,天黑时已摸到了跃马峰的山脚下。

多蒙站在跃马峰下,借着明月的光辉,望着眼前这座高耸入云的跃马峰,他有种特别的压迫感。这跃马峰正如传说中一般,只有南面有一条上山的小道,其余三面都是悬崖峭壁,人马根本无法通行,这地势之险,可谓一夫当关,万夫莫开,想攻下它,确实太难了。还好藏云寨提前做了许多准备,否则连靠近跃马峰不被发现都不可能做到。仰头看山上,今日的跃马峰灯光暗淡。多蒙暗想,刀头七去落枫谷抢劫杜沈思的马帮也要一天的路程,按照常理,刀头七早已带着精干的手下离开了老巢,现在留下的马匪,大约是老弱病残之辈了。

按照计划,多蒙带着青山寨的兄弟从正面小路展开攻击,马程带着自家精挑细选的兄弟,拿着绳索,从跃马峰东面,通过攀爬,直插跃马峰的后背。临行前,多蒙拍着马程的肩膀,注视着马程身后身挂绳索的兄弟们,道:"诸位兄弟,今夜一战,就仰仗你们了,我们前后夹击,跃马峰必然可破。"

马程信心满满地道:"多蒙兄,放心吧,为了对付刀头七,我们这些兄弟练习攀岩已有些日子,这跃马峰不在话下。再说,跃马峰中还有我们的兄弟,枪声一响,他们自会接应。"

多蒙点点头,和马程分道而行,进攻跃马峰的战斗就在溶溶月色下悄悄地展开了。这是一场有安排的攻击,一切似乎都在计划之内,只需要按照步骤进行,便可大功告成。但事实上,事情远没有计划中的那么简单。

上山的路太窄,多蒙想,只有先悄无声息地打掉上山路上的明哨和暗哨,才能让自家众兄弟顺利冲上跃马峰。按照地图上的标记,上山路上有两个明哨、一个暗哨,小飞和马猴自告奋勇,先去解决掉两个明哨和一个暗哨。多蒙嘱咐两人一番后,两人持着短刀,借着月色,摸向了哨兵所在的位置。

夜色清朗,多蒙在山脚处望着小飞和马猴神不知鬼不觉地便把哨兵解决了,心中大喜。他本以为解决哨兵不会那么顺利,如果打起来,主要依靠马程的攀岩小队从后面偷袭,从而拿下跃马峰,现在如此顺利,他可以直接带兄弟们悄无声息地先上山。不过为了保险起见,他留三盒子和一小队人马守住山脚,自己带着其余的兄弟上了山。

多蒙带着众兄弟走在上山的石道上,一阵冷风吹来,多蒙心中生出一股寒意。借着月色,他朝山下望去,目光所及之处都是悬崖峭壁,一旦失足,绝无生还的可能。多蒙有些不解,宋真司为什么要把攻击跃马峰的任务交给自家兄弟?显然,比起围攻刀头七,袭击跃马峰实在太难了。不过转念一想,如果能攻下跃马峰,那么收获也是最大的,可能宋真司认为这是一块肥肉,才会把袭击跃马峰的任务交给自家兄弟。

很快,多蒙到达了山顶,刀头七的巢穴灯火暗淡,除了风声,听不到任何声音。山顶下有个巨大的洞穴,这洞穴就是刀头七的老巢,洞穴外是一些用石头建成的堡垒,堡垒内也是静悄悄的,只有几处暗淡的篝火。多蒙暗想,难道是刀头七带着马匪倾巢出动,所以这老巢才会悄无声息?

多蒙思索着,借着月光,他看到路口的青松下吊着三条黑影。多蒙好奇地走近一看,只见松树下挂着一块白色的布,布上用鲜红的血写着一行字:"背叛者死!"见到这四个字,多蒙心中大惊,暗叫不好,正要回头,他听到一阵枪栓声,接着一颗子弹划过夜空,朝着胸口打来。他明显感觉到有子弹打在了他的胸口,巨大的力道让他有些窒息,他拼尽最后一口气喊道:"有埋伏!"

话音刚落,一排子弹打了过来,多蒙身边的几个马脚子瞬间中弹倒地。小飞和马猴见状,不顾生死,抢回多蒙,跟在多蒙身边的十几个马脚子倒在血泊中。小飞和马猴将多蒙拖到一块岩石后,多蒙脸色惨白,喘着粗气道:"中了埋伏!我就知道,事情绝不会这样顺利。"说着摸向胸口,才发现刚才子弹正好打在了白珊送他的玉佩上,玉佩在子弹的冲击下已经裂开了。命是保住了,但子弹的冲击力让他有些喘不过气来。

"多蒙哥,怎么办?"小飞注视着入口处的场院,子弹在空中横飞,子弹是从石堡中打出的,石堡正对着进马匪老巢的唯一通道,想从这条通道攻进去,绝无可能。

多蒙望了一眼正陆续上山的马脚子,立刻下命令道:"先让兄弟们原地待命。"

小飞立刻把多蒙的命令传达下去,让马脚子原地待命。多蒙敲了敲脑袋,再环视一周,这跃马峰山顶呈葫芦形,入口太窄,向内越来越宽,只要向前走,人就会暴露在马匪的视野里,这样的地势,毫无前进的可能,靠人强攻,又施展不开。多蒙思前想后,只能等马程奇袭了。

为了吸引跃马峰马匪的注意力,多蒙命小飞和马猴躲在石头后开枪还击,一时间枪声响彻跃马峰,打得非常热闹。但也仅是打得热闹,多蒙无法攻进去,跃马峰的马匪躲在石堡内也没露头,两边就这样相持不下。

打了一炷香的工夫,有马脚子从山下传来口信,说三盒子在跃马峰山脚下和马匪交上了火,马匪的火力非常猛,估计三盒子顶不了多少时间。多蒙闻言心中大惊,他走到山崖边,向跃马峰下看去,只见山脚入口处亮着一片火把,估计有上百人之多,山下的枪声也非常密集,显然三盒子也和马匪交上了火。

"中埋伏了!"多蒙对身边的小飞和马猴道。

"刀头七不是去劫杜沈思的货物了吗?怎么山下还有这么多的马匪?"小飞满头是汗,也感觉到了情况不妙。

"一定是有人透露了我们此次的行动计划,想置我们于死地。"多蒙皱着眉头,沉思片刻道,"喊话给三盒子,如果抵挡不住马匪的进攻,让他退上跃马峰,依靠跃马峰的险要地势还击,尽量保住队伍。"

小飞答应着,又去传令。不一会儿,多蒙看到山下的火把逐渐收缩,三盒子带着队伍上了跃马峰半山腰,借着跃马峰的有利地形还击,一时间,山下的马匪也没法吃掉三盒子的小队,山下暂时相持住了。多蒙见山下稳住后,才稍稍安心,但想到现在所有青山寨的人马被困在跃马峰上,前进不得,后退不得,如果僵持下去,所有人非被困死在跃马峰不可。多蒙知道事情的严峻性,脊背一阵发冷,一向好勇斗狠的马匪多了一个师爷后,变得狡诈奸猾。

这时,石堡中的枪声停了,马猴来报:"多蒙哥,有马匪杀过来了。"

"什么?"多蒙大怒,回头对身后的兄弟道,"兄弟们,随我解决冲出来的马匪!"多蒙朝冲过来的马匪甩手一枪,一个马匪应声倒下,可剩下的马匪不顾死活,朝着入口处冲杀过来。等马匪近了,多蒙看清马匪大多一手提枪,一手提着短刀,在入口处见人便打便砍。

多蒙见马匪的架势,立刻猜到了对方的目的——马匪是想占领入口的这块空地。一旦入口处被马匪夺走,再自上而下对山腰上的马脚子展开攻击,那青山寨的所有人今晚非全死在跃马峰上不可。

第七章 剿匪奇计 | 093

"兄弟们,不能让他们占住入口,不然我们都要死在这里。"多蒙对身后的青山寨兄弟喊道。

大家都意识到生死就在一线间,拼了性命和冲过来的马匪肉搏。多蒙抽出腰刀,和小飞、马猴互相照应,把冲在最前面的马匪打得人仰马翻。其他青山寨兄弟见状,一时间士气大增,勇不可当。

山顶的马匪见不敌,不敢再冲,扭头便朝着马匪巢穴退去,几个杀红了眼的青山寨马脚子尾随其后,一路追砍。多蒙想喊住杀红了眼的兄弟,但为时已晚,只听石堡内一阵枪响,几个追杀过去的兄弟瞬间倒在了血泊中。多蒙见状,咬着牙齿,狠狠捶了一拳身边的山石。他和青山寨的兄弟现在完全处在被动的局面,马匪可以随时冲出来和他交战,他却因为石堡的存在,没法冲过去。也就是说,马匪可以一直立于不败之地,现在他唯一可以指望的只有马程,马程若能从后山袭击马匪,他们便有一线生机。他再看一眼挂在树上的三个人,这三个人可能是藏云寨打入马匪老巢的内应,连内应都死了,马匪极有可能已经知道藏云寨的马脚子会从山崖后爬上山。

多蒙这一思索,心中凉了半截,今天他带来的这些青山寨兄弟,真要在劫难逃了。多蒙心中叹息间,突然听到跃马峰马匪老巢内一阵枪响,小飞在一边提醒道:"多蒙哥你听,马匪老巢里枪声密集,我听这枪声像马程大哥的。"

多蒙眉头一皱,也不知是马匪自己在演戏,还是马程真的从后山爬上跃马峰袭击了马匪,他想既然退路已经被完全截断,不如拼上一拼,如果真是马程从后面袭击了马匪,那就还有反败为胜的机会。想到此,多蒙朝身后的兄弟们道:"兄弟们,今日被困于跃马峰,这样等下去,早晚也是死,不如随我冲进马匪老巢,还有生的可能。"

众青山寨兄弟深知事情的严峻性,都抽出枪和腰刀,准备随多蒙一起冲锋。多蒙举着手枪,闭上眼睛细听,马匪老巢中的枪声越来越密集,他感觉时机成熟,手一挥,一马当先,朝着马匪老巢冲锋。他身后的青山寨兄弟们没有犹豫，跟在多蒙身后，如潮水一般涌了过去。很快，他们冲到了前面兄弟倒下的地方，但这一次石堡内的枪声没有响起，多蒙见状大喜。小飞高呼一声："兄弟们，马程大哥袭击成功了！大家冲进去，灭了这群打家劫舍的马匪！"

众马脚子闻言，新仇旧恨涌上心头，杀气腾腾，跨过倒下的兄弟们的尸体，冲进了马匪老巢。又是一阵密集的枪声和厮杀声，多蒙带着青山寨的兄弟和马程的小队会合，并完全占领了跃马峰刀头七的巢穴。

多蒙进到刀头七的老巢中，见马程带着数名兄弟杀红了眼，他们全身是血，洞穴中央躺着十几具尸体。多蒙快步走到马程跟前，一把扶住他的肩膀，激动道："兄弟，你来得可真及时！"

马程露出一丝微笑："我听到枪声，知道你们和马匪交上了火，兄弟们拼了性命才爬上后山，一击得手。"

多蒙道："我们中了埋伏，现在山下全是马匪，他们把我们困在跃马峰上了。"

马程眉头一皱，丢了手中带血的刀，一屁股坐在石凳上道："难道我们的计划泄露了？"

多蒙道："一定是泄露了消息。山门前的树上挂着三具尸体，如果我没猜错的话，应该是打入跃马峰的藏云寨的兄弟。"

多蒙说罢，让几个兄弟到山门前的树上解下三具尸首给马程看，马程一看，果真是藏云寨打入跃马峰的兄弟。想这些年来，这三个密探在跃马峰平安无事，眼看大功告成，却被刀头七挖出来杀掉，其中的缘由，实在值得深思。

不一会儿，小飞和马猴清除掉跃马峰内所有的马匪后，又抓了两个活的马匪来问话。这两个马匪心惊胆寒，跪倒在多蒙跟前。两个马匪交代，就在两天前，一个神秘人上了山，神秘人走后，刀头七抓了藏云寨派来的三个密探，并杀了吊在前山的树上，警告所有手下：背叛者或者奸细，都不得好死。之后，刀头七带着一众马匪下了山，只留下三当家罗黑犬看守山寨。罗黑犬似乎预料到青山寨的人要来攻击跃马峰,所以一开始便做好了布置,就等着青山寨的人自投罗网。

多蒙和马程听了两个马匪的交代,心中大惊,再追问其他的事情,两个马匪一问三不知,派人寻找看守跃马峰的三当家罗黑犬,发现他已经在刚才的交战中被乱枪打死。多蒙只能让小飞将两个马匪押下去,又让马猴去联系三盒子,借着跃马峰的险要地势抵挡山脚下马匪的进攻。

安排妥当后,多蒙对马程道:"马程兄弟,果然有人泄密。"

马程若有所思地道:"这泄密之人绝不会是我藏云寨的。如果是我藏云寨的人泄的密,肯定也会把我们从后山攻击的机密一并泄露出去。很明显,刀头七不知有我们这路奇兵。"

多蒙道:"马程兄分析得对,当然也不可能是我青山寨泄密,这一战损失最大的便是我青山寨。"

马程凝重地道:"那泄密的不是碧河镇便是乌马寨,或许他们早准备借联合剿匪之名,打压我们藏云寨和青山寨。"

多蒙低着头,没有言语,马程说得没错,这是最大的可能。想当日剿匪,两个山寨头领信誓旦旦地说要同心同德,结果依然各怀异心,青山寨损失惨重。宋真司千算万算都算不到,碧河镇和乌马寨为了打压青山寨,竟然和马匪勾结。

马程见多蒙不语,问道:"现在我们被围,兄弟有何打算?"

多蒙抬起头道:"现在断然下不了山,只能等待时机,刀头七想攻上山也绝非易事,等白孟大伯和真司大哥发现情况不对,定然会想对策。"

马程点点头,眼下确实也没有更好的办法。他只能命两个兄弟用攀岩的方式下山,去向白孟和宋真司通报跃马峰的情况,其余人拼命守住跃马峰山顶,等待救援。

# 第八章　联盟破裂

跃马峰下的马匪攻击了一夜，多蒙率众倚仗跃马峰的地形，阻挡了马匪的多次进攻。

第二天清晨，多蒙站在跃马峰的山门处向跃马峰下望去，只见马匪东倒西歪，打了一晚上，两边都耗尽了精力。这时，远处的山坡上出现了一支马队，浩浩荡荡地朝着跃马峰下行进，紧接着响起了密集的枪声。多蒙定睛细看，见马队的旗帜上写着"白""杜""乌"等字样，多蒙大喜，剿匪的大队人马总算赶来了。

小飞快步来报："多蒙哥，其他山寨的兄弟已和山下的马匪交上火了，我们也干吧。"

多蒙拔出枪，对众兄弟道："兄弟们，给死去的兄弟报仇的时间到了！"

青山寨的众兄弟被围困了一晚上，已憋了一肚子火，见大部队到了，士气大振，大家跟在多蒙的身后，持着枪和刀，攻下跃马峰。一时间，上下夹击，刀头七的马匪队伍不敌，纷纷败退。刀头七见大势已去，带着一部分马匪突围离去。留下抵抗的马匪见老大逃跑了，无心再战，纷纷举手投降。

四个山寨缴了马匪的枪，夺取跃马峰中马匪抢来的财货，一把火烧了跃马峰马匪的老巢，厚葬死在跃马峰上的马帮兄弟，这场轰轰烈烈的四山寨围剿马匪的战役暂告一段落。为了祝贺剿匪成功，白孟在藏云寨中再次宴请了四个山寨的头领。

入座后,白孟坐在主座上发话道:"诸位山寨的头领,这次剿匪虽有些波折,未能把马匪一网打尽,但终归取得一些胜利,让刀头七元气大伤,短时间内应该不敢再对马帮动手。不过慎重考虑后,我建议继续追击刀头七,以绝后患。"

刀松道:"白孟兄所言,正是我所想,不把马匪剿除干净,留着始终是个祸害。"

多蒙见刀松一副大义凛然的模样,怒不可遏,他冷冷道:"追剿马匪,我青山寨没有意见。但是我必须弄清一件事,这一次我们青山寨攻击跃马峰,险些全军覆没,最大的原因是,有人泄露了剿匪计划。"

刀松笑道:"多蒙兄弟何出此言?"

多蒙招招手,让小飞和马猴将两个投降的马匪带到堂中跪下。小飞冷冷地对两个马匪道:"你俩给我老实地把情况交代了,敢说一句假话,现在就把你俩崩了。"

两个马匪早被吓破了胆,只能一五一十地把看到的遇到的重新讲了一遍,等两个马匪讲完了,整个宴会大厅一片死寂。多蒙挥手让小飞和马猴将两个马匪带下去,冷冷道:"这次剿匪行动计划,仅我们四个山寨的头领知道,我想知道到底是谁泄露了剿匪计划,要置我青山寨兄弟们于死地。如不是我们出奇兵攻克跃马峰,今天坐在这里的恐怕就不是我多蒙了。"

马程也附和道:"多蒙兄弟所言不错。我们藏云寨安插在马匪中的三个兄弟在两天前被杀,吊在了树上,如果不是有人泄密,刀头七必然中计。很明显,他提前知道了我们的行动计划,才会在跃马峰设下埋伏,等着我们前去。"

碧河镇的杜沈思道:"我们的共同目的是剿匪,大家也起了誓,我们几个山寨里的什么人有什么动机要把此次行动计划泄露给马匪?"

马程冷冷地笑道:"杜姑娘,这需要解释吗?"

马程话音刚落,整个宴会大厅又陷入了死一般的沉寂。这个动机确实不需要解释,四大山寨控制着马道上的生意,无论哪一家倒了,其余三家都会获益。片刻后,刀松哈哈大笑起来:"既然话已至此,想必多蒙兄弟是怀疑我乌马寨和碧河镇泄露了此次行动计划。退一步说,如果我乌马寨和碧河镇真想对付你们青山寨,不应该在你们被马匪围困时落井下石吗?"

多蒙反问道:"你的意思是我青山寨要感谢你了?"

坐在多蒙对面的刀龙拍桌子怒道:"你没有证据,不要血口喷人!"

多蒙道:"如果我拿到证据,今日便不会用嘴和你说话了。"

刀龙冷笑道:"多蒙,你不要猖狂,我乌马寨并不怕你。"刀龙满脸怒意地站起身。多蒙不甘示弱,将凳子踢到一边,和刀龙对视着。多蒙和刀龙身后的马脚子见状,纷纷从座位上站起身,摸向了腰间的枪。一时间,宴会大厅里的气氛有些紧张。

白孟见情况不妙,生怕青山寨和乌马寨的人在藏云寨火拼起来,他劝道:"诸位,听白某一言,剿匪计划泄露一事,现在真相还不明朗,说不定这是刀头七的阴谋,让我等在此火拼,他坐收渔翁之利。"

很显然,白孟的话实在没有说服力。刀松不慌不忙地拱手对白孟道:"白大当家,这次剿匪是我乌马寨发起的。今日我们四寨已经产生了嫌隙,刀头七虽未剿尽,谅他一时也不敢再兴风作浪。今日我们四寨的会盟就到此为止吧。"说罢,刀松走到白孟跟前,拱手作揖,转身大踏步离开了。乌马寨的刀龙等人也跟在刀松身后离开,刀龙走时狠狠瞪了一眼多蒙,吐了一口唾沫。小飞和马猴见状,怒不可遏,拉开架势想动手,还好宋真司及时把小飞和马猴喊住,才未把事情闹大。

乌马寨的人走后,碧河镇的杜岭、杜沈思也起身向白孟告辞。杜沈思临走之际看了一眼多蒙,多蒙和杜沈思的目光相遇,多蒙感觉杜沈思的眼睛里似乎带着一丝淡淡的愁绪,他无法确定自己是看错了,还是心理作用。很快,偌大的宴会大厅里只剩下青山寨和藏云寨的人。

白孟注视着空荡荡的宴会大厅,深深地叹息一声,问宋真司:"真司兄,此事你怎么看?"

宋真司喝了一口酒:"意料之中,我青山寨和碧河镇素来不和,乌马寨刀罕又怀有野心,我想到了他们的阴险,也想到了我们四寨联盟会破裂,但我实在想不到,他们竟和马匪沉瀣一气,毫无底线。"

白孟无奈道:"自此之后,我们与碧河镇、乌马寨的矛盾都摆在明面上了。"

宋真司冷冷地一笑:"他们不仁,也别怪我们不义。现在最重要的是,我们两山寨必须同心同德,才能对抗碧河镇、乌马寨的联合。"

白孟道:"真司兄所言极是。来来,今日不谈这些扫兴的事情,大家一醉方休,举杯共庆重创刀头七。"

一时间,宴席上觥筹交错,没人再谈碧河镇与乌马寨的事情。只有多蒙始终闷闷不乐,他想到杜沈思要嫁给刀龙,便一点也开心不起来。白孟见多蒙不开心,还以为是因为刚才的事情,他笑着对多蒙道:"贤婿,剿匪一事虽有些凶险,但好在你平安归来,今日就不必想烦忧之事,只管放开喝。"接着对身后的香杏道,"刚才人多,珊儿不想见人,现在外人都走了,都是自家人,你快去喊她来,老躲着,太不像话了。"香杏不敢多话,忙转到后堂去请白珊。

不一会儿,白珊穿着白色的外套来到大厅中,与多蒙并排坐下,为多蒙斟酒。白孟见女儿对多蒙关爱有加,心情好了三分,端起酒又敬了大家一杯。放下酒杯后,白孟问宋真司:"真司兄弟,以往你们青山寨和国民党政府走得近,现在国民党政府大势已去,不知库藏兄有何打算?"

宋真司道:"我们小小的一个寨子,无法逆历史潮流,只可随大势。"

白孟笑道:"真司兄所言极是,老朽也正有此想法,我们还是需要和共产党人有些来往。"

两人谈论着,端起酒杯,彼此敬了一杯。众兄弟推杯换盏,将刚才发生的不快之事暂抛脑后。多蒙喝了数杯后,有些醉意,他突然想到白珊送的玉佩,便将玉佩从怀中掏出,摆在酒桌上道:"珊儿,你的玉佩碎了。"

白珊望着四分五裂的玉佩，吃了一惊。多蒙慢慢地解释道："当时在跃马峰，一颗子弹打在我胸前，正好打在玉佩上，所以碎了。"

白珊脸上露出浅浅的笑容："还好我送你护身符，不然，我还未嫁给你便要守寡了。"

多蒙忍不住笑道："哈哈，没错，我欠你一条命。只可惜了这玉佩，就这样被毁了。"

白珊端起酒杯，敬多蒙道："多蒙哥，你也不必在意，这块玉佩为你挡过子弹，也算碎得有价值。不过说好了，这是你欠我的，你一定要还。"

多蒙带着醉意，故意说："怎么还你？以一辈子相还吗？"

白珊神秘地一笑："你要答应我一件事。"

"什么事情？"多蒙问。

白珊眼珠一转："暂时没想好，想好再和你说。"

"好！"多蒙端起酒杯，和白珊又喝了一杯，两人的话匣子也打开了。多蒙觉得白珊对他的态度好了很多，她开始像自己的女人，有了作为一个妻子该有的温柔和体贴。虽然他心中一直有杜沈思，但杜沈思太远，能和白珊度过这一生，也是不错的吧。

宴席上，多蒙喝得大醉。等多蒙醒来时，已经是第二天。吃过早饭，白孟亲自将青山寨的众兄弟送出了藏云寨，又叮嘱了多蒙和白珊的婚事，安排好接亲的时间，宋真司和多蒙才离开藏云寨。

获胜而归，多蒙和宋真司的心情都很好，两人骑着马缓缓而行，身后跟着一起来剿匪的众兄弟。多蒙坐在马背上回头望了一眼身后的藏云寨，藏云寨在云雾中若隐若现，宛如一位披着轻纱的少女，山腰和山脚梯田里的稻谷绿油油一片，一阵清风吹过，稻花飞扬，随着稻花一起飘来的，似乎还有稻谷的香味。多蒙忍不住说："今年会是个丰收的好年成。"

"今年会是个好年成，明年也是，明年的这个时候，说不定你的孩子都出生了。"宋真司笑着说，"我越来越觉得，你和白珊姑娘真是绝配。虽然你心中放不下杜沈思，白珊心中也有放不下的人，但正是这样，你们都能明白彼此的情感,她不会怪你,你也不会怪她。"

多蒙微微笑了笑,看来自己的小心思完全瞒不住宋真司。宋真司有些惆怅地说:"只可惜啊,我好不容易出山,却没能彻底解决刀头七。还是我考虑不周,没想到计划会泄露,险些让众兄弟陷入绝境。"

多蒙宽慰道:"姐夫你不必自责,所谓智者千虑,必有一失,这不很正常吗?来日方长,下次我们一定能把刀头七一伙一网打尽。"

宋真司收住心神道:"下次绝对不会再让刀头七跑了。"

两人说着,带着队伍不知不觉走出了藏云寨的地界,来到一个平坦开阔的山坡前,山高林密。宋真司握着马鞭问道:"多蒙兄弟,我们到哪里了?"

多蒙想了想,没想出具体名字。多蒙身后的三盒子提醒说:"这叫伏虎岭。传说以前这山林中常埋伏着老虎,袭击过往的路人,便有了此名。"

"真是一个有趣的名字。"宋真司骑着马,缓慢地靠近伏虎岭。在伏虎岭下,宋真司勒停胯下之马,又对多蒙道:"这里是一个险地,如果在这里埋伏一队人马,再依靠两边的山势,被袭击的话,任谁也没法逃脱。"

宋真司话音刚落,伏虎岭中突然响起一声枪声,随着枪响,林中惊飞起一群鸟雀。这突然而来的枪声惊得众人胯下的战马一阵骚动,多蒙连忙寻找枪声传来的方向,位置在正前方的密林中。多蒙拔出枪,甩手朝密林中打了一枪,再回过头来时,只见宋真司捂着胸口,胸口处流出鲜红的血,宋真司支撑不住,滚落马背。多蒙大惊,跳下马,冲到宋真司身边,一把抱住宋真司,怒道:"小飞、马猴,不要让偷袭的人跑了!"

小飞和马猴得令,忙带着一队兄弟朝着密林追去。多蒙抱着宋真司,一时慌了手脚:"姐夫,你要撑住,我们这就回藏云寨,我找藏云寨最好的医生给你治疗。"多蒙说罢,忙让三盒子去牵马。

宋真司微微地睁开眼,抓住多蒙的手,摇摇头说:"三弟,我不行了……其实我早已是一个该死之人,苟活了这些日子,已经活得够久了。"

多蒙急道:"姐夫,你要坚持住,我这就给你取子弹。你万一有个三长两短,我回去怎么向库玛姐交代?"

宋真司躺在多蒙怀中,用最后的力气道:"三弟,我知道今日有此劫,我难逃此劫。我们相识一场,我看着你长大,今日,你无论如何都要记住我的话。"

"姐夫,你说!"多蒙含泪道。

"我死后,不要为我报仇,忘记你心底的仇恨。"宋真司盯着多蒙的眼睛。

多蒙已失去了心神,根本听不进去宋真司讲什么。宋真司又抬起眼,看到多蒙身后的三盒子,他抬起手,指向三盒子。三盒子悲伤地跪在宋真司身前,握住宋真司的手。

宋真司断断续续地对三盒子说:"三盒子,让三弟……记住……我的话,我……知道你……稳……"宋真司一口气上不来,双手垂下,他的身下已流了一摊鲜血。

"姐夫!"多蒙对着天空大吼了一声,声音在山林中回荡着。多蒙回想着曾经和宋真司相处的时光,大哥库藏将他带大,但让他明白事理的、教他念书的老师却是宋真司,他生命中识得的每个字、看的每一本书、懂得的每一个道理,都和宋真司有某种关联。情感上,宋真司和多蒙之间的关系,是姐夫和弟弟,但多蒙更愿意视他为自己的人生导师和领路人。就这样一个领路人,在这个阳光明媚的日子里,在他毫无防备的情况下,被人暗杀,他心底的悲伤没法用语言来形容。多蒙失去平日的坚强,抱着宋真司的身体号啕大哭,旁边站着的兄弟也在多蒙的感染下潸然泪下。

马猴见多蒙伤心过度,让两个兄弟将多蒙扶起,又找来担架,将宋真司的尸首安置好。不一会儿,小飞和马猴也回来了,两人两手空空,见了多蒙后,低着头,悲伤自责道:"多蒙哥,让那贼人跑了。"

多蒙微微地抬起悲伤的脸,缓缓地问:"是个什么人?"

小飞直愣愣地说:"没能看清楚,他伪装得很好,打了冷枪后就跑了。"

多蒙闻言没有说话，刺杀的人显然是有备而来，就为取宋真司的性命。为什么要杀宋真司？可能是刀头七的人想报复，毕竟这场剿匪行动是宋真司策划的。还有一种可能，宋真司是青山寨的智囊，解决掉宋真司，等于除掉一个强大的对手。从这个角度看，碧河镇、乌马寨都有杀人动机。三盒子见多蒙的神色，猜到了多蒙想什么，三盒子提醒道："多蒙哥，百米开外，能有如此好枪法的人不多。"

马猴也赞同说："没错，我刚才检查了刺杀者埋伏的地点，他的枪法或许只有藏云寨的马程能比肩。"

多蒙陷入了深思，正如三盒子所言，有这么好的枪法，能一击致命的人并不多，目前所知的人中大约也只有自己和马程有这样的实力。三盒子见多蒙无法判断出谁是敌人，建议道："多蒙哥，我们还是先回青山寨，见了库藏当家后再做打算吧。"

多蒙又望了一眼宋真司的尸首，对着天空长叹一声，按照三盒子的建议，先回青山寨。

宋真司被杀的消息很快传回了青山寨，青山寨一时间哀伤一片。等多蒙带着宋真司的尸首回到青山寨时，青山寨的寨门前飘着白色的招魂幡，库藏带着家人，穿着白色的孝服等在青山寨的门口。其中最悲伤的是宋真司的遗孀库玛，库玛已哭得双眼红肿，两个未成年的孩子在她的身边泣不成声。多蒙和手下抬着宋真司的尸体停在寨门口，库藏吩咐下人，将宋真司的尸首收殓入棺，抬回库府，再举行丧葬仪式。

多蒙将宋真司的尸首交给库藏后，一言不发，默默地回到了自己家中。库藏知道多蒙和宋真司感情很深，只能吩咐阿木哩精心地照顾多蒙，阿木哩跟在多蒙身后回到家中。

多蒙进家门后，将身上的枪和刀全部解下，丢在桌子上，无力地靠在火塘边的木柱上，呆呆地望着火塘中烧水的陶罐。阿木哩能看出，多蒙除了悲伤，还有满腹的心事，他现在是一支失去靶心的箭，满腔的仇恨，却不知道仇人在哪里。阿木哩也不知该怎么劝，只是默默地取来水，倒在陶罐中，准备为多蒙煮一壶普洱茶。

"多蒙哥，人死不能复生，你也不要太伤心。我知道，在你心中，真司姐夫是最好的老师。"阿木哩试着安慰了多蒙几句，看多蒙脸色没有丝毫变化，又不知道该怎么说。阿木哩突然想起一件事，在房间里四处翻起来，不一会儿从柜子里翻出一本书道："差点儿把这件事忘记了。"

阿木哩奇怪的行为，吸引了多蒙的注意力。阿木哩拿着书，走到多蒙的身边，和多蒙并排坐下说："那次，库玛姐来我们家劝我陪多蒙哥你睡，当时真司姐夫和库玛姐一起来的，库玛姐送给我一副玉手镯，真司姐夫也送给你一件礼物，我差点儿把这件事忘记了。"阿木哩说着，将手中的书递给多蒙。

多蒙低头看着书的封面，书封为天蓝色，线装的，书名为《孙子兵法》，作者孙武。多蒙颤抖着手接过书，他想起多年前宋真司上课时说过的话。宋真司说，兵者利器，心怀宽厚者才能学兵法，又说多蒙心中藏有仇恨，还没到学兵书的时候，便一直让多蒙研读《春秋》。但是让多蒙没想到的是，宋真司出于某种考虑，最终还是把兵法传给了自己。多蒙想着，打开了这本厚厚的兵书，又发现这本兵法是宋真司做了注解的，每一条兵法旁都有详细的注解和心得，可见宋真司在研读兵法上花了不少心力。

翻了几页后，书中滑落一张便笺，便笺上写了一行字："兵法者，不为战也。"多蒙默念了几遍，不知何意。阿木哩见多蒙的神色有所好转，给多蒙泡了一杯普洱茶，将热气腾腾的茶递给多蒙。多蒙放下兵书，接过阿木哩的茶，他望着阿木哩美丽的脸庞，有种真切的感动。这些年来，无论风风雨雨，阿木哩都在家中等着他回来。在他最悲伤的时候，也是阿木哩陪伴着他，阿木哩是他最亲的人。他突然害怕阿木哩也像老师宋真司一样，某一天就消失了，那他的天就要塌了。

多蒙怅然地胡思乱想着，疲惫袭来，他靠在火塘边的木柱上，不知不觉睡着了。阿木哩找来羊毛毯，为多蒙盖上。多蒙在睡梦中，遇到了宋真司、白珊、杜沈思，最后是阿木哩，所有人都孤独地站在旷野里，朝着他微笑。

等多蒙再次醒来时，已是第二天早上，多蒙不知道阿木哩是怎么把他弄上床的，可能连日来奔波太疲惫，他睡得很沉。阿木哩坐在篝火边，为他熬了一锅羊汤，沉睡初醒的他在床上就闻到了喷香的羊肉味道。阿木哩发现多蒙醒了，打着招呼，忙给多蒙准备洗漱的水和毛巾。等多蒙洗漱完毕，她笑着说："多蒙哥，昨晚三盒子哥来了，见你睡得沉，没把你喊醒。你看，他还给我们带来了羊肉。"

"他是不是有事找我？"多蒙在火塘边坐下问。

"库藏大哥家办丧事，三盒子哥说，等你醒了去见一见夫人，夫人想见你。"阿木哩说。

多蒙吃了点儿阿木哩为他准备的面饼和羊汤后，出了家门，很快到了库家大院。库家大院挂满了白布，来悼念的人进进出出，府内传来一阵悲伤的唢呐声。多蒙的鼻子有些发酸，他强忍住悲痛，整理好衣服，走到库家大院门口。三盒子带着几个家丁在大院门口迎接前来悼念的客人。三盒子见到多蒙，给多蒙扯了一块孝布，多蒙把孝布系在头上才进了门。

按照三盒子的提醒，多蒙没有前往灵堂，他从侧门进入后院，直接去见王夫人。和平日一样，王夫人坐在后院池塘边的靠椅上，手中拿着几粒鱼食，喂着池塘中的鲤鱼，她的身边站着丫鬟翠红。

多蒙走到王夫人跟前，躬身作礼道："干娘！"

"你来了。"王夫人微微地捏住手中的鱼食，抬起头。多蒙发现王夫人的脸色更加苍白，气息似乎也变得更加微弱。她本来身体就不好，现在宋真司离世，真是雪上加霜。

"干娘，你要保重啊。"多蒙话说到此，自责道，"干娘，真司姐夫的事情，是我的错，我没有保护好他。"

"孩子，不能怪你。"王夫人注视着池塘，缓缓地说，"我了解你，怕你太自责，所以才特意把你喊来。"

多蒙心中涌起一股温暖，热泪盈满眼眶，这些年，王夫人一直把他当亲儿子看待。王夫人向翠红招招手，翠红拿来一把椅子，让多蒙在王夫人身边坐下。多蒙坐下后，稳住情绪，对王夫人说："干娘，我一定会找出仇人，为真司姐夫报仇。"

"这些年，我看着他教你读书，我能感觉得出，他一直希望你放下心底的仇恨。真司他看透了生死，大约不会希望你去报仇。"王夫人沉默了片刻，又说，"这些年，我们库家为了茶马大道上的生意结了不少仇怨，死了不少族人。真司作为我们青山寨的智囊，必然有不少人视他为眼中钉。真司曾经也和我说过，当年他为了我们青山寨，用了些阴狠的手段，一报终要还一报。"

多蒙听了王夫人的话，都不知道该怎么接话，他了解的宋真司和王夫人口中的宋真司仿佛不是一个人。王夫人叹息一声，又说："真司去了，我们青山寨失去了智囊，现在时局动荡，我青山寨前路未明，我这把老骨头恐怕也时日无多。"

"干娘，你的病会好的。"

"你这是安慰我，我们需要面对现实，否则青山寨没有未来。"王夫人的语气中充满了惆怅。

"只要我多蒙在，青山寨就在。何况还有大哥、二哥，我们青山寨一定会渡过难关的。"多蒙说。

王夫人沉默片刻，将一颗鱼食丢到池塘中："真司的事已经这样，你的婚礼我们还要操办。今天早上，藏云寨白家公子来了。"

多蒙望着池塘中一条鱼吞下了鱼食，而后游到荷叶下。宋真司的死对他影响极大，现在他完全没有心思考虑婚礼的事情。如果算时间，迎亲的日子迫在眉睫，但总不能宋真司的大丧还没有结束，他就开始办婚礼吧。王夫人又说："蒙儿，我明白你的心情。你也知道，碧河镇和乌马寨马上要联姻，如果他们两家联合，我青山寨便独木难支。真司的死有诸多疑点，极有可能有人想破坏我们和藏云寨的联姻。你的婚事，真司在生前做

第八章　联盟破裂　| 107

了很多安排，我想他泉下有知，也不会希望你的婚事因为他而推迟。"

多蒙不知该怎么回答。王夫人将手中的鱼食全部丢到池塘中，咳了几声，对丫鬟翠红说："我有些累了，先回去休息。"翠红扶着王夫人转回后院的屋子中，留下多蒙一个人待在池塘边。此时，前院的大堂中传来一片哀乐，哀乐声里还夹杂着哭声。多蒙深深地吸了口气，该来的早晚都要来的。

# 第九章　盛大婚礼

　　因为要筹备多蒙的婚礼，真司的丧礼草草收场。三天后，青山寨撤去白色的招魂幡，换上了红色的喜绸。宋真司的死让青山寨的库藏、藏云寨的白孟认识到联姻的重要性，这事不能拖太久，必须在碧河镇和乌马寨之前完成联姻，以应对压力，所以青山寨和藏云寨的婚礼不仅没有延后，反而提前了三天。多蒙还没有从宋真司逝世的悲伤中走出来，但不得不接受这样的安排。随后，三盒子、马猴、阿木哩等一行人组成迎亲队，带着聘礼，前往藏云寨迎娶白珊。

　　两天后，一个风和日丽的早晨，按照约定，多蒙带着兄弟小飞在青山寨外的岔道口等候迎亲队伍。多蒙穿着阿木哩亲手为他制作的婚服，胸前戴着一朵大红花，骑着白霜，停在路中央。小飞作为伴郎也穿了一件新衣服，跟随着多蒙。宋真司的死对多蒙影响较大，但毕竟这是宋真司生前安排下的婚礼，多蒙只能强打起精神，迎接即将到来的白珊。小飞和马猴也和多蒙一起完婚，马猴和小飞自从得到紫衣和青兰，对多蒙的感情也增加了几分。

　　"多蒙哥，等会迎亲队伍到了，你就下马，去掀开轿帘，把新媳妇一口气背回家里，半路千万不能停啊。"小飞叮嘱多蒙迎亲礼仪。

　　"知道了！"多蒙点着头。这些礼节性的程序，昨天媒婆不知提醒了多少遍，他却没怎么放在心上。除了宋真司的死让他难以释怀外，想到杜沈思也将在三天后结婚，他心中像打了一个结，他有时甚至想，如果他今天迎娶的是杜沈思，那该多好啊！可一切都已成定局，对于杜沈思，他只能心怀遗憾。想到她将成为别人的妻子,而自己也将成为他人的丈夫,他内心深处像打翻了五味瓶,品不出是什么滋味。转念想到白珊时,他又觉得自己的想法对白珊实在太不公平,幸好,他也知道白珊心中装着一个男人,这才让他的负罪感减轻了几分。他更加明白,自己和白珊的结合一开始就是带着隔阂的,往后的日子或许将在平平淡淡的状态下度过,想来都感到忧伤,但多少人的婚姻不都这样吗?又有多少有情人能终成眷属呢?

"来了,来了!"多蒙正出神,身后的人望着远处欢呼起来。

多蒙抬头朝远方看去,山垭口出现了三盒子带领的迎亲队伍,以及一顶写着红色双喜的花轿,花轿后紧随着抬嫁妆、礼品的挑夫。吹拉弹唱的马脚子,以及送亲队伍,有百十号人,场面十分壮观。等队伍走近了,多蒙才看清,走在最前面的是白珊的大哥白帆以及马程,陪伴两侧的是小飞和马猴,他寻找了一遍,唯独没见到阿木哩。多蒙暗想,阿木哩或许是因为悲伤,所以不愿意参加他的婚礼吧,他心底暗暗自责。等送亲队伍一到,按照事先安排的礼节和流程,多蒙下马,等在大路中央,迎亲队伍将花轿抬到路中央,和多蒙正面而对。站在花轿边的丫鬟香杏掀开花轿的布帘,牵着花轿中新娘的手下了轿子。新娘顶着红色的盖头,红衣娟秀地站在花轿前。

"多蒙哥,背新娘子了。"小飞在一边提醒多蒙。

多蒙稍微整理衣服,走到新娘跟前蹲下,新娘在丫鬟的帮助下,很配合地趴在多蒙的背上,多蒙背着新娘直起腰,迎亲和送亲的队伍中立刻传来一片欢呼声、锣鼓声。看热闹的青山寨孩子围在多蒙身边,欢呼道:"背新娘子啰,背新娘子啰!"

多蒙背着新娘迈开步,小飞沿着回青山寨的石路,撒下松针和花瓣,多蒙踩着松针与花瓣,迈着稳重的步伐,朝着库府的方向走去。青山寨的石阶有些陡,路也有些远,但对多蒙而言,这都不是问题。在众人的欢呼声和吹打的乐器声中,多蒙背着新娘进了库府,他们的婚礼将在库府举办,库府大院中已摆满了桌椅,青山寨的寨民全部出席了这场婚礼。

在众人的注目下，多蒙和新娘拜了王夫人，又拜了白孟和慈心夫人，最后新郎与新娘对拜，这一切都按照事先的安排，做得有条不紊。多蒙的婚礼结束，又举行了小飞和马猴的婚礼，当三对新人站在一起时，整个青山寨都沸腾了，所有人似乎都忘记了几天前宋真司的丧事。婚礼结束后，青山寨最盛大的宴会才开始，欢快的乐曲中、祝酒歌里，参加宴会的亲朋好友推杯换盏，祝贺声一片。

新娘们被早早送进洞房，多蒙、小飞、马猴三个新郎在青山寨众人的祝福声中，放开肚皮，拼力一喝。婚礼从下午一直持续到晚上，酒量不错的多蒙在亲朋好友的劝酒声中，喝得有了七分醉意，被三盒子扶进了洞房。

洞房内点着数对红色的喜烛，多蒙摇摇晃晃地走到房间中央的桌前，倒了一杯水喝后，看了一眼床，床上坐着顶着盖头的新娘。多蒙放下杯子，走到床前，和新娘并排坐在一起。他见新娘一言不发，自个儿说起话来："珊儿，我多蒙能娶到你，也算我今生的福分。"说罢，顿了顿，想了片刻继续道，"有些事，一直闷在我心底，我不知道该不该和你讲，思来想去，我感觉应该和你坦诚谈一谈。我知道你心底有一个人，一个占有极重分量的人，或许我一辈子都没法取代他在你心中的地位。"多蒙说到这里，新娘还是一言不发，只是身体轻微地抖动了一下。多蒙无奈地摇摇头一笑："或许你并不甘心嫁给我，就像我也不甘心娶你一样，只是青山寨和藏云寨都面临极大的困难，两寨联姻是父母之命，媒妁之言，你我都没法抗拒。老实说吧，可能你也知道，我心中也有一个占有极重分量的人，所以在这件事上，我俩算扯平了。以后，我会做好自己，尽到做丈夫的责任，以后我们有了孩子，我也会尽到做父亲的责任。"多蒙揉了揉脑袋，话锋一转，"我还有一个妹妹，阿木哩，我不知道她与你赛马那天和你讲了什么，虽然我和她一起生活了六年，但她在我心里永远是我的好妹妹，希望你也能把她当作好妹妹。"

多蒙说到这里，新娘双肩抖动得更厉害，显然她已经哭了。多蒙心中有些自责:"唉,今天喝多了,把我的新娘子讲哭了。"说着,他小心翼翼地伸出双手,揭下了红色的盖头。

当多蒙扯下盖头的刹那,他一下子从床上惊愕地跳了起来,酒也醒了一半,灯光下的这位新娘依然那么美丽动人,但是她不是白珊,而是阿木哩。多蒙一下子蒙了,甚至怀疑自己酒喝多了,产生了幻觉,他揉了揉眼睛,但无论怎么看,眼前的这位新娘不是别人,就是阿木哩。

"多蒙哥,是我,你的妹妹阿木哩。"刚才一直不说话的新娘说话了。

"阿木哩,怎么是你?白珊呢?"多蒙稍微镇定了情绪问。

"白珊姐姐写了一封信给你,还有你给她的定情信物。"阿木哩从衣袖中掏出信和定情信物递给多蒙。阿木哩所说的定情信物,其实是当日白珊从多蒙手中要去的杜沈思的断情刀。

多蒙接过阿木哩手中的信,走到灯光下,抽出信,一字一句地默念着:"多蒙哥,对不起,当你从阿木哩手中接到这封信的时候,我已经离开了藏云寨。你一定好奇,我为什么要离开藏云寨,为什么让阿木哩代替我。之所以离开藏云寨,是因为我找到了那个曾经和我起过誓的男人。他的名字叫杜山,关于我和他的故事,你一定听过一些吧?但你可能不知道,他是沈思的哥哥,当日我带你去见沈思妹妹,就是为了打听她哥哥的去向。我已经从沈思妹妹处得到了想要的答案,所以我决定跟着他,找到我命运的答案,否则,这一生,我内心都会怀着深深的遗憾。至于为什么我会让阿木哩代替我的位置,因为和她赛马那一天,我知道了她一直深爱着你,她也愿意嫁给你,再说你们一起生活了六年,哪怕你一直把她当作妹妹,你对她也是有感情的,她可以做你的妻子。关于我们两个山寨联姻的事情,我让父亲认了阿木哩为干女儿,所以我认为问题应该不大。从今以后,无论在哪里我都祝福你们。至于我们的定情信物——这把匕首,其实我早就知道,它是沈思妹妹的,想必你还忘不了她吧,现在还给你。"

多蒙看完白珊的信,又回头看了一眼床上的阿木哩,论漂亮,阿木哩完全不输给白珊,但是多蒙的心底有种莫名的失落。如果当日没有向藏云寨提亲，直接娶阿木哩，哪怕他心底还藏着杜沈思，也能努力去接受阿木哩。但现在，他的心中不仅有杜沈思，还有白珊，这让他怎么再去接受阿木哩？这不公平，太不公平！想到这里，多蒙手中的信滑落在冰冷的地面上。

这时，阿木哩从床上起身，走到多蒙跟前，抱住多蒙，眼中含着泪，感伤道："多蒙哥，对不起，是我太自私了，我不应该答应白珊姐姐代替她，我错了，我不应该让她离开，不该骗你，我错了。"阿木哩越说越伤感，泪如雨下，打湿了多蒙的肩膀。

"阿木哩，你不要难过，这不怪你。"多蒙抱住阿木哩的肩膀，安慰说，"你做得没错，白珊要去找她藏在心底的人，就应该让她去。至少，她比我有勇气，我应该成全她。我现在感伤的不是白珊走了，我感伤的是这样做委屈了你，这对你不公平。"

"多蒙哥，这是我心甘情愿的，我不委屈。我想过了，你爱不爱我并不重要，只要能陪着你就够了。"阿木哩泣不成声地说。

"傻姑娘！"多蒙一下子不知该怎么办，无论怎么说，多蒙并不想伤害阿木哩。

阿木哩松开抱着多蒙的双手，又从衣袖中抽出一封信递给多蒙，说："多蒙哥，还有一封信，是杜山写给你的。"

杜山的信？多蒙一时不解，这个男人已经带走了他的新娘白珊，为何还要留下一封信呢？他也无暇细想，又拆开了信，信上道："多蒙兄弟，素未谋面，早已听过你的大名。我把这封信交给阿木哩，我对阿木哩说，她可以选择不把这封信交给你。当你看到这封信时，想必她已做出了自己的选择，我就知道，她不是一个自私的女人，她比你想象中的更爱你。既然如此，那么我要成全阿木哩，成全你，也成全我的妹妹杜沈思。沈思出于种种原因，被迫嫁给刀龙，其实她心中一直牵挂着你，但你也知道，我们两家有世仇，我父亲是不可能同意你们在一起的。不过，你还有机会，你可以去抢亲，以我对妹妹的了解，只要你去，她一定会不顾一切地跟着你

第九章 盛大婚礼 | 113

走。只是你一定要想好这样做的后果,为了她,你是否可以直面乌马寨的仇恨?是否可以面对与我们杜家的百年恩怨?我知道,我妹妹喜欢的人一定不是一般的人。当阿木哩给你这封信时,其实已经是定局。"

看到这里,多蒙将信收入怀中,低下头,对阿木哩说:"对不起,妹妹,我要去找杜沈思。"说罢,大踏步转身走向了门外。不一会儿,门外传来白霜的嘶鸣,一阵马蹄声后,多蒙借着月色,策马而去。

"多蒙哥,你要小心啊!"阿木哩追出房间,多蒙已远去,只留下一个黯淡的背影。她想到多蒙一个人去抢亲,一定非常危险,必须把这件事告诉三盒子,否则多蒙恐有性命之忧。想到这里,阿木哩也不顾一切,走向了库家大院还在举杯欢庆的人群。

另一边,多蒙策马狂奔,冲出青山寨,眼前是漫长的茶马大道,走到岔道口,他勒住了白霜。望着茫茫月色下的路,他突然陷入了茫然,决定去抢亲,应该从何处开始呢?杜沈思和刀龙的婚礼在三日后,乌马寨的迎亲队伍应该才出发呢!这时候,该去何处抢?或许自己应该先去见杜沈思,如果杜沈思真愿意跟自己走,那就直接带着杜沈思离开。如果杜沈思不愿意呢?是否真要把她抢走?无数思绪闪过他的脑海,最后,他又想到那封信,杜山断然不会骗他。他坚定了信心,掉转马头,向着碧河镇的方向快马飞驰。

行了一夜,第二天中午,又累又饿的多蒙到了一个村寨。村寨建在茶林中,有五六户人家,每户人家都是用石木搭建成的土掌房,土掌房中冒出白色的烟。多蒙走过一间土掌房,看到一个银发大娘正在篱笆院子里晒茶。大娘一边晒着茶,一边抬头望着他。多蒙下意识地扫了一眼自己的穿着,一身红色的新郎装,有些扎眼。他突然意识到,不能穿着这一身去碧河镇,否则他连碧河镇都进不去。

"你是多蒙吗?"大娘突然开口问道。

多蒙一愣,停下马,不解对方怎么认出了他,就算他穿着新郎装有些特别,但毕竟对方是一个素不相识的人啊。多蒙下意识地回答:"是的,大娘,我是多蒙。"

大娘得到多蒙肯定的回答,扔下手中的茶叶,快步走到多蒙的马前,高兴地说:"真的是你,你一定忘记我了吧?我姓牛。"

多蒙在脑海中搜索了一遍,还是没找到关于这位大娘的记忆。这并不奇怪,毕竟他作为马锅头走南闯北,遇到过很多人,很多人认识他,他未必认识对方。大娘见多蒙想不起来,笑着说:"三年前的夏天,连日阴雨绵绵,我们这几户人家茶叶卖不出去,你带着马帮正好路过这里,买下了我们的茶叶,救了我们这几户人家。"

经过大娘提醒,多蒙猛然想起,三年前他确实到过这里,当时这些茶民的茶因为连日阴雨,品质不佳,很多茶商都拒绝收购他们的茶,但多蒙见茶民过得苦,起了怜悯之心,还是按照以往的价格收购了茶农的茶。没想到这小小的善举,虽然过了三年,大娘依然记得,并且认出了他。多蒙问:"大娘,今年的茶叶还可以吧?"

"难得你路过,下来喝一杯我们今年夏天采下的茶吧。"大娘热情地邀请多蒙。

多蒙想了想,一路奔波,确实有些疲惫,人能勉强支撑,但马可能有些受不了,哪怕是白霜这样的千里马,也是需要休息的。他作为马锅头,常年与马为伴,其实是非常爱惜马的。他想着,跳下马来,把白霜拴在一棵茶树下,让它啃食茶树下的青草,这才跟着大娘进了篱笆院。

篱笆院内除了晒着茶,还种着一些蔬菜,在篱笆院的一棵茶树下放着一块石板,石板边摆着几个木桩,多蒙在一个木桩上坐下。不一会儿,大娘用土陶壶煮了一壶茶,拿了一个陶碗,为多蒙倒了一碗茶。多蒙望着碗中的青绿色茶水问:"牛大娘,家里只有你一人吗?"

"唉,孩子他爹去世得早,大儿子前些年卖茶,被抓去做了兵丁,到现在还没有回来,二儿子进山里打猎,遇到土匪,被土匪打死了。"大娘平静的语气中夹杂着悲伤,但这心底的悲伤在时间的冲刷下,平淡得有些麻木。多蒙想说几句安慰的话,却不知道该如何说,他只能继续听大娘讲述自己的孩子:"三姑娘嘛,在思普府的一个大户人家当丫鬟,一年半载也回不来一次。"大娘叹息着。

"唉,难啊!"多蒙也跟着叹息了一声。他走南闯北,更加知道时局艰难,连年的战争让很多家庭妻离子散,不要说一般家庭,就算是大富大贵之家也不好过。多蒙端起陶碗,喝了一口茶,这夏茶太淡,淡得几乎没有味道,就像已经被泡了一道。

大娘见多蒙喝得面无表情,略带歉意地说:"真不好意思,今年雨水多,茶味淡。"

"今年做了多少茶?"多蒙问。

"不多,十来斤吧,就是晒着的这些。"

"我全要了!"

"你……你全要?!"大娘觉得有些不可思议,"但这茶太淡了,我本打算留着自己喝。"

"你一个人也喝不了这么多。"多蒙将三块大洋放在了石桌上,话锋一转,又说,"大娘,你这里有旧衣服吗?如果有的话,能否卖我一套?"

"你这新衣服不是挺好的吗?"大娘有些不解。

"好是好,只是有些不方便。"多蒙尴尬地笑了笑。

大娘打量了一番多蒙的身板,若有所思地说:"家里还有新衣服,本是给我儿子做的,怕你看不上。"

"没关系,只要合身就行。"

不一会儿,大娘从里屋拿出一套粗布衣服,虽说是全新的,但做得非常朴素,毕竟是穷苦人家,做一套衣服本就不容易,更不可能做得多华丽。大娘把衣服交到多蒙手中说:"唉,本来是给大儿子做的,等他结婚时穿,现在他生死未卜,不知何时回来。如果你不嫌弃,这套衣服送你了,承蒙你两次买我的茶,实在也无其他的东西相谢。"

多蒙从大娘手中接过新衣服,又从怀中掏出一块大洋放在石桌上,笑道:"钱一定要给的。"

大娘连忙推辞道:"真不用钱。"

多蒙也不管大娘,拿着衣服,收起大娘晒在院子里的茶叶,倒在背篓里,放到白霜的后背上,跳上马就要走。

大娘拿着大洋追出来,对多蒙道:"就算你要给钱,也要不了这么多钱啊。"

多蒙骑着白霜,拉着缰绳道:"大娘,谢谢你的茶叶,还有衣服,我会再来看你的。"说着,他纵马冲上茶马大道,顺着大路,朝碧河镇的方向飞驰而去。白霜经过短暂的休息,恢复了体力,跑得更快了。多蒙拍了拍白霜,心中想起了阿木哩,真没想到阿木哩竟然驯出这样一匹好马,胜过了他的马帮队伍里所有的马。

# 第十章　再次相遇

傍晚时分,多蒙到了碧河镇。碧河镇是茶马大道上的一个重镇:向北走是思普府,盛产普洱茶和盐巴,直通古丝绸之路,前往西亚;向南走可以通往南亚,接印度洋。得天独厚的地理位置,让杜家从一个小小的茶商发展成了思普府首屈一指的大商户,经营范围极广,是青山寨生意场上最大的竞争对手。

多蒙每次经过碧河镇都是小心翼翼的,只要他到这里,必然会受到诸多关注,他与杜元德的杀父之仇尽人皆知,碧河镇杜家怕他来报仇,日常也做了一些防备。他要明目张胆地进入碧河镇是不可能的,为此,他稍微乔装了一番,穿上从牛大娘处买来的衣服,打扮成一个马脚子,牵着白霜进了碧河镇。

此时的碧河镇挂满了红色的灯笼,每个灯笼上都写着一个"喜"字,土城墙上的旗帜也换成了红色的,哪怕远远看去,都能感觉到一份喜庆。多蒙牵着白霜来到碧河镇的土城门下,城门上端用刻着隶书"碧河"两个大字。一个守卫拦住了多蒙,他将多蒙上下打量了一遍,又看了一眼白霜,以及白霜身上驮着的茶叶,拿起茶叶闻了闻,对多蒙道:"兄弟,从哪里来的,要去哪里?"

"从乌马寨过来的,准备去思普府。"多蒙笑着答道。

"你这匹马是好马,但你这茶叶太差了,淋过雨吧,这种茶叶是卖不上价的。"守卫将手中的茶叶放下,拍着白霜说。

"你也知道,我们乌马寨只会养马,制茶的事情自然不如你们这边了。"多蒙自嘲说。

"看你像一个人。"守卫盯着多蒙的脸说。

"我这大众脸,所有人看了都觉得熟悉。"多蒙担心守卫认出自己来,连忙从白霜驮着的袋子中掏出一饼茶,交到守卫的手中,"兄弟,做点儿小生意,行个方便。"多蒙走南闯北,知道守卫看到生人,喜欢找些麻烦,现在他打扮成这样子,一看就是刚出道的马脚子,守卫自然不会放过赚外快的机会。

"哈哈,想不到兄弟还有这等好茶,这茶倒值些钱。"守卫闻着茶叶说。

"兄弟喜欢就好。"多蒙笑道。

"进去吧。"守卫毫不客气地接过茶叶,挥挥手让多蒙进寨。

多蒙告谢,牵着马朝碧河镇内走,走了一段,守卫又喊住多蒙:"这位兄弟,你停停。"

多蒙心中一惊,暗想,难道对方看出了自己的身份?思忖间,他只能停下脚步,转过脸,向守卫笑了笑。守卫笑着提醒道:"这位兄弟,明天是我们碧河镇杜沈思大小姐出嫁的日子,你如果不赶时间,可以在碧河镇停一天,酒水饭菜管够,还有其他惊喜。"守卫故作神秘地留了半句。

"谢谢,一定一定。"多蒙点头道着谢,牵着马继续往里走。

比起一般的山寨城镇,碧河镇热闹了许多,街道上行人络绎不绝,每家商铺内都摆满了琳琅满目的货物。几个醉意蒙眬的中年男子围在汤锅铺前的桌子上猜拳喝酒,一群孩子举着冰糖葫芦在街上嬉戏欢跑。多蒙穿过一个街道,走到一家叫山乡旅店的客栈前。他决定先找个落脚点,再做打算。

进了店内,旅店的伙计上前迎接多蒙,多蒙看伙计有些眼熟。伙计热情地与他打着招呼,听多蒙说要住店后,把他带到了店老板跟前。多蒙见到店老板,心中一喜——竟然是藏云驿的老板徐娘。

徐娘见到多蒙,也是又喜又惊:"多蒙,怎么是你,还这副打扮?"

多蒙瞟了一眼店中的客人,凑到徐娘的耳边低语道:"找个安静的地方说话。"

徐娘会意,吩咐店伙计为多蒙拴好马,喂上草料,她带着多蒙进了后院,找了一个安静的屋子坐下。

徐娘为多蒙倒了一杯茶,问道:"你不是近期大婚吗?怎么跑到这里来了?"

"我还想问问你,在藏云寨做得好好的,怎么跑到这个地方来?"多蒙没有回答徐娘的问题,却反问道。

"唉,说来话长。那天在藏云寨,因为我的两个妹妹,你和乌马寨的人打起来,乌马寨刀松这个人吧,我是有所了解的,人称'笑面虎',如果我继续待在藏云寨,他早晚要找我的麻烦,所以我就跑到碧河镇来了。还有,我听说,国民党政府彻底溃败,不少国民党军向南逃窜,藏云寨方圆百里无村落,总感觉在那个地方心里不踏实。"徐娘说。

"原来是这样。其实你可以到青山寨啊,毕竟你的两个妹妹也在青山寨。"

"我本来打算去青山寨的,但转念一想,万一两个妹妹过得不好,她们还想着投奔我,我在你们青山寨就没去处了。正好问问你,我的两个妹妹还好吧?"

"挺好,明媒正娶,我的两个兄弟和我一起成婚,婚礼中该走的程序都走了。我的两个兄弟人品都不错,你的两个妹妹嫁给我的两个兄弟,那断然错不了。"多蒙拍着胸脯说道。

"那就好,我果然没有看错人,雏鹰多蒙的人品尽人皆知。"徐娘无论从内心深处,还是日常习惯而言,很自然地夸起了多蒙,接着转过话题又问,"你还没有说,你怎么到了碧河镇?现在的你应该在和藏云寨的白家大小姐共度良宵啊,怎么会来到碧河镇?"

"唉,说来话长啊!"多蒙叹息道。

"你不会是为了杜沈思,来抢亲的吧?"徐娘给自己倒了一杯茶,随口问道。

"对,为了杜沈思,我准备来抢亲。"多蒙握着手中的杯子,沉稳地说。

"什么?!"徐娘差点儿一口茶水喷了出来,吃惊地望着多蒙。

多蒙给自己续了杯茶,将事情的前因后果和徐娘大略讲了一遍。徐娘听后,拍着多蒙的肩膀,鼓励说:"是条汉子,我也赞成,抢了杜沈思!说心里话,乌马寨刀家上上下下太仗势欺人了,我早就看他们不顺眼了,我这不也因为他们,只能躲到这里。"

"唉,说来还是我没处理好。当日我就应该直接给够钱,早点儿让我兄弟带走你的两个妹妹,也就没有后来的事情了。"多蒙说。

"事情过去就过去了。你抢亲这事算我一份,与乌马寨结下的这个仇,我是要报的。"徐娘一口喝干杯中的茶,笑道,"多蒙兄弟,你先在店里休息,我去打听打听杜沈思出嫁的具体信息,到时你再伺机行动。"

"好,有劳你了!"多蒙心中大喜,他本来还不知该怎么下手抢亲,这回来了一个帮手,他的信心一下子增加不少。

奔波了一天,多蒙已经疲惫不堪,他随便吃了点儿东西后,在客房的床上躺下,沉沉地睡去。不知道睡了多久,一阵敲门声将多蒙吵醒,多蒙小声问:"谁?"

"我!"门外传来徐娘的声音。

多蒙立刻从床上翻身爬起,打开门。徐娘进门后,喘着粗气,倒了一杯水喝下,才说道:"杜沈思明早辰时出嫁。"

"辰时!"多蒙皱了皱眉,看来碧河镇和乌马寨的婚礼一切按照计划,并没有多大的变化,他接着问,"还有没有其他消息?"

"听杜家下人说,杜沈思自从上次剿匪回来后,整日闷闷不乐,把自己关在房中,下人常听到她的闺房中传出哭声。"徐娘说。

"还有什么吗?"

"没了。杜家下人都在传,说你以前救过杜沈思,杜沈思没法忘记你,所以乌马寨刀家公子来提亲,她一直都不肯答应,直到听说你去藏云寨提亲,杜沈思才松了口,答应嫁给刀家公子。"徐娘瞟了多蒙一眼,多蒙的眼神忧郁,她已经猜得八九不离十,接着说,"看你现在这个神情,这个听闻应该是真的。"

"有没有办法让我去杜家一趟?"多蒙也不管徐娘怎么说,他现在满脑子都是杜沈思,他必须和杜沈思见一面。

徐娘踱着步,沉吟道:"这个嘛……这个嘛……"

多蒙立刻从怀中摸了十块大洋放在桌子上,徐娘见到钱,眼睛放光,一把把钱抓在手中,开心道:"要见杜沈思我无法打包票,但要进杜府嘛,我可以帮你。"

"那就走吧!"多蒙冷冷一笑,果然钱可以通神,等进了杜府,再做打算。

月色下,打扮成店伙计的多蒙,挑着一担菜,由徐娘带着前往杜府后门。看守后门的家丁见到徐娘,查看菜篮子,又盯着多蒙问道:"老板娘,你这家丁有点儿面生呀。"

徐娘挥着手绢,娇声笑道:"大哥,这是我从藏云寨带来的伙计,你当然没见过啊!听说杜府要菜,我就让他给我挑过来。杜府现在不是缺人手吗?大小姐结婚这事情,我让他来打打杂,帮帮忙,攀个交情,以后遇到啥事情,也有一个指望和靠山。"

家丁大笑道:"你这老板娘挺有心的,我们府上确实缺少人手,让他去厨房打打杂,等大小姐出嫁后,大家都有赏钱。"

"杜老爷就是阔气。"徐娘转头对多蒙道,"还不谢谢这位大哥?拿到赏钱,别忘记给我买一口茶喝。"

多蒙挑着菜,点头哈腰道:"谢谢大哥,以后多多照应。"

徐娘对多蒙道:"小蒙,进府好好做事,别偷懒啊!"

多蒙忙道:"老板娘,你放心,绝不偷懒。"

家丁见多蒙机灵,上前拍着多蒙的肩膀说:"小伙子不错啊,去后厨好好干,干好了赏钱一分也少不了,我们杜老爷从不亏待我们这些下人。"

"是,是!"多蒙点着头,挑着菜进了院子里。徐娘在门外又和家丁寒暄了几句才离开。

多蒙进了杜家大院,见大院中挂满了红色灯笼,四处张贴着大红喜字,这喜庆的场面,和他的婚礼比有过之而无不及。跟着进进出出的人,多蒙很快找到了后厨。厨房为了明天的婚宴,早就忙开了。厨房前的院子里,已杀了十几只猪、四头牛,以及数不清的鸡鸭,蔬菜摆满院子。后厨的厨师和家丁吆喝着,有烧水的、洗菜的,还有处理内脏的,等等。

多蒙刚进到院子里,一个粗犷的声音叫住他:"那个挑菜的,把菜放下,过来帮忙。"多蒙循声看去,说话的是一个满脸胡楂的中年屠夫,他正在砍猪肉。多蒙连忙把肩上的菜放在一边,快步走到中年屠夫跟前。

中年屠夫指着猪腿道:"帮我扶着猪腿,我要砍了。"

多蒙立刻抓稳了猪腿,中年屠夫举着一把宽厚的菜刀,一阵挥砍,将猪砍成了两半,接着又在多蒙的帮助下,把一头猪分成了四份。一阵挥砍让他有些气喘,屠夫端过放在木墩上的酒碗,喝了一口,把菜刀递给多蒙道:"新来的吧?"

多蒙接过菜刀:"对,大小姐要出嫁,临时招来的。"

中年屠夫找来一个凳子坐下,对多蒙道:"我休息一会儿,你帮我切一切,明早上就要用,今晚必须切好。"

多蒙二话不说,从中年屠夫手中接过菜刀,搬来砧板,熟练地切起了猪肉。中年屠夫见多蒙手法熟练,喝着小酒忍不住夸赞道:"你这小子不错啊,是把好手,如果你以后打算在这里打杂,就跟着我吧。"

多蒙一边切肉一边问:"大叔贵姓?"

"姓孙,大家都喊我孙屠。"

"孙叔在杜府有些日子了吧?以后还望你多多照应。"

孙屠喝了口酒,仰着头想了想:"嗯,大约有三十年了吧。"

"哇,那很久了啊。"

"是啊,我可是看着我们大小姐长大的。唉,她现在要出嫁了,还真有些舍不得。"孙屠眨巴着眼说，"你不知道，大小姐小时候老是晚上饿，老爷对她管教严，不让她吃夜宵，所以每次她饿了，都会悄悄地来后厨找我，我每次都背着老爷，给她留夜宵。你猜大小姐最爱吃猪的什么部位？"

多蒙不动神色地切着肉问："猪心吗？"

"不是！"

"猪肝？"

"也不是！"

"猪肠？"

"哈哈，你不用猜了，你猜不到。"孙屠压低声音说，"猪尾巴！"

"哈哈！想不到大小姐还有这爱好！"多蒙压低声音笑了起来。

"秘密啊，秘密啊！"孙屠又喝了一口碗中的酒。

多蒙和孙屠相视一笑，又聊开了。多蒙手中的菜刀飞舞，切肉这活计，他做得有声有色。孙屠看他做得好，也省了心，放开量，一杯接一杯地喝着。多蒙能感觉得出，孙屠对大小姐很有感情，毕竟在杜府做了三十年左右，看着杜沈思长大，想到明日她要出嫁，免不了有些伤怀。多蒙再环视周围打杂的家丁，每个人都干劲十足，显然大家对杜沈思出嫁的事情非常上心。

多蒙继续切肉，和孙屠闲聊。这些年，多蒙在马道上摸爬滚打，三教九流的人物都见过，打探消息、和人套近乎的事情，多蒙更是得心应手，所以没用多少时间，多蒙便从孙屠的口中听到了很多信息，对杜沈思的过去有了更深的了解。

夜渐渐深了，厨房的家丁基本把事情做完了，但他们也没打算回家，而是搬来桌椅板凳，摆上酒碗，炒上小菜，开始猜拳，一时间，后厨院子里欢声一片。孙屠喝着小酒，望着桌上的牌九，心里似乎有些发痒。多蒙早已看出了孙屠的心思，笑着道："孙叔，你想玩就去吧，这猪肉我会帮你切好的。"

孙屠激动地从座位上起身，开心道："小兄弟，那就交给你了。"说着搓搓手,快步朝牌九桌走去。

多蒙笑了笑,继续低头切猪肉,心中却想着怎么才能见到杜沈思。他从孙屠口中探出,杜沈思住在杜府后院,这后厨到后院虽不远,但一般下人要进去也不容易。如果翻墙,这墙高三米,极不容易,再说翻墙容易引起注意,后院还养着狗,估计还没翻过去就被发现了。即便混进了后院,后院有家丁守着,他一个陌生人要想通过盘查也没有可能。多蒙正盘算时,一个美丽的丫鬟进了后厨,她来到多蒙跟前,温柔地问:"这位大哥,孙屠孙大叔呢?"

多蒙连忙指着不远处的孙屠道:"孙叔在那边推牌九呢。"

不远处的孙屠听到丫鬟的话,丢了手中的牌九,跑过来对丫鬟道:"玉儿,是不是大小姐饿了?"

"没有,只是小姐说,以后可能吃不到孙叔做的消夜了,所以让我过来看看。"这位叫玉儿的丫鬟说。

"得,我这就给小姐烤猪尾巴去。"孙屠从装猪肉的篮子里提起猪尾巴,放到厨房里的烤架上烤了起来。

多蒙注视着孙屠烤肉的背影,灵机一动,从篮子里拿了一块里脊肉,进了厨房,和孙屠一起烤肉。随着一缕青烟,烤肉浓浓的香味弥散在厨房里。孙屠看了一眼多蒙正在烤的里脊肉,忍不住夸赞道:"小伙子,你这手艺不错啊!"

"在店里打杂,学得一些。我这烤法是一个老厨师教的,他烤了一辈子肉,颇有心得,我也得到他的真传。"多蒙笑道,其实他这话除了第一句,后面都是真的,他在茶马大道上赶马多年,一个老马脚子非常擅长烤肉,便把烤肉的技艺教给了他。时过多年,老马脚子早已逝世,但多蒙学的烤肉技艺还在。思绪一闪而过,多蒙叹息了一声,说:"可惜啊,老厨师已经过世,我现在是他唯一的传人了。"

"没想到小兄弟是一个念旧情的人。"喝得微醺的孙屠感慨着。

"是啊,年纪大了,总是念旧情。老厨师一直说,等他女儿出嫁那天,要为女儿烤最好的烤肉,可惜老厨师没能等到女儿出嫁就病逝了。"多蒙话锋一转,"明天大小姐出嫁,我就想到老厨师的故事,所以也想给大小姐烤点儿肉,算是怀旧吧。"

"哈哈,小伙子,我就喜欢你这样怀旧的人,以后你便跟着我吧。"孙屠笑道。他已经把猪尾巴烤好了,切成几段,放在盘子里。多蒙却没有把自己烤好的肉切成薄片,而是整块放在盘子里。

门外的丫鬟玉儿见肉已经烤好,走了进来,指着未切的肉,好奇地问道:"这块里脊肉怎么不切一切呢?"

孙屠动手要切,多蒙挡住孙屠,从腰间拿下杜沈思送的断情刀,放在桌上说:"玉儿姑娘,我烤的这肉不能现在切,要吃的时候才能切,而且不能用一般的刀切,必须用老厨师留下的这把匕首切,才更入味。"

玉儿满脸疑惑,孙屠也不解。多蒙又道:"我的这把匕首是用寒铁打造的,能让肉保鲜,保持原味。"

孙屠和玉儿不大理解,不过玉儿也没有过多地质疑,她端起盛烤肉的盘子,收好匕首,离开了厨房。多蒙望着玉儿的背影,又说了一声:"玉儿姑娘,告诉大小姐,如果不够,我这儿还有,我给她烤着。"

玉儿回头看了一眼,什么也没有说,快步走了。玉儿走后,多蒙又从篮子里拿了一块里脊肉,继续烤。孙屠笑道:"小伙子啊,不用烤了。这么多年,大小姐从来没有取过第二次,一条猪尾巴已经够了,再加上你烤的里脊肉,足够她吃。"

多蒙笑了笑:"孙叔,我和你打个赌,今晚大小姐吃了我烤的里脊肉,一定会再派人来取肉,说不定她觉得太好吃,还要带着我一起出嫁。"

孙屠大笑道:"哈哈,小伙子,真够你吹的。你的肉就算烤得再好,我相信也没有我烤的猪尾巴好。"说完,不理多蒙,又去推牌九了。

孙屠几圈牌九推下来,多蒙的肉也烤好了,这时,玉儿又出现在后厨的院子中。孙屠见到玉儿,也不推牌九了,快步走到玉儿跟前,低声问道:"玉儿,怎么样?大小姐吃得还合心意吧?"

"挺好,你也知道,近来大小姐的胃口一直不好,但吃了刚才那个小伙子的烤肉,胃口大开,她要我再来拿一盘。"玉儿看了一眼厨房,见多蒙正在烤肉,快步走到多蒙跟前,开心地说,"小哥,你的手艺不错,大小姐非常喜欢。"孙屠跟在玉儿身后,望着多蒙烤好的肉,不得其解。他甚至拿过菜刀,切了一小块尝了尝,只感觉多蒙烤的肉还行,但还没有好吃到让人难以忘记的地步。

"大小姐喜欢就好,这里还有呢。"多蒙望着孙屠不解的神情,解释说,"孙叔,我这烤肉必须配我的刀才有味道,你的刀不行,自然吃不出这烤肉的好来。"孙屠挠了挠头,猜不透多蒙的匕首到底是什么样的,还有如此功效。

玉儿端着盘子要走,走了几步,转身对多蒙道:"小哥,你和我一起去见大小姐吧,大小姐非常好奇你的匕首,想问问你匕首怎么来的。"

"好!"多蒙回答着,跟着玉儿离开厨房院子,只留下孙屠一个人在那儿困惑不解。

在玉儿的带领下,多蒙在杜府大院中绕了几个弯,过了几道门,才到了杜家后院。月色和灯光下,多蒙不禁在心底暗暗感慨,这杜家大院的亭台楼阁与青山寨的库家大院不分伯仲,假山、楼台、池塘层层叠叠,非常气派,走廊的房檐立柱上雕着表示吉祥的花纹与文字,唐诗宋词元曲等名句一句比一句醒目,在红色灯笼的映衬下,更有梦幻般的感觉。再向外望,碧绿的荷池连成了一片。

玉儿带着多蒙沿着走廊向前走,走到了内院门口。门口站着两个家丁,两人对玉儿非常熟悉,热情地打招呼,看见玉儿身后的多蒙,简单地询问了几句。玉儿说多蒙是后院的厨师,大小姐想问问鲜肉怎么烤成的,两个家丁闻言,没做阻挡,放玉儿和多蒙进了后院。

多蒙暗暗庆幸,还好自己没有鲁莽,硬闯杜府,否则不要说找到杜沈思,可能直接在杜府迷路了,这后院中,大楼小楼错落参差,在夜色下根本分不清主次。多蒙不免感叹,不愧是碧河镇的杜家,百年基业,非浪得虚名。

多蒙跟着玉儿来到后院一栋楼前，玉儿要多蒙在楼下等待，她进了屋，上了楼。多蒙隔着门向里屋看，里屋布置得很喜庆，红色喜字贴满了窗户，蜡烛照得屋内宛如白天一般。

不一会儿，玉儿下楼，嘱咐多蒙说："小哥，等会儿大小姐问什么你就答什么，但不能瞎说。如果惹小姐生气了，影响到明天出嫁，后果你我都担不起。"

多蒙忙答："明白明白，只管放心，不该说的我绝不会说。"

玉儿见多蒙机灵，不再说什么，带着多蒙上了楼。在第二层楼，隔着帘子，多蒙看到杜沈思穿着大红婚衣，头上戴满首饰，坐在窗台边，身边的小桌上摆着一壶酒和一只玉杯，刚端来的烤肉放在桌面上，杜沈思醉意蒙眬地把玩着断情刀。

"小姐，烤肉的小伙子到了。"玉儿低着头和杜沈思说。

杜沈思缓缓地抬起头，透过门帘看向多蒙。多蒙挺直了身体，略微抬起头对杜沈思说："见过大小姐。"

杜沈思的身影定住了片刻，而后缓缓地放下手中的断情刀，闷闷地道："玉儿，把门帘拉起来。"

玉儿忙将门帘拉起。烛光下，多蒙总算看清了杜沈思，她一身盛装，比曾经所见的任何时候都美丽动人，但她双眼带泪，一副愁容，猜不透已经哭了多少次。见到心爱的人并不开心，多蒙心里一颤。

杜沈思见到多蒙，悲伤的泪眼里泛起一束亮光，嘴角露出一丝温柔的笑容。她想起身迎接多蒙，又侧目扫视了一眼玉儿，抑制住心中的激动，假装镇定地问："小哥，你烤的肉不错，这把匕首我也很喜欢，能不能把这把匕首卖给我？"

多蒙说："这把匕首对我有重要的意义，但如果小姐真的喜欢，我愿意把它送给小姐。"

"我看这把匕首乃用寒铁打造，上面镶嵌宝石金丝，一定价格不菲。"

杜沈思转头对玉儿说："玉儿,你去管家处取一锭黄金给小哥,作为买匕首的钱。"

"好,小姐。"

玉儿临走前又小声嘱咐多蒙："别惹小姐生气。"多蒙连忙点头,目送玉儿下了楼。

玉儿走后,杜沈思一下子从座位上起身,快步走到多蒙跟前,打量着多蒙,喜道："多蒙哥,你怎么会在这里,还打扮成这般模样?"

"来看你。"多蒙的目光始终在杜沈思的脸上。

杜沈思在多蒙的注视下脸色微红："多蒙哥,现在你不是应该和白珊姐在一起吗?"

多蒙从怀中摸出白珊的信,递给杜沈思说："珊儿她比我勇敢。"

杜沈思接过信看了一遍后吃惊道："我二哥他三天前回到碧河镇,我以为他回来参加我的婚礼,没想到是来带白珊姐走的。你这次来,是不是找白珊姐?我这就去问问我二哥。"说着就要下楼。

多蒙连忙拉住杜沈思："沈思,我这次来,不是来找你二哥和白珊的。"杜沈思回头望着多蒙,眼里满是疑惑。多蒙坚定地望着杜沈思："我是为你而来。"

杜沈思眼中又闪着光,激动地说："多蒙哥,你真的为我而来?"

"真的为你而来。"多蒙从怀中摸出杜山的信交给杜沈思。

杜沈思接过信看了后,微带怒意道："我二哥做事过分,他带着心爱的人跑了就算了,还要拉着我一起下水。"

多蒙不管杜沈思说什么,他一把抱住杜沈思,将杜沈思紧紧地拥在怀中："沈思,我要带你走。"

一切来得太快,杜沈思有些木然地靠在多蒙怀中,脑子里一片空白,但一股前所未有的温柔将她紧紧地拥住了,她漂浮不定的心仿佛一下子找到了归属。

"多蒙哥,你真的要带我走?"

"一定要带你走。"多蒙坚定地回答。

"今天吗?"杜沈思在多蒙怀里小声地问。

要不要今夜就把杜沈思带走?无数的念头从多蒙脑海中闪过,最后他坚定地说:"明天,我要让所有人都知道,你是我多蒙的女人。"

杜沈思没有说话,多蒙的到来实在让她猝不及防。这时候楼下传来玉儿的脚步声,杜沈思回过神,她挣脱了多蒙的怀抱,坐回到原来的位置上。不一会儿,玉儿走上楼,给了多蒙一锭黄金。多蒙也不拒绝,接受了黄金,躬身对杜沈思说:"谢谢小姐赏赐。今日天色已晚,小的就此别过,明日小姐出嫁时小的再来。"

"好,玉儿,帮我送送小哥。"杜沈思说。

"好,小姐。"玉儿回答着,带着多蒙下了楼,出了院子。杜沈思始终注视着多蒙的背影,直到多蒙消失在自己的视线里。

多蒙离开杜府后,找了个借口,重新回到旅店见徐娘。徐娘见多蒙回来,跟到客房里询问情况。

"见到杜沈思了吗?"徐娘问。

"见到了。"多蒙坐在桌前,倒了一杯茶。

"她怎么说?愿意跟你走吗?"

多蒙摇摇头,时间太短,他并没有问杜沈思是否愿意跟自己走。

徐娘见多蒙摇头,急了:"她不愿意跟你走?"

多蒙又是摇摇头,没有回答。

"你这摇头是什么意思?她到底愿不愿意跟你走?"徐娘走到多蒙跟前,盯着多蒙。

"这不重要,我一定要带她走,我确定了她对我的心意。"多蒙肯定地说。

"那你为什么不今夜把她带走,却独自回来?"徐娘问。

多蒙给自己的茶杯添了茶水,沉默半晌,才缓缓地说:"我如果今夜把她带走,那我们就是私奔,我不想她为我背上私奔的骂名。"

"哎哟喂,那你想怎么样?"徐娘不解地盯着眼前这个男人。

"我要明天在她出嫁的时候把她抢走。"多蒙说。

"为什么?"

"明天把她抢走,那就是抢亲,不会背负私奔的骂名。"

"唉!如果你真的抢亲,你知道后果吗?"徐娘坐了下来,皱着眉头。

"知道!"

"知道你还抢亲?到时候乌马寨非得和你青山寨开战不可。"徐娘说。

"我管不了这么多,也不怕乌马寨,为了她,一切都值得。"多蒙说。

"好,是个重情的汉子,我没看错人。"徐娘见多蒙已经做了决定,也不再劝,临走前又对多蒙说,"要去抢亲,不能穿得这么寒酸,至少有个新郎的样子。"

"好!"多蒙突然想到从青山寨走时穿的新郎官衣服并没有丢,就放在白霜背上的包中,明日正好派上用场。

## 第十一章　多蒙抢亲

次日,风和日丽。清晨,碧河镇回荡着敲锣打鼓的声音。杜府外的大道上站着一排迎亲的队伍,为首的是新郎官刀龙。刀龙身戴大红花,穿着红色的新郎袍,满脸笑意地站在花轿边。跟刀龙一起来的有刀松、刀猛,另外还有随行的迎亲家丁三四十人。接亲的响器班子已经重复吹奏了五六遍,杜家的嫁妆也摆在街面上,却始终没有见杜沈思从府里出来。

众人在府外等待,直到日上三竿,杜沈思才在玉儿的搀扶下,身着一袭红装、头顶红盖头从府内出来。一时间,鞭炮声、喝彩声、锣鼓声齐鸣。在喧闹中,在亲人的注目下,杜沈思缓步走到花轿跟前。轿夫压低轿子,媒婆喜笑颜开地望着新娘,高声道:"请新娘上轿!"

杜沈思却停住了,她迟迟不肯进轿子,众人以为杜沈思舍不得离开家,锣鼓声更闹了。杜沈思突然转过身,掀开盖头,眺望着宽阔的街道,她在等待一个人。这时,宽阔的街道上一匹白马飞奔而来,马背上的人正是多蒙。多蒙一身新郎装,骑着白霜,潇洒地穿过站满了人的街道,直奔杜府而来。

众人都看向了多蒙。杜沈思悲伤的脸上露出久违的笑容,白霜似离弦之箭一般飞驰到杜沈思身边,多蒙向杜沈思伸出手,杜沈思拉住多蒙的手,一个跃身,被多蒙拉到怀里。白霜迈开四蹄,闯过迎亲的队伍,朝南门飞奔而去。事发突然,在场的所有人一时间没反应过来发生了何事,等明白过来,才知道多蒙前来抢亲。刀松怒道:"上马,给我追!别让多蒙跑了!"

刀龙跃上马背，一马当先追了出去。乌马寨的众马脚子见状，纷纷上马。刀松黑着脸对刀猛道："快追上去，不要让少爷出事！"刀猛得令，带着众马脚子向多蒙追去。

碧河镇大当家杜元德见突生变故，一时间也傻了眼，转头怒问大儿子杜岭："这男人是谁，敢来抢亲？！"

杜岭望着多蒙的背影说："爹，看着像多蒙。"

杜元德一愣："多蒙？他是多蒙？！"

刀松骑上马走到杜元德跟前，沉声问："杜大当家，这事你说该怎么办？"

杜元德黑着脸，对杜岭道："你带人去把思儿给我追回来。"

"是，爹。"杜岭前去召集碧河镇的马脚子，和刀松一起朝南门追去。

另一边，多蒙将杜沈思紧紧地抱在怀里，带着杜沈思飞奔出南门。白霜速度极快，很快就将乌马寨的马脚子甩得很远了。杜沈思在多蒙怀中开心地说："我还以为你不会来了。"

多蒙望着前进的方向，意气风发地说："我对你的承诺，一定要兑现。"杜沈思幸福地靠在多蒙怀里，纵马向前，这一条路很长很长。杜沈思又想到了和多蒙同骑的时光，多少次回忆时，她都希望那条路长到没有尽头，可惜路终有尽头。

黄昏时分，多蒙勒停白霜，环视所处的环境，他看到路边有几间石头小屋，才意识到已经到了石头寨。眼看时间不早，白霜走了一天，需要休息，他和杜沈思也需要找个地方住下。想到前次买茶的牛大娘，他带着杜沈思沿着小路找到牛大娘家。

牛大娘听到马蹄声，从小屋里出来，见到多蒙带着杜沈思，喜道："多蒙小兄弟，这是你的新娘子啊？真漂亮啊！恭喜，恭喜！"

多蒙和杜沈思从马背上下来，杜沈思红着脸道："大娘，我们还没成亲。"

多蒙施礼道："大娘，今天时间已晚，想在你这里住一晚，是否方便？"

"方便方便,只要你不嫌寒舍简陋。"牛大娘领着多蒙和杜沈思进了院子,院子右侧有一间小石屋,她指着石屋说,"这屋子本是准备给我大儿子结婚用的,大儿子一直没有回来,如果你们不嫌弃的话,就住在这里吧,我给你们打扫打扫。"牛大娘说着,拿着抹布和扫帚进屋打扫房间。其实屋子很干净,显然,尽管儿子没回来,牛大娘还是会经常打扫这间屋子。多蒙望着牛大娘忙碌的身影,心中不免有些感伤。他自小失去母亲,今天见到牛大娘,他内心深处似乎找回了曾经失落的东西。

打扫好房间后,牛大娘又拿出一条崭新的棉被铺在床铺上,笑着对多蒙说:"多蒙小兄弟,寒舍简陋,只能委屈你们一晚。"说着又转头望向杜沈思,"新娘子,今晚只能委屈你了。多蒙小兄弟是个好人,他以后一定会对你好的。"

杜沈思低着头感谢道:"谢谢大娘,打扰你了。"

"哦,还不知新娘子怎么称呼?"牛大娘问。

"我姓杜,名沈思。"杜沈思说。

"杜沈思?你是碧河镇杜家大小姐杜沈思?"牛大娘非常吃惊,"近来,来往的人都说你要嫁给乌马寨的大公子,怎么会……?"牛大娘打量着多蒙和杜沈思,有些迷糊。

"我去抢了亲。"多蒙笑道。

"哈,原来如此。"牛大娘说。

"我虽抢了亲,但我和沈思还未成亲。牛大娘,我看你亲切,像我逝世的娘亲,不如我认你做干娘,你为我和沈思主持婚礼,做我们的结婚见证人。"多蒙望向杜沈思。杜沈思目光里略带着娇羞和温柔,与多蒙的手握得更紧了。

"好啊,只要你不嫌弃我这个老婆子。"牛大娘一口答应。开心之余,她想到给儿子准备的红烛、喜字等还在,忙从柜子里翻出红烛和喜字,稍微装扮了下小屋。

多蒙将牛大娘安排在堂屋的正中央坐下。牛大娘整理衣服,开心地坐下,多蒙牵着杜沈思的手走到牛大娘跟前,跪下向牛大娘拜了一拜,给牛大娘献上一杯茶。牛大娘满心欢喜地望着眼前这对年轻人,无数个日夜,她都等着儿子回来,畅想着儿子成亲的时刻。今天,她看着多蒙和杜沈思成亲,就像看到自己的儿子成亲一样,内心的喜悦溢于言表。

多蒙和杜沈思拜过牛大娘,又转身向门外朝皇天后土拜了一拜。最后,两人面对面,四目相对,两个炽热的深爱的灵魂撞在了一起,这一刻,多蒙的内心只剩下杜沈思,而杜沈思的眼中也只有多蒙。两人深情地对视着,正要对拜,这时,门外传来一阵急促的马蹄声,一声枪响划过天际,打破了这静谧的夜晚,牛大娘惊得从座位上跳了起来。

多蒙眉头轻轻地皱了皱,他心中清楚,该来的还是来了。他牵着杜沈思的手出了石屋,看到院子外骑着马的刀龙。刀龙眼露寒光,怒视着多蒙,又将目光移向多蒙身边的杜沈思,他用枪指着多蒙。杜沈思见刀龙要枪杀多蒙,立刻挡在多蒙身前:"刀龙,你不能杀他。"

刀龙咆哮道:"你爱他?"

"如果你要杀他,连我一起杀了吧。"杜沈思说。

多蒙将杜沈思拉到一边,安慰杜沈思:"沈思,放心,他杀不了我。毕竟是我抢了他的亲,我和他的事情,就让我俩单独解决。"

"好,这是你说的。"刀龙收起枪,从马上跳下来,走到多蒙跟前。

"我不希望你俩因为我伤了性命。"杜沈思预感到两个男人要为她决斗,心中不免有些担心。

"放心,我不会杀他。"多蒙保证说。

"我也不会让他死。"刀龙冷冷地回答着,他当然不想多蒙轻易死了,这是夺妻之恨,他要让对方生不如死,"上次在藏云寨,我俩的决斗还没结束,不如今晚就在这里分出高下,谁胜了,谁带沈思走。"

"好,这是你说的!"多蒙一口答应。

两人说完,脱去上衣。牛大娘从屋子里出来,见两个男人如两头被激怒的公牛,她战战兢兢地走到杜沈思身边。杜沈思一时间六神无主,虽然她心向着多蒙,但是无论谁受到伤害,都不是她想见到的。她本该阻止这场决斗,可她也知道,她已经无能为力了。

多蒙和刀龙相视片刻后,大吼一声,拼了命地扑向对方,两人拳来脚往,扭打在了一起。多蒙常年在茶马大道上打拼,作为马锅头,格斗是家常便饭,这些年来,他几乎没有遇到过对手。刀龙虽是公子哥儿,但论起拳脚功夫,他受过专门训练,有自己的一套,技巧上也不弱于多蒙。两人你一拳我一脚,一时间谁也占不到便宜。多蒙毕竟久经历练,身体素质比刀龙好太多,渐渐地占了上风,刀龙公子哥儿的劣势也渐渐凸显出来。

刀龙自知久战下去,绝对不是多蒙的对手,便想速战速决。多蒙料到刀龙求胜心切,故意放了一个空当,等刀龙一拳打空,多蒙一招黑虎掏心,重重打在了刀龙的胸口,刀龙踉踉跄跄向后退了几步。多蒙一招得势,紧紧地跟上,飞起一脚,想把刀龙踢倒。刀龙自知不敌,猛然从腰间拔出短刀,向多蒙刺来。多蒙已经猜到刀龙会狗急跳墙,连忙收了脚,向后退了几步。

"你不守规矩,竟然动刀。"多蒙冷冷地说。

"哼,交手前并没有说不准用刀。"刀龙阴沉着脸说。

"好!"多蒙回过头,对杜沈思说,"沈思,他想比刀,我也奉陪到底。你的匕首呢?借我一用。"

杜沈思眼神空洞,她知道如果真用上刀,这场决斗非死即伤,她咆哮道:"你俩够了!都给我住手!"

可无论杜沈思怎么喊,两个人都没有要住手的势头。这时,石头寨外又响起一阵枪声,刀龙笑道:"多蒙,我乌马寨的人来了,你今夜走不了了。"

多蒙大笑道:"我多蒙要走,谁又能阻拦得了我?"

紧接着,枪声越来越密集,但是枪声离石头寨越来越远,刀龙有些不明所以。不一会儿,一阵急促的马蹄声从远处传来,多蒙抬头看去,月光下,是一个女子的身影,等近了多蒙才看清,来者竟是骑着黑聪的阿木哩。

阿木哩快马赶到了牛大娘屋前,见多蒙和刀龙在打斗,连忙用枪指着刀龙。刀龙在阿木哩的威胁下,一时间也不敢有任何动作。阿木哩望了一眼身穿红色嫁衣的杜沈思,她已经猜到眼前这位女人的身份。她端着枪对多蒙说:"多蒙哥,快走,乌马寨和碧河镇的人都到了,小飞哥和马猴哥刚把他们引走,他们如果发现上当,会立刻转头回来。"

刀龙笑道:"今天你们谁也走不了。"

阿木哩怒道:"你给我闭嘴!你信不信我一枪毙了你?"

多蒙对阿木哩说道:"你带杜沈思先走,我和他的事必须有一个结果,否则这事完不了。"

刀龙仰天笑道:"多蒙,是条汉子!今日你我如果不决出高下,你青山寨和我乌马寨便永无宁日。"

"沈思姐姐,我们走!"阿木哩也不管刀龙,仍用枪指着刀龙,对杜沈思说。

"沈思,你先走,否则我和你谁也走不了。"多蒙说。

杜沈思深知情况危急,她望了一眼身旁的牛大娘,说了一声"保重",又掏出袖子中的断情刀,交到多蒙的手中:"我知道今天你俩非分出胜负不可,但你要保证,不可伤了他的性命,否则,我会愧疚一辈子。"

"你放心,我不会杀他。你跟着我妹妹走,等我回来。"多蒙说。

"好!"杜沈思答应着,走到阿木哩身边。她跳上马背,转头又对刀龙说:"刀龙,这件事,终归是我负了你。我从来没有答应过这门婚事,是我父亲非要和你们乌马寨联姻。如果多蒙今日因你而死,我也会随他一起去。"

"哈哈!"刀龙对着长空一声冷笑,他知道自己输了,自始至终他都未曾得到杜沈思的心。这场婚姻,或许一开始就是错误的,他不顾一切要得到的人,哪怕得到了,也不过是没有灵魂的行尸走肉。想到这些,刀龙的心彻底地死了。

"多蒙哥,你自己小心。"阿木哩带着杜沈思,掉转马头,双腿一夹,纵马而去。

院子里只剩下多蒙和刀龙以及牛大娘,多蒙转头对牛大娘说:"干娘,今天是我和乌马寨的恩怨,恐伤到你,你快走。"

牛大娘不敢说什么,担心地望了一眼多蒙后,匆匆地转身离开了。等牛大娘走远,多蒙拔出杜沈思的匕首,对刀龙道:"今日已然如此,我答应过沈思,不伤你性命,但我不敢保证不会伤了你。"

刀龙脸上的肌肉变得僵硬、扭曲,相较于刚才受的伤,杜沈思的话对他伤得更重,愤恨、恼怒、耻辱几种情绪交织在内心,他大吼一声,挥刀向多蒙扑了过来。

这是一种要命的杀招,多蒙早有心理准备。几招下来之后,刀龙的招式完全乱了章法,被多蒙刺中几刀,胳膊、胸口、大腿鲜血直流,他的脸也因为失血而变得煞白。

又过了几招,刀龙因失血过多,行动更加迟缓,多蒙知道对方支撑不了多久,没有再出狠招。再几招后,刀龙已经没有进攻的能力。多蒙眼疾手快,匕首划过刀龙的右手,刀龙剧痛之下,握不住短刀,短刀掉落到地上。

刀龙要去掏枪,多蒙已料到,将匕首直接顶到刀龙的胸口,冷冷地说:"你输了!"

"哈哈,没错,我输了。"刀龙来了狠劲,"你赢了又怎么样?你以为你从此就能和沈思幸福地过下去?我得不到的,你也休想得到!"说完,咬紧牙关,狠狠地迎着多蒙手中的匕首扑了过来。

事发突然,多蒙松开手中的匕首,连忙向后退了三步,等他再看刀龙,锋利的断情刀已插在了刀龙的胸口上。

"你用她的刀杀了我,此生,沈思再也不会嫁给你,我永远是她心中一道迈不过去的坎。"刀龙说着,口中流着鲜血,身体像一根树桩倒在了地上。

多蒙完全没想到,刀龙竟为了杜沈思做出这样偏激的事。恍惚间,他听到远处传来一阵急促的马蹄声,白霜也感受到危险,骚动嘶鸣着。紧接着枪声划过夜空,白霜奋力挣脱拴它的绳索,冲到多蒙跟前。多蒙下意识地跳上白霜,白霜嘶鸣一声,撒开四蹄,如离弦的箭飞奔而去。

多蒙听到身后又是一阵枪响,还有吵闹急促的马蹄声。多蒙头也不回,任白霜驰骋,白霜一旦上路,就没有马能跟上它。不一会儿,多蒙感觉身后的马蹄声和枪声越来越远。他的意识慢慢地清晰起来,刀龙死了,乌马寨和青山寨的怨就此结下了,两个寨子的战争在所难免。想到这里,多蒙心里不免叹息了一声。他想过,抢乌马寨的亲会和刀家结下仇恨,但他没想过刀龙会死。

事已至此,也无计可施,再想到杜沈思和阿木哩走时一再交代,不要伤了刀龙的性命,等再见到杜沈思,他该怎么向杜沈思解释刀龙的死?他又突然意识到,刚才走得急,杜沈思的断情刀还插在刀龙的胸口上,如若杜沈思见到此状况,他将百口莫辩。无数思绪涌上心头,多蒙在马背上又长长地叹息一声。

多蒙纵马前行,走了一夜,第二天中午,多蒙回到了青山寨,三盒子已经在青山寨门口等着他了。三盒子迎上来,对多蒙道:"多蒙哥,你回来了。马猴和小飞呢?没有和你在一起?"

多蒙突然想到阿木哩说,小飞和马猴为了引开乌马寨的人,朝另一个方向走了。多蒙掉转马头,准备去找小飞和马猴,三盒子一把拉住白霜:"多蒙哥,小飞和三盒子应该会顺利回来。库藏大哥交代,如若你回来,立刻去见他。杜沈思姑娘和阿木哩已经在库藏大哥处了,你快去吧,我去接应小飞和马猴兄弟。"

多蒙迟疑了片刻,三盒子牢牢抓着多蒙的马,就是不让多蒙走。多蒙只能嘱咐三盒子道:"务必将小飞和马猴兄弟安全找回来。"

三盒子拍拍胸脯:"你只管放心,这事包在我身上。"

多蒙见三盒子打了包票,稍微放下心,他骑着马,径直朝库家大院奔去。很快,他来到库家大院,大院门口守卫的家丁见到多蒙,连忙将他带

第十一章 多蒙抢亲

进大厅里。大厅内,坐着王夫人、库藏、库玛,下首坐着杜沈思,阿木哩在一侧陪着。杜沈思见多蒙安然回来,悬着的心放下了。她起身走到多蒙跟前,担心地说:"多蒙哥,你总算回来了,没有受伤吧?"

多蒙也不顾厅上的人,一把将杜沈思搂在怀里。一路上,他一直担心着杜沈思的安全,万一她有不测,他这一辈子都无法原谅自己。刀龙的死同样揪着他的心,让他有些没法面对杜沈思。各种思绪缭绕在脑海中,只有见到杜沈思的时候,他才觉得有了一线光明。这突然的动作让杜沈思有些不知所措,但她毕竟爱着多蒙,安慰道:"能安全回来就好,剩下的事情,我会和你一起去面对。"

多蒙在杜沈思耳边说道:"你信我吗?"

杜沈思道:"我当然信你。"

多蒙松开杜沈思,双手扶着她的肩膀,望着她的眼睛说:"刀龙死了!"

杜沈思眼中闪着泪花,神情沮丧地说:"他死了?他怎么死了?你不是答应我不会杀他的吗?"

多蒙本想将实情告诉杜沈思,可话到嘴边,他又忍住了,撒谎道:"比武的时候,我失手杀了他,都是我的错,我并不想杀他。"多蒙知道,如果他说刀龙自杀而死,那么杜沈思这辈子都不会原谅她自己,所以他选择独自扛下所有,哪怕被杜沈思怨恨。

杜沈思跟跄地向后退了几步,失神地倒在了座位上。哪怕是多蒙失手杀了刀龙,刀龙也确实因她而死,她的内心深处还是受到了巨大的冲击,她想到了和多蒙走的所有后果,唯独没有想到刀龙会因为她而死。

库藏在一旁听到刀龙死了,也着实吃了一惊,抢亲固然是一件大事,伤亡也是不可避免的,事情一般不会发展到不可处理的地步。可死的人是刀龙,乌马寨刀家的大少爷,乌马寨非报仇雪恨不可。库藏拍着头,这次多蒙惹的麻烦确实不小。

"大哥,我做的事,我一人承担。"多蒙走到库藏跟前说,又见王夫人面无表情,低着头道,"干娘,我惹事,让你担心了。"

王夫人看着多蒙,又望向杜沈思,轻咳一声道:"既然事已至此,杜姑娘也愿意跟你,那就遂了你们的心愿,也是一桩美事。"

库藏走到多蒙身边,拍着他的肩膀说:"三弟,你还记得当日我们结拜时的誓言吗?有福同享,有难同当。既然是你的选择,我也定然支持你,就算乌马寨打来,我们青山寨也不惧怕他们。就算乌马寨和碧河镇联手,那也没关系,我已经派人去通知藏云寨来支援我们了,藏云寨绝对不会袖手旁观。"

"谢谢大哥。"多蒙见大哥考虑得这般周全,不禁心生感动,只是转头看向杜沈思时,心中又有些不安,如果青山寨和碧河镇刀兵相见,杜沈思又当怎么办?

库藏和多蒙在讨论怎么应对碧河镇和乌马寨的攻击时,一个家丁快步进了大厅,报告说,派去藏云寨的人回来了,还带回藏云寨白家大少爷白帆。

库藏道:"白帆既已到,还不快快有请!"

来报的家丁迟疑着说:"大当家,白帆少爷受了重伤,现在在院子里……"

"什么?!"库藏一脸疑惑,匆匆出了大堂,多蒙等人紧随其后。

众人来到院子中,看到四个浑身是伤的马脚子围在一副担架前,白帆躺在担架上,奄奄一息。

"还愣着干什么?快去请医生!"库藏吩咐左右,又快步走到白帆跟前蹲下,握着白帆带血的手道,"白帆兄弟,发生了什么事情?你怎么成了这样?"

白帆睁开眼睛,吐出几个字:"藏……藏云寨,刀……刀头七。"他一口气上不来,又晕过去了。

"医生!快找医生!"多蒙高声呼唤着。不一会儿,达目里司匆匆赶来,让人将白帆抬到房间里进行救治。

库藏和多蒙只能等在门外。多蒙又叫来抬白帆的马脚子询问到底发生了什么事情，四个马脚子你一言我一语，讲述了藏云寨发生的事情。

原来在多蒙和白珊大婚当日，藏云寨也举办了盛大的晚宴。晚宴后，藏云寨的家丁、马脚子喝得酩酊大醉，马匪刀头七趁着藏云寨防守松懈，袭击了藏云寨，藏云寨被打得措手不及。马匪冲进藏云寨后，杀入白府，将白府洗劫一空。藏云寨迎亲队伍回到寨中，中了马匪设下的埋伏，藏云寨大当家白孟被害，慈心夫人不甘受辱，跳井自尽。马程拼命护着白帆杀出重围，但马匪实在凶悍，马程生死未卜。白帆中了一枪，逃出了藏云寨，之后飞奔向青山寨，正好遇到青山寨去请救兵的马脚子。

听完藏云寨四个马脚子的讲述，库藏阴沉着脸，真没想到刀头七如此心狠手辣，更没想到他还有攻破藏云寨的实力。不过以白孟的谨慎小心，不可能想不到大婚时多加防备，马匪怎么可能轻轻松松就攻破了坚固的藏云寨呢？想到这点，库藏问道：“难道白孟老爷子没有任何防备？前次我们四寨联合剿匪，虽说没能把马匪全部剿灭，但也使他们元气大伤，一股残匪怎么可能有攻破藏云寨的实力？”

一个较为机敏的马脚子想了想道：“库大当家，你说得对。我感觉不全是马匪，他们的火力非常猛，而且训练有素。一般情况，马匪一击即溃，而这群马匪不同，进攻一拨又一拨，甚至有炮，好像是正规军。只是我们确实见到了刀头七，这绝对错不了。”

多蒙脱口而出道：“大哥，有没有可能是国民党的残军和马匪合兵攻击了藏云寨，所以马匪才有了这样的实力？”

另一个藏云寨的马脚子附和道：“多蒙当家说得没错，我看到有些马匪穿着黄色的破旧的军服，应该是国民党的残军。”

库藏点点头，只有这一种解释才能说清楚为什么藏云寨会被攻破。国民党军队溃败逃窜的事情，也不是什么新鲜事了，马匪收容一些国民党军队的残军，同样在意料之内。这样说来，刀头七这股马匪的势力不仅没被削弱，还在短时间内得到一定程度的壮大。只可惜了藏云寨这百年要塞,就这样被毁了。更加糟糕的是,没有藏云寨的支持,以青山寨一寨之力,又如何去面对即将到来的乌马寨和碧河镇的联手进攻呢?

# 第十二章　兵临城下

　　白帆生死未卜，三盒子又派家丁来报，碧河镇和乌马寨的人马已到了青山寨城墙前，多蒙没想到两个山寨的人来得这么快。家丁还带来了更坏的消息，马猴和小飞在引开乌马寨马脚子的过程中，不巧撞上碧河镇的追兵，两人不幸被擒。

　　多蒙闻言，心中一沉，拔枪要走。库藏稳住多蒙道："三弟，少安毋躁，等我和你一同前去。"多蒙稍微缓了缓，望着身边的杜沈思。杜沈思低着头，紧锁着眉，事情发展得太快，完全超出了她的心理承受能力。

　　这时又有家丁来报，碧河镇杜元德给库藏送来一封信，要库藏亲启。库藏接过信，上面写道："库藏大当家，贵寨三当家多蒙在小女出嫁时掳走小女，现我们碧河镇抓到两个掳走小女的帮凶，望库大当家以大局为重，我们碧河镇愿意以二换一，赎回小女。如若大当家不同意，我们碧河镇只能和青山寨刀兵相见。杜元德。"

　　库藏看完信，陷入了沉默。王夫人从库藏手中拿过信，看过后，递给杜沈思："杜姑娘，你爹的信，这件事，解铃还须系铃人。"

　　杜沈思接过来看了信，沉默无言。多蒙深知事关重大，转身对库藏道："大哥，一人做事一人当，我惹下的祸，我自己担。我去把小飞兄弟和马猴兄弟换回来。"

　　库藏忙劝多蒙："三弟，万不可鲁莽，鲁莽行事，只会让小飞和马猴兄弟有性命之忧。"

　　多蒙一时也没有了办法。杜沈思抬起头对多蒙说："多蒙哥，王夫人说得对,解铃还须系铃人,我父亲要的是我,你就让我去吧。如果我爹为了我和青山寨兵戎相见,可能还要伤到更多无辜的人。与其这样,还不如拿我换回你的两个兄弟。"

王夫人道:"杜姑娘深明大义。"

多蒙心中纵有万千不舍,但杜沈思已做了决定,多蒙也没有办法。一边是两个兄弟,以及山寨众兄弟的性命,另一边是自己深爱的女人,他陷入了两难。杜沈思看出了多蒙心中的不舍,安慰道:"多蒙哥,来日方长,等化解了这次危机,我们再相聚。"

"杜姑娘的心意,我青山寨心领了。我坚信,有情人终成眷属。"王夫人起身向杜沈思拱手作礼道。

"各位,叨扰久了!"杜沈思起身就要离开大堂。

阿木哩追上去,挡住杜沈思:"沈思姐姐,你好不容易才和多蒙哥在一起,真的就这样走了吗?"

杜沈思停住脚步,一滴泪珠从眼角滚落下来。她轻轻地揩去眼角的泪水,强颜欢笑:"阿木哩,照顾好多蒙哥,有缘自会再相见。"她走到阿木哩跟前,要取阿木哩腰间的枪,"阿木哩,把你的枪借我用一用。"

阿木哩担心杜沈思会做出傻事来,不肯给。杜沈思看出了阿木哩的心思,温柔地说:"阿木哩,你放心,我不会自杀。我只是担心万一我父亲反悔,我好以性命威胁他,这样,他断然不敢伤害青山寨的两个兄弟。"阿木哩听杜沈思这么说,才将枪交给了杜沈思。

"多蒙哥,不要让沈思姐走了啊!"阿木哩跑到多蒙跟前,急得直跺脚。

"沈思,我过些日子再去找你!"多蒙望着杜沈思的背影,含着泪,嘴角抽动了几下。如果没有在一起,自然不怕分开,现在好不容易在一起,他却只能眼睁睁地看着她离开,无可奈何。哪怕说一句"留下",他也不能,他甚至都没有勇气追上去抱一抱杜沈思,这一切宛如一场美梦,梦终归是要醒的。

"好,我等你!"杜沈思放下长长的衣袖,盖住手枪,又回头看了一眼多蒙,毅然决然地朝青山寨大门走去。

此时,乌马寨和碧河镇的人马已经将青山寨围住了,乌马寨的刀松抬着刀龙的尸体,眼中露出仇恨的寒光。小飞和马猴被五花大绑,由杜岭押解着,跪在地上。两人伤痕累累,嘴角流着血。库藏、多蒙来到土城墙上,三盒子早已安排好青山寨的人马守住城门和城墙,随时应对两个山寨的攻击。

三盒子高声对碧河镇的杜岭喊道:"碧河镇的当家听着,我库藏头人答应你们的要求,用杜沈思大小姐换回我青山寨的两个兄弟。"

"好,一起交人。"杜岭挥挥手,让手下解开小飞和马猴身上的绳索。

此时,杜沈思已站在城门下,三盒子吩咐手下打开青山寨土城墙的城门,随着城门开启,杜沈思一步步走出青山寨。她一身的红衣,孤单而落寞。多蒙在城墙上望着杜沈思缓缓而行的步伐,她每向前迈出一步,他内心深处就会激起一阵撕裂般的疼痛,感觉杜沈思正一步步走出他的世界,再也不会回来。

另一边,被解开绳索的小飞和马猴彼此搀扶着,迎面走向杜沈思。三人在城墙外的广场相遇,六目相对,杜沈思压低声音提醒说:"快走!"杜沈思话音刚落,只听一声枪响,马猴应声倒下。小飞见马猴倒下,一把抱住马猴,回头看枪响的方向,乌马寨的刀猛正持着长枪瞄着他,枪口还冒着青烟。

城墙上的多蒙等人见状,怒不可遏,持枪就要还击,但距离太远,哪怕多蒙这种神枪手,对刀猛的行为也无可奈何。三盒子高声怒道:"碧河镇的,你们怎能言而无信?!"

"这是你们和碧河镇的约定,与我乌马寨无关。"刀猛冷笑着说。他瞄准了小飞,又要扣动扳机。眼看小飞又要被打倒,此时,又是一声枪响,刀猛痛苦地嘶吼一声,握不住手中的枪,枪掉落在地面上。众人细看,原来他的肩膀被子弹打中了。

众人再看开枪的人，不是别人，正是杜沈思。此刻，杜沈思手握从阿木哩处拿来的手枪，黑洞洞的枪口对准刀猛。杜沈思冷冷地说："谁敢再开枪，休怪本小姐手中的子弹不长眼。"

乌马寨的人见刀猛受伤，纷纷举枪瞄准了杜沈思，这时，杜岭慌忙对刀松说："刀松当家，如若我妹妹有什么闪失，我没法向父亲交代。"刀松知道不能杀了杜沈思，只能命众人放下枪。众人放下枪，刀松又吩咐手下将刀猛扶下去治疗。

杜沈思见乌马寨的人不敢再轻举妄动，对小飞说："还不快走！"小飞悲伤欲绝，他感激地看了一眼杜沈思，撕心裂肺地高吼一声，抱起马猴，快步冲进青山寨的城门。杜沈思见小飞安全返回才放心，她丢下手中的枪后，一步步走向乌马寨人群，走到了刀龙的尸首前。

乌马寨的人都不敢上前阻挡杜沈思。杜沈思掀开盖在刀龙身上的白布，刀龙闭着眼睛，尸体已经冰凉了，她的断情刀还插在刀龙的胸口上。杜沈思的眼泪从脸上滑落，感伤道："我和你虽有夫妻之缘，却无夫妻之分，终究是我负了你。"杜沈思说着，拔出了断情刀。

"你！"刀松又气又恼。

杜沈思不以为意，用嫁衣揩去匕首上的血，又将匕首收回衣袖里，回到了哥哥杜岭跟前说："大哥，走吧！"

杜岭让手下牵来一匹马，杜沈思上了马，也不管其他人，径自策马而去。很快，穿着红色嫁衣的杜沈思消失在众人视线里。杜岭救回妹妹，喊着自家人马，准备回碧河镇。刀松连忙挡住杜岭："杜岭少爷，我乌马寨的公子因你家大小姐而死，这笔账，需要你碧河镇和我乌马寨一起向青山寨讨回。"

杜岭道："临行前我父亲交代，只让我找回我妹妹，并没有说要和乌马寨一起跟青山寨算账。如若我们和青山寨兵戎相见，免不了还要折损些兄弟。依我之见，还是和青山寨谈一谈，谈判解决吧。"

刀松怒道："死的不是你碧河镇的大小姐，你当然可以谈判解决！"

杜岭一时语塞，刀松说得没错，毕竟现在死的是乌马寨的大公子，这个债是必须讨回来的，否则刀松也没法向大当家刀罕交代。

刀松转头高声对青山寨的库藏喊道："青山寨的库大当家，多蒙杀了我家大少爷，只要你们把多蒙交出来，我乌马寨和青山寨的恩怨便一笔勾销。"

库藏在城墙上高声道："乌马寨的，你们听着，你们言而无信，背后开暗枪，有本事，你们就提着枪来取。"

此时的马猴倒在小飞的怀中，刀猛的那一枪打中了要害，现在他只有出气，没有进气。新婚妻子紫衣匆匆赶来，跪在马猴的跟前，哭成了泪人。妹妹青兰站在身边，也不知该怎么安慰，她有些庆幸小飞虽受了些伤，但性命无碍。

马猴微微地睁开眼睛，看了看小飞，以及自己的妻子紫衣，最后目光落在多蒙的身上，他想说什么，却一口气上不来，永远地闭上了眼睛。多蒙扑通一下跪在马猴面前，说："马猴兄弟，是我多蒙对不起你啊！"

随着多蒙的哭声，青山寨外响起了密集的枪声。乌马寨的刀松见库藏铁了心不把多蒙交出来，便吩咐手下展开了攻击。青山寨的守卫见马猴被暗枪打死，一个个咬牙切齿，众人在三盒子的指挥下展开还击。

多蒙和小飞听到枪声，立刻拔出枪要上。库藏见两人伤心过度，担心他们再做出傻事，立刻阻挡道："两位兄弟，万不可激动，现碧河镇和乌马寨联手攻击青山寨，如有差池，我青山寨便危险了。"在库藏的提醒下，多蒙和小飞稍微冷静了些。

库藏吩咐阿木哩、库玛将王夫人扶回府中，又吩咐两个家丁将马猴的尸体搬回家里，让青兰陪着紫衣在家里等候。

多蒙冷静下来后，跪在库藏跟前道："大哥，对不起，是我太任性了，让青山寨遭此劫难。"

库藏连忙扶起多蒙，宽慰道："三弟，你无须自责。碧河镇和乌马寨联姻，针对的正是我青山寨，就算没有你这一闹，他们迟早也要打上门来。

还有，真司妹夫的死，和他们也脱不了干系。而你这么一闹，刀龙死了，杜沈思再也无法嫁到乌马寨，他们两个山寨便没法联姻。他们现在虽说合力攻击我青山寨，可事实上也是貌合神离，他们不能把我们怎么样。"

听库藏这么一分析，多蒙心中的愧疚感稍微缓解了些。大哥就是大哥，看得比自己透彻得多，他这么一闹，确实也破坏了碧河镇和乌马寨的联姻，算是有所失也有所得。他打起精神，带着小飞，配合着三盒子，一起做好防守。一时间，乌马寨和碧河镇也没法攻破青山寨。

青山寨外，杜岭带着自家兄弟，配合着乌马寨，见久攻不下，也心生退意。碧河镇的杜管家跟在杜岭身后问："大少爷，青山寨久攻不下，我们怎么办？"

杜岭道："能怎么办？我们就配合着乌马寨，如若他们攻进青山寨，我们便跟上；如若他们退了，我们跟着退，想办法少折损些兄弟。"

杜管家道："大少爷，明白，我这就让兄弟们见机行事。"

乌马寨报仇心切，打得一波比一波狠，碧河镇被动参战，不肯用力，两寨终难拧成一股绳。战况胶着，谁也不能将对方怎么样。这场战斗，从中午一直打到傍晚，也没有分出胜负来。两边难解难分之际，突然出现了一支队伍，这支队伍见两边打得热闹，便对乌马寨和碧河镇展开了攻击。一轮攻击后，乌马寨和碧河镇的阵地陷入炮火中，两寨的人伤亡不小。刀松见青山寨有援兵，不敢再战，只能选择退兵。碧河镇早已不愿再战，也跟着撤退了。这场三个山寨之间的战斗才算告一段落。

青山寨众人见突然来了援兵，一时也不知什么情况。等乌马寨和碧河镇的人马撤走后，一个身着黄色大衣的国民党军官带着数百名手下，浩浩荡荡地来到城门下。青山寨的人马望着这支援兵，都在猜测着来者是什么人。

为首的军官仰起头，高声对城门上的库藏道："库藏兄弟，许久未见，近来是否安好？"这时，库藏总算看清了对方，国字脸，额头上有一道清晰的伤疤，他不是别人，正是龙殿英。库藏连忙打招呼道："原来是龙团长。"

龙殿英笑了笑："难得库藏兄弟还能记得我。"

库藏连忙恭维道："龙团长当年在东南半岛阻击日本人，以一团之力，阻击了一个师团的进攻，如此功绩，谁人不知？谁人不识？"

龙殿英道："哈哈，难得库藏兄弟还记得这些。"

库藏道："龙团长今日为何会到我青山寨？"

龙殿英道："说来话长，今日天色已晚，能否到寨中借宿一宿？"

库藏心底一沉，略微思索片刻。身旁的三盒子低声提醒说："大哥，现在兵匪横行，这么多军人进入我青山寨，如果事情有变，我们难以防备。"

龙殿英见库藏面有难色，又说："我也不为难库藏兄，这些兄弟今夜就在山寨外安营扎寨，库藏兄能否提供一些粮草？"

库藏笑道："感谢龙团长出手相助，提供些粮草是应该的。"

龙殿英转身，安排手下士兵在青山寨外三里处安营扎寨，库藏让三盒子筹集些粮草给龙殿英。龙殿英安排妥当后，只带了一个心腹和两个卫兵进了青山寨，库藏只能设酒宴招待龙殿英。

在酒桌上坐定后，龙殿英先介绍了自己的副官庞虎。庞虎身形矮小，一双眼睛泛着光，如鹰一般，身后背着一支步枪。对于库藏来说，庞虎也不算陌生，他是龙殿英的左膀右臂，当年在中南半岛的密林里，他作为狙击手，射杀日本兵上百人，战功显赫。

龙殿英也不隐瞒到青山寨的原因。国民党政府失败后，龙殿英所在的军队建制完全被解放军打残打散，龙殿英只能带着残军向中南半岛的方向撤退，今日正好路过青山寨，见青山寨和乌马寨、碧河镇交战，便向青山寨伸出了援手。帮青山寨的原因也很简单，这些年青山寨没少向思普府的国民党政府缴"保护费"，作为"回报"，青山寨一直把持着白沙镇盐矿的运营。

库藏举着酒杯道："今日多谢龙团长出手相助，解了我青山寨之困。"

龙殿英道："碧河镇和乌马寨为何要围攻你青山寨？"

库藏望了一眼多蒙,大致讲了事情的来龙去脉。龙殿英听后,也望着多蒙,笑道:"原来是多蒙兄弟一怒为红颜啊。"

多蒙有些尴尬:"惭愧,惭愧,我的鲁莽险些葬送了青山寨。"

龙殿英喝了杯酒说:"多蒙兄弟也无须自责,就算你不惹乌马寨和碧河镇,他们迟早也会攻击青山寨。这些年来,青山寨经营着碧河镇的盐井,获利颇丰。现时局剧变,他们不免想在这变局中分一杯羹,不击败你们青山寨,又怎么能分这杯羹呢?"

库藏一时无言以对,龙殿英一言说中了他的内心。没错,现在国民党政府倒了,青山寨失去了这个看似强大的靠山,碧河镇和乌马寨早就觊觎青山寨的茶盐生意,才会在这节骨眼上选择联姻。

龙殿英又说:"库藏兄不必担心,只要我龙殿英在,碧河镇和乌马寨就绝对不会得逞。"

库藏不知道该怎么回答,他心里很清楚,龙殿英这么说是想拉拢自己。可国民党政府大势已去,哪怕眼前这个龙团长吹得天花乱坠,又能掀起多大的浪呢?

龙殿英见库藏对他的话并没有多少兴致,便不再说国民党政府的事情,别有用心地问:"库藏兄,还记得当年你青山寨协助我们抓捕了一个中共地下党吗?无论怎么说,你我是一条船上的人。"

库藏闻言一惊,是啊,自己手上可沾着共产党人的血啊!

龙殿英把该讲的讲完后,酒足饭饱,带着手下告辞离去。库藏和多蒙等人将龙殿英四人送出青山寨城门。此时,一钩残月挂在山顶,洒下冷冷的清辉,显得有些冷清萧瑟。青山寨土城墙的枯树上,几只夜鸦低鸣着,悲凉孤寞。

龙殿英停下脚步说:"库藏兄,今日之言,望你斟酌。"

库藏敷衍着说:"龙团长,感谢你看得起我,只是我一介商人,见识浅薄,龙团长多多担待。"

龙殿英不再说什么,两个卫兵牵过马,他上马要走。可跟着的庞虎望着多蒙,迟疑片刻说:"团长,虽时间紧迫,但我素闻青山寨的多蒙枪法无双,今日难得一见,我想与他切磋切磋。"

龙殿英笑道:"难得庞虎兄弟你有此心,那得看多蒙兄弟是否也有心情。"

库藏连忙道:"龙团长见笑了,我三弟多蒙那是虚名,哪里比得了庞虎副官?好枪法是在战场上真刀真枪赢来的。"

龙殿英道:"库藏兄,难得庞虎兄弟英雄惜英雄,你就让多蒙兄弟和他切磋切磋。"

库藏没法推辞,只能让三盒子拿来一杆枪交给多蒙。多蒙确实无心比枪法,但看在大哥库藏的面子上,不得不应承。他接过枪,环视一圈,夜色中根本没有什么清晰的标靶。这时,他听到夜鸦在树上叫得清冷,心生烦意,便朝夜鸦叫处,甩手就是一枪。枪响后,数只夜鸦从树上惊飞,庞虎突然抽出背上的枪,朝飞起的夜鸦甩手也是一枪。枪响过后,夜鸦已经惊慌地飞尽。

夜色中根本看不出是否打中,库藏忙吩咐家丁打着火把去树下查看。不一会儿,家丁拿着两只夜鸦回来了。龙殿英见状笑道:"真是棋逢对手,今日又开了眼界。"说着掉转马头,大笑着走了。

庞虎最后一个离开,临走前又看了一眼多蒙:"今日算打平,改日再一决高下。"

送走龙殿英,库藏心事重重,这几天发生了太多事情,他一时间难以做出决断。但有一点他很清楚,青山寨是自己的故土,祖祖辈辈在此生活了几百年,死也要死在青山寨。

这时又有家丁来报,藏云寨的白帆醒了,这个消息无疑是继众多不好消息之后的一个好消息。库藏安排多蒙和小飞处理马猴的后事,他自己前去查看白帆的情况,又安排三盒子关注镇外龙殿英队伍的动静,以防龙殿英搞偷袭。

多蒙和小飞快马朝马猴家而去。此时马猴家挂满了白布,紫衣和青兰、阿木哩穿着素服，跪在马猴的棺材前，为马猴烧纸。多蒙进到屋内，一下子跪倒在马猴的棺材前，哭道："兄弟啊，是我害了你啊！"多蒙哭着，用头咚咚地撞着地面。紫衣见多蒙哭得伤心，也哭得更悲切了。

小飞连忙拉起多蒙道："多蒙哥，你无须自责，我和猴哥跟着你，哪怕是上刀山下油锅也在所不辞。猴哥这个仇，我们早晚要报！"

多蒙抱住小飞的肩膀，哭道："兄弟，是我对不起你们，你们大婚刚过，我就让弟媳守了寡，我有何面目苟活？"哭到伤感处，多蒙不由自主地去拔腰间的手枪。小飞见多蒙悲伤得失去了理智，连忙抢过枪，同时又吩咐阿木哩道："阿木哩，你还是带多蒙哥回去吧，这些天他经历了太多事情，需要休息，猴哥的后事，我来处理吧。"

阿木哩站起身，上前扶多蒙。多蒙看到阿木哩，想到和白珊、杜沈思都有缘无分，兄弟还为此而死，他更是悲从中来，仰着头，哀号道："苍天啊！你为何要如此待我？！"一声刚过，一口血咳出，多蒙眼前一黑，昏了过去。

等醒来时，多蒙看到一盏昏暗的油灯，阿木哩在油灯下为他缝补衣服。他吃力地从床上爬起，才意识到身上的衣服换了一套新的。阿木哩见多蒙醒来，开心地说："多蒙哥，你总算醒了。刚才达目里司来看过你了，说你只是太疲惫，伤心过度，休息几日便好。"

多蒙感觉到心口还在隐约作痛，他望了一眼阿木哩，问："阿木哩，有酒吗？我想喝一口酒。"

阿木哩担心地说："有是有，只是你现在这情况，还能喝酒吗？"

多蒙叹息一声："没事，你给我取一壶来。"

阿木哩沉思片刻，放下手中的针线，取来一壶酒和两个酒杯，摆在床前的小台桌上："多蒙哥，如果你要喝的话，我陪你。"

"好！"多蒙心底深处涌出一股暖意。无论什么时候，开心也好，难过也罢，阿木哩始终陪在他的身边。对阿木哩，他心底多少是有些愧疚的。等阿木哩倒满酒，多蒙端起酒杯，带着歉意对阿木哩道："阿木哩，对不起，我亏欠你太多。"

阿木哩连忙说:"多蒙哥,我们一起生活了这么多年,你把我从深渊中拉了出来,我们不是亲人胜似亲人,所以你不用对我说任何对不起的话,为你所做的一切,我都是心甘情愿的。"说罢,眼中含着泪光,端起酒杯,一饮而尽。

多蒙又喝了几杯,内心的痛楚在酒精的作用下似乎缓解了几分。他突然爱上了酒,这一刻的爱和以往大有不同,以往他也爱喝酒,但仅浮于表面的爱喝酒,现在则如在荒芜的沙漠里捡到一壶水,这壶水无法让他走出沙漠,却可以暂时缓解干渴。

阿木哩见多蒙喝得越来越多,忙夺过多蒙手中的酒杯:"多蒙哥,你不能再喝了。"多蒙可不管这么多,从阿木哩手中夺回杯子,接着又喝了几杯。有了七分醉意,他悲痛的心慢慢地变得麻木。他身靠枕头,手抱酒壶,总算进入了梦乡。阿木哩暗忖着,但愿他的梦里什么都有,无忧无虑,幸福美满。

阿木哩小心翼翼地从多蒙手边捡起酒杯,又从他怀中拿过酒壶,照顾着多蒙睡下。一切收拾完了,她转身要走,又听到多蒙念道:"沈思,沈思,你别走!"多蒙显然在做噩梦,眼角流着泪,表情惊恐失措。

阿木哩于心不忍,坐到床边,抓住了多蒙的手。多蒙在惊恐中睁开了眼睛,昏暗的油灯下,多蒙看到坐在床边的不是阿木哩,而是杜沈思,多蒙脸上露出一丝欣慰的笑容:"沈思,我好想你啊!"说罢,多蒙起身,一把将阿木哩拥在怀里。

阿木哩有些措手不及,多蒙抱得越来越紧,她知道多蒙把她当成了杜沈思。她知道自己应该挣脱多蒙的怀抱离开,只是她实在心中不忍,心底一声叹息后,给予了多蒙回应,也抱住了多蒙。两人相拥片刻后,多蒙轻轻地将她推开,接着是一个炽热的吻。阿木哩只觉得全身如被电击一般,脑中一片空白。多蒙吻得如痴如醉,将阿木哩抱到了床上,阿木哩闭上了眼睛……

两人一阵狂风暴雨后,多蒙把阿木哩当作杜沈思,紧紧地抱着,幸福地睡去。阿木哩在多蒙怀中,心里五味杂陈,有幸福,有忧伤,有满足,有无奈……不过,只要能陪着多蒙就好,她不在乎。在她的心底,打从跟多蒙的那一天起,她便是多蒙的人了。多蒙爱的人虽不是她,可她毕竟也是和多蒙拜过堂,成过亲,有过仪式,那么从名义上来说,她就是他的妻子。

# 第十三章　重要决定

第二天多蒙醒来时,发现睡在身边的是阿木哩。多蒙怅然若失片刻后,找回心神,想到昨夜发生的一切,默默地将阿木哩温柔地搂在怀里。

这一刻,阿木哩在多蒙的怀里感受到了前所未有的幸福,她知道这个拥抱是给她的,不再是给杜沈思的,不管怎么说,多蒙还是接受了她。

像往常一样,阿木哩起床,为多蒙洗衣做饭。多蒙休息了一夜,精神状态好了一些,他起床望着阿木哩在忙里忙外,却一句话也不说,大约多蒙也不知道该说些什么。

之后的日子,多蒙履行着一个丈夫的责任,同时,和小飞一起,为马猴办理了丧事,又给马猴的妻子紫衣一些钱财,让她守丧一段时间后改嫁。紫衣慢慢地接受了丈夫逝世的事实,她曾经是歌女,经历风尘,见多了世态炎凉,不幸的遭遇反而让她变得容易释怀。

处理完马猴的丧事,白帆的伤势也有所好转。藏云寨被马匪攻破后,和外界就失去了联系,白帆请求多蒙去一趟藏云寨,打探藏云寨的情况,如果白孟真的遇难,还是需要有人为白大当家收尸的。

多蒙答应了白帆的请求,决定带着三盒子、小飞,以及几个马脚子,去一趟藏云寨。多蒙出发两天后,小心翼翼地靠近了藏云寨。远远地,多蒙感觉到藏云寨还潜藏着危险,他不敢贸然进入,只能等天黑,摸清情况,再做打算。

等到天黑,多蒙才带着小飞和三盒子靠近藏云寨。此时的藏云寨大门紧闭,石城墙上偶尔传来马匪守卫说话的声音。正如多蒙所猜测的,马匪攻下藏云寨后并没有离开,他们把这里当作了一个临时据点。

三人在城墙下听到两个马匪在说话。一个马匪骂道:"这不是欺负人吗?他们在快活,让我俩守城门。"

另一个马匪宽慰道:"兄弟,既来之,则安之吧。这段时间,我们被李连城追得东躲西藏,好不容易能休息几日,就不要抱怨了。"

两个马匪你一言我一语随意聊着。多蒙抬头看了一眼城墙,藏云寨的城墙本来就是针对马匪设计的,比一般山寨的土城墙更高,也更坚固,想爬上去不可能。现在无法确定藏云寨里还有多少马匪,可无论多少,想凭借三人之力攻进藏云寨,一点儿都没有可能。

想到这些,多蒙只能暗暗叫苦,不能进寨,如果空手回青山寨,又没法向白帆交代。思来想去,他想看看情况再见机行事,至少要把白孟的尸首找到。

多蒙正要撤退,只见天空中划过三颗照明弹,随后北面城门传来炮火的声音,一时间,藏云寨内乱成了一团,四处是哀号声和战马嘶鸣的声音。

多蒙不知发生了什么事,这时又传来密集的枪声。大约一刻钟后,多蒙面前的土城门突然打开,一队马匪冲了出来。夜色下,多蒙看不清谁是谁,他也不管三七二十一,所谓棒打落水狗,抬手朝着冲在最前头的马匪就是一枪,马匪应声从马背上滚落。

这时,有马匪嚷道:"不好,二当家中弹了!哪个混蛋,敢放黑枪?!给老子报上名来!"

多蒙不惧,又甩手一枪,又一个马匪应声倒下。他高声道:"你们这些杀千刀的马匪,小爷我是多蒙!"说着,也不管对方是否人多势众,就带着小飞和三盒子冲了上去。

这时,南门内的枪声越来越密集,马匪不敢和多蒙纠缠,骑上马,狼狈地逃窜而去。多蒙三人牵马要追,却被一人叫住了:"多蒙兄弟,穷寇莫追。"

多蒙回头看,原来是边纵的李连城,他身后跟着边纵的战士。想到上次杜沈思被马匪袭击,李连城帮杜家夺回部分物资,距今已一个月有余。

多蒙勒住缰绳道:"李连长,原来是你。"

李连城道:"我们听到马匪攻击了藏云寨就赶过来,可惜还是来迟了。这群马匪流窜在哀牢山一带,打一枪抢掠一番,又换一个点,没法将他们一网打尽。"

三盒子道:"李连长,藏云寨白家现在情况怎么样?"

李连城道:"我们也刚攻进藏云寨。"

多蒙刚才打马匪打得欢,这才想起来正事没有办,他忙骑着马奔向白府。一路上,借着月光,他看到藏云寨路边丢着被遗弃的物资和被马匪打死的人。

多蒙心底升起一股寒意,隐约感到大事不妙,三盒子和小飞紧随其后,不敢有丝毫的大意。不一会儿,多蒙到了白府前,白府的大门已被打破,残缺的门上还有一抹血色。

多蒙跳下马,一步步走进白府,满目萧瑟,院子中躺着数具尸体。院子里的一棵柿子树上挂着两具尸体,看身形,多蒙认出其中一具尸体是白孟。小飞和三盒子把树上的两具尸体放下,果然是白孟,另一具是夫人慈心。

这时,李连城带着边纵的几个战士来到白府。见此情景,李连城脸色变得极为难看,他紧紧地握着手中的手枪,咬着牙齿,怒目圆睁。

一边的多蒙看着小飞和三盒子把白府中的二十多具尸体搬到一起,欲哭无泪。他和白珊虽没有成婚,可他对白孟印象极好,白府上下一直对他也以姑爷相待。想起那些喝酒的快乐时光,再看看眼前这些冰冷的尸体,他的心凉透了。

不一会儿,边纵的战士打扫了战场,粗略统计了藏云寨被马匪破坏的情况,藏云寨被杀近五十人,钱财被掠夺一空。边纵的战士搜查了一遍白府,在柴房里发现了一个被打得血肉模糊的人,多蒙一看,原来是白府的管家马程。

李连城连忙喊军医为马程治疗。马程慢慢从昏迷中醒来,睁眼看到多蒙,瞬间哭了:"姑爷,我没能保住老爷和夫人。"

多蒙忙安慰马程:"兄弟,我都知道了。"

马程悲痛道:"姑爷,你要为老爷和夫人报仇啊!"

多蒙双目含着泪,点着头道:"放心,这个仇我一定会报!你要撑住!"

马程缓了口气,军医要他放松,同时为他消毒,包扎伤口。

第二天早上,战场已打扫干净,藏云寨外的乱葬岗上又多了数十冢新坟。李连城和多蒙站在坟前,望着散落一地的黄泉纸。李连城回头对身后的边纵战士道:"同志们,你们看到了这些马匪的滔天罪行,不铲除这些马匪,这片土地永远没法得到安宁!"

一个战士高声道:"剿尽马匪!剿尽马匪!"随着第一个呼声,其余边纵战士齐声高呼,怒吼声在山间回荡着。

多蒙听了,心中感动不已,他对李连城道:"李连长,以后剿匪,如果有需要我多蒙的地方,尽管吩咐。"

"会有机会的。"李连城拍了拍多蒙的肩膀,又说,"我听说你抢了乌马寨的亲,乌马寨和碧河镇与你们青山寨打了起来。"多蒙低下头,没有回答。李连城从多蒙的表情中知道自己说对了,继续道:"现在国家基本统一,我们以后的目标是建设一个团结平等的多民族国家。"

"平等团结的国家?"多蒙皱了皱眉,心中嘀咕道,"难道不报仇了?"

李连城望着多蒙茫然的眼睛,微微地笑了笑:"多蒙兄弟,等处理完藏云寨的事,我要去一趟青山寨,是否欢迎?"

多蒙道:"欢迎李连长到青山寨。"

藏云寨的马匪被打跑后,逃难的寨民陆续回到寨中,但被马匪洗劫一空的藏云寨失去了往日的光景,四处残垣断壁,不少屋子被焚烧殆尽,人虽回来,但一切要重新开始。部分藏云寨寨民更担心边纵走后,马匪再来骚扰,便想离开藏云寨,再谋生计。这是多蒙第一次看到一个繁荣的山寨被摧毁,走向衰落,思及此,悲从中来。

李连城处理完藏云寨的事,吩咐边纵继续追击马匪,他跟着多蒙,带着两个边纵的同志,前往青山寨。

又一日后,多蒙带着李连城等人回到青山寨,同时把马程带回青山寨养伤。白帆听说多蒙快回到青山寨了,不顾身上的伤,躺在担架上,到青山寨门口等多蒙。

马程见到白帆后,声泪俱下。悲伤中,马程将藏云寨的情况和白帆讲了讲。白帆听闻家人全部被杀,大悲之下,又昏了过去。库藏早有准备,忙让达目里司进行抢救,才把白帆抢救醒了。

多蒙、三盒子先陪着李连城到库家大堂中,坐定后,李连城对多蒙道:"素闻青山寨是思普府的重镇,今日一看,果然名不虚传。"

多蒙道:"青山寨北接思普府,南连白沙镇,是景万山茶叶的集散地,如果不是连年战争,会更加繁荣热闹。"

李连城道:"多蒙兄弟说得对,青山寨真是一个好地方啊!如若一日多蒙兄弟不赶马了,有什么打算?"

多蒙一愣:"不赶马了?"他确实没有想过这个问题,算来,他从懂事开始就跟着库藏走南闯北,以赶马为生,现在又是远近闻名的马锅头,"我这一生都可能赶马吧,直到赶不动为止。"

李连城笑道:"如果时代发展不需要马帮了呢?"

多蒙惊奇道:"不需要马帮?怎么可能不需要马帮呢?没有马帮,怎么把茶叶和盐巴运出去?"

李连城道:"用汽车。眼下,我们已经规划修建一条公路,只要这条公路一通,所有的茶叶和盐巴都可以靠汽车运送出去。"

多蒙走南闯北,见多识广,他知道李连城所说的汽车:"如果思普府真通了车路,我也继续开车当马脚子。"

李连城忍不住笑了:"那叫司机。"

多蒙哈哈一笑:"对,那我就去做个司机。"

李连城点点头说："你这是做什么都不离本行啊。"

两个人聊着天，库藏匆匆地进到正堂大厅，拱手对李连城道："李连长，寨中事情较多，让你久等，抱歉抱歉。"

李连城站起身，客气道："库当家客气了，是我不请自来，打扰了。"

两个人客套着。坐下后，李连城从怀中掏出一封信，交给库藏道："库藏当家，这是中共区委让我转交给你的信，中共区委诚挚邀请你到思普府走一趟，参加思普地区民族团结的大会。"

库藏拆开信，看了一遍后，将信放在桌子上："李连长，此事我还需和兄弟们商议商议，方可做决定。"

李连城道："库当家，毛主席邀请各少数民族齐聚北京，共商大业。这些年来，国仇家恨，外战内乱，整个国家一片乌烟瘴气。但从今以后，中国人民站起来了，要建设一个民主团结富强的国家，为了这个目标，需要各族人民一道，放弃过往恩怨，团结一致，共谋新中国的未来。"

库藏道："李连长说得对，只是……"

李连城道："库当家是不是担心曾经和我党有过节儿？"

库藏低下头，没有回答，李连城说中了他的心事。

李连城继续道："库当家，如果你有此担心的话，那就多虑了。要想建设一个团结平等的多民族国家，那就必须放下仇恨和成见，我们共产党人更应该发挥表率的作用。如果你还有顾虑，大可将我扣押下，作为人质。"

库藏见李连城这般真诚，反而觉得自己有些小心眼了，他笑道："见李连长的胸怀，才知我以小人之心度君子之腹了。我怎么可能扣押下你？民族团结大会，我一定会亲自去，只是寨中杂事太多，需要和兄弟们做好安排，才能动身。"

"难得库当家信任在下，我到时就在思普府等库当家到来。"李连城话锋一转说，"我听闻青山寨和碧河镇、乌马寨有些恩怨，现在民族团结大会就要召开，还望库当家以大局为重，和两寨的头人搁置恩怨，共谋未来。至于碧河镇、乌马寨两边的头人，我此行也会去走一趟，让他们同样搁置

第十三章 重要决定 | 161

恩怨。"

"李连长真是一个爽快人,你有此心,我青山寨也有诚意。我今天要和李连长好好喝一杯。"他吩咐下人准备酒菜。

很快,酒菜备齐了,众人入座。数杯后,库藏盯着李连城的脸道:"李连长,我们是不是在哪里见过?"

"是啊!"李连城放下酒杯,"当年作为中共地下党,我在思普中学教书,当时的名字叫李联成。"

"思普中学?"库藏一愣,突然想到一个名字,"张海年是你什么人?"

"其实他的名字叫李连山。"李连城平静地回答着,给自己斟了一杯酒,淡然地喝下了。

"大哥,来喝一杯。"多蒙连忙上前劝酒。

库藏和多蒙喝了一杯,库藏的神思却没能从关于张海年的思绪中回过来。那是一九三六年,他带着马帮路过思普府,这天晚上,一个带着一沓宣传单的年轻人急匆匆地闯进马帮住的客栈,希望得到庇护。他望着这位年轻人,一副教师打扮,手中的宣传单上印着抗日的内容,凭借多年的赶马经验,他猜到了对方的身份。很快,紧随其后的国民党特务追进了客栈,寻找这位发传单的年轻人,特务说他是中共地下党。库藏出于多方面的考虑,并没有庇护这位中共地下党,导致这位年轻的教师被国民党特务杀害,他因为这件事,成了与国民政府合作的民族头人"典范"。这些年,他在思普地区生意越做越大,畅通无阻,多多少少和这件事有关系。只是这位年轻人的名字张海年始终刻在他的脑海中,从某种角度说,自己也是杀害这位中共地下党的帮凶。

"张海年是你什么人?哦,是李连山。"库藏追问道。

"我叫李连城,他叫李连山。"李连城依然保持着镇定和平静,又默默地给自己倒了一杯酒,一口喝下了。

"你的亲人?"库藏小心翼翼地问。

"我哥!"李连城的声音稍微有些沉重。

"对不起,当日是我错了。"库藏一口喝了杯中的酒,从腰间解下枪,一把拍在桌子上道,"李连长,冤有头,债有主,如果你要报仇的话,今日就请吧。"

"大哥!"多蒙、三盒子见库藏的模样,一时间也急了。

李连城看了一眼枪,不为所动:"库藏当家,从个人的角度来说,我确实想为家兄报仇,但站在党性的角度,我不能做。如果站在民族团结大义的角度,我不仅不能报仇,还要和你搞好团结。"李连城慢慢地喝了一口酒,若有所思地说,"这片大地,百年来战火不断,死者千万,如果所有死者家属都要寻仇的话,那么我们永远不可能获得安宁。"

"李连长说得是,是我眼界小了。"库藏从座位上起身,端着酒杯走到李连城身边,躬身道,"李连长,对于你兄长的死,我深有愧疚。你不念旧仇,如此胸怀,真让我敬佩!我今天也把话说明白了,这民族团结大会,我一定参加,和大家共谋和平团结大计。"

李连城忙起身道:"库藏当家,一切要向前看,新中国才成立,我们边地各族人民只要肯放下仇恨,共谋和平团结,安定团结的生活局面就会到来。"

库藏点点头,两人一口喝干杯中的酒,两双手紧紧地握在了一起。多蒙在一边始终注视着库藏和李连城,他的内心深处有种莫名的情绪。和平?团结?这陌生的词在他的生命中极少出现,在他的记忆中,社会始终动荡不安,父母的死让仇恨深深地埋在了心底,生长在灵魂的最深处,这又让他怎么去和平、团结呢?

库藏和李连城喝得都很尽兴,也越来越投机,话自然就越来越多,两人从中华人民共和国的成立聊起,聊到西南剿匪情况,以及追击国民党残部。多蒙从两人的话中大致了解到,眼下中共思普地区区委的主要目标是扫清国民党残部,剿灭匪患,团结边地各族人民,建设稳定的边地。换一个角度说,如果目标实现了,多蒙可能这一生都没法报仇,这样说来,他必须尽快去报仇。不过真要去报仇,他还需要面对杜沈思,难道可以不顾

第十三章 重要决定 | 163

杜沈思的感情，去杀了她爹？这种矛盾的心情让他纠结得浑身不自在，烦闷中，他低着头，一杯接一杯地喝着酒，也不知道喝了多少。库藏其实已经注意到了他，却始终没有劝他，任他放开了喝。

多蒙硬生生把自己灌醉了，他甚至不知道是谁把他扶回家的。这一夜，他又梦到了杜沈思。杜沈思持着匕首，横在脖子上，怒目注视着他，而他的面前还站着杜元德，他手中的枪指着杜元德，只要他扣动扳机，杜元德必死在他的枪下，同样，杜沈思绝对活不了。他绝望地看着杜沈思，始终无法扣下扳机，这种感觉仿佛要枪毙的不是仇人，而是自己，还有他和杜沈思的爱情。

多蒙挣扎着，从噩梦中惊醒，看见昏暗的桐油灯下坐着阿木哩，一双眼睛哭得通红，泪水满面。她见多蒙醒了，悠悠地说了句："多蒙哥，你醒了。"

这时，紫衣端着一盆水来到床边，阿木哩连忙起身从紫衣手中接过木盆，又拿过毛巾，为多蒙揩头上的汗。多蒙这才意识到自己发烧了，全身都有些烫。阿木哩为多蒙擦去头上的汗后，又去给多蒙倒水。多蒙微睁着眼睛，发现紫衣冷眼注视着自己。等阿木哩走开后，紫衣也不客气，怒气冲冲地道："多蒙哥，阿木哩对你这么好，可你的心里只有杜沈思！你知道自己今晚喝醉了，当着阿木哩的面，喊了多少次杜沈思的名字吗？"

多蒙不知道该怎么回答，他只能闭上眼睛。此时，他的脑海里，杜沈思和阿木哩的身影不断变幻着，一个是他最爱的女人，另一个是最爱他的女人，他只想把两个身影在脑海里捏在一起，可惜他又做不到。

第二天，多蒙跟着库藏，将李连城送出青山寨。李连城临走时又交代库藏，眼下边地局势复杂，除了马匪，龙殿英残部也在活动，要库藏多多留意，以免龙殿英破坏了山寨间的关系，影响和平的大局。

青山寨和龙殿英之间确实有着微妙的关系，库藏不敢对李连城说上一次是龙殿英为青山寨解了围。李连城肯定知道青山寨和龙殿英的关系，在临走之前特别提到龙殿英，库藏怎么可能听不出李连城的言外之意？李连城显然希望青山寨和龙殿英划清界限。

　　李连城离开青山寨后，去了碧河镇和乌马寨，同样是邀请两个山寨的头人参加民族团结大会，还劝说两个山寨和青山寨停战。对于青山寨而言，这是一个好消息，否则被两个山寨虎视眈眈地盯着，确实也吃不消。

　　多蒙以为库藏已经做出决定，参加民族团结大会，事实上，库藏很难下定决心。毕竟山寨间的历史恩怨有上百年之久，从古至今，还没谁能做到真正放下仇恨。另外一个原因，还涉及白沙镇的盐井。对青山寨而言，白沙镇的盐井比运茶还赚钱，库藏早已听说，碧河镇杜元德的二儿子杜山是共产党，在他看来，碧河镇的杜元德早已和共产党一道了，碧河镇极有可能从青山寨手中夺走白沙镇的盐井。

　　为了应对眼前的情况，库藏只能喊结拜二弟关安逸，以及自家二弟库什回来，再做商议。数天后，关安逸和库什匆匆地回到青山寨。库藏在自家大堂开了一个会议，商讨青山寨未来该何去何从。

　　会议当天，库藏坐在大堂中央的虎皮大椅上，右边坐着关安逸、多蒙、三盒子、小飞，左边坐的是库什、库玛，以及库什的夫人扎依，各马脚子头目分坐两侧。面对满满一堂人，多蒙总感觉有些空缺，他又想到宋真司，以前，宋真司总是坐右排第一位，现在宋真司走了，右排第一位是空着的。库藏望了一眼右排第一位，正准备要库什补上空缺，这时，一道咳嗽声打破了大堂凝重的氛围。大家转头看去，只见王夫人由娜莫扶着，从后门进了大堂。

　　众人见到王夫人都站了起来，库藏也连忙起身，去扶王夫人。王夫人轻轻地又咳了一声，身体明显更加虚弱了。库藏道："娘，你这身体，要好好休息，山寨的事交给我就行了。"

　　王夫人也不管库藏，来到大堂中央，压压手，要大家坐下，所有人这才坐下了。库藏想把王夫人扶到虎皮大椅上，但王夫人望了一眼空着的宋真司的座位，她让娜莫扶着，在宋真司的位置上坐下，又轻轻地推了推库藏，要库藏坐回自己的位置。库藏只能听母亲的，重新坐回虎皮大椅上。

库藏又望了一眼王夫人，王夫人示意他开始，库藏才清清嗓子道："各位兄弟姐妹，此次开这个会，原因大家都清楚吧？但我还是要再说说。这次边纵的李连城带给我一封信，要我出席在思普府举行的民族团结大会。当然，这不仅是出席一个会议，还关系到我青山寨未来何去何从，所以今天把大家喊来，想听听大家的意见。"

库藏说完，扫了一眼众人，所有人默不作声，都不愿意首先开口。大堂里安静一分钟后，库什终于忍不住了，首先开口道："大哥，共产党的一个地下党员曾经因为我们而死，你说这个仇，他们说放下就能放下吗？想当年，国民党不也讲团结、和平、民主？可干的事情呢？排除异己，公报私仇……"

库什还没说完，其余人便开始议论纷纷。库什说得没错，当年国民党政府的一些官员确实没有少干排除异己、公报私仇的事情，甚至贿赂得少了，还会各种为难，现在共产党来了，可谁又了解共产党是什么样的呢？

议论了一番后，绝大部分人显然支持库什的说法。库什接着道："大哥，你别傻了，李连城的话不能信，他哥因大哥你而死，他真的能像说的一样，轻易就放下仇恨吗？是个人，我就不信能轻易放下仇恨。"库什把目光转向多蒙，"就说三弟多蒙吧，他可以去抢仇人的女儿，为了爱情吧，但要让他放弃对杜元德的仇恨，他真的能做到吗？"

众人暗笑不止，多蒙黑着脸不答，库藏注视着众人，也一言不发。关安逸道："如果我们跟着共产党，白沙镇的盐井可能要被夺走，那我们还要跟着共产党吗？我听说共产党还要修公路，一旦公路修通，就再也不需要我们马帮了。"

关安逸说完，所有人都陷入了沉默。关安逸的话说到了众人的心坎上，很多人表示赞同。库藏把目光转向三盒子，三盒子直了直身体道："我想如果真司姐夫在的话，他不会和共产党对着干。"

三盒子的话让所有人陷入了沉默。库藏见没人说话，问多蒙："三弟，你怎么看？"

多蒙不懂什么政治,他的内心自始至终只有一个想法:"仇还是要报的。"

库藏又问小飞:"小飞兄弟,你呢?"

小飞望了一眼多蒙,道:"我和多蒙哥一样,父母的深仇大恨还是要报的。"

库藏让在座的所有人畅所欲言。不少人和各山寨有历史恩怨,再加上盐井的巨大利益,几乎五成的人赞同关安逸和库什的看法,两成的人认为三盒子说得没错,还有三成的人觉得三盒子和库什说得都没有错。

多蒙说:"大哥,参加团结大会的事情还是要从长计议。从安全角度出发,大哥你不宜亲自去,这个大会,找个人去参加就可以了。如果你信得过我的话,我愿意代大哥去参加会议。至于大哥你不去的理由也很简单,就说病了,行动不便。"

三盒子也支持多蒙:"多蒙哥所言,是个万全之策。我们再看看形势,如果大势所趋,我们青山寨也只能跟随大势。"

大家跟着三盒子的话,又说了一些细节方面的考虑。等大家议论得差不多了,库藏收住众人的话道:"大家的意思,我都明白了。我不是信不过多蒙三弟,只是如此大的事情,我作为山寨之主,这个重任理应我去承担。"库藏望向坐在右下首一直没说话的王夫人,"母亲,你经历得多,你觉得我该怎么办呢?"

王夫人轻轻地咳了一声,所有人都屏住呼吸,王夫人一生经历军阀混战、国民革命、抗日战争、国共内战。自她的丈夫,也就是库藏的父亲库班去世后,她便成了青山寨的主人,将库家三个孩子带大,把青山寨经营成思普地区三大马帮之一,她的见识和在青山寨的地位识不是一般人所能比的。

王夫人轻声道:"诸位,知道我青山寨为什么能屹立数百年不倒吗?最主要的原因是看清了大势。我们要跟着共产党,这就是大势。永远记住,我们是商人,商人就应该有商人的样子,明白生意的兴衰。不要太计较利益得失,最重要的是,只要青山寨还在,失去的我们还可以再得到。如果什么都不想失去,那么我们终将失去一切。"

王夫人的话让所有人再次陷入沉默,没有人赞同,也没有人反对。正如她所言,如果什么都不想失去,那么终将失去一切,到时候局面将不可收拾。王夫人又咳了数声,娜莫连忙给她捶了捶背,翠红端上了一碗止咳药,王夫人喝下后有所好转,但脸色更白了,库藏忙让娜莫将王夫人扶回房中。王夫人自知身体太虚弱,临走前又对库藏道:"儿啊,你觉得怎么对就怎么做,你要担负青山寨的未来。"

"母亲放心!"库藏安排王夫人下去后,重新坐回虎皮大椅上。他扫视一眼人群,沉思片刻道:"诸位,我决定亲自去一趟思普府,参加民族团结大会。我们早晚要和共产党打交道,既然他们盛情邀请,不如坦然面对。"

"大哥,你再考虑考虑!"多蒙劝道,其他人也跟着多蒙一起劝库藏。可库藏眼神坚定,做了决定,便很难更改。

# 第十四章　山寨危机

库藏决定去思普府参加民族团结大会,同时也做了比较细致的安排:他让关安逸守好白沙镇,以免白沙镇有闪失;安排库什照看好青山寨的茶叶来源之地景万山;至于青山寨的安全,交给了多蒙和三盒子。

安排好后,这一天,库藏决定带着三个护卫家丁前往思普府。库藏临行前,王夫人的病似乎又加重了,不过王夫人还是坚持着,让家丁抬着她到青山寨的门口送库藏。这些年来,库藏处理青山寨的大小事宜,很少离开青山寨,更不用说出一趟不确定归期的远门。

王夫人盖着长袍,靠在卧椅上,温柔地望着库藏:"我儿,你此去什么时候回来?"

"快则八九天,慢则一个月。"库藏蹲下,为王夫人拉了拉长袍,关心地道,"娘,如果我此去真有什么事情的话,我们青山寨的寨主之位就让多蒙三弟来坐吧。"

"大哥,这……要不我跟你去,让小飞和三盒子留在青山寨。"多蒙道。

"三弟,你不用说了,你的心意我明白,虽然你有时候冒失、急躁,但是你在我青山寨的兄弟中,最重感情,最识大局。"库藏回过头来,望着三盒子,"三盒子,青山寨就交给你和三弟了。你比三弟沉着冷静,但做事魄力不足,所以遇到事,你要多多提醒多蒙三弟。"

"大当家,你只管放心,我会辅助好多蒙哥。"三盒子道。

"三弟,你也要多听听三盒子的,你俩互相配合,我青山寨可确保万无一失。"库藏放心地笑了笑。多蒙和三盒子这才发现，原来寨中一切安排，库藏大哥都想好了。

"我儿，你不愧为青山寨的大当家，你说得没错。你二弟库什过于计较眼前得失，格局太小，仁义不足，确实没法担当起青山寨寨主的重任；结拜二弟关安逸太重视钱财，也不适合做青山寨的寨主。"王夫人说到这里，有些感伤地道，"我儿，你只管去吧，早去早回，万一真有什么事情，还有老娘我这把老骨头呢。"

"娘，你多注意身体，那我走了！"库藏说着，起身走到马前，跃上马背。三个护卫家丁也跟着上了另外三匹马。库藏拉着缰绳，又对多蒙和三盒子道："三弟、三盒子，我的话，你们千万别忘记。现在时局大变，只有保住青山寨，才有未来。"

"大哥放心。"多蒙和三盒子异口同声道。

"娜莫，你要照顾好我娘，还有我们的孩子，等我回来。"库藏道。

娜莫含着泪点点头，库藏掉转马头，最后看了一眼众人，双腿一夹，皮鞭一挥，带着三个家丁策马离开了青山寨。多蒙等人目送库藏离开，直到完全消失在视野里。

等库藏走远，多蒙等人又被王夫人的咳嗽声从离别的感伤中拉回来。库藏的离开，牵动着王夫人的情绪，她的脸色变得更加黯淡。娜莫见状，不敢在外面过多停留，匆匆安排小飞和家丁将王夫人抬回库府。

娜莫、王夫人一行人走后，青山寨寨门口只剩下多蒙和三盒子。多蒙失神地注视着库藏离开的方向，问三盒子："三盒子，你说大哥此去能顺利回来吗？"

三盒子想了想说："应该问题不大吧。共产党希望民族团结，不可能杀大哥，这一点，大哥心里比我们任何人都清楚。"

多蒙点点头："你说得对，但大哥会真心跟着共产党吗？"

三盒子沉思片刻："大哥是不是真心，那要看共产党有多少诚意。如果真如李连城所言，那么大哥一定会真心跟着共产党，你应该知道大哥的为人。"

多蒙说:"你说得是,但你相信李连城的话吗?"

三盒子茫然地摇摇头:"毕竟百年来还没有谁说出这样的话,要建设一个团结平等的国家,要让人心悦诚服,确实没那么容易。"

多蒙叹道:"你比我懂得多。"

三盒子笑道:"不是我比你懂得多,而是我更关注时局。你素来对革命、政治、党派没有兴趣,你想得也对,一个人的能力太小,能保护好身边的人已是不易。"

多蒙说:"我得向你学习,尽快了解些国家局势,否则可能连身边的人也保护不了。"

"简单,这段时间什么地方也去不了,我就跟你聊聊当下局势。"三盒子话锋一转,有些狡黠地道,"不过,我也不能白讲,我听说宋真司姐夫给你留了一本书,你能不能借我看一看?"

"哈哈!"多蒙一拍三盒子的肩膀,"小问题,借你,就这样说定了。"

库藏走后,多蒙过上了一段比较平和的日子,他每天和三盒子研究时局,对这些年自己毫不关注的问题做了个粗浅的了解,三盒子虽对一些事情了解得并不深刻,但也能说出个大概。感情方面,在阿木哩的悉心照顾下,多蒙想起杜沈思的时间也不是那么多了,紫衣、青兰有空时就找阿木哩聊天,三个女人在一起,唱唱跳跳,多蒙家里也热闹了一些。

大约过了半个月,库藏还是没有回来,王夫人每日念着儿子库藏,一有空就把多蒙喊到府上聊聊天。王夫人一直视多蒙为己出,多蒙的陪伴,缓解了王夫人对儿子的思念。只是她的身体像这秋天的天气,随着天气转寒,越来越不行。她也时常哀叹,可能过不了这个冬天了。多蒙每每安慰她,可内心深处也感觉王夫人的身体一天不如一天。他真不敢想,现在大哥库藏不在青山寨,如果王夫人在这骨节眼上倒下,那么自己该怎么办?

又过了一个月,王夫人的身体更加虚弱,久卧病榻,没法起来。同时,外面也流传出一些小道消息。有传言说,库藏去了北京,准备参加新中国成立后的第一个国庆观礼。还有人说,库藏等人已被共产党扣押。各种小道消息不断从过往小马帮口中传来,分不清哪句是真,哪句是假,王夫人和多蒙对库藏的担心与日俱增。

这一日,多蒙又来看望王夫人,刚进院子,便看到娜莫和翠红端着药碗从王夫人的房间里出来。多蒙作礼道:"嫂子,干娘的情况怎么样?"

娜莫摇摇头,把多蒙带到一边,叹息道:"今早让达目里司来看了看,达目里司说,娘的病情恶化了——"娜莫欲言又止,把头转向一边,小声抽泣起来。

多蒙急了:"嫂子,干娘的情况到底怎么样?"

娜莫稍微稳定了一下自己的情绪,用手绢擦去眼角的泪水:"达目里司说,娘恐怕活不过这个冬天,他要我们做好心理准备。"

多蒙心里咯噔一下,要来的还是来了。多蒙本想进屋子看看王夫人,但见王夫人休息,不想见人,只好放弃,准备离开。

这时,三盒子匆匆地进来,神情有些紧张。三盒子见到多蒙,沉声道:"多蒙哥,不好了。"

多蒙道:"兄弟,怎么了?你怎么到这儿了?是不是有大哥的消息?"多蒙见三盒子面色不好,怕屋里的王夫人听到,忙把三盒子拉到院子外,娜莫和翠红也跟了出来。

娜莫追问道:"三盒子兄弟,当家的有消息了吗?"

三盒子皱眉道:"大哥没有消息,但是本家兄弟打探回消息说,乌马寨的大当家刀罕被杀了。"

多蒙一愣:"刀罕被杀了?谁杀的?"

三盒子道:"听说,刀罕和他的两个家丁被吊死在回乌马寨的马道上。"

多蒙耳朵里一阵轰鸣,想到刀罕和大哥一起去参加民族团结大会,现在刀罕死了,大哥恐怕也凶多吉少。娜莫一下子紧张起来,脸变得煞白,急道:"多蒙兄弟,大当家不会有事吧?你想想办法啊!"

多蒙忙安慰道:"嫂子,现在事情还不明朗,刀罕到底怎么死的还需要去确认,很有可能是别有用心者挑拨离间。大哥应该不会有事,放心吧。"

在多蒙的劝说下,娜莫的情绪稍微平复了些,说:"多蒙兄弟,你说怎么办?"

多蒙看向三盒子:"兄弟,派一个人去乌马寨打探打探。"

三盒子摇摇头:"自上次和乌马寨闹僵后,我们的人很难进入乌马寨。"

多蒙眼珠一转:"马程兄休息得怎么样?如果可以的话,让马程兄去打探打探。"

三盒子点点头:"已经恢复得差不多了,我去和他谈一谈。"

"我和你一起去。"多蒙转向娜莫,"嫂子,大哥的事情交给我和三盒子,你只管放心,照顾好干娘。"娜莫只能听多蒙的,又嘱咐几句后,无奈地望着多蒙和三盒子离开。

多蒙和三盒子来到侧院,此时太阳已经升起,暖洋洋地照在院子里。白帆的枪伤好了许多,已经能下床行走,他和马程躺在卧椅上,懒洋洋地晒着太阳。两人见多蒙和三盒子进来,有些激动地和他们打招呼,多蒙忙过去,要白帆继续躺在卧椅上。

马程从屋子里找来两把椅子,让多蒙和三盒子坐下。多蒙拍拍马程的肩膀,笑道:"马程兄弟,看你这身体,已完全好了。"多蒙又看了看白帆,"白帆兄弟脸上也有血色了,再休养些时间,应该没有什么大碍了吧?"

马程搔搔头说:"在这里得到很好的照顾,好得自然快。"

多蒙道:"白帆兄弟,住得还习惯吧?近来事情太多,又担心打扰到你们,所以没有来看你们。"

"住得还习惯,只是有些想藏云寨。唉,没想到我白家只剩下我和妹妹,总觉得心底老不踏实。"白帆眼里含着泪光,脸上胡子拉碴,整个人看上去沧桑憔悴。

"伤好了,有什么打算?"多蒙问。

"回藏云寨,从头开始。"白帆眼中藏着茫然。

"白家已经被马匪洗劫一空,人员全失,要重新开始,有些困难。"多蒙说。

"就算再困难,我也必须回去,藏云寨毕竟是我白氏家族发源地,我其他的做不了,可以开一家茶马驿站,以后我妹妹万一回到藏云寨,也有一个落脚的地方。"白帆说。

多蒙点点头,现在白家只剩下白帆和白珊,白珊远走他乡,白帆一人总不能久居库府。不过除了藏云寨,白帆还有一个选择,那就是留在青山寨。"白帆兄弟,要么你留在青山寨吧,在我屋边修个小屋,比邻而居。我和你妹妹虽没有成亲,但我一直视白家为我的外家,以前是,现在也是。"

"谢谢妹夫!"白帆有些感动,"谢谢你的好意!只是我自小在藏云寨长大,哪怕藏云寨荒废了,我也必须回去。我的亲人不在了,我的邻居还在,藏云寨的邻居都是看着我长大的,现在我回去,我相信他们会像以前一样待我的。"

多蒙没有反驳,白帆虽是公子哥儿,为人却不错,哪怕白府的财富被劫掠一空,白府的声望还在,只要用心经营,过些时日,白府还是有再度兴盛的可能,这也是一个家族能在山寨里屹立不倒的主要原因。

"马程兄呢,有什么打算?"多蒙问。

"我就跟着少爷了。"马程说。

"有马程兄辅佐白兄,藏云寨一定能重新兴盛。"三盒子说。

"我也相信,只要我们主仆同心,藏云寨占地利之便,一定能重振雄风。"马程很有信心地说。

"马程兄能否帮我们青山寨去办一件事?"多蒙问。

"有什么事情,多蒙兄只管吩咐,我整日在库府吃了睡,睡了吃,什么也帮不了,这心里也不是滋味。"马程尴尬地搔搔头。

"哈哈，马程兄这把好手，青山寨有很多事需要你帮忙，只是担心你身体未好，一直没说。"多蒙笑道，"既然马程兄身体无大碍，那我也不客气了。马程兄能否替青山寨跑一趟乌马寨，以白家的名义追悼刀罕老爷子，顺便打听下刀罕老爷子是怎么死的？"

"刀罕老爷子去世了？"白帆和马程都吃了一惊，这个消息来得有些突然。

"是的，就是这几天的事情，听说去参加民族团结大会，回乌马寨的路上被人杀害了，除刀罕老爷子外，还死了两个家丁。"三盒子说。

"这……"马程欲言又止。

"是谁干的？"白帆若有所思地问。

"不知道，所以要马程兄去乌马寨走一趟，查清具体情况。你也知道，上次我抢亲，和乌马寨闹翻了天，我青山寨的人不适合去乌马寨。但你们藏云寨就不同了，在外人看来，白珊妹妹悔婚，我们青山寨和藏云寨也算有恩怨，马程兄去悼念，乌马寨应该不会有戒心。"多蒙话锋一转说，"我大哥库藏和刀罕一起参加这个会，刀罕被杀，我们对大哥的状况非常担心，所以必须了解清楚情况。"

"多蒙兄说得是，我这就启程，前去乌马寨。"马程拍着胸口说，"放心吧，我一定给你打听回来刀罕到底怎么死的。"

"好，顺带看看乌马寨的情况。"三盒子补充说。

马程知道库府上下都想弄清楚刀罕的情况，从而分析库藏是否安全，所以匆匆地做了准备后，带着青山寨的两个马脚子，筹备好奠仪，当日出发前往乌马寨。

马程这一去又是三天，直到第四天才回到青山寨，也带回了乌马寨的消息。此时青山寨众人已急得像热锅上的蚂蚁，库府上下坐立不安。刀罕死后，各种不利于共产党的流言蜚语在山寨之间传开，各种版本的小道消息满天飞，谣言越多，离真相也就越远。王夫人知道刀罕死去的消息后，忧急交加，本来就很差的身体更加虚弱了。

马程回到青山寨,便被王夫人喊到了病榻前。和马程一起到王夫人病床前的还有多蒙和三盒子,多蒙担心马程说的话刺激到王夫人,所以一再交代马程,无论如何,专门找好话讲给王夫人听,让她宽心。马程心领神会,要多蒙放心。

多蒙带着马程进了王夫人的房间,迎面扑来一股浓浓的药味。王夫人躺在病榻上,垫高了枕头,娜莫和丫鬟站在床边,小心地照看着王夫人。

多蒙走到王夫人跟前,轻声道:"干娘,马程兄到了。"

王夫人无力地点点头。多蒙将马程带到王夫人跟前,马程躬身道:"马程拜见夫人,感谢这段时间的照顾。"

王夫人略微抬起眼睛,看了一眼马程:"马兄弟,刀罕是怎么死的?"

多蒙连忙向马程使了一个眼色,马程心领神会,说:"夫人,依我看,是仇家杀人,嫁祸给共产党。"

王夫人道:"刀罕死时留下的那个字是真的了?"

马程看了一眼多蒙,一时间也不知道该怎么回答。多蒙连忙道:"干娘,那字可能也是仇家弄的。"

"好了,我知道了。"王夫人疲惫地闭上眼睛,就这几句话,已经消耗了她极大的心力。

多蒙见王夫人不再追问,忙把马程领出房间。到了门外,马程有些不安地问道:"多蒙兄弟,我是不是说错话了?"

"没有,干娘心细,想瞒住她,太难了。"多蒙长叹一声,"乌马寨的情况怎么样?刀罕是谁杀的?"

"多蒙哥,我们找个地方坐下再聊吧。"三盒子说。

"关心则乱。"多蒙尴尬地一笑,和三盒子一起,将马程拉到院子偏僻处找了个亭子坐下。

马程在亭子里,大略讲了这次乌马寨之行的情况。正如多蒙所想,马程到乌马寨后,乌马寨对马程表现得很友好。至于刀罕的死,乌马寨的人说,刀罕到思普府后,共产党邀请各头人去北京参加开国大典,刀罕没有去,转回乌马寨,就在回乌马寨的路上被人杀害了,还留下血字。

"这么说来,大哥去了北京,暂时应该还很安全。"多蒙说。

"刀罕死了,乌马寨有什么打算?"三盒子问。

"现在刀松主掌乌马寨,我看他们要和龙殿英一起走。"马程说。

"龙殿英?龙殿英现在在乌马寨?"三盒子问。

"我看到吊唁的人里有龙殿英,应该错不了,他的样子我记忆比较深刻,他的额头上有一道弹痕。"马程想了想说,"他带着两个手下,其中一个背着一支狙击枪,大家叫他庞虎,还有一个似乎是他的参谋,名叫徐亮。他们穿着国民党军队的服装。"

"没错,是龙殿英,这两个人是他的得力助手。"多蒙若有所思地说,"乌马寨投靠龙殿英的话,我们就看看会是一个什么结果。"

多蒙现在所能做的就是等,时间会给出最好的答案,与此同时,他又派青山寨的马脚子去思普府打听大哥库藏的情况,然后再做打算。这样又过了三天,这天傍晚突然降温,身体健壮的多蒙也不得不穿上棉袄,这才抵抗住了寒冷。

为了应对突如其来的寒意,阿木哩在堂屋的火塘中多加了些柴火,还为多蒙温了酒。多蒙喝着阿木哩温的酒,这寒冷的晚秋里,多了一些暖意。自阿木哩嫁给他,有肌肤之亲以后,阿木哩的角色从妹妹转变为妻子,阿木哩的温柔和体贴足以让坚冰融化。

"多蒙哥,我今天陪你喝一杯。"阿木哩也给自己斟了一杯酒,含情脉脉地对多蒙说,那妩媚的俏模样,着实让多蒙难以抗拒。多蒙这段时间也有些纳闷,阿木哩单独和他在一起的时候,完全换了一种方式,变得风情万种。阿木哩说着,手轻轻地搭在了多蒙的肩膀上,温暖的身体贴着多蒙的后背,让多蒙背部一阵酥麻。

"阿木哩啊,这是紫衣还是青兰教给你的?"多蒙却被阿木哩的动作弄得一下子笑了。这些天,阿木哩都和紫衣、青兰在一起,想必是两个风尘中的女人为了帮阿木哩拴住多蒙的心,教给阿木哩一些对付男人的办法。

"哼,你不喜欢吗?"阿木哩被多蒙一下子拆穿,故作生气的样子,端着酒杯,扭头坐到了多蒙的对面,不理多蒙,假装一个人喝闷酒。

"喜欢,是男人都喜欢。"多蒙笑了。

"是吗?多蒙哥也喜欢啊!"阿木哩听多蒙说喜欢,眼睛里放着光,立刻转变了语气,"紫衣和青兰教了我不少能抓住男人心的办法,她俩说对多蒙哥也一定管用。"

"是吗?"多蒙望着单纯天真的阿木哩。阿木哩在他面前从来藏不住什么话,她可能不知道,紫衣、青兰混迹红尘,懂得的那些勾搭男人的技巧是用在嫖客身上的,男人自然都喜欢,阿木哩为了他,倒也不在乎了。"阿木哩啊,你不用向紫衣、青兰学那些留住男人心的办法,其实你早已有了留住男人心的办法,而且比紫衣、青兰的办法好一万倍。"

"是吗?我怎么没有发现啊?那你还一直念念不忘杜沈思。"阿木哩噘着嘴,把头转向另一边,不用想都知道,她对杜沈思是有些嫉妒的。

多蒙一下子也不知道该怎么向阿木哩解释,这时候门突然响了,打破了尴尬的气氛。阿木哩连忙起身去开门,见门口站着库府的丫鬟翠红,阿木哩想把翠红拉进房里的火塘边烤火,翠红却悲伤地说:"阿木哩姐姐,多蒙哥在吗?大奶奶她可能不行了。"

多蒙在房内听说王夫人不行了,连忙起身,跑到门口问:"翠红,大奶奶她怎么了?"

翠红用衣袖抹了一把眼角的泪水,哭道:"大奶奶今天昏过去两次,现在还在昏迷中,找达目里司去看,达目里司说可能大奶奶的大限将至。娜莫夫人要我来喊多蒙哥,让多蒙哥赶快过去。"

"三盒子呢?"多蒙问。

"已经派人去请了!"翠红说。

情况严重,多蒙连忙披上大衣,简单地和阿木哩交代几句后,跟着翠红朝库府走。快到库府时,一股寒意袭上多蒙的心头,他拉了拉大衣,突然停下脚步,深深地吸了口冷气。夕阳落到山后,昏黄的光散尽,黑暗一点点笼罩大地,寨中的柿子树、桃子树、李子树的叶片几乎已经落尽,零星的黄叶挂在枝头,冷风吹过,一片又一片枯叶从枝头飞落,在冷风中飘着。

走在前面的翠红见多蒙停下了,连忙提醒说:"多蒙哥,快走,迟了怕来不及了。"

多蒙回过神来,跟上了翠红。在库家大院门口,多蒙碰到了匆匆赶来的三盒子,三盒子见到多蒙的第一句话是:"多蒙哥,无论发生什么事情,你一定要镇定,现在库藏大哥不在寨中,如果夫人有个闪失,我们青山寨便群龙无首了,你还记得库藏大哥走的时候说的话吗?"

多蒙不知道该怎么回答,可能大哥库藏走时也没想过自己会去这么多天,更没想过王夫人会这么快就不行了。如果按照大哥库藏所言,他成了青山寨的寨主,第一个反对的人一定是库什,二哥关安逸和库什素来关系非同一般,如果两个人同时反对他,那么青山寨一定要分裂了。所以王夫人要是真有个闪失,青山寨这个摊子也只有大哥库藏回来才能收拾。现在他唯一能做的是,祈祷王夫人能挺过去,等到库藏回来,稳定住青山寨的局势。

多蒙和三盒子进到王夫人的房间内,王夫人昏迷地躺在卧榻上,还没有醒来。达目里司坐在床边,为王夫人把着脉,不断地摇着头,在一边的库玛和娜莫凝着眉,忧伤又沮丧。

多蒙和三盒子来到床边,多蒙跪在床边,握住王夫人消瘦的手,小声地说道:"干娘。"

王夫人似乎听到多蒙的呼唤,缓缓地睁开了眼睛,迷蒙地轻声问:"是库藏我儿……回来了吗?"

"是我!"多蒙含着泪说。

"蒙儿!"王夫人颤抖着声音,一滴泪水滚落脸颊,空气突然间凝固了,她的手松了下去。

"干娘!"多蒙又喊了一声。

达目里司见情形不对,匆忙上前为王夫人把脉,众人都把目光集中到达目里司身上。片刻后,达目里司叹息一声,将王夫人的手放回到床上,回头道:"准备丧事吧。"达目里司话音刚落,房间里顿时哭声一片。

# 第十五章　危机四伏

王夫人逝世的消息很快就传开了,库府上下忙着给王夫人办丧事,青山寨内挂满了白色的招魂幡。王夫人逝世三天了,库藏还是没有回来。

此时,多蒙和三盒子站在寨门上,眺望着远处的坝子,一支挂着孝布的队伍正浩浩荡荡地从远处走来,库什身着孝服、头裹白布走在最前面,夫人扎依穿着素装跟在身边。多蒙叹息一声:"要来的终究还是来了。"

"多蒙哥,你打算怎么办?"三盒子问。

"关安逸二哥呢?他说要回来吗?"多蒙反问道。

"二哥派人来说,现在时局不稳,暂不能回青山寨。"

"看来他不想蹚这个浑水。你相信库藏大哥会回来吗?"

"我相信大哥他一定会回来。"

"那就等大哥回来收拾烂摊子。"

不多时,库什带着队伍来到青山寨门外,跟着库什的每个兵丁均披麻戴孝,身上却荷枪实弹,多蒙从他们的脸上看不到失去王夫人的悲伤,反倒是闻到了一股冷冷的杀气。

多蒙和三盒子下了土城墙,到寨门前迎接库什。库什见到多蒙,一把拉住多蒙,失声痛哭道:"三弟,娘怎么就过世了呢?"

多蒙宽慰道:"二哥,你节哀,人死不能复生。"

库什问:"大哥呢?娘都不在了,他还没有回来吗?"

多蒙低头道:"还是没有大哥的消息。"

库什仰天长啸一声:"娘啊!你怎么就这么走了呢!"

库什哭过后,欲带着兵丁进青山寨。三盒子向多蒙使了个眼色,多蒙视而不见,让库什和兵丁一起进了青山寨。

库什就这样顺利地回到青山寨,开始操办王夫人的丧礼,俨然一副寨主的模样,完全不把多蒙放在眼里。多蒙不在意,躲在家里闭门不出,三盒子明白多蒙的想法,也不劝多蒙。

这天晚上,多蒙在家中火塘边喝着闷酒,阿木哩坐在床边纳着鞋底,火塘上的热水壶噗噗地冒着热气。阿木哩抬起头说:"多蒙哥,我听外面人说,库什二当家召集了青山寨的各长老和马锅头,他似乎想做青山寨的大当家。"

多蒙没有抬头,继续喝着酒。阿木哩继续道:"多蒙哥,库藏当家临行前不是交代,万一青山寨有什么事情,让你做寨主吗?"

多蒙心事重重,表情凝重,还是没有说话。阿木哩又说道:"多蒙哥,如果库什当了大当家,不会对你不利吧?毕竟,库藏大当家是当着众人的面交代的,他总会有些顾虑吧?"

多蒙长长地舒了口气,抬起头望着阿木哩道:"阿木哩,你帮我收拾收拾衣物,我打算明日去外面走一趟。"

阿木哩停下手中的活问:"多蒙哥,你要去哪里?"

多蒙停了片刻,才缓缓地说:"我要去找库藏大哥。"

阿木哩吃了一惊:"什么?你要去找库藏大哥?你知道他在哪里吗?"

多蒙摇摇头,按理说,库藏大哥这么长时间没回到寨里,至少也应该派人回来传个口信,这种杳无音信的状况实在不合常理,也不知哪个环节出了问题。

这时,传来了敲门声,一个声音道:"多蒙当家的,我受库什当家的命令,邀请你出席今晚青山寨的长老大会。"

多蒙皱着眉头,给阿木哩使了一个眼色。阿木哩会意,答道:"你回去告诉库什当家,多蒙哥身体不适,山寨的事,全凭二当家处置。"

门外传信的人道:"多蒙当家,娜莫夫人特别嘱咐,让你务必出席今晚的丧礼。"

多蒙轻轻地叹息一声,看向窗外,装样子咳嗽了几声后道:"你去回禀娜莫夫人和库什当家,我一会儿到。"

门外又道:"多蒙当家,娜莫夫人特别吩咐,要我们和你同去。"

多蒙又叹息了一声,从火塘边站起身,穿上大衣,取过手枪,准备出门。走到门口,他回头看了一眼阿木哩说:"你照顾好自己。"说完,打开门。一股凛冽的冷风从门外涌了进来,带着刺入骨髓的寒意。

多蒙走下楼,楼下站着五个马脚子,其中一个是库什的心腹库封,人送绰号"马灯"。这马灯正如他的绰号一般,头发秃了半边,油亮油亮的脑门,像一盏马灯。

"多蒙当家,请!"马灯躬身道,顺势给多蒙让出了一条路。

多蒙目不斜视,从五个人中间走过,走在最前面,马灯带着四个手下,跟在多蒙的身后。阿木哩从屋子内追出,站在门口,高声地对多蒙道:"多蒙哥,你早些回来啊。"

马灯回头答道:"嫂子,多蒙当家很快回来,你不用急啊。"马灯的话引得另外四个马脚子一阵大笑。

多蒙头也不回,沿着山坡的石道向上走。走了一段路后,离家已经很远,多蒙突然在石阶上停下脚步,望着整个青山寨,零星的灯火,白色的招魂幡,青山寨一片萧瑟。一时间,多蒙悲从中来。这时,多蒙听到拉枪栓的声音,冰冷的枪口顶着他的后背,马灯冷冷地说:"多蒙当家,你别怪我,冤有头,债有主,你到了下面,要找人报仇的话,就找库什当家。"

多蒙冷笑道:"库什当家已经做了青山寨之主,为何还是要杀我?"

马灯道:"你不死,库什当家哪怕做着青山寨之主,也如鲠在喉,所以你必须死。至于你死后,库什当家说了,会善待阿木哩。"

多蒙长笑道:"马灯,你认为你杀得了我吗?"多蒙话音刚落,只听一声枪响,马灯大叫一声,手中的枪掉在地上。

四个马脚子大惊,忙看向枪响的地方,只见藏云寨的马程手持长枪站在不远处,瞄准了他们。四个人准备去掏枪,马程高声道:"谁敢动,休怪子弹不长眼!都把枪丢了!"四个马脚子都不敢动了。马灯的手腕鲜血直流,很快看清眼前的马程,他早已听说马程神枪手的大名,只能忍着痛,对四个手下道:"都把枪扔了。"四个马脚子只能将枪扔掉。

多蒙转过身,对马灯说道:"我知道你是库什的心腹,你回去告诉库什,他要做青山寨的寨主,我可以让他做,他也无须赶尽杀绝,我今日便离开青山寨,不再回来。"

马灯咬着牙齿道:"好!"

多蒙又看了一眼五人,没有再说话,转身朝青山寨南门的方向而去。马程持着枪,紧随在多蒙身后。秋风清冷,吹着多蒙的大衣,多蒙再看一眼青山寨内飘动的招魂幡,不禁潸然泪下。从王夫人死的那一刻起,他就预料到库什会回来抢夺寨主之位,只是他始终不愿意相信,库什会完全不顾兄弟情谊,要动手杀他。事已至此,他对库什仅存的一丝希望彻底破灭了。

很快,多蒙到了青山寨的南门,南门大开,小飞在土城墙上守着,城墙下,白帆和三盒子并肩等着他。多蒙走到白帆跟前,拱手道:"白帆兄弟,让你和马程兄卷入青山寨内部冲突,真是抱歉。"

白帆道:"都是一家人,不必说两家话。"

多蒙问:"阿木哩呢?"

三盒子道:"我已经派人去通知她了,应该很快就到。"这时,不远处传来一阵马蹄声,阿木哩骑着白霜飞驰而来。

阿木哩来到多蒙身边,一脸茫然地问:"多蒙哥,你不是去参加丧礼吗,怎么说走就走?"

多蒙反问道:"你不想走吗?这些年,你不是都喊着让我带你到外面看一看?现在要走,难道你不愿意了?"

阿木哩跳下马:"当然愿意。只是你看我什么都没准备,也没跟紫衣、青兰道别,这说走就走——"阿木哩望着多蒙和三盒子的神情,便猜到了几分,"哦,多蒙哥,其实库什当家回来的时候,你就想去找库藏大哥了,你也不必瞒着我嘛,我嘴很紧的。"

"我们都知道你嘴紧,但只要收拾东西,和紫衣、青兰告别,就免不了走漏风声,那便不好走了。"三盒子在一边解释道,"多蒙哥,库藏大哥的事情就拜托你了,一旦找到库藏大哥,你发一封秘信回来,我做好准备。"

"好!"多蒙一口答应。

"一路保重!"三盒子将缰绳交到多蒙的手中。

多蒙接过缰绳,跳上马,马程、白帆也上了马。多蒙在马上对三盒子道:"三盒子,大嫂她性格刚烈,我担心库什对她做出什么事情来,你让她忍忍。本来我应该当面和她谈一谈,但库什欲置我于死地而后快,我来不及去劝她。"

"你放心!"三盒子拱了拱手。

这时,站在土城墙上的小飞望着青山寨库府的方向,提醒道:"多蒙哥,有一队人马打着火把正朝我们这边过来。"

"三盒子、小飞,就此别过,等我的消息。"多蒙也看到了一队人马打着火把正朝这边来,他知道库什不会轻易放过自己。他勒紧缰绳,掉转马头,带着白帆、马程、阿木哩离开了青山寨。

借着月色,四人一路疾行,身后的追兵刚开始还尾随了一段路,随着四人越走越远,追击的人马自知已经没法追上多蒙,便放弃了。天明时分,四人才收住了马脚。多蒙看茶马大道两边的山景,他们已走到石头寨的地界了。

走了一夜,人困马乏,多蒙决定先到石头寨暂作休息。想到前次离开石头寨,和牛大娘分别后,也不知道牛大娘情况怎么样,他想去看看她。多蒙带着三人又走了一段,石头寨近在眼前,可眼前的石头寨被烧得干干净净,只有无法燃烧的石墙和瓦罐躺在炭灰中。多蒙快马来到牛大娘的小屋前,不出所料,牛大娘的屋子同样被烧得只剩下残垣断壁。

第十五章 危机四伏 | 185

多蒙跳下马,跑进牛大娘的小院子中,眼前除了废墟,什么都没有剩下。多蒙紧紧地握着拳头,是什么人把一个与世不争的石头寨毁了?他想到了乌马寨,是不是乌马寨因为牛大娘收留过他,才把石头寨彻底烧毁?

"多蒙兄弟,这有几处新坟,你来看看。"马程站在不远处的竹林里说道。

多蒙忙走过去,看到竹林外撒着一些黄纸,还烧有一些香烛,摆着一些野果,看野果的模样,时间不长。这些坟墓也极为简陋,仅仅用简单的石头堆垒而成,甚至连一块墓碑都没有。多蒙数了数坟墓,一共十八座,也就是说,石头寨的村民几乎被屠尽了,多蒙扑通跪倒在坟前。

阿木哩忙上前扶起多蒙,劝道:"多蒙哥,人死不能复生,如果想为他们报仇的话,我们先要查出是谁下的毒手。"

"牛大娘,我一定会为你们报仇。"多蒙跪了许久,重新站起身,从腰间拔出手枪,对着天空打了三枪,枪声在山林间回荡着。

祭拜完后,四人重新上马,又走了一段路,到了一处三岔路口。多蒙停下马,回头对白帆道:"白帆兄弟,从这里往左,一直朝西走,翻过山,就是通往藏云寨的路,马程兄弟应该走过这条道。"

马程回答道:"兄弟只管放心,我以前走过无数遍。"

白帆拱手道:"多蒙兄弟,今日就此别过。你虽逃离了青山寨,但以库什的为人,绝对不可能放过你的,你一路上还得多加小心。"

多蒙道:"白兄只管放心,一切按照计划,等我的消息。"说着,又看向阿木哩,"就让阿木哩跟随着你回藏云寨吧,有劳了。"

阿木哩吃惊道:"多蒙哥,你这是什么意思?不是说要带着我吗?"

多蒙道:"阿木哩,你跟着我凶多吉少。如白兄所言,以库什的心性,他绝对不会放过我的,你跟着我太危险了。"

阿木哩红着脸,急道:"我不怕,就算有天大的危险,我也要跟着你。"

多蒙横着眉道:"阿木哩,你听我的安排,你跟着我,目标太大,反而容易引人注意。再说,白兄弟处理完藏云寨的事情,还要和我会合。"

阿木哩见多蒙生气,可怜巴巴地望向白帆。白帆微微一笑说:"阿木哩妹妹,你就跟着我去一趟藏云寨,等我处理完藏云寨的事情,会到思普府与多蒙兄会合。"

马程也在一边劝道:"阿木哩妹妹,你这么漂亮,骑着白霜,到哪里都招人耳目,你跟着多蒙兄,万一遇到危险,多蒙兄还得保护你。如果多蒙兄一人,以他的身手和枪法,他想走,谁都挡不住他,你跟着他,他的顾虑就多了。"

阿木哩脸一沉,委屈地生气道:"意思是说,我是累赘了?!"

白帆和马程相视一笑,连忙答道:"没有,没有,阿木哩妹妹马术精湛,枪法极好,怎么会是累赘呢?"

阿木哩叹息一声,她深知多蒙此去危险,她跟在多蒙身边,确实多有不便。她低下眉,感伤地说:"好吧,多蒙哥,我听你的。你一个人多加小心,等白帆哥处理完藏云寨的事情,我们就去思普府找你。"

多蒙骑着马来到阿木哩身边,坐在马背上将阿木哩搂在怀里,阿木哩也紧紧地拥着多蒙。片刻后,多蒙松开阿木哩,拱手对白帆、马程道:"二位仁兄,后会有期!"

白帆、马程拱手道:"后会有期!"

多蒙一挥马鞭,选了向北的路,驰骋而去,阿木哩、马程、白帆目送着多蒙离开。阿木哩眼含热泪,望着多蒙的背影,高声道:"多蒙哥,你要照顾好自己啊!"多蒙没有回头,很快消失在茶马大道上。三人掉转马头,沿着向西的路而去。

一天后,多蒙到达碧河镇,从这个方向走,到思普府,取道碧河镇是最便捷的。自上次他抢亲后,和碧河镇结下了梁子,他便不敢贸然走这条路。他这次冒着风险来这里,主要原因是,碧河镇的大当家杜元德和自己大哥库藏一起参加民族团结大会,只要能打听到杜元德的消息,就等于打听到了大哥库藏的消息。

第十五章 危机四伏

为了进碧河镇,多蒙在镇外的村庄中收了一些茶叶,穿上粗布衣,戴上一顶斗笠,装扮成小商贩的样子混进了镇内。他牵着驮着茶叶的马,走在碧河镇的街道上,看着来来往往的行人,又想到前次抢亲,心生感慨。自上次他和杜沈思一别,再也没有她的消息,也不知道她怎么样了。每每想起杜沈思,自然而然就会想到杜元德,在仇人的地盘上,又该怎么打听到仇人的消息呢?他有些头疼。突然,他灵光一现,想到山乡旅店的徐娘,前次他抢亲,能见到杜沈思,还多亏了她。

            多蒙牵着马,穿过一条窄窄的街道,山乡旅店出现在眼前。店小二看见客人到来,忙把多蒙迎进店内。多蒙找了张桌子坐下,店小二问道:"客官,吃点什么?"

            多蒙随意点了两个菜,问道:"你们老板徐娘在吗?"

            店小二道:"在呢,在后厨忙着呢。"

            多蒙道:"你和她说,有个故人找她。"

            店小二上下打量了一眼多蒙,笑了笑,转身去找徐娘。不一会儿,徐娘拿着手绢,轻摆腰肢,款款走来,娇媚地道:"这是哪个故人啊?"

            多蒙将戴在头上的斗笠拉了拉,沉声道:"徐娘!"

            徐娘听到多蒙的声音,先是一怔,斗笠遮住了多蒙的脸,看不清。她弯下腰,见到多蒙脸的刹那,吃惊地向后一躲:"多……"

            "多年未见了!"多蒙早有准备,怕她说出自己的名字,忙接住话头。

            "多年未见,多年未见!"徐娘立刻回过神来,看了一眼周围,见没有异样,才在多蒙身边坐下道,"真服了你啊,闹了那么大的动静,还敢来这里显摆!"

            "最危险的地方,不就是最安全的地方吗?"多蒙喝了一口茶,想到此刻库什一定动用所有的人力四处找自己,但库什绝对想不到,自己会到碧河镇。

            "前次你干的好事,整个碧河镇传得沸沸扬扬,我都听说了,没想到闹得这么大。"徐娘给自己倒了一杯茶说。

"没有连累你吧?"多蒙问。

"那倒没有。再说老娘我混迹江湖多年,如果有什么风吹草动,早就逃之夭夭了,所以你只管放心吧。"徐娘故作豪迈地喝下茶,眼珠一转问,"怎么,前次没有得逞,这次又来找她?我可和你说好了,这次要我帮你,可要收费的哦。"

"那是当然。"多蒙不假思索,从怀中摸出十块大洋,放在桌上。

徐娘见到钱,眼睛里一下子放出光,立刻用手绢包住钱,又小心翼翼地瞄了一眼周围,才将钱收到怀中,开心地道:"不愧是多……"话到嘴边,立刻收住,改口道,"多年的老朋友,从来都是这样大方,我喜欢。这个忙,我帮定了。"

多蒙道:"不过,这次我找的不是她。"

徐娘一愣:"你来到这里,找的竟然不是她?!那你找谁?"

多蒙道:"她爹!"

"她爹?"徐娘一愣,沉默片刻,从怀中摸出银圆,准备还给多蒙,"你是来报仇的?这忙我可帮不了,帮了你,我这小命恐怕也搭进去了。"

"不是来报仇的!"多蒙道。

"不是来报仇就好!"徐娘笑吟吟地将钱收了回来,又放进怀里,纳闷道,"不是来报仇的,那你找她爹干吗?"

"她爹回来没有?"多蒙问。

徐娘想了想,摇摇头说:"听说去参加什么民族团结大会了,似乎还没有回来。"

"知道什么时候回来吗?"多蒙继续问。

"这……这,我怎么可能知道?这要是让人知道,仇家半路等着报仇,小命就玩儿完了。"徐娘摸着手中的大洋,"这种消息,只可能是最亲近的人知道,如果你想知道的话,就去找他最亲近的人问一问。"话说到这里,徐娘眼珠一转,高兴道,"有了,你去找你的老相好问一问不就知道了?她应该会告诉你吧。"

"亏你能想得出来。"多蒙道。

"话说,你找她爹做什么?"

"我大哥和她爹一起参会,只要知道她爹的情况,也就知道我大哥的情况了。"

"哦,原来这样啊。我听说你家王夫人死了,所以你才火急火燎找你大哥吧?"徐娘看着多蒙的眼睛说,可多蒙没有回答,沉默着又喝了一口茶。她已经猜到了真相,舒了口气道:"真的,这种消息,你除了去见她,没有其他办法,而且还得看她是否信得过你,愿意把消息告诉你。"

多蒙低着头,继续喝茶,桌上的小菜一口也没吃。徐娘忙抽过筷子,递到多蒙面前,劝道:"你别老喝茶啊,先吃饭,先吃饭,有什么事情,吃了饭再说。"

多蒙连续喝了三杯后,才缓缓地拿起筷子。夹菜的一刹那,他顿住了,下定决心说:"好,我去见她,但你真的有办法能让我再见到她吗?"

徐娘微微一笑:"有什么事情,等吃了饭再说吧。"

多蒙只能听徐娘的,稍微缓下心神,填饱肚子,再做打算。等多蒙吃饱喝足后,徐娘看了一眼窗外,又问道:"你真确定要去见她吗?"

这话一下子把多蒙问住了,无数的思绪在他的脑海里翻腾起来。是啊,自上次一别,发生了那么多事情,他经常想起她,但真要见她时,又似乎失去了见她的勇气,就算见了又能怎么样呢?真的能从她的口中问出杜元德的消息?那可是她的父亲啊,时至今日,于理于情,她有什么理由将自己父亲的消息透露给一个仇人呢?

"你犹豫了!"徐娘笑道,"你们的事情我也知道了,我帮你想了想,你还是别去见她,万一你被发现,杜家的人还不把你给吃了?如果能顺利见到她,你是希望她说出父亲的行踪,还是不希望呢?想想,对于她而言,是很难做出抉择的。"

"唉!"多蒙叹息了一声,徐娘此刻和他想到一起了,"你给我安排一个房间,我明日启程去思普府。要打听我大哥的消息,也不是非见她不可。"

"对，我帮你想了想，你来这里，虽说是打听你大哥的消息，但其实吧，你一直放不下她，所以你给自己找了一个理由，一个来碧河镇的理由。"徐娘狡黠地微笑着，从眼前这个男人的眼睛里可以看出他心中藏着对杜沈思的思念。

多蒙没有回答，只是冷冷地道："你这里到底有没有空的房间？没有的话，我走了。"

"哦哟，生气啦？"徐娘笑着，向正在一边忙的店小二道，"伙计过来，给我这位多年未见的老朋友准备本店最好的房间。"

店小二快步走过来，对多蒙道："客官，请跟我来，这就给你安排房间。"

"有劳！"多蒙瞪了一眼徐娘，跟在店小二身后进入后院，在店中住了下来。

两天的奔波，多蒙太疲惫，躺下没过多久便进入了梦乡，他又梦到了杜沈思。梦境里，杜沈思坐在小屋的窗台边，窗台旁边的桌子上放着一块烤好的肉，切肉的断情刀摆在旁边，这情形犹如他第一次在杜府见到杜沈思时的情景。杜沈思的丫鬟将他带到杜沈思跟前，他走进门，杜沈思转过头，他感觉到杜沈思的脸变得消瘦了许多。杜沈思抬头见到他，并没有表现出一丝兴奋，而是冷冷地望着他，让他心底生出一股寒意，从她的眼睛中，他能感觉到一股恨意。

这股寒意化作一阵心痛袭上多蒙的心头，他一下子惊醒了，摸了摸自己的头，发现额头上全是汗，一时间，睡意消失得无影无踪。他在黑夜中睁着眼睛，脑海中全是杜沈思的身影，他不确定此次来碧河镇不去见她是不是对的，或许正如徐娘所言，他心中始终放不下杜沈思，哪怕是下意识所做的决定，其实还是想见她一面。

胡思乱想中，时间一点点流逝。这时，门外响起一阵吵闹声，一个熟悉的声音道："小二，还有没有空着的上等房间？你给我们开的房间这么小,让狗住的吗?"

店小二忙赔礼道:"客官,不好意思,这就给你准备一间天字一号房。"

熟悉的声音又道:"赶快,不要废话!老子要早点住下,明日还得趁早赶路。"

多蒙起床,悄悄地走到门前,透过门缝朝外看去,借着月光,看到一个毛脸大汉站在门外的走廊里,这毛脸大汉不是别人,正是乌马寨的刀猛。多蒙心底嘀咕道:"难怪声音这么熟悉。"多蒙再细看,刀猛身后还跟着五个马脚子,每个马脚子都人高马大,一看就是练过武功的,绝非等闲之辈。

多蒙暗暗叫苦,真是不是冤家不聚头,乌马寨刀龙的死使乌马寨和他结下了仇恨,如果刀猛知道他住在这里,还不得打起来?他独自一人,绝对占不到半点儿便宜。更为要命的是,这是碧河镇,真动起手,他绝对不可能轻易离开碧河镇。

多蒙又观察了一会儿,店小二给刀猛在院子左边的客房安排了一个较大的房间后,刀猛才安静地住下了。此时城门已经关闭,根本没法离开碧河镇,多蒙只能等天亮了再想办法。他暗想,自己虽和刀猛住得很近,可毕竟他在暗处,刀猛在明处,还有极大的转圜余地。既来之,则安之,多蒙重新回到床上躺下。

还没躺一炷香工夫,门外又传来一个似曾相识的声音:"店小二,有没有一个姓刀的大爷住在这里?"

店小二回道:"客官,这店里住着的姓刀的大爷是有几个,不知道你说哪一位?"

这似曾相识的声音道:"乌马寨的刀猛。"

店小二忙道:"客官,有的,刀猛大爷特别吩咐,如果有人找他,要我将人带到他房间里,我这就带你过去。"随后便是一阵嘈杂的脚步声。

多蒙又起床走到门边,透过门缝窥视外面的动静,心中不免一惊,这回来的人更是出乎多蒙的意料,这人正是库什的心腹马灯,也就是库封。

库封身后跟着两个马脚子,穿着比起刀猛来低调了许多,毕竟碧河镇和青山寨有世仇,所以库封不能像刀猛一样明目张胆。

库封对店小二道:"你先把我这两位兄弟安排下,我再去见刀猛。"

店小二答应着,将库封身后的两个随从安排在院子右边的房间里。多蒙见此安排,心中暗暗叫苦,他如果要出店,左右两边院子的房间都有仇人,稍有不慎,行踪就会被发现,自己估计真要交待在碧河镇了。担心归担心,多蒙继续透过门缝向外看,见店小二带着库封走到了刀猛的屋子外,开始敲门。

不一会儿,刀猛打开门,见到库封,笑道:"库封兄弟,你总算到了。"说着,对店小二道,"小二,你这店里现在住着些什么人?"

多蒙听此一问,暗暗心惊,怕店小二不小心透露了自己的行踪。只听店小二赔笑回答:"近来生意不好,店里就住了一个老板娘的老相好,再没其他人。"

刀猛笑道:"想不到你家老板娘还挺风骚的嘛。"

店小二哂笑道:"老板娘没有嫁人,这也是人之常情嘛。"

库封道:"哈哈,人之常情,人之常情!"

刀猛扫了一眼院子,嘱咐店小二道:"不要让生人进来,如果有人住店,你就说客满了,你们的损失我来付,知道了吗?"

"知道,知道!"店小二回答着,离开了。

四处没有外人了,刀猛才把库封喊进了房间,随着房门一关,多蒙彻底听不清两人说什么了。多蒙能感觉得出,刀猛和库封在此见面绝对不简单,可惜不知道在商议些什么。他又隔着门缝,望了一眼后院的情况,后院中一片安静,一个人影都没有。多蒙轻轻地拉开门,猫着身子,小心地靠近刀猛的房间。刀猛的房间里亮着灯光,隔着窗户,多蒙听到两人在房间里低语。

库封道:"多蒙离开了青山寨,他带着妻子朝思普府的方向走了。我们大当家特别交代,务必将多蒙解决掉,不能让他进思普府,更不能让他见到库藏。"

刀猛道："兄弟只管放心,我收到你的飞鸽传书,已经在前往思普府的路上安排了探子,只要多蒙敢去思普府,我们绝对让他有去无回。"

多蒙听到此,暗暗吃惊,他知道库什想杀自己,可万万没有想到库什会勾结乌马寨的人来追杀自己。如果自己真被乌马寨的人干掉,那么便属于仇杀,和库什也就扯不上一点儿关系,好一招借刀杀人。幸好今天碰巧听到刀猛和库封的对话,否则连自己怎么死的都搞不明白。

多蒙竖起耳朵继续听。库封问道："刀头七那边情况怎么样?看时间,也差不多了。"

刀猛道："刀头七那边也已经安排妥当,你只管让库什当家放心,这青山寨寨主的位置非他莫属。我此行,我们寨主还特别交代,希望此事成功后,库什当家不要忘记当日的承诺。"

库封道："我在这里代表库什当家表个态,只要此事成功,什么都好说。"

刀猛道："好,就等你这句话。为我们合作顺利,来,干一杯。"

多蒙听到房间里碰杯的声音,各种疑问袭上心头。库什和乌马寨合作,借刀杀自己,这不足为奇,可为什么还牵涉到了马匪刀头七?听库封和刀猛之间的对话,他们和刀头七之间似乎还有不可告人的阴谋,只是不知这阴谋是什么。

多蒙担心被二人发现,不敢在窗下久待,又蹑手蹑脚地往自己房间挪动,还没有挪动几步,一个声音在他身后响起："喂,你是干什么的?怎么会在这里?"

多蒙心中一惊,听这声音,可能是刀猛的一个手下发现了他,他不敢转身,只要一转身,一定会被对方看破,如果掏枪和对方打起来,撂倒对方是不难,可惊动了店中所有人,他也逃不了。正在为难之际,只听身旁屋子的门咯吱一声开了,一个妩媚的声音从门内传来："死鬼,才一年没见,你就不行了,还想跑哪里去?给老娘回来。"

随着声音,徐娘上衣半敞着从门内出来,一把将多蒙搂进门内,关门前还不忘将头伸出,对着门外走廊里的男子害羞道:"客官,不好意思,打扰了,打扰了!"

走廊里的男子笑道:"管好你的老相好,让他不要瞎走,免得引起误会。还有,如果他不行,你可以找我。哈哈!"

徐娘骂了一句"流氓",便关了房门,进了房间,还不忘骂多蒙:"再给老娘瞎走,休怪老娘打断你的第三条腿。"

这时,门外传来刀猛的声音:"刚才谁在说话?"

刀猛的手下回答:"大哥,是我,刚才老板娘和她的老相好在房间里'打架'。"

刀猛道:"哦,让他们安静点儿,不要打扰老子休息。"

刀猛的手下道:"好,大哥,我谅他们也不敢再闹了。"

多蒙和徐娘躺在床上,竖着耳朵听着院子外的对话,院子外又传来几声脚步声,才渐渐地恢复宁静了。多蒙回过神来,心里稍微安定了一些,才意识到和徐娘睡到了一起。徐娘忙拉被子遮住自己露在外面的肩膀,低声提醒多蒙:"你可别动什么坏心思啊!"

多蒙忙把身体朝床内挪了挪,和徐娘拉开距离,正声道:"谢谢!"

徐娘娇声道:"这次帮了你,我可要加钱的哦。"

"好!"

"你答应得倒挺爽快的嘛。"

多蒙见院子外没有了任何异样,一个翻身从床上下来,走到桌子边,从怀中摸出十块大洋,放在桌子上。他靠近门,透过门缝朝外看了看,院子里很安静,没有一丝声音。徐娘见到桌上的钱,满脸笑意,穿上外套起了床,欣喜地拿过桌子上的大洋,藏在床头的红木盒子中。

藏好钱后,徐娘走到多蒙身后,温柔地道:"多蒙兄弟出手就是阔绰,这么多钱,你一个人出门在外,形单影只,我帮人便帮到底,你要不要……"徐娘欲言又止。

多蒙转过身,见徐娘已穿上外套,摇曳的烛光下,酥胸和长腿若隐若现,风情万种的成熟女人模样,实在勾魂,看得多蒙都有点儿心旌摇荡。多蒙连忙收回目光,低着头道:"我多蒙不是那种好色之徒。"

"啊哟,还不是好色之徒?"徐娘走到多蒙身边,一只手扶着多蒙的肩膀,调笑道,"你不是好色之徒,那你抬起眼睛看我啊。"

多蒙稍微抬了抬眼睛,徐娘像一团炽热的火在他面前燃烧着,任他是正人君子,也禁不住徐娘的挑逗。徐娘见多蒙看她,立刻将外套裹紧,一改风骚的模样,正色说:"多蒙兄弟,我说的帮你帮到底,是指明天将你安全送出碧河镇。"说着,她打开门,看了一眼门外,四下无人,回头对多蒙道,"今日你便住在这里,万不可再乱走动,明天清晨我再来喊你。"交代完后,徐娘一步一摇地走出房间,只留下多蒙一个人在房间里不知所措。

## 第十六章　追杀多蒙

徐娘走后,多蒙一直没有合眼。第二天早上,天刚蒙蒙亮,徐娘又回来了。多蒙见到徐娘,立刻来了精神,压低声音上前问:"安排妥当了?"

徐娘点点头说:"你一个人,没有掩护,太危险。我给你找了一个戏班,你跟着他们,做一个下人,无论到哪里,都不会引起注意。"

多蒙说:"我要去思普府。"

徐娘道:"我知道,你跟着他们,无论青山寨还是乌马寨都不会想到。"

多蒙点了点头,徐娘说得没错,他一个人去思普府反而更加危险,跟着戏班的话,有戏班做掩护,一路上确实安全很多。

"怎么出店?"多蒙想,门外左右两边都是仇人,只要一开门,门响声必然惊动人,万一被人发现,插翅难逃。

"这里!"徐娘将多蒙带到床边,在床的最内侧,掀起一块床板,一个地道出现在多蒙的面前。徐娘朝多蒙使了个眼色,示意多蒙进地道。

多蒙进了地道,徐娘跟在多蒙身后。这地道修得并不大,仅容得下一个人通过,地道两边亮着微弱的油灯。多蒙吃惊地说:"你怎么会在这里修一个地道?"

徐娘跟在多蒙身后说:"这些年,兵荒马乱的,当然得给自己留一条后路,方便逃生。"

多蒙不禁暗暗佩服起徐娘,她一个女人,独自在战乱的年代,混迹江湖多年,还安然无事,确实有自己独特的生存能力。徐娘带着多蒙,沿着地道一直向前走,很快就到了地道的尽头。多蒙钻出地道,发现地道的出口在马厩的马槽下。

多蒙跟着徐娘出了马槽,离开客栈。在晨光里,两人在曲折的街道上走了一段路,在一个广场前,徐娘停下了脚步。多蒙看到一个戏班正在广场上整理着东西,似乎准备出发,他的马拴在不远处的木桩上,显然徐娘昨夜为多蒙做好了出发的准备。

这时,一位年过六旬的老者从戏班的马车上下来,走到徐娘跟前,打招呼道:"徐老板,你昨晚说的你的表弟就是他吧?"说着上下打量着多蒙。

徐娘笑道:"对,章爷,这就是我表弟,他要去思普府,我不放心他一个人去,跟着你也有个伴,如果需要,也可以给你打打下手。"

章爷拍了拍多蒙的背和胳膊,见多蒙身体健壮,高兴道:"戏班不养闲人,看他这身板,给我们做做苦力,应该没什么问题。"

"那就有劳章爷了。"徐娘拱手感谢着,回头对多蒙道,"表弟,这一路你就跟着章爷,到了思普府,好好听姑姑的话。"

多蒙陪着徐娘演戏道:"姐,那我走了,你一个人多注意安全。"他本想说注意身体,可话到嘴边又改了口。

徐娘笑道:"表弟,你只管放心前去,姐这些年,什么大风大浪没见过?你到思普府,让姑姑不要为我挂心。"

两人寒暄完了,徐娘又和章爷交代了几句。章爷让多蒙坐上马车,戏班打算借着晨光早些离开碧河镇。多蒙听从章爷的安排,上了马车,他的马被戏班的一个杂耍男子骑着,戏班朝碧河镇北门而去。

守卫碧河镇北门的门卫见了章爷,没有做任何盘查,多蒙很顺利地跟着戏班出了碧河镇。出碧河镇后,多蒙心中又隐隐地感谢起徐娘,如果不是徐娘,他可能没法这般顺利地离开碧河镇。再想到昨日刀猛和库封的对话,以乌马寨和青山寨的实力,思普府肯定到处有两寨的眼线,他多蒙又是青山寨最出名的马锅头,要被人认出实在太容易了。

多蒙胡思乱想着,看碧河镇越来越远,他又想到了杜沈思,自抢婚后一别,这回是他离杜沈思最近的一次,本来他也有可能见杜沈思一面,只是真的要见她了,他却迟疑了,他甚至怀疑此生能否还有机会见到杜沈思……

"小哥,舍不得你的漂亮姐姐啊?"一个甜美的声音打断了多蒙的思绪。多蒙回过神,看到和他说话的是坐在他正对面的一位裹着灰色棉袄、露着红扑扑脸蛋的长辫少女。长辫少女旁边还坐着一位手持飞刀的冷峻的短发少女,短发少女正在用一块棉布擦拭着手中锋利的飞刀。

多蒙微笑着点了点头。长辫少女笑着又问:"小哥,贵姓啊?"

多蒙随口给自己取了一个名字:"免贵姓徐,名小朗。"

"徐小朗,名字不错哦。"长辫少女欢快地说着,又自我介绍说,"我叫章小妹。这是我的姐姐,章二妹。"说着看了看擦拭飞刀的短发少女。

短发少女向多蒙点了点头,算是打招呼。章小妹指着驾驶马车的中年男子介绍道:"驾马车的是我爹,章大彪,坐在我爹旁边的是我娘亲。"

驾车的章大彪和章嫂回头向多蒙打了个招呼,算是认识了,多蒙也向两人挥了挥手。章小妹又介绍坐在车尾的章爷道:"这是我爷爷,你们已经认识过了。"章爷没有看多蒙,依然坐在车尾,不紧不慢地抽着旱烟。章小妹指着骑着多蒙的马的年轻男子说:"这是我大哥,章大保。"

章大保听到章小妹介绍他,向多蒙高声道:"小朗兄弟,我这小妹比较活跃,话有些多,你别在意啊!"

"大哥,哪有你这样第一次见生人,就在生人面前揭我短的?"章小妹噘着嘴,瞪着眼睛,故作生气地看着章大保。

"章大哥,令妹活泼可爱,挺好,挺好!"多蒙笑道。

"哼,听到了吧?"章小妹把头扭向一边,不服气地对章大保说。

"如果你觉得不错的话,我这妹妹还没许配人呢。"章大保开玩笑道。

"大哥!"章小妹嗔怒道。

"嗨,三妹啊,刚才在碧河镇,你远远看到小朗,就花痴般说他帅,现在怎么反而怪起我来了?"章大保一副调侃的口吻。

"哥,你——!"章小妹又羞又气,彻底不理章大保了。

"大哥,你就不要气三妹了。"一直擦着飞刀不说话的章二妹收起手中的飞刀,对多蒙道,"小朗哥,让你见笑了,我大哥和三妹就喜欢吵吵闹闹,你别往心里去。"

多蒙连忙道:"挺好,挺好,以后与你家同行,还望多多照应。说起来,挺羡慕你们的,我爸妈死得早,也没有啥兄弟姐妹,想和兄弟姐妹吵闹也吵闹不成。"

"小朗哥,那你挺惨的!"章小妹听了多蒙的话后,也不生气了,用稍带可怜的眼神望着多蒙,看得多蒙有些尴尬。

多蒙转换话题,问:"我听说你们一家耍杂技,都有些什么绝活,能讲一讲吗?"

章小妹来了兴致,自信地说:"我大哥,最擅长胸口碎大石;我二姐,你看她手里拿着飞刀就知道了;至于我嘛,走单绳。"

多蒙鼓掌称赞道:"不错,不错!"

章小妹听多蒙夸她,更是兴奋了,继续介绍道:"我爹、我娘是有真功夫的,这是秘密,以后你自然会知道了。"章小妹望了望正在抽烟的章爷,压低声音对多蒙道,"我爷爷年轻的时候是镖师头,后来干不下去,才干了现在这行。"

多蒙转头看了一眼坐在马车尾的章爷,从右侧脸看章爷太阳穴突出,右眼炯炯有神,一看便是练武功的高手。多蒙一下子意识到,这一家人并不是普通的杂耍戏班子,而是有真本事的民间高手。想到这里,他更加佩服徐娘,难怪徐娘要把自己托付给这一家子,这是暗地里为他找了一家子高手保镖啊。

多蒙跟着章爷一家行了两日,很快和章家兄妹熟络了,并了解到章家的一些信息。当年章爷是走镖的镖师,后来走镖生意做不下去,改行做了戏班。他本有四个儿子,抗日战争中,三个儿子死在战场上,抗日战争结束,内战爆发,为了躲避战乱,他只能带着小儿子逃离故乡四川,一直向南走,靠卖艺为生。卖艺的生活艰难,老伴病死在卖艺的路途中。到了思普地区后,如果再向南便出国了,章爷心念祖国,担心自己出国会客死他乡,便一直在思普地区辗转。近来听闻国民党政府溃败,解放军拿下四川,攻克了云南,他想着内战即将结束,就决定带着全家重返家乡,正巧,多蒙搭上了他家的顺风车。

这天下午,多蒙和章爷一家来到前往思普府的必经之地营盘渡口。营盘渡口人来人往,章爷决定找个空旷的场地进行表演,赚点盘缠。很快,章爷就在渡口的滩地上选了一块空地,一番准备后,戏班的表演摊子摆好了。

章小妹拿着锣敲打着,高声道:"各位乡亲父老,过来看一看啊,过来瞧一瞧,章家戏班表演绝不能错过,有钱的捧个钱场,没钱的捧个人场,表演马上开始……"

多蒙听着章小妹流利的吆喝,确实有几分敬佩,他与章大保将一块大石板搬到了戏台的中央,章大保准备表演拿手绝活胸口碎大石。在多蒙和章大保搬石头的同时,章家夫妻表演起了武术。章大彪使一条长枪,挥舞得虎虎生风,章大娘使一柄长剑,宛如游龙,两人一来一回,引来一阵阵喝彩。

章大保见时机差不多了,睡在了长凳上,让多蒙将石板压在他的胸口上,多蒙很熟练地将石板放在章大保的胸口上。章大彪和妻子停下表演,章大彪一把拎过大锤,朝着章大保胸口的巨石砸了一锤,巨石瞬间四分五裂。多蒙搬去碎了的石块,章大保从长椅上起身,拍了拍胸口,毫发无损,观众中响起一阵热烈的喝彩声。

章小妹拿着锣,又高声道:"有钱的捧个钱场,没钱的捧个人场,下一场是我姐姐的飞刀表演。"于是,章爷拿着装钱的盆在人群里走了一圈,有钱的观众纷纷把钱丢在盆里。另一边,章大嫂子用一块红布给章二妹蒙上了眼睛,章二妹的右手里握着五把锋利的飞刀。

章大保在场地中央竖起了一块木板，木板上画着一个站立的人形，章大保站进人形里，头顶着一只青苹果。章大保准备好后，章二妹右手一扬，一支飞刀脱手而出，正插在章太保头顶的苹果上，观众中瞬间掌声雷动。

　　章家正表演时，不远处的河岸上出现了一支马队，有三十人之多，马背上的人持着枪，蒙着脸，冲向渡口，见人就鸣枪。河滩渡口上的客商见到马队，高喊着："不好，马匪来了！大家快跑啊！"河滩上立刻乱作一团。章爷一家见此状况，没法表演了，但也没有逃，戏班的全部家当都在这里呢，逃了往后的生活也没办法保障。章爷镇定地从马车里掏出三把长枪，丢给章大彪、章大保，自己持一把。章大婶、章小妹、章二妹都拿起了刀剑，准备应对马匪。

　　多蒙也想取枪，才发现刚才自己的马听到枪声，受到惊吓，跑了。章爷可不管这些，他一把抓住多蒙，让他和章大婶她们三个女人躲在马车上。多蒙只能听章爷的安排，躲在马车上。很快，马匪驱散码头的人群，朝着戏班扑过来。

　　章大爷带着儿子和孙子，依靠马车的掩护，对马匪进行还击，其中两个马匪刚接近马车，就被章大爷和章大彪打落马下。众马匪见对方敢还击，不再抢东西，而是朝戏班围了过来。一时间，戏班被马匪团团围住。面对人多势众的马匪，章大爷一家也只能躲在戏班的马车上，依靠木板等遮挡物还击。马匪虽说围住马车，可一下子也拿章爷一家没办法，显然章爷混迹江湖多年，对付马匪还是有一套的。

　　多蒙没有武器，躲在马车中，毫无办法，看见章二妹腰间的匕首，忙道："二妹，给我一把匕首，我没有武器啊！"

　　章二妹瞅了瞅马车角落的一个木桶说："你的武器在那里。"

　　多蒙连忙靠近木桶，发现木桶里放着两把枪和一些子弹。多蒙大喜，连忙把枪拿在手里，子弹放在怀中。有了武器的多蒙，心里踏实了不少。

　　为首的马匪高声对章爷道："章爷，我知道你有些手段，我也不想来硬的。我今天来,只想要一个人,你只要把人给我,我就放了你全家,否则,休怪我无情。"

章爷持枪高声问为首的马匪:"你找谁?"

为首的马匪道:"多蒙,青山寨的多蒙。你只要把多蒙交给我,一切好说。"

章爷冷冷地道:"这里没有多蒙。"

多蒙觉得这个马匪的声音非常熟悉,他略微想了想,这不是青山寨库封的声音吗?他想不通,为什么库封要扮作马匪追到这里?

这时,库封又道:"你看看她是谁!"话音刚落,两个马匪抬着一只麻袋过来,将麻袋往地上一扔,挑开拴麻袋的绳索。

一个女人从麻袋中钻出来,见到人就大声骂道:"你们这些杀千刀的,敢把老娘装在麻袋里!"

多蒙隔着马车的木板看去,说话的不是别人,正是山乡旅店的老板娘徐娘。徐娘见到章爷,尴尬道:"章爷,不好意思了,他们逼我,不说就杀了我,我只能被迫把多蒙的消息告诉他们了。"

章爷闻言,脸都气绿了。库封也不装了,他朝马车方向道:"多蒙当家,我知道你躲在马车里,你出来吧,和我回青山寨。库什当家特别盼咐,只要你跟我回去,一心跟着他,就让你当青山寨二当家。"

多蒙自知没法再藏,他拿着手枪,笑道:"库封,你回去对库什当家说,只要他肯放过我,我绝不会回去和他抢寨主之位,毕竟库家一直是青山寨的寨主,我多蒙何德何能,敢与库家兄弟相提并论?"

库封用枪指着徐娘道:"如果你不肯和我走,不要怪我心狠。"

章三妹此刻忍不住道:"她都透露了我们的行踪,你要开枪就开枪吧。"

徐娘一听章三妹的话,立刻气了:"章爷,你可别这样想啊。"又看向马车,"多蒙兄弟,看在我救你的分儿上,你可别见死不救啊!我一介女流,混迹江湖,我容易吗?"

多蒙威胁道："库封，你敢动她一根指头，我保证今天你们一半人都要死在这里。"

库封对章爷道："章爷，这是我们青山寨自己的事情，你为了多蒙，要把自己家人的性命全部搭进去吗？"

章爷眼珠一转，拿枪指着多蒙，冷冷地道："多蒙，你休怪我无情，我不能因为你搭上一家人的性命。再说，这一路来，你都没告诉我真实身份。你们青山寨自家的事情，我一个外人也不想掺和。"说着转头对库封道，"青山寨的，多蒙可以给你，徐娘和我是多年的朋友，我必须把她带走。"

库封笑道："章爷，识时务为俊杰，这徐娘，自然还你。"

章爷道："好，你放了徐娘。"

库封道："好，你让多蒙过来。"

"多蒙，你走吧。"章爷继续用枪指着多蒙，让他从马车里出去。多蒙实在憋不住了，再说，于情于理，他都不该拖累章爷一家，还有徐娘。

"章爷，多谢这一路的照顾！"多蒙出了马车，和章爷擦肩而过时低声道。

"多蒙兄弟，就此别过，你休怪我老人家无情。"章爷用枪继续指着多蒙，高声道，"青山寨的，先让徐娘过来，我再把多蒙交给你，免得你反悔，到时候我拿你也毫无办法。"

"哈哈，章老头，你真会盘算，现在你全家都是瓮中之鳖，你根本没有和我讨价还价的余地。"库封道。

"那你可以试试。多蒙是什么人，你该知道，我章家和他联手，今日多少要拖一些垫背的。"章爷话锋一转道，"我和多蒙非亲非故，我没必要为了他，搭上自家性命。"

"库封，我们青山寨的事情，青山寨自行解决，你只要放了她，我便和你一起走。我多蒙做事，向来言出必行。"多蒙道。

"好，看在多蒙当家的分儿上，我可以先放人。"库封看了一眼多蒙和他手中的枪，多蒙百步穿杨的枪法在青山寨尽人皆知，如果真来硬的，肯定要搭上一些兄弟的性命。库封用枪指着徐娘道:"你走。"

徐娘得了性命,也不顾身上的疼痛,匆忙跑向了章爷和多蒙。等徐娘安全后,多蒙笑着对徐娘道:"徐娘,就此别过。"

"多蒙兄弟,是我的错。"徐娘懊丧道。

"不必自责!"多蒙笑了笑,将手枪交给徐娘,大步走向库封。

章三妹望着多蒙就这样走了,忍不住问章爷道:"爷,就这样让小朗哥走了?他们抓到他,他一定不会有好结果。"

章爷皱着眉,没有说话。徐娘抹了一把眼泪,只能看着多蒙被库封的手下五花大绑,拖着离开了渡口。章三妹闷闷不乐,望着远去的多蒙,欲哭无泪道:"爷,真就这样让小朗哥走了?"

章大保上前劝道:"三妹,我知道你喜欢小朗兄弟,但他毕竟是青山寨的多蒙,对方人多势众,我们就算想帮他,也帮不了。"

徐娘无精打采地说:"你们要怪就怪我吧,如果不是我怕死,就不会带青山寨的人来这里,多蒙也就不会被抓走了。"

章大彪安慰说:"不要自责了,多蒙兄弟吉人自有天相。再说他也是青山寨的人,青山寨的人不至于要他的性命吧?"

章大彪的这个问题,章爷没法回答,徐娘也没有办法回答,只是她肯带库封来找多蒙,最重要的原因是,库封答应徐娘,只是带多蒙回青山寨见库什,不会杀多蒙。她根本想不到,多蒙面对的情况比她想象中的严峻得多。

另一边,多蒙被库封一行人带着,朝碧河镇的方向走了一天,第二天晚上进入碧河镇的地界,一行人在城墙外十里处的碧河滩停下脚步。库封吩咐手下在碧河滩上安营休息,生火做饭,喂马搭帐篷。一行人安顿好后,已到了晚上,月亮爬上山冈,清冷地挂在东边的山尖。

库封带着两个心腹,将被绑着的多蒙带到了碧河滩。多蒙望着清澈的碧河水,碧河水在月光下反射着轻柔的光,如白色的孝布,他不免又想到了王夫人的死。这些年来,王夫人视他为己出,她现在过世了,他不仅不能为她送殡，还不得不逃出青山寨，想到此，不禁悲从中来。

库封让两个心腹将多蒙带到河边的一块巨石旁，库封低着头，来回走了几步，才抬起头对多蒙说："多蒙当家，这些年你待我不错，兄弟记在心里，只是有些事情不是我能做主的。"

多蒙回过神来，笑道："你想杀我，动手吧，我不怪你，我死了，库什再也没有可担忧的了。只是你能不能让我死得明明白白？"

库封想了想说："好，你想知道什么？兄弟一场，我会让你死得明白。"

多蒙问："为什么没有大哥的消息？我们青山寨在思普府也有店铺，在外面也有不少的朋友，大哥做事素来稳妥，不会不留任何消息就这样消失了。"

库封道："你说得对，库藏当家不会不留下消息。"

多蒙继续问："那大哥到底在哪里？"

库封停顿了片刻，才缓缓地道："我知道大哥在哪里，但是就算你要死了，我也不能和你说，我对天发过誓。"库封话锋一转，望着多蒙的脸问，"难道你就不想知道我为什么要把你带到这里？"

多蒙笑道："你不说我也知道，你们假扮马匪，不就是想以马匪的名义杀了我，好和青山寨的兄弟有个交代？"

库封冷冷地一笑："不，今夜，除了我身边这两个兄弟，其他兄弟确实是马匪。"

多蒙一愣："什么？他们真是马匪？"一时间，他的内心深处涌起太多疑问，他素来知道库什有野心，但让他始料不及的是，库什竟和马匪狼狈为奸！他怒道："你们难道不知道马帮和马匪狼狈为奸的后果吗？为了杀我，为了青山寨大当家的位子，你们想要断送青山寨的百年基业吗？"

"非常时期，只能用非常手段。"库封面无表情地回答，"你一个将死之人，不需要考虑这些。还有一件事，我之所以将你带到碧河镇境内才动手，是为了让你死后，你的魂和你心爱的人能更近一点。"

多蒙大笑道："你在我面前没有必要猫哭耗子,所有人都知道,我和碧河镇有世仇,我死在碧河镇内,我的死便再也说不清,库什也无须背负杀我的罪责。"

库封道："早知今日,还不如当日死在青山寨,至少能死得明明白白。"

多蒙抬起头,挺着胸膛,想到终归一死,他的内心反而豁达了些:"动手吧,对于一个将死之人,这些都不重要了。"多蒙背对着库封,眼睛望着碧河镇的方向,月光依然非常清冷。他看不到碧河镇灯火通明的夜景,但他想,此时此刻,杜沈思应该会坐在家中的小阁楼上凝视着青山寨方向寄托相思,他默默地低语道:"永别了,沈思!"边说边缓缓闭上了双眼。

库封正要吩咐手下动手,这时,宁静的碧河滩上响起了一声清脆的枪响,紧接着,又传来两声枪响,站在一边的两个库封的心腹中弹倒地。库封见情况突变,连忙去摸怀中的枪,但为时已晚,一把飞刀快速闪过,正好刺在他右手的手腕上,他拿枪不稳,随着一阵撕心裂肺的痛,枪掉在了地上。

库封转身要跑,又有一把飞刀从对面袭来,正中库封的脚踝,库封大叫一声,摔了个狗吃屎,随后,两个黑洞洞的枪口对着库封的脑袋。这突如其来的变故把多蒙也给弄糊涂了,他回过头来,借着淡淡的月色,看到章家三兄妹站在他的身后。

"小朗,你没受伤吧?"章小妹收了枪,从章二妹手中拿过一把飞刀,割断绑在多蒙身上的绳索。

"他是多蒙!"章二妹提醒道。

"今日你们谁也跑不掉,我手下听到枪响,就会追过来。"躺在地上的库封恶狠狠地说。

"想多了吧,你的那些手下没时间来救你了!"章小妹不以为意地说。

这时,河滩上的枪声越来越密集,紧接着,一阵哀号和马的嘶鸣声从不远处传来,有马匪高声喊道:"兄弟们,快走,是碧河镇的人!"

嘈杂声和枪声渐行渐远，大概半刻钟后，碧河滩又恢复了平静。多蒙和章家三兄妹赶到马匪扎营的地方，见河滩上一片狼藉，章爷带着众人在河滩上打扫战场。这一战，马匪被突如其来的袭击打得措手不及，抢来的很多货物都没来得及带走，这些货物全成了章爷的战利品。

"多蒙兄弟，你不会怪我把你交出去了吧？"章爷见到多蒙，笑盈盈地说，"当时情况紧急，我只能出此下策。幸好你毫发无损，否则，我老章会愧疚一辈子。"

多蒙不知道该怎么说，只是他有些好奇，章爷当日明哲保身，将自己交给库封，现在为什么又要回头救自己？他正纳闷，一阵马蹄声从林间传来，多蒙扭头看去。月色下，多蒙看到一个绝美的身影，带着一队马脚子到了河滩上。多蒙心底嘀咕一声："沈思。"他没有看错，眼前的这个女子正是他朝思暮想的杜沈思。

杜沈思身着红色的披风，从马上跳下来，走到多蒙跟前。月光下，多蒙看不清杜沈思的脸，但他能感觉得出，杜沈思的脸颊消瘦了许多。经历了这么多事情，多蒙没想到自己会在这样的情况下再见到她，他一时间不知道该怎么面对她，该和她说些什么。杜沈思同样站在清冷的月光里，绝美的身影宛如一道孤独的光，再也照不进彼此的内心。

章爷上前对杜沈思道："小姐，马匪已被击退，有一部分跑了。"

章爷说话时，章大彪一家上前向杜沈思作礼，章二妹和章小妹站在杜沈思两侧，很亲切地交谈着。多蒙从他们的谈话里感觉得出，章爷一家和杜沈思似乎认识了许久。不一会儿，徐娘骑着马姗姗来迟，见到多蒙，认真打量了一番，见多蒙毫发无损，高兴地说："多蒙兄弟，你还活着，我就放心了。如果你有个三长两短，杜小姐恐怕要将我大卸八块。"说着看向杜沈思。

杜沈思佯装生气道："徐娘，不得胡说。"

多蒙听了一脸茫然，徐娘稍微做了解释，他才知道这件事情的来龙去脉。原来，当日多蒙到碧河镇抢亲，通过徐娘混入杜家，才与杜沈思搭上线。杜沈思回到碧河镇后，想到多蒙混入杜家，一定有人协助。经过一番打探，她很快就发现了帮助多蒙的徐娘，自此，徐娘成了杜沈思的一个暗线。这一次，多蒙住进徐娘店中后，杜沈思很快就知道多蒙到了碧河镇。碧河镇和青山寨素来有恩怨，经多蒙上次一闹，杜沈思也没法见多蒙。得知青山寨追杀多蒙的消息，杜沈思通过徐娘，悄悄地安排了章爷一家护送多蒙前往思普府。但杜沈思没料到，库封察觉出多蒙和徐娘之间的关系，将徐娘抓住，并和马匪勾结，截住了多蒙。

杜沈思发现徐娘被库封带走，意识到多蒙身陷险境，立刻带了马脚子追来，正巧遇到尾随马匪的章爷一家，才发生了刚才的一幕。多蒙从徐娘口中大致了解经过后，心中万分感激，无论怎么说，杜沈思一直在暗中帮助他。他走到杜沈思跟前，心中有千言万语，从口中说出的却只有一句话："沈思，谢谢！"

杜沈思微微地笑了笑："你和我又有什么好谢的呢？"她看了一眼躺在地上的库封，转头和章爷说，"章爷，想办法，务必从他口中撬出青山寨为何要和马匪合作，我想他们不只杀多蒙哥这么简单。"

"好，我有的是办法让他开口。"章爷领了杜沈思的命令，让章大彪和章大保将库封拖起来带到了一边。

"你们休想从我口中得到任何消息。"库封不顾身上的疼痛，大声地叫嚷着。章爷不管这些，依然把库封拖了下去。

徐娘上前拉住章小妹和章二妹的手说："两位妹妹，走，我有些话要和你们说。"说着，将章家姐妹从杜沈思身边带离。章大婶猜到了徐娘的目的，她朝围在杜沈思和多蒙身边的众马脚子道："诸位兄弟，不要站着，该做事赶快做事，收拾好东西，好追击马匪。"

众马脚子都知道多蒙当日抢亲的事情，听了章大婶和徐娘的话，立刻明白了，大家笑着，都不管多蒙和杜沈思，轰地一下散开了。一时间，河滩上只剩下了杜沈思和多蒙。

"喂，你们——！"杜沈思想叫住众马脚子，但大家根本不管杜沈思。

这些马脚子本是杜家的人,这些年跟着杜沈思,情谊深厚,他们当然能看出杜沈思对多蒙的感情。

多蒙明白众人的心意,也知道和杜沈思再见实属不易,他领了这份心意,笑着对杜沈思道:"沈思,许久未见,在河滩上走一走吧。"

"好!"杜沈思答应着,和多蒙并肩走在河滩上。月光温柔如水,照在碧河中,两人走了一段后,在河滩上的一块大石头上并排坐下。多蒙望着河中的月光说:"我以为今晚就要死在这里,再也见不到你了呢。"

杜沈思叹息道:"只要我还活着,你就不能死,否则,我一个人怎么能背下两个人的罪?"

多蒙知道杜沈思所谓的罪,指的正是刀龙,刀龙的死横亘在他和杜沈思之间,哪怕他想承担下所有,也于事无补。他又想到石头寨的惨剧,心中更是戚戚然:"石头寨的牛大娘,你还记得吧?就是那位给我们主持婚礼的大娘。"

杜沈思道:"我离开青山寨后,到石头寨再次见了她,她和我说了事情的经过。刀龙的死,如果说责任的话,我也有一份责任。你不想让我自责,所以当日才说是你杀了他,对吧?我怕乌马寨对牛大娘不利,所以把她接到了我们家里,她现在很好。"

多蒙的心思被杜沈思洞察到了,在杜沈思面前,他什么都瞒不住。他本想说一说石头寨被屠的事情,可他担心杜沈思难过,话到嘴边,又忍住了。他转换话题说:"我这次到碧河镇,本想向你打听你爹这次参加民族团结大会的行程,我担心你难堪,所以没去见你。"

杜沈思说:"徐娘都跟我说了,我想你现在不会找我爹报仇了吧?我也不怕把我爹的行程告诉你,他跟着众头人一起去了北京参加国庆大典,三日后回到思普府,我想你大哥库藏也应该和我爹一样去了北京。"

"如果我大哥还活着的话,库什就没办法成为青山寨的大当家。"多蒙说到此处,心里咯噔一下,他有种不祥的预感:库什和马匪勾结,难道想半路杀了我大哥?只有这样,他才能坐上大当家的宝座。这个想法吓得多蒙出了一身冷汗,毕竟大哥库藏和库什是亲兄弟,血浓于水的亲兄弟,库什无论怎么丧心病狂,也不可能杀自己大哥吧?可转念一想,库什为了大当家这个位置,可以勾结马匪杀自己,他还有什么事情不敢做呢?

"怎么,想到了什么?"杜沈思见多蒙心事重重,轻声问。

"你说你爹三天后回到思普府?"多蒙问。

"是啊,怎么了?"杜沈思不解。

"如果库什和马匪勾结,要杀我大哥库藏的话,回思普府的路上暗杀我大哥,岂不是最好的时机?"多蒙说。

"真是这样的话,你大哥岂不是很危险?"杜沈思闻言一下子站起身,她也没有心情再和多蒙聊离开这段时间的心事了。

两人匆匆往回走,很快找到了章爷。章爷把库封绑在一棵松树上,让章大彪鞭打,库封始终挺着,没有透露任何信息。多蒙走到章大彪身边,从章大彪手中拿过皮鞭,冷冷地望着库封说:"你不想说也没关系,我也不杀你,等库藏当家回来,我会把你交给他,宗法处置。"

库封将头转到一边,不以为然。多蒙转过身问章爷:"还有没有活着的马匪?"

章爷说:"抓到了两个,一个摔断了腿,另一个中了一枪。"

多蒙说:"好,把这两个马匪带过来。"

章爷向身边的章大彪做了个手势,章大彪很快将两个躺在担架上的马匪抬了出来。多蒙打量着两个马匪。断腿的马匪脸色铁青,样子极为难看。另一个受了枪伤,被处理好后,闭目躺在担架上,见到多蒙,哀求道:"大哥,我做马匪只为混口饭吃,没做什么伤天害理的事情,就算做牛做马我都愿意,只求你们饶我一命。"说着就要起身跪下,给多蒙磕头。

多蒙按住他的肩膀,语气冰冷地说:"你只要说出刀头七现在在什么地方,可以饶你不死。"

马匪说:"我们和刀大当家分开时,我听兄弟们说,刀大当家要去黑岭。"

多蒙抬头看了看杜沈思,当年杜沈思的马帮遭到劫持,就在黑岭,而黑岭也是从省城回思普府的必经之路。由此看来,库什可能找马匪在黑岭截杀大哥库藏。多蒙冷冷地对库封道:"库封,你们好狠毒,想在黑岭截杀大哥!你这样做,还有半分兄弟情义吗?对得起库家列祖列宗吗?"

面对多蒙的质问,库封一言不发,面容扭曲地低着头。多蒙感觉得出他猜对了,库什勾结马匪,准备在黑岭杀了回来的库藏,从而夺得寨主的位置,同时也可以把关系撇得干干净净。这一招借刀杀人的计策,不可谓不狠毒。

另一个马匪开口说:"我听兄弟们说,只要杀了库藏,就能得到一大笔赏钱。我还听一个兄弟说,他们要在黑岭边的马哭里驿站动手。"接着又哀求,"大哥,我知道的就这些,请你高抬贵手,饶我们兄弟俩一命,我们做马匪,确实只为混口饭吃。"

多蒙让章大彪将两人带下去,再回头看被绑在树上的库封。此时的库封像泄了气的皮球,喃喃自语道:"马匪就是马匪,不守信用。"

多蒙不想理库封,转身对杜沈思说:"沈思,我必须去一趟黑岭马哭里,再借一借你的人马。"

杜沈思沉思片刻,说:"我支持你去救你大哥,但是说好了,我帮你救下你大哥,你和我父亲之间的恩怨从此就一笔勾销。"

多蒙一下子愣住了,他没想到杜沈思会在这个时候和他讨价还价,可站在杜沈思的角度想了想,青山寨和碧河镇之间素有世仇,让碧河镇的人马去救自己大哥,于情于理说不过去。另外,杀父之仇不共戴天,这些年来,这是他活在世上的一个重要的理由。哪怕他爱上杜沈思,这内心深处的仇怨也不是说放下便能放下的。

多蒙叹息了一声,没有答应。他吹了一声口哨,马群里的黑聪听到主人的呼唤,在黑夜中应了一声。多蒙望了一眼黑聪的方向,转头对杜沈思道:"谢谢你今晚救了我,今日就此别过,后会有期。"

"多蒙哥,我知道不该此时此刻和你讨价还价。"杜沈思劝道,"此行凶险，我碧河镇的人没法跟你去，但章爷可以和你同去。"

章爷拱手对杜沈思道："小姐，你只管放心，我随多蒙小兄弟一起去。"

杜沈思点点头，望着章爷一家上了马，跟在多蒙身后，离开了河滩。好不容易见到杜沈思，又要分开，多蒙心中有几分不舍，却也无可奈何，只能咬咬牙，扬鞭策马，驰骋而去。

# 第十七章　库藏归来

为了早点赶到黑岭，多蒙和章爷一家不再隐蔽，一路策马前行。马匪在碧河滩被袭击后，也不敢再露头。经过三天的疾行，多蒙一行人终于赶到黑岭的马哭里驿站。多蒙远远见马哭里驿站一片祥和，没有发现异常，心中才踏实了几分，至少在马匪动手前赶到了，他们赢得了先机。

多蒙和章爷一家进了马哭里驿站，驿站萧条了许多，偌大的马哭里驿站里只住了两支小马帮。马哭里驿站素有"思普府第一驿站"之称。驿站的冯老板这些年来在茶马大道上混，和多蒙已是老朋友了。冯老板听说多蒙来了，非常开心，急匆匆走到驿站门口迎接多蒙一行。冯老板满脸堆笑，拱手对多蒙道："多蒙当家，许久未见，很想众兄弟。"但见多蒙仅带着几个人，又有些失望。

多蒙撒了一个谎："马帮在后面，我和几个兄弟先来探探路。你也知道，前次碧河镇的货物被马匪打劫，我不得不小心点儿。"

冯老板听说大队马帮在后面，以为大生意来了，立刻增添了几分热情劲，一边赔着笑脸，吩咐下人将多蒙等人的马安排妥当，一边将他们迎进驿站内。驿站中休息的马脚子见到多蒙，热情地向多蒙打招呼——多蒙作为青山寨的马锅头，在马帮这行当中几乎是无人不知，无人不晓。

章小妹跟在多蒙身后，开玩笑道："小朗哥，我发现你人缘很好嘛！你这一来，整个驿站都知道你来了，你说那些马匪还敢来吗？"

多蒙笑而不答，要不是时间急，确实不该这般冒失，如果这些马脚子中有马匪暗探，那么自己就完全暴露在马匪的眼睛里了。不过为救大哥，他也顾不了许多。跟在一边的冯老板听章小妹说到马匪,立刻慌了:"小姑娘,你说什么马匪要来?"

多蒙忙解释道:"我们得到消息,马匪近期要攻击马哭里驿站,所以我才赶过来看一看。"

冯老板闻言,脸色都变了,大家都知道多蒙素来消息灵通,多蒙这么说,那消息必定是真的,可他还是自我安慰地说:"多蒙当家,因前次马匪的事情,我这驿站也多雇了一些兄弟,他们若是敢来,一定让他们讨不到便宜。"话虽这样说,但他心里清楚,如果马匪铁了心要攻击,碧河镇这样的大马帮都抵挡不住,他一个小小驿站,简直是螳臂当车。马匪之所以不攻击驿站,主要是驿站素来有所防备。能在半路打劫,自然是没必要攻击驿站,毕竟马匪也只是混口饭吃,没必要冒太大的风险。

多蒙笑了笑:"我们也只是听到一些消息,仅此而已,你最好做足准备,凡事不怕一万,就怕万一。"多蒙环视一圈驿站中的物资,喃喃低语道,"尽管没有什么油水可以捞。"他话锋一转,又问,"冯老板,我大哥库藏是否路过此处了?"

冯老板想了想道:"几个月前吧,库藏当家跟着李连城连长经过驿站,我听说要去北京,他还准备了不少货物。"

多蒙追问:"是被绑着,还是拘禁着?我大哥库藏还好吧?"

冯老板笑道:"多蒙兄弟,你是不是想多了?你大哥和李连城连长说说笑笑,我看两个人关系融洽得很。在我这里住的那个晚上,两人还聊到深夜呢,从他们聊天投机的情况来看,大有相见恨晚的感觉。"

几个月来,多蒙第一次听到大哥库藏的消息,这样看来,大哥确实去了北京。大哥还准备了货物,说明大哥是自愿去北京的,而且李连城陪在大哥身边,大哥应该很安全。想到这,他那颗悬着的心才放下来。

多蒙又向冯老板问了一些大哥库藏在驿站时的具体情况,从冯老板的讲述里,多蒙再次确定大哥是真心实意跟着李连城走了,青山寨没有收到大哥的消息,极有可能是库什故意隐瞒了真相。青山寨设在思普府的

第十七章 库藏归来 | 215

茶庄一直由库什经营,大哥极有可能将信息交给思普府的青山寨茶庄,而库什将消息压住了。由此看来,库什想夺青山寨寨主之位,可能早有预谋。想到这里,多蒙不寒而栗,为了权力和地位,手足相残的事情实在太多,今天活生生的例子就摆在自己面前,他大感世态炎凉,人情淡薄。

心事重重的多蒙忙着安排章爷一家在驿站住下,同时又不忘提醒冯老板,务必时刻注意马匪动向,他知道马匪要来此处杀库藏,但他还不知道马匪什么时候采取行动。冯老板听了多蒙的话,忙安排手下提高警惕,除此也没啥办法,毕竟很难揣摩到马匪的行踪。

多蒙把能想到的一切防范措施安排妥当后,就等着大哥平安归来,或者静候马匪的到来,如果马匪要偷袭大哥的消息属实,那么大哥一定会经过马哭里驿站,而且就在这几天。就这样,多蒙和冯老板等人在忐忑不安中等了一天,没有马匪来,也没有见到库藏,甚至一个过往的旅客都没有。两支小马帮听说马匪要来,知道马匪在周围后,也不敢轻举妄动,仍然选择先待在驿站里,看事态发展再做打算。

第二天傍晚,多蒙和冯老板爬上驿站的瞭望塔,用望远镜眺望远方,查看动静。夕阳下,一群鸟在林间惊飞起来,不远处的大道上扬起一阵灰尘,一支马队向驿站的方向飞奔而来。距离太远,又逆着光,多蒙看不清来的是什么人。看马队的样子,多蒙意识到,这马队极有可能是马匪,因为一般的马帮拉着货物,不可能这么快速地行进。

多蒙立刻警觉起来,对冯老板说:"关上驿站大门,让兄弟们做好防御准备,来的极有可能是马匪。"

冯老板不敢迟疑,安排手下关了驿站大门,让驿站中的所有人准备迎战,依托驿站山势、建筑进行守卫。马哭里驿站建成后,数百年间屹立不倒,在建设时就考虑到了良好的防卫优势,现在驿站不如从前繁荣,可是防卫能力依然在,尤其有多蒙这个能应对复杂局势的马锅头在,冯老板对抵挡马匪的进攻充满信心。

多蒙和冯老板下了瞭望塔,回到了驿站内。此时,章爷一家持枪在二楼上,所有人的枪口都对准了驿站大门。章爷扔了一把长枪给多蒙,多蒙接在手中,拉动枪栓,把子弹推上膛。

多蒙望了一眼窗户外,感叹说:"我又让你们一家帮我蹚这浑水,你们一家子的恩情,我多蒙此生都不会忘记。"

章大保笑道:"小朗兄如果真忘不掉这份恩情,就娶了我家小妹。"

章小妹立刻嗔道:"哥,你说啥?再说我就不理你了。"

章二妹擦着手中的飞刀,不紧不慢地提醒着:"我再说一次,他不是小朗,他是多蒙,青山寨的多蒙,碧河镇杜沈思最爱的男人。"

章嫂子立刻提醒说:"都什么时候了,你们还有心思开玩笑。"

章爷坐在桌子前,点燃烟袋,吧嗒吧嗒地边抽边说:"今晚这一战,大家集中精神,弄不好,我们所有人都要交待在这里。"转头又看向章大保,安排说,"大保,等会儿如果我们抵挡不住,你就带着两个妹妹从后门走,后门拴着我们的马,只要你们上了马,马匪便挡不住你们。我们如果有什么事情的话,你带着妹妹回四川,给她们找个好人家嫁了,好好过日子。"

章大保摇摇头:"我们一家人,要生一起生,要死一起死。"

多蒙听到这话,心中一酸:"章爷,如果我们真抵挡不住,你们一家都走,我一个人足以拖住他们。"

章爷又摇摇头:"多蒙小兄弟,杜小姐对我一家有恩,如果真弃你不顾,那我不成了忘恩负义之人?我固然有私心,但杜小姐的这份恩情必须得报。"

多蒙不知该说什么,房间里陷入了短暂的宁静。驿站外的马蹄声越来越近,从马蹄声能听出,来的人不少。所有人集中精神,盯着驿站大门。

不一会儿,马队来到了驿站门口,停下脚步,紧接着传来一阵敲门声:"驿站里有人吗?驿站里有人吗?"

驿站里的人听到声音,都面面相觑,不是马匪?多蒙向冯老板使了一个眼色,要冯老板去看看。冯老板踌躇不前,摇了摇头。

这时,门外又传来喊声:"驿站里有人吗?我们是解放军,今晚想在驿站借宿一晚。"

听说来的是解放军,大家紧绷的神经才放松下来。冯老板鼓起勇气,对多蒙说:"多蒙兄弟,我去看看是不是真的解放军,你务必掩护好我。"

多蒙握了握枪,安慰道:"放心,你只管去。"

冯老板这才壮着胆子,下了楼,来到驿站大门口,透过门缝向外望去,看到李连城带着一排解放军战士站在门口。冯老板大喜,回头对驿站内的多蒙喊:"多蒙兄弟,是李连长,不是马匪!"说着打开门,热情地将李连城和其他人迎进驿站内。

多蒙从窗户看向门口,随李连城一起进来的,除了解放军战士,还有十几个身着少数民族服饰的中年男子,其中一个极像自己的大哥库藏,再定睛细看,果然是自己的大哥库藏。多蒙喜出望外,向库藏挥手道:"大哥!大哥!"

库藏抬起头,见窗口站着的是多蒙,高兴道:"三弟,你怎么在这里?"

多蒙收起枪,跑下楼,到了库藏跟前,一把抓住库藏的手,感伤道:"大哥,你还活着,你真的还活着!"

库藏惊奇道:"三弟,怎么了?没有收到我传回去的信息?"

多蒙说:"大哥,干娘她去世了。"

库藏一愣:"娘去世了?"

多蒙热泪盈眶,点了点头,悲伤、委屈……各种情绪裹挟着他,他心中有千言万语,又不知从何处说起。库藏紧紧地握着拳头,仰头望着天,眼里饱含着热泪。

李连城听了,宽慰道:"库藏兄节哀。"旁边的人也异口同声地要库藏节哀。

库藏缓了缓情绪,拉着多蒙就要走:"三弟,走,我们回家,给娘办葬礼。"

多蒙停步不前:"大哥,你不能就这样回去。"

库藏又惊奇道:"为什么?"

多蒙还是摇摇头,库藏看了一眼,周围都是人,才反应过来。李连城在一旁说:"二位,今日已晚,就算要走,也要等明日。我们先进驿站再谈。"

库藏只能听李连城的安排,和众人一起进了驿站,冯老板将众人安排住下。库藏将多蒙喊到一个僻静的角落,询问多蒙到底发生了什么事情。多蒙将青山寨的情况大致和库藏讲了一遍,库藏听后,紧皱着眉头,在屋子中来回踱步。

多蒙坐在一边望着焦虑的库藏,库藏突然转过头说:"我二弟库什虽有野心,但我不信他会和马匪勾结,让马匪来杀我。"

多蒙不答,他知道大哥库藏和库什之间的感情,他们虽不是一母所生,但毕竟血脉相连,就算真的为了争夺寨主之位反目成仇,那也是寨子内部的事情,而若和马匪有牵连的话,便是触犯了族规。数百年来,库家在青山寨立足,一直坚守着基本的底线。因此,库藏千想万想也不敢想库什会和马匪勾结,多蒙自然也不便说太多。

"明天,我们回青山寨!"库藏拍了一下桌子说。

"大哥,你不能这样回青山寨。"多蒙劝道,"大哥,你说得对,库什二哥虽有野心,做事还是讲些兄弟情义的,可二嫂她就未必了,她是一个有野心的女人。"

"唉——!"库藏长长地叹息着。多蒙说得一点儿没错,库什的妻子扎依确实是一个有野心的女人。想当年库什年轻时,过于贪玩,处处惹事,为了管好他,库藏的母亲王夫人特意为库什选了强势又聪明的扎依做妻子。扎依过门后,果然把库什驯得服服帖帖,库什成了青山寨远近闻名的"妻管严",所有人都以为库什从此在妻子的管教下,将走上正轨。可谁也没想到,扎依是一个极有野心的女人,她不甘心屈居人后,便唆使库什干起争夺青山寨寨主的事情。

这时,李连城走进屋里,和多蒙打招呼后,对库藏道:"库当家,听闻你要赶回青山寨。"

第十七章　库藏归来

库藏点点头:"有此意。"

李连城说:"太夫人逝世,为人子的的确应该赶回去,只是现在青山寨的情况我也有所了解,为了你的安全,你不能这样回青山寨。乌马寨寨主刀罕的死,我们正在调查,已经有了一些初步的线索——有人想破坏我们和少数民族之间的关系。另外,我们思普地区兄弟民族代表大会召开在即,我也希望你能开完大会,而后由我护送你回青山寨,毕竟是我将你从青山寨请出来的,也该由我护送你回青山寨,这样才有始有终嘛。"

库藏沉思片刻,他是一个孝顺的人,听到母亲的死讯,自然想到的是第一时间赶回去,至于自己的安全,他并不在意。多蒙见库藏面有难色,也劝道:"大哥,李连长说得没错,你这样回青山寨,库什一定会对你不利,如果马匪在半路上动手,我们完全没有反击的能力。如果李连长真的肯护送你回青山寨,这自然最好;如果李连长没时间,我们可以等藏云寨的白帆兄弟,我和他约好了在思普府相见。我想不用几日,他就会到思普府,到时我们一起回青山寨,才能确保你的生命安全。"

"我个人安全倒也没关系,我二弟他不至于杀我吧。"库藏话锋一转,"只是这兄弟民族代表大会,关系到我们各民族的团结,关系到我们各山寨的未来,如果我母亲在世,她一定也希望我参加这见证各民族团结的盛会。"他说着长长地叹息一声,跪下向着青山寨的方向拜了三拜。

多蒙听大哥不急着回青山寨,这才放了心。他又向库藏问了离开青山寨这段时间的事,库藏大略讲述了这次的北京之行。库藏等少数民族头人离开思普府后,到了省城,在省城受到军政领导的接待,之后乘飞机到了重庆,次日西南各族人民国庆代表团飞往北京。在国庆观礼前的宴会上,国家领导人接见了各少数民族头人。库藏说到此处,脸上露出开心的笑容,尤其提到毛主席时,库藏的脸上满是仰慕之情。多蒙跟随库藏这么多年,从来没有见到过大哥讲一个人时,宛如讲述一位神灵。

库藏接着又讲了国庆大典人山人海、热闹非凡的场景,壮观的阅兵仪式,团结的各族人民,库藏感受到了新中国全新的面貌。国庆大典结束后,库藏又跟其他少数民族头人一起游览了北京、天津、上海等地,这些经历一下子打开了库藏的视野。用库藏自己的话说,这次北京之行,对他的整个身心进行了一次洗礼,他对共产党领导下的新中国有了深刻的认识。

库藏的讲述,让常年在外奔波见多识广的多蒙都有点儿听呆了。多蒙去过很多地方,却没有到过北京、上海这种大城市,他最远到过成都,这已经是他行走的极限。当晚,库藏和多蒙聊到很晚,既聊到库藏去北京的所见所闻,也聊到库藏离开这段时间思普府和青山寨的各种变故。细谈之下,库藏意识到了此时青山寨面临的严峻形势。

另一边,李连城得知马匪计划袭击马哭里驿站的消息,安排部下加强了警戒。让人感到意外的是,到第二天天明,不要说马匪,连鬼影都未见一个。没有马匪的袭击,说明多蒙获得的信息是错误的,库藏悬着的心放了下来,他觉得或许库什并不像多蒙所言,他从内心深处不愿意承认他的兄弟会和马匪勾结。多蒙却不敢有半点儿松懈,他认为也有可能马匪得知驿站里有准备,才不敢贸然发动攻击。

第二天清晨,风和日丽,大家整装待发,准备前往思普府。章爷一家也收拾好行装,前来和多蒙道别。

在驿站门口,章爷带着家人,拱手对多蒙道:"多蒙兄弟,你既已找到大哥,你大哥也安然无恙,过了这座山就到思普府,今日就此别过,我们全家准备回四川。"

"多谢章爷这一路来的关心和照顾。"多蒙又拱手朝章大彪夫妻和章家三兄妹道别。他的目光落到章小妹身上,见章小妹双眼含着热泪,对他多有不舍。

"小朗哥,后会有期。"章小妹说。

"三妹,要么你留下跟着你的小朗哥。"章大保开玩笑说。

"大哥!"章小妹又羞又恼。

章大保上前,拍着多蒙的肩膀说:"小朗兄弟,我这三妹是真的喜欢你。我这三妹嘛,性格活泼开朗,除了脾气有点儿暴躁,其他都没的说。

我们要回四川了,今天就把三妹给你留下,还望你好好照顾她。"

"大哥,你说什么呢!"章小妹红着脸说。

"难道我说错了?我看你昨天念叨了一夜,说回四川可能就永远看不到你的小朗哥了。"章大保口无遮拦。

"大哥、小妹,他不是小朗,他是多蒙,青山寨的雏鹰多蒙,杜小姐的心上人。"章二妹站在章大保身后,用平静的语气提醒道。

"你们三个就不要打闹了,走吧。"章大彪严肃地说。

"多蒙小兄弟,告辞。"章爷转身离开,走了几步,又回头对多蒙道,"多蒙小兄弟,我知道你和杜家有世仇,但我希望你和杜小姐有情人终成眷属。"说完才上了马,带着一家人离开了。

章小妹在章家队伍的最后,临走前,她又依依不舍地回头看了一眼多蒙,多蒙看到她热泪盈眶。

"三弟,这妹子对你有情啊,如果你说一声,她一定愿意留下。"库藏站在多蒙的身边说。

"我知道,但她喜欢的是小朗,不是多蒙。让她和家人一起走吧,可能小朗值得她去爱,可我多蒙不值得。"多蒙望着章爷一家远去的背影说。

"人生有太多的离别,多少人在平凡无奇的一天做了一个普通的道别,以为以后还会相见,可多少年后回首,那个普通的道别就是永别。章爷一家此次回四川,可能永远不会回思普府了。"库藏感慨地说。

库藏的话让多蒙内心多了一些凄凉,他忍不住朝着章小妹的背影高声喊道:"章小妹,以后有机会来青山寨玩啊!"

章小妹勒住马,回头露出一抹微笑,回答道:"好,小朗哥,我一定会来的!"

多蒙向章小妹摆了摆手,章小妹恢复了平日活泼的神态,双腿一夹,大喊一声"驾",驰骋而去。多蒙的心情也稍微平复了一些。库藏笑道:"人有时候就这样,只要有个约定,哪怕可能此生再也未能相遇,也依然怀着希望,有希望,前路便不会太黯淡。"

章爷一家走后，多蒙跟着李连城等一行人踏上了前往思普府的路。从马哭里驿站到思普府，大约要走一天的时间。马哭里是出思普府的第一站，也是回思普府的最后一站，这最后的一段茶马大道，比其他的茶马大道宽很多。一行人眼见要回到思普府，情绪高昂了许多。随着靠近思普府，路上前往思普府做生意的商人也增多了。

　　思普府周围有六大茶山，思普府是该地区的物资集散地，茶马大道上的重要枢纽，交通四通八达，商贾云集，作为大后方，受战火的波及较小。傍晚时分，李连城一行人安全抵达思普府。

　　现在的思普府城是一座新城。十多年前，思普府城区瘟疫肆虐，尸横遍野，城内的房屋也人去楼空，老城区内几乎没法再住人，"要到思普坝，先把老婆嫁"这句俗语也就是那个时候流传开来的，思普地区的群众只能在离老城大约三十公里的地方建新城。从时间上看，思普府城就像一个朝气蓬勃的青年，充满了生机和活力。府城的城墙是崭新的，城中的房屋基本是新的，南来北往的商人中也有很多新面孔。

　　李连城带着头人们回到思普府的消息不胫而走，思普府的人民聚在路边，像欢迎凯旋的战士一般，迎接从北京回来的各少数民族头人，热闹程度就像过新年一样。多蒙并不喜欢眼前的热闹，他进了城后，按照事先和库藏商量好的，独自一人朝青山寨设立在思普府的茶庄走去。

第十七章　库藏归来 | 223

# 第十八章　歃血为盟

青山寨的茶庄在思普府的西南角，位于思普府最热闹的街道。此时街道很空旷，商人和客户几乎都看热闹去了。多蒙独自一人走在空荡荡的街道上，拐了几个弯，"青山茶庄"的招牌映入他的眼帘。青山茶庄在思普府也算是小有名气的，很多外来商人买青山寨茶山的茶，几乎都是在这个茶庄订购，再由多蒙带着马队运送过去。这些年，多蒙作为马锅头一直奔波在外，来青山茶庄的时间并不多。

多蒙又想到青山茶庄的掌柜马义，他曾经是青山寨最有名气的马锅头，大家都称他义伯。从辈分上来说，义伯属于爷爷辈，当年库太爷还在的时候就跟着库太爷走南闯北，他为人仗义，做事干练，深得库太爷的赏识。库太爷逝世后，义伯赶马赶不动了，王夫人感念他多年来对青山寨任劳任怨，安排他在青山寨最大的茶庄做了掌柜。

这些年来，义伯兢兢业业地经营着青山茶庄，也算没有辜负王夫人的重托。多蒙对义伯极为敬重，从某种意义上说，义伯算多蒙的半个师父。他的很多赶马的知识，是从义伯讲述的故事中学来的。义伯对多蒙这位年轻后生赞许有加，多蒙每次向他请教，他都是知无不言，言无不尽。

多蒙来到茶庄的门口，门口立着两个石狮子，大门紧闭，多蒙觉得有些不可思议，一般情况，此时还不到关店的时间。多蒙上前敲了敲门，心想，可能店里的人都去看热闹了，所以早早把店门关上。

多蒙这么早过来见义伯，其实带着库藏交代的一个任务。库藏离开思普府这段时间，一直将自己的消息传给义伯，本来应该由义伯转回青山寨,可是库藏离开的几个月里,青山寨并没有收到库藏的任何消息,库藏和多蒙都觉得有些蹊跷,因此,库藏要多蒙先到青山茶庄,向义伯问清楚。多蒙思索着,等了几分钟,依然没有人开门。多蒙暗想,就算店里的人都看热闹去了,也不可能一个看守店的人都没有。他再次重重地敲了十几下,终于,茶庄里传来一个妇女的声音:"来了,来了。"

不一会儿,一个身材矮小、大约五十岁、围着围裙的胖女人开了门。胖女人见到多蒙,开心地说:"小蒙,你来啦。"

"来了,七婶。"多蒙笑着说。眼前这个胖女人叫七婶,是青山茶庄的厨师,她和义伯一样,在青山茶庄有些年月了,茶庄中十几号人的饮食,全由她一个人负责。说来,七婶是一个可怜人。当年,她的丈夫宋七叔在青山寨也算一个较为有名的马帮小头目,可后来在一次运茶的途中遇到马匪,为了保住货物,宋七叔和马匪僵持了一夜。最终,货物保住了,宋七叔却因为受伤不治而亡,死时虽说已和七婶结婚,但没有生育子女。王夫人感念宋七叔对青山寨做出的贡献,安排七婶到青山茶庄做了茶庄的煮饭人。

"还没吃饭吧?"七婶问多蒙。

"还没呢。其他人呢?"多蒙问。

"不是说库藏老爷和其他头人从啥京回来了吗?大家都去看热闹了。"七婶说着,将多蒙带进茶庄中,絮絮叨叨地继续说,"听说库藏老爷要回来,我今天特意去集市上买了一条大黄鱼,你知道的,库藏老爷最爱吃大黄鱼,这也是我最拿手的菜。就是不知道他什么时候到青山茶庄了。"

"快了,他那边忙完了就过来。"多蒙笑着说,"义伯呢?是不是也和大家一起看热闹去了?"

"没有,没有,他老了,不喜欢凑热闹。这几天,我看他身体不适,你看,晚饭还没有吃,已进房间休息了。你等着,我去喊他。"七婶安排多蒙在茶庄的客厅坐下,给多蒙倒了一杯茶,转身去喊义伯。

第十八章 歃血为盟 | 225

多蒙等了片刻,后院中突然传来七婶的呼叫声。多蒙深感情况不妙,立刻跑向后院,只见七婶失魂落魄地跪在后院一处房门前,痛哭不止。多蒙连忙走过去,看到义伯吊在屋内的房梁上,悬空的脚下,倒着一张方凳。

多蒙见情况不妙,立刻将义伯从房梁上放下,再摸义伯的鼻息和脉搏,义伯已没有了气息。多蒙通过一番查看和分析,排除他杀的可能。

七婶爬到义伯跟前,哭道:"义叔,你为什么要自杀?为什么要死?"

多蒙心中百感交集,宽慰七婶道:"七婶,人死不能复生,你赶快把茶庄中的人都喊回来,为义伯办理后事吧。"

失去心神的七婶听了多蒙的话,茫然地起身,快步走出门。多蒙在店里找了一块白布,为义伯盖上,接着在义伯的房间里找了一圈,想找到一些有用的信息,可他什么都没有找到。

很快,七婶带着茶庄的伙计回来了,大家得知义伯自杀,都惊诧不已。在大家的印象里,义伯为人和善,心胸开阔,根本不是一个会自杀的人。店中的伙计都不明白义伯为什么会死,可多蒙隐约感觉到,义伯的死必然与青山寨库什有关,他卷进了这场权力斗争的旋涡。

大家在悲痛中,将义伯收敛入棺。收敛时,七婶说:"唉,都是我的错。这些天,我感觉义伯有些魂不守舍,老是把自己关在房间里,我问他怎么了,他说身体有些不舒服,可能累的。"她又看着棺材说,"这口棺材也是义伯几天前定做的,棺材铺来人那天,义伯和棺材铺的老板说,年纪大了,身体大不如从前,需要准备后事。我以为义伯只是说说,早知会发生今天的事情,我就该好好劝劝他。"七婶说着说着又哭了。

大家安慰七婶一番,七婶的情绪才稍微平复一点儿。多蒙和众伙计收敛好义伯,多蒙又吩咐店里的年轻伙计,尽快将义伯唯一的女儿喊回青山茶庄,送义伯最后一程。

年轻伙计得令,按照多蒙的吩咐,前往青山寨的景万山通知义伯的女儿。义伯的这个女儿名叫田妹,是义伯和一名歌伎所生。歌伎生下孩子后,难产逝世,义伯一个人将女儿拉扯大。田妹长大成人后,嫁给了青山寨景万山的一个茶农,并生了两个孩子,一家人的生活过得还算甜美。

多蒙将一切安排妥当,已经是深夜。稍微松口气的多蒙披麻戴孝,疲惫地跪在义伯的灵柩前,缓慢地烧着一张张黄纸。这时,库藏处理完事情回到青山茶庄,见青山茶庄挂着白布,吃了一惊。七婶在门口迎进库藏,大致讲了情况,库藏才明白发生了什么事情。

库藏快步走到灵柩前,先为义伯上了三炷香,又悲伤地走出灵堂,多蒙紧跟在库藏的身后。两人在灵堂旁边院子里的一个亭子前停下脚步,库藏站在亭子的柱子前,悲痛地握着拳头,朝亭子的柱子打了一拳。多蒙望着库藏的背影,不知该怎么安慰。

多蒙知道,库藏和义伯之间的情分远胜过他。毫不夸张地说,自库藏的父亲库太爷死后,库藏赶马道上的所有本事,都是义伯教的,义伯和库藏的关系亦师亦友。今日义伯因卷进青山寨寨主权力斗争自杀,库藏心中百味杂陈。

"大哥,下一步怎么办?要调查义伯的死因吗?"多蒙问。

"不用,无论是什么原因,都不怪他,他一定有不得已的苦衷,好生安葬他吧。"库藏说。

多蒙眉头紧锁,大哥说得没错,这么多年来,义伯为青山寨库家任劳任怨,忠贞不贰,今天自杀,必然是有不得已的苦衷。

至于有什么不得已的苦衷,多蒙其实猜到了一些。这些年来,库什一直经营着青山寨的茶山,那里一直有他培植的势力,而义伯女儿一家就在茶山上制茶,只要库什足够无耻,他可以用义伯女儿一家的生命,来威胁义伯封锁库藏传回来的所有消息。以义伯的性格,必然会保护自己的家人,可这样做,却有失义伯忠义之名。现在他看到库藏安全回来,定然意料到库藏会责问他为什么要封锁消息,以他的性情,根本无法直面库藏,那么只能选择一死。现在多蒙派人去通知义伯女儿回来奔丧,除了尽人伦的考虑,其实还有一个目的:确定义伯女儿一家是否安全。多蒙知道,以库藏宽厚的性格,不可能因为这件事向义伯问罪,更不可能伤害义伯的家人,他需要做的是保护好义伯的家人。

"田妹那边,派人去通知了吗?"库藏问。

"已派人去了,并吩咐了庄中的所有伙计,对外统一口径,就说义伯病重逝世。"多蒙补充说。

"好,三弟有心了。"库藏回过身,拍了拍多蒙的肩膀,"三弟,义伯的丧事就交给你全权操办了。我这边,各山寨头人还在商议民族代表大会开会的具体事宜,有头人提出,要用剽牛的办法,看神的旨意,是否跟共产党走。"

"剽牛?"多蒙一愣。剽牛是一种非常古老的会盟仪式,仪式中,头人选一根剽枪,将剽枪刺入牛的心脏。牛倒下后,如果牛头倒向南方,表示所占卜的事情大吉,会盟成功;如果牛头倒向北方,表示所占卜的事并不吉利,就要放弃会盟。知道剽牛传统的多蒙忍不住问:"如果占卜出不吉利怎么办?"

"对,大家也有此担心,但剽牛是思普地区的传统仪式,但凡大事,都要通过这种方式判断凶吉。"库藏若有所思地说,"剽牛的建议,我们提交给了共产党,我听说他们都是唯物主义者,只信马克思,不信神。"

"他们会同意吗?"多蒙问。

"他们虽然不信神,可他们也说,尊重少数民族地区的风俗。"库藏说。

多蒙隐约有种感觉,这个建议是各山寨头人对共产党的一个考验,可能有些山寨头人正想借此机会看看,共产党是不是像他们自己宣传的那样,尊重少数民族地区的风俗。多蒙和库藏谈完民族代表大会的事情,又交流了一番青山寨的事情,库藏决定,民族代表大会结束后,立刻回青山寨。多蒙想,由李连城护送大哥回青山寨,库什就没办法加害大哥,只要回到青山寨,以库藏在青山寨的威望,库什掀不起什么大浪。

两人正聊着,茶庄的伙计来报,李连城到青山茶庄吊唁义伯。库藏闻言,带着多蒙回到灵堂中。李连城正在义伯灵柩前鞠躬上香。李连城吊唁完毕,转向库藏道:"库藏头人,能否借一步说话?"

库藏答应着,跟着李连城来到后堂。库藏安排下人为李连城沏茶,开始谈正事。李连城道:"库藏头人,青山寨的情况,我回到思普府了解了一二,我本来不该干涉你的家事,可为民族团结大计,我认为这件事如果能和解,最好和解,我愿意从中斡旋,毕竟你和库什是一家人。"

库藏答谢道:"多谢连城兄,我也正有此意。"

李连城又说:"民族团结是大局,有些人却想破坏这个大局。乌马寨的刀罕的死,我们这边做了一些调查,虽然现在还没有拿到确切证据,但从调查结果看,这也是一起内部权力斗争——刀松为了乌马寨寨主的位置,杀害了刀罕。"听到这话,库藏和多蒙相视了一眼。李连城继续说:"我们还查到,乌马寨的刀松和龙殿英联系紧密,这极有可能是龙殿英一手策划的针对乌马寨寨主的篡位事件。"

库藏叹息一声:"可惜了,刀罕寨主。"乌马寨刀罕寨主在各山寨中素来口碑极佳,前次剿匪,也是乌马寨牵头,才得以成行。

李连城喝了一口茶道:"尽管刀罕寨主这次没有前往北京观礼,可从他的表现来说,他是拥护我们共产党的,如果他还活着,乌马寨也不会被龙殿英蛊惑,投靠龙殿英。现在龙殿英残部经常在边境地区活动,严重破坏了思普地区的稳定和民族团结。"

库藏道:"连城兄,现在大局已定,我们边区各民族势必认清大势,只要民族代表大会能顺利召开,就可稳定人心,大家也不会轻易被龙殿英蛊惑。"

李连城说:"库藏兄说得没错。关于民族代表大会的事情,各山寨头人提交的剽牛祭天占卜的建议,我相信以我党一贯的民族政策,一定会尊重各山寨头人的建议。"李连城说完,站起身,"我今天来,就为这几件事。今日天色已晚,就此别过。"

库藏和多蒙将李连城送出门,两人往回走时,又分析了一番李连城所说的话,总体来说,整个思普地区虽说解放了,但情况依然复杂。在这样的关键时刻,库藏不免又想到逝世的母亲王夫人,当年库藏父亲逝世后,王夫人在风云突变的岁月中看准了时局,才让青山寨屹立不倒,此刻,库藏深刻感受到母亲的不容易。

三天后,到了义伯出殡的日子,义伯的女儿却未能回到青山茶庄,不仅义伯的女儿未能回到青山茶庄,连前去通知消息的伙计也没有回来。多蒙知道,事情可能正如自己猜测的一样,义伯一家被库什囚禁了,库什为了不暴露更多的事情,甚至连前去通知消息的伙计也一起囚禁了。库藏知道这消息后,一时间像泄了气的皮球,毕竟他只有这么一个血亲弟弟,如果库什肯认错的话,库藏本想既往不咎,可从现在的情况看,库什铁了心想一条道走到黑。而这也是多蒙最担心的,所谓狗急跳墙,说的就是库什这样的人,一旦库什铁了心要夺取青山寨寨主之位,还不知会干出什么伤天害理的勾当来。

民族代表大会召开在即,库藏暂时顾不了青山寨的事情。安葬好义伯的第三天,民族代表大会召开,多蒙跟着库藏,也参加了这次大会。

这天,偌大的思普府广场上聚集了成千上万的群众,广场的中央设置有剽牛祭天的石台,一头大黄牛被拴在石台上。石台下,坐在最前面的是思普地区地委的领导,各山寨民族头人围着地委的领导依次而坐,每张桌前都放着陶碗和酒。这是多蒙多年来看到过的最盛大的剽牛祭天仪式。

正午时分,一个手持剽枪的中年男子走上祭坛。中年男子走到祭坛中央,将标枪立在面前,振臂高声道:"各位兄弟姐妹,今天,我们在这里举行剽牛结盟仪式。"铿锵有力的声音在广场上回荡着,让本来吵闹的人群一下子安静了下来,所有人的目光都集中在中年男子的身上。中年男子身着蓝色短褂,脸颊黝黑,浓眉大眼,目光炯炯。他顿了顿,继续说:"今天,神将决定我们的命运,无论结果如何,任何人都不可以更改。我以山寨的荣誉起誓,谁违抗神的旨意,那就是我们各山寨共同的敌人。"

中年男子话音一落,广场上立刻响起一片欢呼声:"猛!猛!猛!"

中年男子又抬起手来,人群停止了欢呼。看守牛的年轻战士解开了拴黄牛的绳子,黄牛摇晃着身体,缓慢地走到了广场中央,注视着欢呼的人群。中年男子微微一笑,他拿起插在地上的剽枪,转身走到黄牛跟前,目光冷峻地和黄牛对视着,锋利的剽枪在阳光下放射着寒光。

多蒙不免吸了口凉气,剽牛的仪式他曾见过,很多时候,祭祀的牛都是被拴着的,这一次,牛却是放开的。他又看了一眼场外的人群,偌大的广场上并没有任何保护措施,如果牛不能被一击杀死,疯狂乱跑,极有可能冲向人群。不过,他又看到几个解放军战士持枪在广场边戒备,万一黄牛真的失控冲向人群,也可以一枪毙命。

这时,人群又爆发出欢呼声:"水!水!水!"伴随着欢呼声,所有人盯着手持剽枪的中年男子。中年男子举着剽枪,对着高大的黄牛,摆了一个弓箭步的姿势,同时,从衣袋里掏出一块红色的布,对着黄牛挥动着。

红布像一团火,黄牛一下子被惹怒了。黄牛的眼中燃烧着火焰,它红着眼,低喘着气,低着头,凝聚起全身的力量。人和牛的决斗将在顷刻间开始,场外的呼声更高了:"水!水!水!猛!猛!猛!"

黄牛四蹄一蹬,像一座山朝着中年男子冲了过去。中年男子毫不畏惧,右手持着剽枪,迈开大步,高喊一声,奋力朝黄牛冲去。电光石火间,人和牛冲到一起,所有人都屏住了呼吸。就在黄牛和中年男子即将相撞的瞬间,中年男子的身形突闪,从牛的左边侧身划过,这场面像极了两个高手在搏斗,胜败就在瞬间。

当中年男子和牛在广场上再次停住时,时间像静止了一般,整个广场一片安静。中年男子缓缓转过身来,将手中的红布重新装回衣袋里。此时,两米长的剽枪已深深插入了牛的心脏,黄牛身体摇晃了几下,重重地倒在地上。广场上的人群瞬间如火山喷发,爆发出激动的欢呼声,一向稳重的多蒙也忍不住为中年男子鼓起掌来。随着欢呼声落,人群里传来议论声:"牛头向北,向北!"

多蒙心中不免一寒,广场上男子的表情也极不好看——牛头向北,表示占卜不吉利,不能继续会盟。坐在前排的共产党地委领导,以及众头人也意识到这一点,所有人都站起身,看向了倒在广场一侧的黄牛,现在必须确定牛头是不是朝向北方。中年男子阴沉着脸,缓步走向倒下的黄牛,他必须向大家宣布牛头的方向,可这无疑是艰难的。

中年男子正为难之际,倒在地上的黄牛突然抽搐了一下,接着,摇摇晃晃地抬起头,四蹄跪在地上,拼尽全力想重新站起,可这点儿努力是徒劳的。它可能也意识到自己不可能再起身,死期已至,它也不再挣扎,对着苍天发出最后一声低吟,再次倒下。

这一回,黄牛彻底死了。中年男子走到黄牛跟前,原本阴沉的脸上立刻露出欢喜的神色。他紧握着拳头,朝着人群大喊:"牛头对着南方,牛头对着南方……"

人群再次沸腾了:"猛!猛!猛!水!水!水!"在场的所有地委同志和头人都一扫刚才的阴霾,脸上流露出高兴的神色,这正是天意。

中年男子在人群的欢呼声中用锋利的长刀砍下牛头,摆在广场边的桌子上,仰头高声道:"今日,我们在此剽牛会盟,牛头向南,按照上天的旨意,会盟大吉,仪式继续。"说着,他拿起桌子上的符纸,燃符祭天。

众人用庄重的目光看着中年男子,符纸在阳光下烧尽,随着清风飞上天空。中年男子拿过酒坛,对坐在前排的地委领导同志和头人们道:"诸位,我们烧了咒符,在此歃血为盟。"他说着,抽出匕首,割破手指,先将自己的一滴血滴入酒坛里,再端着酒坛,走到各山寨头人跟前,各山寨头人各自庄严地将一滴血滴入酒坛。

等歃血仪式结束,中年男子又将酒坛里的酒倒在陶碗里,分发到地委领导同志和各位头人的桌上,端起陶碗高声道:"皇天在上,今日,我们在此誓血盟心,从此我们同心同德,团结到底,在中国共产党的领导下,誓为建设平等自由幸福的大家庭而奋斗!此誓!"说罢,仰头将酒一饮而尽。

地委领导同志和各山寨头人也端起血酒,毫不犹豫地仰头一饮而尽。中年男子看着大家喝完,将手中的陶碗重重地摔在地上,指着粉碎的陶碗道:"谁违此誓,有如此碗!"众人也跟着将碗摔在地上。盟了誓,中年男子从桌面上拿过红布，红布上写着盟约的条文。中年男子在红布上签名，按上手印，说道："请地委领导同志、各山寨头人在此誓约书上签字画押。"

地委领导同志和各山寨头人陆续走到祭桌前，签字画押后，整个盟誓仪式才算结束。

之后几天，思普府人民载歌载舞。库藏心中有事，无心庆祝，勉强支撑到第三天，他实在没法在思普府待下去了，和多蒙商议后，找了李连城，在青山茶庄内商谈回青山寨的事情。

这天傍晚，李连城来到青山茶庄，坐下后，他神色凝重，对库藏道："库藏兄，你不找我，我也正打算找你，和你谈谈回青山寨的事情。"

库藏直言道："连城兄弟，民族团结代表大会虽说没有完全结束，可我实在没法继续待在思普府，我要提前回青山寨。"

李连城道："我理解你的心情，青山寨发生如此变故，你着急回去，也是理所当然，只是……"他欲言又止，库藏望着他，表情更加沉重了，李连城继续道，"我们在此召开各民族团结代表大会，龙殿英想要破坏民族团结，我们刚接到消息，乌马寨的刀松和龙殿英沆瀣一气，里应外合，攻破了我们边境县城勐城，抢了大量的物资，杀害了很多进步人士。"

库藏大惊："龙殿英和刀松勾结，攻破了勐城？"吃惊过后，又觉得在情理之中，这也说明了，乌马寨的头人刀罕的死和乌马寨内部权力斗争有极大的关系。

李连城继续说："库藏兄，情况紧急，我要尽快赶去勐城，少则三日，多则七日，必赶回来。你安心在思普府中等我回来，我一定将你安全送回青山寨。"

库藏闻言，起身道："连城兄，既然勐城情况紧急，你只管去，至于我回青山寨的事情，等你回来再做安排也不迟。"

李连城拱手道："多谢库藏兄理解，等我处理完勐城之事后，绝不食言。"

库藏很平和地微微一笑,似未把此事放在心上,两人又谈了一番勐城的情况,李连城起身告辞。库藏和多蒙一起将李连城送到门外,多蒙望着李连城的背影,回头问库藏:"大哥,此事你怎么看?"

"唉,我近来也听到一些消息,龙殿英准备反攻思普府,将思普府作为反攻内地的一个据点。"库藏摇摇头,"国民党早就大势已去,龙殿英成不了气候。就算他能夺下勐城,也绝无守住的可能。"库藏用肯定的语气说。

"大哥所言极是,那我们就等李连城凯旋,再回青山寨。"多蒙说。

库藏摇摇头,背着手,转头走回茶庄。多蒙紧跟在库藏的身后,他看到库藏的神情,隐约猜到了库藏内心所想。他试探着问:"大哥,你不会想赶着回青山寨吧?就算要回青山寨,我们也得多些人手。我已经派人去催白帆兄弟,要他带着藏云寨的兄弟尽快赶到思普府,只要他们人一到,我们就可以动身回青山寨。"

库藏不急不缓地说:"三弟,我不信库什真会动手杀我,再说,只要我回到青山寨,库什也翻不出什么大浪来。今晚你准备准备,明天早上我们就动身回青山寨。"

多蒙又劝道:"大哥,不得不防啊!"

库藏停下脚步,沉思片刻,才缓缓说:"我和库什一起长大,他断然做不出弑兄的事情来。"他望着长空,他父亲死得早,长兄如父,这些年来,他和库什之间的感情亦兄亦父,他不相信库什真的会杀他。

"大哥,如果你明天一定要回青山寨,那也可以,可你一定要听我的安排。"多蒙了解库藏的性格,一旦做出决定,就很难改变。

"好,听你的安排。"库藏停下脚步,拍了拍多蒙的肩膀,转身回房间了,只留下多蒙独自站在风中。

多蒙想到青山茶庄里还有十几个伙计可以用,只是他无法信任这些伙计,如果这些伙计中有库什的人,那带在身边,等于带着巨大的危险。为了慎重起见,他需要借助外力,将库藏送回青山寨。想到此,他脑海中冒出一个人——安南镖局的冯川。如果冯川愿意送库藏回青山寨,那么库藏安全回青山寨就有九成的把握。

为了找到冯川帮忙,借着月色,多蒙独自出了门。夜晚的思普府张灯结彩,如过年一般喜庆,多蒙无心欣赏思普府的夜景,他径直向北街走。过了大约一炷香的时间,多蒙在一处宅院前停下脚步,宅院大门上方写着"安南镖局"几个字。多蒙敲了敲门,不一会儿,一个留着山羊胡须的中年男子开了门。

"冯兄。"多蒙拱手道,眼前这个中年男子是冯川的长子冯云。

"多蒙兄弟,是什么风把你吹来了?"冯云满脸笑容,将多蒙迎接进宅院中。

多蒙跟冯云进了宅院,月光下,多蒙感觉宅院有些冷清,想当年安南镖局非常兴盛,镖局历经上百年,冯家龙虎刀法威震滇南,道上无人不知,无人不晓。近些年,由于连年大战,镖局的生意一日不如一日,镖局也只能和马帮一样,做起运送茶盐的生意,才勉强支撑。青山寨作为思普地区最大的茶商之一,安南镖局帮青山寨运送过不少的茶盐,生意上的频繁接触,使冯家上下和多蒙关系极为紧密。

冯云将多蒙带到客厅中,不一会儿,冯川匆匆地出来迎接。冯川见到多蒙,开心地说:"多蒙兄弟,多日未见,风采依旧啊。"

多蒙拱手道:"见过冯伯。"他望着冯川。冯川年过半百,但精神矍铄,看上去像个四十岁的人,全身结实的肌肉,黝黑的皮肤,一脸的浓胡须,一字剑眉,坐在大椅上,宛如一座山般稳当。多蒙开门见山地说:"冯伯,无事不登三宝殿,我今日来是有事相求。"

冯川说:"多蒙兄弟,有事只管说,只要我冯某能帮忙的,绝对义不容辞。这些年,我们镖局生意不好做,多亏了你们青山寨,我们镖局才勉强支撑下去。青山寨的事情便是我冯某的事,你多蒙的事情,也就是我冯某的事情。"

多蒙听冯川说话诚恳,心中有几分感动,他直接说:"青山寨的事情,冯伯也有所耳闻吧?"

冯川和冯云相视一眼，冯川才说："有所耳闻，我听说你们二当家库什要夺青山寨寨主之位，为此，还把你赶出了青山寨。"

多蒙无奈地摇摇头，果然好事不出门，坏事传千里。这时，冯云接着冯川的话说："多蒙兄弟，坊间一直传言，你大哥库藏已死，所以你们二当家库什才要夺寨主之位。现在你大哥库藏已经安全回到思普府，只要他回到青山寨，我想这风波就能过去。"

多蒙望着冯川说："没错，但是现在我大哥在思普府，思普府到青山寨还有些路途，这一路上不是太安稳，冯伯能否安排人手，将我大哥送回青山寨？"

冯川和冯云听到此，顿住了，似有难言之隐。多蒙见二人模样，连忙从怀中掏出一袋大洋放在桌上道："冯伯，不会让你们白跑一趟，这是这次护送我大哥的订金，等我大哥回到青山寨，另有重谢。"

冯川看了一眼多蒙放在桌子上的钱，又把目光移到多蒙的脸上，缓缓地说："多蒙兄，实不相瞒，现在道上有些传闻，我们不确定真假，但对你大哥极为不利。"

多蒙好奇地问："什么传闻？"

冯云接过话说："道上说，如果谁能取你大哥的性命，赏金一千大洋。"

多蒙一惊："什么？！"尽管冯川说这只是传闻，但多蒙知道，冯川的消息来源可靠，看来当日两个被抓的土匪说库什出赏金杀库藏的消息属实，如果是这样的话，库藏无疑非常危险了，可能不止土匪想杀他，一些道上的人也极有可能想杀他。这么说来，大哥库藏只要一离开思普府，便非常危险了。现在没人敢动手，很大一部分原因是，共产党为了安全召开民族团结代表大会，在思普府城外安排了一个团的兵力，将思普府保护得如铜墙铁壁，库藏在思普府当然能稳如泰山。

冯川劝道："为安全起见，库藏兄弟最好不要离开思普府。如果真要离开思普府，最好让共产党安排人护送回青山寨，这样才能万无一失。"

"唉!"多蒙叹息一声,他何尝不知道冯川所言,"我大哥他执意要回,我干娘去世,他已错过了葬礼,现在青山寨又发生这么多事情,要不是为了参加民族团结代表大会,他早已赶回去了。"

"这样啊!"冯川沉思片刻说,"护送库藏头人回青山寨,这事情没有问题,只是青山寨内部的事情是你们的家事,我不便插手。"

多蒙点头说:"只要把我大哥安全护送回青山寨,你们就可自行离去,至于其他的事情,我们自会处理。"

冯川拱手道:"好,那明日在思普府南门见。今日,我们还要多做些准备,以便明日出发。"

多蒙起身告辞说:"有劳冯伯,请你多准备些人手,只要将我大哥护送回青山寨,钱的事情不是问题,这件事我出一千大洋。"他说着解下腰间的袋子,又拿出一袋大洋放在桌面上。两袋沉甸甸的大洋摆在桌面上,冯川和冯云都面露出喜色,这绝对是一笔大买卖。多蒙又补充道:"这件事办好了,以后我青山寨的茶盐生意,你们也可以入股。"

冯川和冯云大喜,这可是天大的好事,只要有青山寨这个大靠山,安南镖局再度兴盛也不是不可能,不过,到时候安南镖局恐怕得改名为安南马帮。多蒙离开安南镖局后,冯川动用了所有资源,上下打点安排一番,以确保此事万无一失。

# 第十九章　林中山匪

　　第二天,多蒙和库藏一大早起床,茶庄中的伙计都还没醒,只有七婶起得较早,正准备给店里的伙计做早饭。七婶见到多蒙,问多蒙是否回来吃午饭。多蒙为稳住七婶,对她说不回来吃午饭,但晚饭请了客人,要七婶和伙计们宰一只羊,招待客人。

　　多蒙吩咐完七婶,和库藏出了门,朝南门而去。南门外,冯川和冯云已在等候,两人按照多蒙的吩咐,一切准备就绪。这一次,冯川找了三十个押镖的好手。这些押镖的好手一个个精神抖擞,所有人统一穿着黑色连帽长袍,不近看,根本看不出帽子下的脸。多蒙简单地检阅了一遍队伍,感到很满意。

　　冯川又找来两件黑色的连帽长袍,让多蒙和库藏穿上。所有人穿上统一的黑袍后,骑上马。在马的嘶鸣声里,三十四人策马离开了思普府,消失在晨雾中。

　　马队沿着大道朝青山寨的方向快速奔去,等太阳升上山顶,晨雾完全消散,马队来到一个路口。这时,有四骑从马队中分出,冲进林荫小道,大马队继续沿大路向前狂奔。

　　日上正午,小道上的四骑在一个小山坡上停下,四人掀开帽子,从马背上拿下干粮和水充饥。这四人分别是库藏、多蒙、冯云,以及一个名为山雀的年轻人。多蒙骑在马背上,打量着周围,小道很窄,只能一匹马通过,两边山林树石密布,很显然这条小道鲜有人走。

　　这是多蒙想的一个计策,思普府肯定有库什的眼线,他和库藏的行踪一定有人监视。于是,多蒙想了一个"明修栈道,暗度陈仓"的计策,让护送大哥的马队从大道走,吸引库什的注意力,他和库藏抄小道回青山寨,只要回到青山寨,青山寨还有小飞、三盒子做内应,库藏便可重新夺回寨主之位。

"三弟,你真的越来越有真司的头脑了。"库藏夸赞道。宋真司将兵书交给多蒙,多蒙这段时间很用心地研究了一番,想出这个妙计,只是这计策有个致命的缺点。库藏担心道:"唉,如果我二弟真如传言所说,悬赏一千块大洋买我的人头,那冯伯此行将非常凶险,道上想得到悬赏的人现在全盯着冯伯的马队。"

"库大当家,我们镖局干的就是刀头上舔血的生意,我父亲在道上混了这么多年,什么大风大浪都经历过。再说,这一次他带的镖师都是思普府的精英,足够对抗任何小规模的袭击。"冯云信心满满地宽慰库藏说。

库藏听了冯云的话,稍微放了些心。本来他不信库什会对他起杀心,可昨晚多蒙回来,谈到冯家父子的话,以及一千块大洋的赏金,他坚定的心开始有些动摇。他固然相信自己和弟弟的情谊,但眼前的局面他又不得不面对,冯家父子以信誉立身,应该不会说假话,那么悬赏取自己人头的人,除了二弟,还能是谁?莫非还有其他人要他的命?他的仇家虽然也不少,但能出一千块大洋取他性命的仇家,整个思普府也没有几个。

多蒙见库藏心事重重,知道大哥陷入了两难。大哥库藏是一个重情重义的人,这次回到青山寨,他将怎么面对要杀他的亲弟弟呢?事已至此,管不了许多。吃了干粮,喝了水后,四人继续策马朝青山寨方向行进。

四人沿着小路走了一天,这一路上除了几个柴夫,几乎没有遇到其他人。不过多蒙的眼皮一直在跳,他隐约感到不安,这是作为一名马锅头的直觉,每次快遇到危险时,他总是有这样的预感,问题的关键在于,他完全不知道危险来自何方。

眼看夜幕降临,多蒙想找个地方住下,环视茫茫群山,连一户人家都见不到。天色越来越暗,多蒙四人又翻过了一座山。深山里,多蒙看到数盏暗淡的灯光,有灯光的地方就有人家,多蒙心中舒了口气,带着三人,朝着灯光走去。不多时,灯光近在眼前,多蒙才看清了,这个小山寨有四户人家,几间小木屋建在半山腰上,有些落寞。

冯云和山雀下了马,走到一户小木屋前,敲响门。不一会儿,一个年过六旬的老人开了门,他看看冯云的打扮,又扫了一眼不远处的多蒙三人,立刻颤抖着跪倒在门口,对冯云哀求道:"大爷,家中确实没钱没粮,请你放过我吧。"

冯云一惊,忙把老人扶起:"老人家,我们是商人,路过此处,想在您这里借宿一晚。"

老人恍然大悟,起身道:"大爷,我这里简陋,怕你们住不惯。"

"出门在外,有个遮风挡雨的地方即可。"冯云看了一眼老人家的木屋,木屋外有一间堆柴的柴房,他指着柴房说,"老人家,如果可以,我们今晚就住在这里。"

老人不再说什么,拿出扫帚,为四人打扫柴房。多蒙四人下了马,将马拴在门前的松树下。老人打扫完柴房,从屋子里抱着被褥往柴房里搬。冯云忙说:"老人家,我们在柴房里生个火就好,不用被褥。"

"你们是客人,今晚你们睡房里,我睡柴房。"老人说。

"使不得,使不得。"多蒙上前,拿过老人手上的被褥,将被褥放回去,回头时看了一眼灶头,发现灶头烧着火,锅里煮着粥,这粥清汤寡水,几乎都是野菜。多蒙在心底叹息了一声,连年大战,大家的生活极为艰苦,他作为马锅头,走过很多地方,更加明白老百姓的生活不易。

多蒙出了屋子,和冯云、山雀经过一番打扫,在柴房里打扫出一块干净的空地,接着架上柴火,放上木墩,一个临时的简易火塘搭成了。今夜,他们可以围着火塘睡一觉,毕竟都是风餐露宿惯了的人,早已适应因陋就简的生活。

四人围着火塘坐下,老人站在一边望着四人,尴尬地说:"真不好意思,家里拿不出能果腹的东西招待四位。"

"我们叨扰您老人家,真是过意不去。"库藏说着看向多蒙。多蒙会意,从身上摸出三块大洋,起身塞到老人的手中,老人不肯收。

多蒙劝道:"老人家,这是我们今夜住在这里的过夜费,无论如何,您都要收下。"可无论多蒙怎么说,老人就是不肯收。

多蒙无奈,只能作罢。老人突然想到了什么,他回到小屋里,不一会儿,端着一个陶碗从屋子里出来,碗里盛的是热气腾腾的野菜和米汤。老人见库藏年纪较大,先把碗端给库藏:"家里实在没有什么吃的,只有这些,勉强充饥。"

库藏接过碗,见野菜汤里仅漂着几粒米,他含着泪问:"老人家,您每天就吃这个吗?"

老人点点头:"清苦,清苦!"

库藏把碗放回老人的手里问:"老人家,这是您今天的晚饭吧?"他让多蒙进屋子里看了看,果然锅里连一滴汤都没剩下,这正是老人的晚饭。得知真相的库藏一时间不知该说什么好,他忙向冯云招手,冯云会意,从马背上取下一份干粮交给老人,作为答谢。

老人捧着冯云给的干粮,一时感动得热泪盈眶。库藏又打听了老人的一些基本情况。老人姓张,大家都喊他老张。老张本在思普府郊区种田为生,有三个儿子,可连年战乱,三个儿子全部上了战场,没有一个回来。为了逃避战乱,他和老伴只能躲到深山里,靠打柴为生。一年前,老伴病重去世,现在家里只剩下他一个人。老人说到这里,潸然泪下。多蒙等人听了,颇为心酸。

老张看大家都面露悲伤之色,连忙擦去脸颊上的泪水,岔开话题,介绍这个小村子的情况。和老张家比邻而居的有三户人家,也是为逃避战乱来到这里的,靠着打柴、打猎为生,四户人家相互照料,才勉强在深山中站稳了脚跟。

不一会儿,三户邻居知道老张家来了客人,也到老张家打招呼。首先来到老张家的是一个年轻人,大约三十岁,可惜断了一只胳膊,老张喊他小陈。后来交谈得知，小陈正因为断了一只胳膊才没有被拉去当兵，得以保住性命。第二个来到老张家的是一个年过五旬的妇女，老张称她马婶。马婶身材单薄消瘦，一双眼睛滴溜溜转，她先打量多蒙四人，再转身打量四人的坐骑。见多识广的多蒙见马婶这般模样，心中立刻浮起一种异样的感觉。不过，他又想到这只是山中的农妇，没见过世面，多看几眼不足为奇。最后来的是一个戴着毡帽、年过六旬、秃顶的老头。老张喊秃顶老头为老潘，又说老潘是他们中枪法最好的，每次上山打猎，得到的猎物都会分给大家。

大致了解情况后，老张问多蒙等人的情况。为了安全起见，多蒙称他们四人是乌马寨的商人，因为家里有事，才走了小道，想尽快回到家。老张说以前这条小道因为路近，走的人还是极多的，后来时局不稳，时常有强盗、山匪在山中出没，走这条小道的人也就少了。至于多蒙等人的身份，老张和其他人都没有多问。大家随便谈了一些山中的事情，直到天空挂满星星才各自散去。

多蒙等人走了一天，非常疲惫，多蒙却不敢掉以轻心，他让库藏、冯云先睡，上半夜由他值夜，下半夜由冯云和山雀值守。安排好后，多蒙抱着枪，站在了门外的树下。现在是深冬，多蒙感觉到一股凉意，再回头看坐在火塘边的库藏三人，三人低着头，抱着枪，很快进入梦乡。

时间慢慢流逝，天空中升起一钩残月。多蒙在松树下，看到不远处的小屋中还亮着一丝灯光，两个微弱的声音从小房间里传出。多蒙有些好奇，为什么夜这么深了，这家人还不睡觉？他想着，下意识地悄悄靠近小屋，来到屋外的窗下。

屋子里传出一个女人的声音，听口音是马婶。马婶说道："我看这四个人身上的钱一定不少，不过一看就不好惹。"

另一个苍老的声音回答道："唉，这四个人，其中两个我似乎见过。年纪最长的那个，像青山寨的库藏寨主；跟在他身边的那位，似乎是青山寨的马锅头多蒙。这两个人都厉害得很，我们最好不要招惹他们。"

多蒙听说话的口音,苍老的声音应该是老潘。他听了二人的话,隐约感觉不妙,难不成这几个人是山匪,要对他们四人下手?想到这里,他竖起耳朵继续听。马婶又说道:"你说得对,这是我们得罪不起的人。小陈是不是去了?"

屋子内传来老潘的叹息:"是啊,他不听我的劝去了,毕竟库藏的人头值一千块大洋,多蒙的人头也值五百块,只要这一次我们成功了,就可以离开这该死的地方,再也不用受苦。"

"就算他们的人头值这么多大洋,黑木能分我们这么多吗?"

"分我们十几块,也够棺材本了。"

"说得也是!"

多蒙在窗下听两人对话,越来越听不下去,他持枪走到门边,狠狠地一脚踢开门,如一头野兽般立在门口,盯着屋子内坐在火塘边的老潘和马婶。老潘正在抽旱烟,突然见多蒙踢开门,吃了一惊,便要去拿挂在墙上的枪。多蒙冷冷地说:"你最好不要动,你应该听说过我的枪法。"

老潘闻言不敢动了,只能坐回火塘边。马婶此时被吓得在火塘边打哆嗦,求饶道:"多蒙大爷,你别开枪,有话好好说。"

"今天把事情说清楚,否则,别怪我的枪子不长眼。"马婶低着头,面对多蒙这般狠人,她已经吓破了胆。多蒙比画着枪说:"你俩给我出来,去和我大哥说清楚。"

两人不敢违抗,缓缓地起身,走出屋子。多蒙押解着两人问:"小陈去哪里了?"

马婶迟疑地说:"没、没去哪里。"

多蒙冷冷一笑:"是不是去找黑木来对付我们四人?"关于黑木,多蒙有所了解,他是这一带一个较为有名的山匪,常年躲在山里,流窜抢劫过往的商贾旅人,臭名昭著,早已是个通缉犯。只可惜这个山匪实在太狡猾,抢一次换个地方,毫无规律可言,官府拿他没有办法,没想到今日竟然让他们碰到了。

"不……不敢。"马婶狡辩说。

"马婶,既然事已至此,跟他讲又何妨?"老潘一反刚才的慌张,镇定了许多,"多蒙,你说得没错,小陈去找黑木来解决你们四人。我知道你的身份,也知道你们四人中年龄最大的那位是你大哥库藏,本不想加害你们,可是你大哥库藏的头值一千大洋,你的人头也值五百大洋,这样的买卖,谁看了都心动。"

"你倒坦诚。"一时间,多蒙倒是对老潘高看了一眼。

很快,多蒙带着两人到了库藏住的柴房前。柴房里的库藏、冯云、山雀听到脚步声,一下子就惊醒了,他们见多蒙用枪指着老潘和马婶,吃惊地望着多蒙。冯云问道:"多蒙兄弟,这是怎么回事?"

多蒙用枪拍了拍老潘和马婶,将情况大致说了一遍。库藏闻言,脸色一变。多蒙从库藏的神情中隐约猜到,此时库藏的心估计碎了,本来冯家说有人悬赏一千块大洋取他的头,他将信将疑,连深山中的山民都这么说,他确信自己二弟库什是下了决心要杀他了,心中的那一点点幻想此刻烟消云散了。

库藏死了心,他的眼神渐渐地显得坚毅果断,冷冷地问道:"黑木手下有多少人?"

老潘回答:"十二个。你们快走吧,他们天亮前应该就能赶到,到时候你们谁也走不了。"

"走?你也太低估我库藏了。"库藏的目光变得异常锐利,"这些年来,黑木烧杀抢掠无恶不作,今日我就要让他血债血偿。"

"好,不愧是雄鹰库藏,有雄鹰的霸气。"老潘说着,闭上眼睛,将头一扭,对多蒙道,"你们想知道的我都说了,开枪吧,死在你们手里,老夫死而无憾。"

马婶被吓得扑通一下跪在地上,哀求道:"库大当家,求你饶了我们吧,虽然我们利欲熏心,但是我们也是被逼的,如果我们不把你们的消息告诉黑木,他们知道后,同样会要了我们的命,我们受他们胁迫,不得不这样,如果你不信,可以问老张头。"

这时,屋子内的老张察觉到屋子外的异样,披着一件破旧的衣服出来,对库藏道:"老爷啊,马婶吧,确实是个势利眼,可她说得没错,我们几个老弱病残在山里苟活,不得不听山匪的命令,否则他们一把火就可以烧掉我们的房子。"

库藏道:"老张,你这是为虎作伥。"

老张冷笑道:"老爷,说句不好听的,无论是官老爷还是山匪,不都是压榨我们血肉的畜生吗?他们有差别吗?我们老百姓能活着就不错了。唉,你是青山寨的大当家,过着锦衣玉食的生活,自然不知道我们穷人的难处。"

老张的话让库藏无言以对,这些年来时局动荡、战乱不断,更多时候,很多人不过就求一条活路,他自然懂这个道理。沉思良久,库藏抬起头对多蒙道:"放了他们,让他们走。"

多蒙点点头,收起了枪。老潘将马婶从地上扶起,转过身要走,又迟疑地问:"库寨主,谢谢你肯放我们走,可天大地大,我们又能走到哪里?无论生死,除了待在这里,又能去哪里?"老张也望着库藏,老潘说得没错,他们正是因为没有去的地方才躲在深山里,现在库藏让他们走,他们又能走到什么地方呢?

"你们先离开这里,走大路去青山寨吧,到了青山寨,我自会安排。"库藏转头对老张说,"老张,你们都到我青山寨吧,只要我库藏有吃的一口,绝对有你们一口吃的,只管放心。"

老张三人闻言,跪下给库藏磕头感谢,谢过后,匆匆地收拾了家当,向大路的方向走去。这山中的小村庄仅留下库藏、多蒙他们四人,四人下定决心,等着黑木到来。库藏想借此机会解决掉这群山匪,否则,这群山匪暴露四人行踪,四人在这深山中必将面对更多的敌人。

天色微明,晨雾中,多蒙听到一阵急促的马蹄声朝村子快速而来。听着马蹄声,多蒙感觉到这群山匪绝对不止十二个,恐怕有二十个以上。他

第十九章 林中山匪

们四个人对付十二个人,应该没问题,但如果来二十几个山匪,要全部解决,就有些问题了。

想到这里,多蒙向藏在屋子后的冯云使了一个眼色。冯云心领神会,手持双枪,向多蒙点点头。很快,晨雾中的马队出现在村子外,多蒙数出了一下,有二十五个人,四对二十五,就算有多蒙这样的神枪手,想全部剿灭,也是很有难度的。

二十五个山匪也知道多蒙的大名,不敢贸然冲进村子。他们先将村子围住,派了四个人摸进村子来探多蒙等人的虚实。四个山匪小心翼翼地靠近老张家的房屋,只听两声枪响,两个山匪瞬间倒在了房屋前。另外两个山匪见同伙被杀,不顾同伙的尸体,忙找地方藏起来,还未等他们藏好,又响起两声枪响,两个山匪应声倒下。

村口的土匪头目黑木见四个兄弟顷刻间死在村子里,躲在矮石墙后,朝着薄雾中的村子骂道:"库藏、多蒙,你们听着,你们只有四个人,今天插翅难逃,乖乖出来束手就擒,否则被我抓到,让你们生不如死。"

黑木的声音在小村里回荡着,没有得到任何的回应,小村如死一般地寂静。他稍微从石墙后面探出脑袋,望了一眼躺在老张房子前的几具尸体,不禁咬了咬牙齿。他们都知道多蒙是神枪手,虽然他们人多,可贸然进去,免不了要挨枪子。这时,黑木手下一个小头目建议道:"大哥,要不要派人去找刀头七老大?只要他的大队人马来,我们吐一口唾沫,都能淹死他们。"

黑木骂道:"你没脑子啊?喊刀头七来,赏金就是他的了,我们喝汤吗?再说,我们这次来了二十几个人,还对付不了他们四人?"

"大哥,我们虽然人多,但要冲进去,不免会折损些兄弟。不如这样吧,我们围困住他们四人,现在派人去青山寨,找到青山寨的库什,让他派人来。只要他们的人一到,这四人要杀要剐随他们,到时候赏金就全是我们的。"小头目又建议道。

"总算出了一个好主意。"黑木称赞着,立刻派了两个兄弟骑上马,要他们立刻前往青山寨报信。可两个山匪刚骑着马进了林子里,林子里又传来两声枪响,接着,两个山匪胯下的两匹马受到惊吓,冲出树林,原路返回了。黑木见空空两骑,又骂道:"怎么树林里也有人?"此刻,他有种被包围的感觉,不敢贸然进村,也不敢原路返回。但四个人怎么能把二十几个人包围呢?他倒抽了一口凉气,问身后的兄弟:"陈断手呢?在哪里?"

向黑木报信的小陈慌忙上前,他见山匪一进村便折了四人,知道黑木现在已怒不可遏,所以下意识地向后缩了缩。真是怕什么来什么,山匪一下子点了他的名,他惴惴不安地上前说:"老大,你找我?"

"我再问一遍,你确定他们只有四个人?"黑木眼中露着杀气,问道。

"是……是四个人。"陈断手不敢看黑木的眼睛,磕磕巴巴地回答着,怕有错,又补上,"只是我不确定我走后他们的人是不是增加了。"

"其他人呢?老马、老潘、老张,你不是说有人接应吗?接应的人呢?"黑木怒气冲冲地说。

"可……可能被他们先察觉我们的行动,所……所以老潘他们凶多吉少了吧?"陈断手猜测着、狡辩着,现在这种情况,是他从未想过的。

"兄弟们,他们只有四个人,我听刚才的枪声,他们村子里埋伏了两个人,村子外埋伏了两个,我们二十几个人冲进去,打他们个措手不及。"黑木来了狠劲,说道。

"大哥,你又不是不知道多蒙的枪法,这样贸然冲进去,必然会有伤亡。"其中一个山匪说道。

"一千五百块大洋是那么好赚的吗?不死几个人行吗?"黑木拿起手枪,眼露凶光,"各位兄弟,今天就是发财的日子,只要成了,死了的兄弟我会厚葬,他的家人,我会当亲人一般照管,可谁要是不敢冲,我就毙了他。"

众山匪听了老大的话,想到一千五百块大洋,一个个来了狠劲,也不怕死了。他们在黑木的带领下,一起上了马,像一阵旋风,向村子中杀去。

此刻,多蒙和冯云躲在房屋后,冯云举起双枪,准备射击进村的山匪。多蒙连忙过去压住了冯云的肩膀,示意他不要开枪,如果此时开枪暴露位置,面对二十几个山匪,无疑自寻死路。可是不开枪,让山匪在小村子里搜索,冯云和多蒙也藏不住。

黑木带着山匪冲到老张的屋子前,却未见多蒙等人再开枪,一下子蒙了,就如一只饿狼,做好了被攻击的准备,可冲进战场,连对手的影子都没找到。不过,他还算冷静,立刻下命令道:"大家搜索村子,发现人,一起冲过去,就算多蒙是神枪手,也不可能一下子撂倒我们二十几个人。"

多蒙听到黑木的话,吸了一口凉气。黑木说得没错,就算他是神枪手,也不可能顷刻间打倒二十几个土匪,黑木这是想乱拳打死老师傅啊。多蒙正在两难之际,突然间,村子里响起了数声枪响,四个骑在马背上的马匪随着枪响跌落下来。

"混蛋!"黑木大骂一声。他猜测村里只有两个人,这一下子被撂倒四个兄弟,从枪声来看,绝对不止四个人。不过,他也管不了这么多,他指挥着山匪掉转马头,准备向枪响的方向进攻。

此时,藏在房屋后的多蒙和冯云也蒙圈了,不知刚才是谁开的枪,因为库藏和山雀埋伏在村子外的林子里,绝对不可能是他俩。不是库藏和山雀,也不是他和冯云,难道村子里还有其他人?多蒙脑海中一个念头闪过,他来不及细想,见山匪掉转马头,准备向开枪的方向进攻,他知道时机来了,压着冯云的手一松,举起枪,瞄准黑木就是一枪。黑木大叫一声,从马上摔下来。冯云见多蒙动手,立刻举起双枪,两声枪响,两个山匪又倒下了。

只是眨眼的工夫,几个山匪倒下,剩下的山匪见老大被打死,同样意识到他们面对的绝对不止四个人,顷刻间就没了斗志,也不管被打死的兄弟,纵马朝村子外逃去。多蒙和冯云见山匪要逃,立刻追了上去,甩手又是三枪,三个山匪倒下了。与此同时,村子里也响起零星的枪声,村口又留下四具尸体。

其余的山匪四散而逃,藏在村子外林间的库藏和山雀又击杀了两人,还是让五个山匪逃脱了,库藏和山雀自知追不上,只能作罢。多蒙和冯云望着地上的山匪尸体,还有几个山匪并未被打死,只是受了伤,躺在地上痛苦地哀号。多蒙看了一眼受伤的山匪,原来他们中的是猎枪的霰弹,霰弹杀伤力不如步枪,可射击面极大,一枪不能将人打死,却可以一下子打倒好几个人。

多蒙将山匪缴械后,正猜测帮自己的是什么人时,从不远处的屋子角落里走出两个人。多蒙一下子认出来,他们是老张和老潘,两个人手中各拿着一把猎枪,身后还各挂着一把,笑嘻嘻地向多蒙和冯云走来。老张咧嘴笑着道:"多蒙兄弟,我和老潘这铜炮枪的火力怎么样?我们两枪下去,就撂倒了四五个人。"

"你们没有走啊?"多蒙望着老张和老潘问。

"昨晚准备走,但老潘说,我们去青山寨,事事要靠你和库藏头人,可我们年纪大了,又未有寸功,所以我们商量,留下帮你们。"老张望着老潘说。

"多亏你们啊,否则我和冯兄弟恐怕今天要阴沟里翻船了。"多蒙高兴地说。

不一会儿,库藏和山雀一起回到了村子里。库藏见多蒙和冯云毫发未伤,高兴地拍着多蒙的肩膀说:"三弟,我在树林里见二十多个山匪进了村子,真担心你和冯兄弟对付不了,正准备赶回来帮你们。"他感激地对老张和老潘说,"今天多亏了你们二位,才打退了这群山匪,可惜跑了几个。"

"青山寨的事情,就是我们的事情。"老张说。

"黑木跑了没有?"库藏问道。

"被我一枪打倒,应该活不了。"多蒙指了指黑木躺着的地方。

库藏点点头,朝黑木走过去。多蒙跟在库藏身后,来到黑木身边。多蒙的那颗子弹从黑木心脏穿过,一枪毙命。

这时,山雀把几个受伤的山匪拖到一起,问库藏:"这几个山匪怎么办?要不要直接枪毙?"

库藏看向多蒙，多蒙缓缓地说："他们没有反抗的能力，没必要杀他们，就交给老潘和老张吧。不少山匪抢劫，很多时候仅为了混一口饭吃，就让老潘和老张将他们带到青山寨，给他们一口饭吃，如果他们想走，随时都可以走。"多蒙想到库藏开了在青山寨收留外人的口子，那么干脆把这些山匪一起收留了，比起老弱妇孺，山匪更有战斗力，现在青山寨又是多事之秋，也正是用人的时候。多蒙对库藏说："大哥，那几个山匪逃跑了，极有可能联系马匪来堵截我们，此地不宜久留，我们还是尽快回青山寨吧。"

库藏点点头，多蒙说得没错，他们不仅有可能联系马匪来报仇，还有可能将自己回青山寨的消息通知库什，库什一旦做好准备对付自己，就更加麻烦了。想到这点，他向老张和老潘交代一番，带上多蒙、冯云、山雀三人上了马，快马加鞭，朝青山寨的方向驰去。

# 第二十章　手足相残

多蒙四人疾速行了三日,一路上几乎是风平浪静,除了遇到几个打劫的山匪外,再没有其他人。几个逃走的山匪并没有找人复仇,或许因多蒙四人行动太快,山匪们根本来不及复仇。这天下午,四人走到一个叫山涧沟的地方。连续走了三天,人困马乏,库藏停下,抬头遥望山涧沟的美景,对多蒙说:"再走就进青山寨的地界了,我们今天就在这里稍作休整,明早出发,中午便到青山寨了。"

多蒙点点头,现在疲惫不堪,万一回到青山寨,见到库什打起来,没有足够的精力应付,而且也不知道冯川那边的情况怎么样,此时如果能联系到三盒子和小飞,事情会好办许多。多蒙建议道:"大哥,我记得山涧沟有一片古茶园,有几户茶农住在茶园边上,不如我们今日住在茶农那里。"

库藏说:"好,三弟带路。"

多蒙骑马走在最前面,沿着山涧往上游走。一路上,山涧沟景色如画,山涧、小瀑布反射着七彩的霞光。瀑布下的溪潭中游鱼成群,瀑布两边青山环绕,鸟雀声不绝于耳。景色虽美,库藏脸上却没有一丝的轻松和喜悦——他将直面自己的弟弟库什。这一路来,他慢慢地接受了库什要杀他的事实,也想好了应对的办法,可真要面对库什,他心中依然隐隐作痛。多蒙早已从库藏的脸色中猜到了大哥的心思,但他不知道该怎么安慰,便保持沉默。冯云和山雀作为外人,更不适合插嘴。

四人就这样默默地一路慢行。不多时,他们眼前的半山坡上出现了一片茶园,有五六十亩。冯云望着茶园忍不住说:"看这茶园,就是产好茶的地方。"

"冯云兄也知道什么地方产好茶吗?"多蒙笑着说,"你说得没错,这片茶园确实产好茶,尽管这里不属于我们青山寨的地界,但每到收茶的时候,我们青山寨的茶商也会来这里收购茶叶。"

"略知一些。"冯云用马鞭指着茶园说,"你看这茶园,四面环山,植被茂盛,两边青山绿水环绕,正面坡迎着山风,要风得风,要水得水,这样的风水宝地必然产好茶。"

"哈哈,冯云兄所言极是,可惜这些年时局不稳,百姓们连吃饭都成问题,好茶也卖不出好价。如果有一天,时局稳定,大家过上幸福的生活,这片茶园一定会像一只凤凰,一飞冲天。"多蒙笑着说。

"有这么好?"冯云好奇地问。这些年他和运送茶盐的马帮打交道,对茶研究颇深,听多蒙这么说,一下子来了兴致。

"当然。"多蒙答应着,继续向前。

不多时,四人来到茶园边。茶园边搭着五间茅草屋,多蒙跳下马,上前敲门,可没有人回应。冯云和山雀也下了马,去敲另外几间茅草屋,依然没有开门。库藏见没人开门,开口朝着茅草屋高声道:"诸位乡亲,我们是青山寨的商人,今日路过贵地,想借宿一晚,能否通融通融?"

库藏话音刚落,一间茅草屋的门打开了,从屋内走出一位佝偻着背、白发苍苍的老奶奶。她拄着拐杖,微微地抬起头,浑浊无神的眼睛望了库藏四人一眼,扭头看向不远处的一间茅草屋说:"你们就住那里吧。"

多蒙看向老人说的地方,那是一间简陋得不能再简陋的茅草屋,四根柱子撑着房顶苫的茅草,屋顶还破了几个洞,篱笆墙也是残破的。条件虽说简陋,但勉强能遮风挡雨,库藏拱手道:"谢谢大娘。"

老人没有再说什么,转身回屋子里了。多蒙、冯云、山雀转头,将马拴在茅草屋边的松树下,三人稍微打扫一下茅草屋,搬来木桩,在茅草屋中央生了一个火塘。四人坐在火塘边,嚼着干粮,喝着牛角壶里的水。

冯云嚼了几口干粮说:"多蒙兄弟,还以为能喝一杯你说的这茶园中的茶,看这情况是很难了。"

多蒙苦笑道:"没办法,时局动乱,这些年茶农也是十室九空,尤其这样偏远的地带,山匪横行,茶农活下去都困难,更别说采茶叶了。"

库藏微微抬起头来:"十四年抗战,三年内战,我想从今以后,我们能获得和平了。"

冯云喝了一口水说:"现在共产党统一了天下,结束战乱的局面,我也相信,从今以后,我们能获得天下太平。"

多蒙对政治向来没有兴趣,不过天下太平,不用再遭受战争的痛苦,他内心深处还是渴望的。这些年来,为了赢得抗日战争,他这个青山寨的马锅头除了运送茶盐,也没少运送战略物资。他清楚地知道自己在战争中的角色,前线需要战士,后方需要后勤保障队伍,他正是后勤保障队伍中的一个马锅头。无数的日子里,战争就在他的眼前,庆幸的是他不是战士,因此才得以苟活下来。

多蒙正乱想着,老奶奶的房门开了,老人颤巍巍地提着一个黑色的陶罐,向他们四人走过来。山雀连忙上前,将老人扶到火塘边。库藏三人连忙起身作礼,山雀从老人手里接过陶罐,老人颤抖着手,喘着气说:"山里人没什么好东西招待客人,只有这点粗茶。"老人从包里摸出一块用竹叶包着的茶饼递给库藏。

"谢谢!"库藏忙接过茶饼,向多蒙使了一个眼色,多蒙立刻从袋里摸出三块大洋,塞在老人的手中。老人执意不要,在库藏的一再劝说下,才勉强接受了。山雀扶着老人,让她在火塘边坐下。库藏将茶饼递给冯云说:"冯云兄弟,你刚才还念叨茶叶,大娘这不就给我们送来了?"

冯云哈哈一笑,示意山雀去山涧取水。山雀答应着,从多蒙手中接过陶罐,满脸开心地去山涧取水。不一会儿,山雀从山涧里弄了一陶罐水回来,冯云去煮茶了。煮茶的时间里,库藏询问老人家庭情况。这里有五户茶农,这些天听说思普府要庆祝一个盛大的会,茶农都拿着茶叶上思普府卖茶去了,只留老人一个人看家。老人又说,这些年他们三户茶农能支撑下来，多亏了青山寨。尽管这里属于青山寨势力范围边缘，但因为有青山寨的保护，很少受山匪骚扰。另外，每年青山寨都会来此收茶叶，为他们提供一定的生活保障。当然，这种保障是最低限度的，他们的生活谈不上多好，可经历了战火纷飞的岁月，能活着已属极大的幸运，根本不敢奢望活得好。

库藏听了老人的话，默默无语，他作为青山寨的寨主，不知该说什么好。青山寨管理着六座茶山，每座茶山都有茶农，他素来知道茶农的生活艰辛，可这也是没有办法，为了能顺利做这门茶盐生意，他需要去疏通各种关系。别看青山寨家大业大，其实也只能勉强支撑，其中的难处，他自然没法和老人说。

谈话间，冯云将茶煮好了，没有杯子，冯云又让山雀去竹林里砍了几根竹节，做成竹杯子。当盛满茶水的竹杯端到多蒙跟前时，多蒙闻到了一股茶香，茶香在破旧的屋子中弥漫开来，仿佛有种魔力，将他全身的疲惫都驱赶走了。

"好茶！"冯云闻着茶，深深地吸口气，接着又慢慢品了一口，闭上了眼睛。片刻后，他才睁开眼睛，感叹道："这茶颜色如红宝石，晶莹剔透，香气郁而不腻，一口下去，甘甜生津，韵味无穷，这普洱茶，至少珍藏了十三年。"

老人点点头说："小伙子，你说得没错，这是珍藏了十三年的龙团茶。"

多蒙在一边笑了笑，他以前来过这里收茶，知道这里产龙团茶。龙团茶在清代时是贡茶，后来清朝被推翻，不用再给清廷进贡，茶农自此不用再制作龙团茶，随着时间的流逝，烦琐的龙团茶技艺慢慢快失传了。

四人喝了茶后，精神为之一振。冯云赞不绝口，把喝剩下的茶收起来，说这么好的普洱茶，必须珍藏着，和重要的客人一起喝。大家听了哈哈大笑。冯云又问老人还有没有龙团茶，老人笑着说这是最后剩下的，十三年没有制作龙团茶了，不过，她决定来年春天再做龙团茶。多蒙从老人的话语中能感受到，老人是想把这门技艺传下去的，毕竟她年事已高，一旦她离世，制作龙团茶的技艺可能就失传了。

夜幕降临，黑色的茶山中亮起了无数的火把，这些火把快速地移动着，朝多蒙等人所在的茶山快速而来。从移动的速度看，很显然是一支马队，看那浩浩荡荡的架势，这支马队得有百十人。多蒙隐约感觉危险在靠近，四人不敢在山涧沟过多停留，他们辞别老人，点着火把连夜赶路。

走了半刻钟时间，四人翻过一个山头，多蒙回头看到马队举着火把，正朝他们追来。见此情况，多蒙确定这支马队绝对来者不善，有可能是马匪，更有可能是库什的人马。如果让敌人追上，以多蒙四人的力量，完全没法和一支上百人的马队对抗，除了逃跑，没有其他办法。

幸好现在进入青山寨的地界，多蒙多年来在青山寨茶山活动，对这一带非常熟悉，四人借着月色，绕着道，快马朝青山寨的方向赶去。四人连续赶了几天路，早已人困马乏，人可以靠精神勉强支撑，马却没有那么多精力。走了一晚上，天色渐渐微明，多蒙能明显感觉到追击的人马离他们越来越近了，这样下去，他们四人早晚要被身后的马队追上。

"大哥，你们先走，我留下拖住他们。"多蒙对库藏道。

"三弟，要死一起死，要活一起活，你留下必死。"库藏说。

"前面是青山渊，我们去那里，渊上有座吊桥，大队人马没法通过，他们想抓住我们也没那么容易。"多蒙转头看向山雀，又安排说，"山雀，我们四人中，你最不引人注意，我们将这群人吸引到青山渊，你想办法摆脱他们，赶去青山寨，只要把我们在青山渊的消息传播出去，定然会有青山寨的人来救援。"

山雀得令，拐入一条林荫小道里。多蒙、库藏、冯云三人纵马到了一个小山坡上，等着追赶的马队到来。很快，走得最快的十数骑人马先追到了山坡下，多蒙一眼看出，带队是库什的结拜兄弟普开，身边跟着陈断手。

多蒙持枪瞄准山坡下的马队，高声对普开道："普开兄弟，你们追了我们一夜，所为何事？"

普开仰起头,见多蒙用枪瞄准着他,他立刻将头藏在马头后道:"多蒙兄弟,库什二当家听说你和大当家回来,让我们先来迎接。库什二当家在后面,他应该很快就到了。"

多蒙笑道:"二当家是想取我的性命吧?他一直欺骗大家,说大哥被共产党杀害了。今天我把大哥带回来了,你们别再跟着二当家为虎作伥,否则青山寨的兄弟绝对不会放过你们。"

普开大声道:"多蒙兄弟,你说带回了大当家,大当家呢?他在哪里?"说着向手下的兄弟做了一个手势,只要库藏敢现身,便乱枪打死,哪怕眼前有神枪手多蒙,也不可能一下子杀了他们。多蒙也是聪明之人,他早已猜出了普开的小心思。

库藏藏在山坡上道:"普开,你应该能听出我的声音吧?我和库什两兄弟之间的事情,还轮不到你一个外人插手。你让库什来,我要和他谈一谈。"

普开一时无言,库藏说得没错,库藏和库什之间的事情,他一个外人确实不该插手,只是库什出发前下了命令,只要见到库藏和多蒙,不论缘由,乱枪打死,打死库藏的赏一千块大洋,打死多蒙的赏五百块大洋,没有人会和钱过不去。

多蒙接着库藏的话道:"普开,谁动了大当家,你以为青山寨的兄弟会放过他吗?到底要怎么做,你可要考虑好。诸位兄弟,你们也听到库藏大当家的声音了,他就在我身边,你们为难库藏大当家,就是为难青山寨。这些年,青山寨待众兄弟不薄吧?你们为什么要跟着库什对付大当家?这只是他们兄弟间的恩怨,和大家有何关系?"

山坡下的普开等人低头不语,多蒙的话让他们的内心有些动摇。普开想到现在他身边只有十几骑,所有人都知道多蒙的枪法,真和多蒙动起手来,讨不到便宜。他缓缓道:"多蒙兄弟,我等只是奉命行事,二当家很快就到,有什么话,你就和他讲吧。"

多蒙笑了笑,他知道普开的缓兵之计,真等到库什带着大队人马赶

256 | 誓血盟心

到,自己三人根本就逃不了。想到已经吸引住了追击者的注意力,山雀已悄然从另一条路遁走,他压低声音对库藏道:"大哥,你和冯云兄弟先去青山渊做好准备,我在这里拖住他们。"

"好,兄弟,记住,不可贸然行事,我和冯云兄弟在青山渊等你。"库藏吩咐完,上了马,朝着青山渊的方向走了。多蒙继续在山坡上等着库什。过了大约一炷香的时间,库什带着大队人马来到了山下。

库什见多蒙端着枪站在山上,不管三七二十一,直接让手下朝多蒙开枪。多蒙早有准备,也不和库什纠缠,他拍马转身便走。库什追到山坡下,见普开等人在原地等他,立刻怒道:"我早说过了,只要见到多蒙,不要与他废话,开枪就杀,拿我的话当耳旁风吗?"

普开唯唯诺诺地说:"大哥,库藏大当家也在。"

库什听说库藏也在,立刻脸色变得阴沉,他本想借外人之手,杀掉库藏,但这群笨蛋连库藏的头发丝都没摸到,还这样轻轻松松地让库藏回到青山寨的地界,还好他提前知道消息,不然真让库藏回到青山寨,局势将完全失控。为此,他还想好了杀库藏的理由:"库藏他胆小怕事,背叛了祖宗,对于叛徒,我们青山寨的就该人人得而诛之。谁要和叛徒为伍,我就枪毙他;如谁能帮青山寨清理门户,我重重有赏。"

众人当然心知肚明,他们一直跟着库什,库什一旦做了青山寨寨主,自然不会少了他们的好处,再说杀了库藏和多蒙还有赏金,于是一个个像打了鸡血,欢呼着冲上山坡,向多蒙逃走的方向继续追赶。

多蒙策马而行,身后的子弹呼啸着,从他的身边飞过,库什的大队人马离他越来越近。不过,青山渊的吊桥也很快出现在他的眼前,青山渊吊桥横跨在清河上,主体由两根碗口粗的铁链连接而成,铁链上铺着木板,长约百米,宽不过两米。

库藏和冯云在桥的一头见到多蒙快马而来,高声对多蒙呼喊道:"多蒙兄弟,我们在这边。"

多蒙见库藏两人过了桥,狠狠地朝马屁股抽了一皮鞭,马用尽最后的力气,来到桥头。多蒙将马扔在桥头,挡住路,飞身冲向吊桥。冲到桥边的库什手下朝着多蒙放了一阵乱枪,由于距离较远,多蒙动作又快,侥幸逃了。

库什的人马追到桥头,只能下马。这吊桥太危险,人走在上面会像秋千一般摇晃,根本没办法骑着马通过,更为关键的是,桥面仅能容得下两个人并排而行,可以说一夫当关,万夫莫开,更何况桥对面还有多蒙这个神枪手,上桥等于成了活靶子。库什没有办法,只能派一队手下绕道而行,从河的下游蹚过清河,再想办法攻击库藏和多蒙。

库藏在河对面见库什指挥着手下,欲置他于死地,心中不免又是一寒。他隔着清河高声对库什喊道:"二弟,我和你是亲兄弟,血浓于水,你为何要这般对我?你难道忘记了那些年我们一起赶马的日子?你忘记了吗?父亲临终前告诫,要我们兄弟携手同心,一起将青山寨的祖业经营下去。如果你真想做青山寨寨主,你大可和我讲,我做大哥的什么都可以让给你,包括这青山寨寨主的位置。"

"哈哈,大哥,从小到大,我枪法比你好,骑术比你好,武艺也胜过你,可在父亲的眼里,我只是一个会惹事的祸根。他临终前将青山寨的绝大多数家产交给你,仅给我留下了一片茶山,为什么父亲这么偏心,处处对你好?只因为你是家中长子。"库什把压在心底多年的话说了出来,"大哥,我们兄弟一场,只要你肯离开青山寨,你投靠共产党背叛祖宗的事情,我可以网开一面。"

库藏怒道:"二弟,族规中哪一条说跟随共产党是背叛祖宗?你和土匪勾结,才是背叛祖宗!总有一天,我要用祖宗之法对你严惩不贷。"

"哈哈,大哥,你现在自身难保,还说这样的大话。"库什仰天大笑道,"过了这清河,就是我经营多年的茶山景万山,你以为你进入景万山能逃得了吗?大家兄弟一场,只要你肯承认背叛祖宗,离开青山寨,我就既往不咎。"

库藏气得咬牙切齿,库什说得没错,过了清河,就是库什经营多年的茶山景万山,到了景万山,他绝对没有离开的可能。可在这青山渊和库什对峙下去,库什的援兵一到,他也只能束手就擒。想到这里,他懊悔地看向多蒙说:"三弟,是我不听你的劝,陷入这般境地。"

"大哥,不必沮丧,等山雀到了青山寨,联系上三盒子和小飞,大家知道你在青山渊的消息后,一定会带人来帮助我们。三盒子他们一到,大事可定。"多蒙宽慰说。

库藏点点头,这可能是唯一的希望了,虽说被库什的大队人马困住,可短时间内库什的人马要过河抓住他们三人也绝非易事。他再看向河对岸,库什指挥着手下,在河对岸扎竹排,看他们的架势,似乎在组织一支敢死队。他隐约听到库什对手下说,凡是加入敢死队的,奖一百大洋;抓住或者击毙他和多蒙的,奖励两千块大洋。所谓重赏之下,必有勇夫。

库藏回头对多蒙说:"三弟,看他们的架势,想冲过河。"

多蒙坐在桥头的一块石头后,笑道:"大哥,只要他们敢上桥,我就让他们感受感受我的枪法,什么叫弹无虚发、百步穿杨。"坐在一边的冯云也笑道:"多蒙兄弟,素来听闻'南鹰北马',今天机会难得,我想和你比试比试谁的枪法更厉害。"

多蒙哈哈一笑:"冯云兄,今天不行,这桥上如果有人想过来,我一个人挡得住。我现在担心的是我们身后景万山的库什人马,我们要是受到前后夹击,那便不妙了。依我之见,冯云兄先去景万山方向做个侦察,万一景万山方向有人来,你借着地势,能拖一分钟是一分钟。"

冯云点点头,青山渊地势险峻,哪怕景万山方向再来人前后夹击,只要做好充足的准备,想抓住他们三人也不是一时半刻能办到的。想到这里,他骑上马,朝着景万山的方向而去。多蒙望着冯云走远,心中稍微轻松点,现在他和库藏只需专心地对付眼前的对手。

冯云刚走不久,库什召集了十几个敢死队员,冲上吊桥,扑了过来。多蒙和库藏早有准备,手起枪落,冲在最前面的两个敢死队员应声倒地。敢死队员见识了多蒙的枪法,心生退意。几个不怕死的硬着头皮

第二十章　手足相残

向前冲,多蒙又是一枪,百步之外,又一个倒下。剩下的敢死队员意识到,不用等他们冲过吊桥,所有人都会死在多蒙的枪下,多蒙的枪法绝非浪得虚名。他们不敢再冲,转身往后逃,多蒙见对方退了,没再开枪。库什用枪威逼这些敢死队员,要他们继续冲,可这也于事无补,所有人都明白了,冲上桥等于送死。库什只能打消从吊桥通过,抓住库藏和多蒙的想法。

库什一帮人无法过桥,多蒙和库藏也不敢离开,一旦离开,库什带着人马追过桥,多蒙和库藏绝对逃不了,两边只能隔着桥干耗着。

耗到中午时分,多蒙听到景万山方向传来一阵阵枪声,他隐约感觉库什的人马已经绕过清河,正朝着他和库藏的位置包抄过来,听枪声应该是冯云和库什的人马交上手了。桥对岸的库什等人也听到景万山方向的枪声,他们像打了鸡血一般。普开高兴地对库什道:"寨主,我们的人马快包抄过去。"库什也摩拳擦掌,让所有人做好准备,一旦桥对岸出现自家人马,立刻冲过桥,前后夹击,解决掉多蒙和库藏。

多蒙听到景万山方向的枪声越来越密集,他从枪声密集程度估计景万山方向可能来了数十人,这么多人,冯云一个人是挡不住的。不一会儿,果然如多蒙猜测的一般,冯云气喘吁吁地快马回到库藏和多蒙的身边,跃下马对多蒙道:"多蒙兄弟,景万山方向来了约四十骑,如果我们的援兵还没到,今日恐怕要交待在这里。"

"不知山雀兄弟那边的情况怎么样。"多蒙嘀咕了一句。对峙的时候,他想到万一真被库什的人前后包抄,那么就让大哥库藏和冯云朝清河下游走,库藏和冯云的马休息了半日,应该能跑一程,而他守在桥头,拖住库什的人马。考虑好后,他转头对库藏道:"大哥,回青山寨前,我和你有君子协定,回来这一路,你要服从我的安排。"

"三弟,你想怎么办?"库藏同样意识到情况的严峻性。

"你们的马休息得差不多了,你先和冯云兄朝清河下游走,我拖住库什的人马。"多蒙望向冯云,"冯云兄弟,无论如何,你都要保护好我大哥,脱身后,再想办法回青山寨。"

"三弟,要走一起走,要留一起留。当年我与你歃血为盟,不求同年同月同日生,但求同年同月同日死。今日,我断然不会留下你,自己一个人逃走。"库藏斩钉截铁地说。

"大哥,只要你逃出去,库什就不敢杀我。"多蒙劝道。

"无须多言,库什会怎么做,我心里有数。"库藏转向冯云道,"冯云兄弟,今日的事情是我青山寨内部的纷争,库什要的是我和三弟的性命,你没必要为此搭上自己的性命。"

冯云大笑道:"库藏兄,我们镖局素来以信誉为本,今日既接了你这一单生意,自然该善始善终。尽管我父亲说不干涉青山寨你们兄弟间的事情,可事到如今,若是你和多蒙兄弟都死了的话,我们这单不是白干了?你让我怎么向我父亲和镖局的兄弟交代?所谓人在镖在,镖失人亡。如若今日我们能逃出生天,还望库藏兄勿忘当日的许诺。"说罢,转身走向他的马,对多蒙道,"多蒙兄弟,我去拖住从景万山方向来的敌人,能多拖一分钟是一分钟。"

冯云上马正要走,河对岸的普开抓着一人,朝着多蒙道:"多蒙,你在此与我们相持,是不是在等青山寨的援兵?你来看看,这是谁?"

多蒙定睛细看,普开跟前,一个熟悉的人影被五花大绑,跪在地上,不是别人,正是他派去青山寨报信的山雀。他以为自己看错了,河对岸传来山雀的声音:"冯云大哥,对不起,我有负重托,没能把消息送到青山寨。"

"是山雀!"冯云立刻听出了山雀的声音,这一刻,他的心凉了半截。本来,唯一的希望便是山雀将库藏的消息带到青山寨,找三盒子和小飞等人来帮忙,可没想到一向办事利落的山雀竟然被抓住了。再看山雀,山雀自知有负重托,声泪俱下。普开等人望着这番情形,爆发出一阵得意的笑声。普开高声道:"多蒙,没有人会来救你了,你现在投降还来得及,我会让你死得痛快点儿,给你留一个全尸。"

多蒙咬牙切齿,甩手就是一枪,枪声过后,普开本来还兴高采烈的面容立刻变了形——子弹正面击中他的脑门,他的身体像一根木桩,一下子仰天倒地。普开身边的马脚子大惊,他们都知道多蒙枪法如神,可他们想不到,隔着一条河,上百米的距离,多蒙还能一枪击中普开。这时,他们又看到多蒙端起了步枪,所有人吓得趴倒在地上。多蒙见此情形,仰天哈哈大笑,他一个人的气势,完全压制住了库什等人。这时,跪在地上没人看守的山雀站起身,朝着冯云高声道:"冯云大哥,小弟惭愧,此生就此别过!"说着冲向河岸,朝着湍急的清河纵身一跃,他的身体化作一朵浪花,消失在了河流中。

"山雀兄弟!"冯云想劝住山雀,可已来不及。他咬咬牙,眼中含着泪,双腿一夹马肚,快马向景万山的方向而去。这一刻,他想定了,哪怕青山寨不会来援兵,他也要多拉几个库什的人,为他死去的兄弟报仇。

## 第二十一章　绝地翻盘

冯云离开不久,多蒙听到景万山方向的枪声越来越密集,多蒙想去帮忙,可河对岸的库什等人虎视眈眈,他若离开桥头,对面看准时机一定会冲过来。库藏深知多蒙守着吊桥的重要性,持枪跳上马背,丢下一句话:"三弟,你在这里守着,我去接应冯云兄弟。"说着策马而去。

过了大约一炷香的时间,库藏带着浑身是血的冯云回来了。多蒙忙上前从马背上扶下冯云,发现冯云的左臂中了一枪,中枪处鲜血直流。多蒙将冯云扶到一块大石头旁靠着,从马背上的包裹中拿出医疗包。他用一块布包裹住木棍,让冯云咬住,用酒精将刀擦拭一遍后,将嵌入冯云手臂中的子弹给取了出来。冯云痛得满头是汗,险些昏死过去,可冯云毕竟是一条硬汉,始终没有哼一声。多蒙为冯云取出子弹后,又做了简单的消毒和包扎,暂时把伤口的血止住,冯云性命无碍,可惜不能再战斗。

冯云哪里管那么多,左手受伤,还有右手,靠着顽强的斗志,他勉强支撑着。这时候,从景万山方向来的敌人也追到了跟前,多蒙甩手两枪,把领头的一个马脚子撂倒。嚣张的追击者见多蒙枪法了得,不敢贸然强攻,他们纷纷躲到山石树木后,慢慢向多蒙三人围了过来。多蒙哪怕枪法再好,也难敌这么多的对手,他和库藏、冯云三人只能凭借青山渊险峻的地势进行还击。

清河对岸的库什见多蒙三人被压制住,高兴地指挥着手下,让他们迅速通过吊桥。只要他们都冲过吊桥,以上百人的绝对力量攻击多蒙三人,多蒙他们今日必死无疑。多蒙此时藏在一块大石头后,望着库什指挥着手下冲上吊桥,他刚要开枪射击,便有无数的子弹朝着他打来,他根本无法露头。多蒙回头望了一眼库藏,库藏视死如归,护着冯云,根本没有半点恐惧之色,早已把生死置之度外。多蒙想到当年他和库藏、关安逸结拜时歃血为盟的情形,有难同当,有福同享,今日如果自己和大哥死在这里,关安逸是否会为他和大哥报仇?以二哥关安逸在青山寨内的势力,他应该知道青山寨发生了什么事情。可他迟迟不出手,也不表明态度,到底为了什么?难道他忘记了当年的歃血之盟?"兄弟们,冲上去,谁杀了库藏和多蒙,赏两千块大洋!"一个小头目在队伍里喊道。这一声提醒了多蒙,也提醒了所有想发财的人,他们见多蒙三人已被困住,都想赚这笔巨款,像打了鸡血,呼喊着,如潮水一般涌向多蒙三人。

多蒙、库藏、冯云躲在巨石后奋力还击,无奈对方人太多,库什的手下犹如潮水一般涌到跟前,三个人死于乱枪之下似乎已成必然。就在多蒙陷入绝望之际,清河两岸突然拥出上百名坐骑,为首的朝库什的手下开着枪,高声警告道:"今天要是敢动库藏大哥和多蒙三哥,谁也别想活着离开青山渊!"多蒙朝喊声传来的方向看,心中大喜,来者不是别人,正是青山寨的小飞。此时小飞带着数百名青山寨的弟兄,骑马冲进从景万山方向来的库什手下的队伍里,枪毙了两个库什的小头目后,其余库什手下在一片"缴枪不杀"的喊声里纷纷投降。

多蒙再看河对岸,三盒子同样领着数百骑兵,攻击库什的队伍。库什的手下被这突如其来的攻击打得手忙脚乱,也很快缴械投了降。库什见大势已去,只能束手就擒。三盒子将库什捆住,准备交给库藏,等库藏发落。

库藏见青山渊的被围之困已解,他和多蒙扶着受伤的冯云从巨石后走出来。青山寨的马脚子们见到库藏和多蒙还活着,立刻爆发出一阵欢呼声。近一个月来,各种流言满天飞,今日见库藏毫发无伤地活着回来,一下子有了主心骨。库藏大步走到吊桥头,在桥头迎接他的除了三盒子和小飞,还有九个青山寨的执法长老,库藏一一作礼。库藏看到人群最后跪着被五花大绑的弟弟库什。

库什面对库藏,声泪俱下,哀求道:"大哥,不是我想杀你,是扎依让我这样做的,是她一直挑拨我们兄弟之间的关系,我被她蒙蔽了双眼。看在兄弟的情分上,大哥,你就饶我一命,我可以离开青山寨,永远不回来。"

库藏闭上眼睛,泪珠从脸颊上流了下来,他又想到父亲临终前的嘱托,要他们兄弟俩和睦相处,一起把青山寨的茶马生意做大做强。这些年,作为大哥,他一直以长兄如父的要求,宠溺着这唯一的弟弟。可一个女人的几句话,让血浓于水的兄弟倒戈相向,他的心已寒到了极点。

这时,一个青山寨执法长老上前道:"库藏当家,库什犯了青山寨的诸多族规,我们几个执法长老的想法是,按照族规对库什进行审问,再做定夺。"几个青山寨长老深知库藏为人宽厚,就算库什犯下滔天罪行,也断然不会做出杀弟弟这种事情,因此,以族规处置,可以让库藏不那么为难。

"大哥,你放了我吧,求你放了我吧!"库什向库藏不住地磕头。因为他知道,他勾结马匪谋杀兄长的事情为族规所不容,一旦动用青山寨族规,那就是一个死。不过,自己所作所为都是妻子扎依唆使的,只要扎依肯承认是幕后主使,他就死不了。想到这里,他向库藏哭道:"大哥,是扎依唆使我这么干的,这事真不能全怪我。"

库藏见弟弟可怜的模样,长长地叹息一声:"二弟,从此之后,我和你兄弟二人恩断义绝。但我可以答应你,饶你一条性命,你必须永远离开青山寨,再也不要回来。"说着和多蒙等人一起过了桥,只留下侥幸得了性命的库什在原地痛哭流涕。

回青山寨的路上,多蒙得知他离开青山寨这段时间,青山寨上下都认为库藏被共产党杀害了,直到库藏回到思普府,再次出现在众人的视野里,过往商人又把库藏活着的消息带到青山寨。一时间,青山寨流言满天飞。有人说,库藏早被杀害,怎么可能活着?又有人说,亲眼见库藏出现在思普府,绝对错不了。

三盒子和小飞听了这些消息,更加坚信多蒙离开青山寨时的嘱咐,库藏不会那么轻易被杀，而库什想夺青山寨寨主之位的企图已非常明显。同时，三盒子动用了所有关系，在不被库什发现的情况下，从外地商人口中得知，江湖上有人出重金悬赏库藏和多蒙的人头。种种信息汇集到三盒子处，三盒子确定，库藏被杀的消息完全是库什为了夺取寨主之位炮制出来的。为此，他一边暗中和青山寨一些倾向库藏的长老取得联系，通知他们库藏还活着；另一边，让小飞不分昼夜地监视库什的动向。功夫不负有心人，一天前，小飞发现三个陌生人进了库府，并得到一大笔赏钱。

小飞察觉到陌生人的异样，其中两人拿着赏钱刚离开库府，小飞带着人迅速将他们抓了起来，进行了一番严刑拷打后才知道，这两人是山匪。原来上一次和山匪黑木攻击库藏、多蒙失败后，陈断手逃到青山寨，将库藏的信息卖给了库什。库什得到库藏要回青山寨的消息，立刻召集亲信出了青山寨，想半路杀掉库藏和多蒙。同样得知库藏消息的三盒子，召集多蒙的旧部马脚子，一路尾随库什前来，正好救了库藏、多蒙、冯云三人。

多蒙听了三盒子的讲述，不免长长地叹了一口气。他还是不够信任三盒子，如果他足够信任三盒子，一定能想到三盒子会注意到库什大阵仗带人围堵大哥和自己，这样的话，他大可不必让山雀去青山寨报信，山雀就不会死。大哥库藏在思普府这段时间，他曾派了一个茶商到青山寨，打算和三盒子取得联系，将库藏的消息告知三盒子，以做好准备，可这个茶商到今天也没有回消息。再问三盒子有没有见自己派去的接头人，三盒子摇摇头，说自始至终都没见多蒙派去的接头人。原来，库什担心库藏还活着的消息让青山寨人心浮动，对所有进入青山寨的商人进行盘查，尤其从思普府方向来的茶商，几乎进不了青山寨，只能绕道走。

多蒙听了这些，深感库什为了这寨主之位可谓费尽心机。在他印象中，库什虽好勇斗狠，其实本身还是怯懦的，处心积虑的事情也不是他能做出来的。正如库什向库藏说的一样，库什的妻子扎依才是幕后主使，她有能力将库什这样一个纨绔子弟调教得言听计从，宛如变了一个人，她同样有野心，把不成器的丈夫扶上寨主之位。青山寨坊间素有传闻，说青山寨能掌寨的其实是两个女人:一个是库藏过世的母亲王夫人,王夫人的能力自不必说,自库藏父亲去世后,真正决定青山寨走向的正是王夫人;而另一个能和王夫人比较的就是库什的妻子扎依,扎依不仅把库什管教得言听计从,还能把青山寨六大茶山之一的景万山经营成思普府规模和产出最大的茶山,其能力同样有目共睹,王夫人活着时都夸赞扎依的经商能力,比王夫人年轻时有过之而无不及。

想到这些,多蒙不禁又叹息了一声,以库藏宽厚的性格,不会杀库什,当然也不会杀自己的弟妹,只是这样一个有能力的女人带着怨恨离开青山寨,假以时日,会不会再回来复仇呢?想到这里,他劝一劝大哥库藏,斩草务必除根,否则后患无穷。不过,他也只能是想想,哪怕扎依以后真会回来复仇,以库藏的性格,也绝对不会干杀亲的事情。这正是大哥库藏的胸怀和格局,更是他这些年,哪怕是上刀山下油锅,赴汤蹈火都要跟随库藏的原因。

傍晚时分,库藏、多蒙一行人回到青山寨。青山寨寨门紧闭,多蒙感觉到情况有些不对劲,一般说来,不到夜晚,寨门是不会关闭的,难道山寨里有变故?多蒙正准备派人前去查看情况,只见青山寨寨门上突然冒出十几个人,他们持枪瞄准了库藏、多蒙等人。库藏身后的三盒子、小飞等人见状,纷纷拔出枪,指向土城墙上。

这时,库什的妻子扎依身穿挂满白银的衣装出现在了城墙上,她俯瞰着土城墙外的众人,见库藏和多蒙都活着坐在马背上,她知大势已去,又定睛细看,发现队伍中,她的丈夫库什被绳索捆着,拖在马后,落魄失败的模样,活像一个丧家之犬。

库什挣扎着朝土城墙上的扎依高声道:"夫人救我!"

扎依没有回答库什的话,她居高临下地望着库藏,冷冷地道:"库藏大哥,我还是小看了你,让你活着回到了青山寨。不过,现在大嫂还在我手里,他们的生死,在于你的决定。"扎依说着招招手,很快,库藏的妻子娜莫被押着出现在了土城墙上。

第二十一章 绝地翻盘 | 267

娜莫见到土城墙下的库藏,没有恐惧,反而喜道:"老爷,你总算回来了!"开心之余,委屈与感伤一起涌上心头。

库藏抬头对扎依道:"弟妹,事已至此,我已答应库什,既往不咎,放你们离开青山寨。你今日就算杀了你大嫂,甚至更多人,也改变不了什么,反倒沦为外人的笑柄。"说着看向身后的库什道,"库什,你想夺青山寨寨主之位,我大可让给你,可你千不该万不该,不该联合外面的人谋害我,尤其马匪,按照青山寨的族规,是要千刀万剐的。今念及兄弟情义,血脉相连,我不想造成手足相残的局面。"

"哈哈!"扎依大笑了两声,"库藏大哥,不愧是青山寨的寨主,宽厚有胸襟。既如此,你把库什给我,我把大嫂还你。"

"好!"库藏挥挥手,小飞会意,将库什推到了寨门前。

库什见妻子要救他,喜出望外,他这一路上还担心库藏回到青山寨后反悔,现在好了,至少小命是保住了。这时,扎依让两个手下押着娜莫走下土城墙。青山寨的大门缓缓开启,扎依神态自若地走出大门,对库藏道:"库藏大哥,一人换一人。"

"我的两个儿子呢?"库藏问道。

"你不必担心,一旦我们离开青山寨,你就很快能见到他们。"扎依微微地一笑。

"好,你们走。"库藏回头,要手下人让开一条道,放扎依和库什离开。

"寨主,不能这样让他们走。"一个青山寨长老上前劝说库藏道,"寨主,你念及兄弟情义,要放库什离开,这是你宽厚仁慈,可库什触犯了青山寨族规,让他死十次都不够。"另外几个长老也附和着说:"对,不能让他就这样走,否则青山寨族规岂不是形同虚设?以后谁触犯族规,还要不要我们这些长老执行族规?又怎么能让族人折服?"

"还让我们走吗?"扎依笑着问库藏。她其实已经意识到,走到今天这地步,根本没有退路,就算库藏想放他们走,青山寨的这些长老也不会同意。

"各位长老,这是我库藏的家事,请大家网开一面,我妻子,还有两个孩子还在她手里,你们也不希望我的孩子有事情吧?"库藏又让身后的马脚子让开一条道。这一次,没有人再劝库藏,毕竟僵持下去,娜莫和库藏的两个孩子万一有个闪失,谁也承担不起这个责任。

"多谢大哥。"扎依拱手对库藏称谢。她走到库什跟前,从衣袖中拿出一把匕首,为库什割开绳子,温柔地问库什:"夫君,这样离开青山寨,你甘心吗?"

"甘心!甘心!"只要能活命,库什觉得没有什么大不了的。

"你甘心,可我不甘心啊!"扎依眼中杀意突现,手中的匕首又狠又准地刺进了库什的心脏。库什忍着剧痛,直着眼睛问:"夫人,为……什么?"

扎依冷冷地一笑:"我的丈夫应该是一个顶天立地的男人,一个做了事,哪怕是失败,也不会逃避责任的男人。你做不到的,做妻子的帮你做到。"言闭,手中的匕首一抽,库什胸口喷射出鲜血,溅到扎依的脸上,身体一歪便倒在了扎依的怀中。在库什意识彻底消失前,扎依将库什抱在怀中,眼中有一滴泪水滑落,悲伤道:"夫君,放心,我这就来陪你。"她说着,手中的匕首朝着自己的脖子一抹。直到死,扎依左手还握着库什的右手,她的右手紧紧地抓着那把带血的匕首。

在场所有人大惊失色,库藏含着泪闭上了眼睛,他最不愿意看到的局面最终还是让他遇到了。这一刻,他又想起父亲临终前,将他和弟弟的手抓在一起,语重心长地叮嘱:"无论遇到什么,你们兄弟俩一定要同心同德。"父亲的嘱咐言犹在耳,现实却如此残酷。

库什和扎依已死,青山寨内库什的手下群龙无首,纷纷放弃抵抗投降。库藏为了安抚人心,没有再追究这件事,仅是将库什的追随者逐出青山寨,以后没有寨主的召集,再也不能回青山寨,而后厚葬了库什和扎依。寨中长老虽有不同意见,可从根本上而言,这是库藏的家事,死者为大,他们便不再干涉。

经历了这些事，库藏的心情差到了极点，他一边为王夫人守孝，一边亲手埋下自己的弟弟，将青山寨的具体事情全部交给了多蒙。多蒙打起精神，兢兢业业，尽快抚平了青山寨因争夺寨主之位造成的创伤。

　　多蒙他们回到青山寨的第二天，冯云的父亲冯川才姗姗到达青山寨。

　　多蒙、三盒子和冯云在青山寨北门迎接了冯川。冯云见到冯川的那一刻，差点抱着父亲哭了。冯川出发前带了三十骑，可到青山寨时，这三十骑死伤大半，仅仅活下七人，其中，三人重伤，另外四人受了轻伤。和冯川一起到青山寨的，还有藏云寨的白帆、马程及其手下的马脚子，阿木哩也在队伍中。白帆的手下也折损了大半，多蒙能感觉出这一路一定非常艰辛，他忙将众人迎进了青山寨。

　　进青山寨的路上，多蒙望着冯川眼角的血痕，问这一路发生了什么事情。冯川叹了一口气，将他们分开而行后的经历大致和多蒙讲了讲。当日，冯川和多蒙分别后，带着三十骑在大道上走了两天，第二天晚上便遭到了一伙马匪的阻击。早有准备的冯川奋力还击，打退了马匪的第一波进攻，但这场战斗让他折了三个兄弟，五个兄弟受伤。

　　打退马匪后，冯川带着队伍继续朝青山寨走。到了晚上，冯川的队伍又遭到了马匪的攻击，这次同样勉强将马匪击退，可又死了三个兄弟，伤了四人。冯川能感觉得出这并不是马匪的真正的进攻，仅仅是侵扰，让他的队伍没法休息，士气低落。马匪的袭扰确实也收到了效果，冯川的手下见情况越来越恶劣，一部分人打起了退堂鼓，认为这样下去，队伍还没有到青山寨，所有人都得死在路上，人死了，赚再多钱又有何用？

　　冯川只能劝说大家，安南镖局素来以信誉立命，既然接了这一单，就算只剩下一个人，也要走到青山寨。冯川的坚持触动了所有人，大家咬牙继续朝青山寨的方向行进。第四天早上，经过困鹿山，一百多名马匪伏击了冯川的队伍。冯川带着手下和马匪周旋一番，最终寡不敌众，眼看就要被马匪一网打尽。在这千钧一发之际，藏云寨的白帆带着自家兄弟赶到，又经过一番激战，才把马匪打退了。冯川说到这里，感激地望了一眼白帆。

　　白帆微微一笑，当日他和多蒙分别后，回到藏云寨，处理完家里的事情后，召集旧部，准备重振藏云寨。数天前，他接到多蒙给他的信，要他带着人马前去思普府与多蒙会合。他与马程带上阿木哩和手下众兄弟匆匆赶到思普府，又收到多蒙留下的信，多蒙和库藏先回青山寨了，要他从大路追上冯川的人马，与其会合，一起前往青山寨。白帆立刻从大路追赶冯川，正好遇到冯川和马匪交战，这才救了冯川。不过这一战下来，他藏云寨的兄弟死伤过半，也付出了极大代价，而马匪那边同样也损兵折将。毕竟藏云寨与马匪之间有灭门之仇，这一次虽没能把土匪消灭干净，但至少也消灭了大半，大有报一箭之仇的快意。

　　多蒙带着众人进了青山寨后，嘱咐三盒子将冯川、白帆带来的兄弟们安顿下来，他陪着冯川、冯云、白帆、马程四人前往库府。这几天，悲伤过度的库藏以为王夫人守孝为名，拒绝见任何人，多蒙也想借这机会，缓解库藏的不良情绪，让他尽快从悲痛中走出来。正如多蒙所想，库藏听说冯川和白帆到达青山寨，很快穿着一身素服来见四人。冯川和白帆讲了一遍这一路的遭遇和境况，安慰了一番库藏，才各自安歇下来。

　　多蒙回到自己的小屋时，已经是晚上，刚进家门，他看到火塘里的火烧得正旺，阿木哩坐在火塘边，拿着针线，为他补着衣服。多蒙隔着火塘，在阿木哩的对面坐下。阿木哩微微地抬起头，微笑着端详多蒙道："多蒙哥，你回来啦！好久没见，你瘦了不少。"她说着，从火塘边上取下煮着的茶，倒了一杯端到多蒙的手中说，"天气冷了，喝一杯热茶暖暖身子。"

　　阿木哩的温柔体贴，让多蒙的内心深处涌起了一股暖意，想想这段时间这一路遇到的艰难险阻，犹如在鬼门关走了一遭，今天还能和阿木哩回到青山寨，回到自己的家，实属不易。他喝了一口茶，关心地问："这一路很辛苦吧？和马匪交战，一定也是险象环生，见你能平安归来，我这颗为你悬着的心也就放了下来。"

　　"让多蒙哥挂念了。这一路倒也没什么，白帆大哥对我照顾有加，所以这一路来,对我而言,有惊无险。"阿木哩摸了摸自己的小腹,红着脸说,"只是这个小鬼,近来闹腾,让我不得安生,总想吃酸的,我估摸是个男孩子,才这样顽皮。"

多蒙这才注意到阿木哩微微隆起的小腹,一段时间没见,阿木哩已经有点儿显怀了。想到自己快当父亲了,多蒙一扫疲惫和忧愁,高兴地说:"这孩子,等他出世了,我好好教训他。"想到阿木哩说想吃酸的,他打起精神说,"等着,我去找点儿酸的给你。"他站起身就朝门外走去。

"多蒙哥,不用,我只是说说,现在天黑了,明天吧。"阿木哩望着多蒙的背影,想喊住他。多蒙才不管这些,他出了门,向邻居家走去。阿木哩听着多蒙远去的脚步声,心中有种前所未有的幸福感。一直以来,多蒙对她的爱仅限于兄妹的感情,可她怀上多蒙的孩子后,多蒙对她的感情有了质的变化,不管这份情感是不是爱情,她都感受到了被他宠爱的温暖。想到她和多蒙有了这个孩子,一家人在青山寨度过此生,她也知足了。她又想,可以给多蒙多生几个,孩子多了,一定非常热闹。她就这样傻傻地想着,直到外面传来多蒙回家的脚步声,她才从幸福的遐想中回过神来。

多蒙走进屋,手里拿着几个酸木瓜,他将酸木瓜递给阿木哩。阿木哩傻傻地一笑:"多蒙哥,你还真给我找来酸东西,哪里找的?"

"张婆那里。我出门想了想,这冬天,家中泡了酸木瓜的可能只有张婆了,毕竟她是接生婆,孕妇喜欢的东西,我猜她一定有,去了一问,果然都有。我顺带让她准备准备,等你生时,让她来接生。"多蒙笑着说。

"还早呢,才三个月。"阿木哩摸了摸肚子,多蒙想当爹的心情有些急迫啊,这么早就想着接生婆为其接生孩子。

多蒙尴尬地笑了笑,阿木哩说得没错,离孩子出生还早呢。他见阿木哩还在缝衣服,忙将针线接了过来道:"张婆特别交代,孕妇要注意休息,针线活你就不要做了;还要注意营养,我明天去买些鸡,给你补补身子;更不能骑马,会动了胎气。"

"哪有这么娇贵?这也不能,那也不能。"阿木哩从多蒙手里抢回针线,继续补衣服,"这段时间,在藏云寨,一个大婶也教了我一些,我心里有数,放心,影响不了你的孩子。"

"是吗?"多蒙挠挠头,第一次当爹,确实没什么经验,"我刚才在回来的路上想,等孩子出生了,取个什么名字。如果是男孩,叫多文;如果是女的,叫多兰。你觉得怎么样?"

"挺好,男孩让他多读一些书,考功名,做大官。"阿木哩遐想着,"女孩嘛,也得让她多读一些书,不要像我,大字不识一个。"

"哈哈,你说什么就是什么。"多蒙开怀一笑。两人围绕着还未出生的孩子,你一言我一句,畅想着幸福的美好未来。这些年来,给父亲复仇的念头占据了多蒙生命中的大部分,直到这一刻,因为阿木哩腹中的孩子,他的生命中多了一抹亮丽的色彩。

## 第二十二章　两寨会盟

库藏回到青山寨一周后,李连城带着两个警卫来到青山寨,多蒙在青山寨门口迎接了他们。寒暄过后,李连城说到他离开思普府这段时间发生的事情。龙殿英伙同刀松,里应外合,攻占勐城,在城中抢了大量的物资,对勐城百姓的日常生活造成了严重的破坏。李连城率部与龙殿英和刀松一伙展开战斗,将其击溃,勐城又被收复了。

多蒙近来开始关注时事政治,他知道国民党大势已去,龙殿英和刀松的反攻无异于以卵击石。李连城讲了勐城的事后,笑着问多蒙:"多蒙兄弟,对龙殿英和刀松你怎么看?我听说你和乌马寨有些仇怨。"

"是有些仇怨。"多蒙话锋一转道,"现在大局已定,龙殿英和刀松难成气候,只是如果常年让他们在边境活动,边境人民没法安心地生活,这是个极大的问题。"

"多蒙兄弟一语中的,我们如果想实现思普地区的安定繁荣,除了各族人民要团结和平相处,还要清除国民党的残余势力,以及多年来一直存在的匪患问题,只有这样,才能真正实现地区的安宁,大家才能过上和平的生活。"李连城顿了顿,又问,"我也听说,多蒙兄弟和碧河镇的杜元德有杀父之仇?"

"对,我和杜元德有不共戴天的杀父之仇。"多蒙说。

"如果要青山寨和碧河镇和解,你怎么看?"李连城说得很随意,可多蒙能听得出,这件事一点儿都不随意。多蒙一时间也不知道该怎么回答,复仇吗?那么杜沈思怎么办?他和杜家的恩怨情仇纠缠不清,他要是真的去复仇了,估计杜沈思一辈子都不会原谅他。李连城见多蒙不说话,笑了笑:"我还听了说多蒙兄弟在杜沈思大婚之日抢亲的事情,如果青山寨和碧河镇能和解,那么你和杜沈思的缘分指不定还可以续上。"多蒙依然低头听着李连城滔滔不绝,因为他的每一句话都说到了自己的心坎上,而自己有种莫名的无力感。

李连城走到青山寨中一棵高耸入云的树下,感叹道:"仇恨的种子一旦埋下,经过生长,它就会长得如这棵树一般,根深蒂固,难以从根本上清除心中的魔咒。据我所知,青山寨和碧河镇为了争夺白沙镇盐井的开采权,有着近百年的恩怨纠葛,你的父亲也正因为这纷争,被杜元德错杀。你的仇是世仇,即便是这样,为了思普地区的和平安定,这世仇也到了该放下的时候了。"李连城望着多蒙低垂的眼睛,他知道多蒙在库藏心中的分量,"多蒙兄弟,实不相瞒,我此次前来,一方面为了完成当日答应库藏兄要送他回青山寨的承诺,现在库藏兄已顺利回到青山寨,我也放了心;另一方面,碧河镇的杜元德托我给库藏兄带一封信,他想与青山寨和解,关于此事,还望多蒙兄弟劝一劝库藏兄。"

无数思绪从多蒙脑海中掠过,李连城既知他和碧河镇的杜元德有仇怨,为什么还要他劝一劝大哥库藏呢?他隐约感觉到,李连城并不是要他劝说库藏,而是在做他的思想工作,只是这思想工作做得比较含蓄。多蒙想到此,回道:"李连长,青山寨的事情我大哥自会定夺,他的决定,我想劝也劝不住。"他尴尬地一笑。

李连城微微一笑,不再说碧河镇的事情,换了一个话题,谈到龙殿英和刀松溃败,离开勐城后,起初不知去向,后来经过侦察获知,刀松回到了乌马寨。李连城知道多蒙走过很多地方,便问了乌马寨的一些防备情况。多蒙作为青山寨的第一号马锅头,曾数次到过乌马寨,对乌马寨多少有些了解。乌马寨位于河谷边的半冲积平坝上,思普府境内第一大河澜河从乌马寨边流过,冲出一片肥沃的河谷草场,乌马寨便靠着河谷草场发了家。和平年代,乌马寨的牧民住在河谷草场里,但时局动乱时,牧民为了保护自己，应对兵匪流寇，只能将家搬到河谷险峻的半坡上，再经过数代人建设，乌马寨成了一座坚固的堡垒。这一百多年来，乌马寨没有被攻破过，可以说坚不可摧。

李连城听了多蒙的话，眉头微微地一皱。如多蒙所言，龙殿英和刀松一伙龟缩在乌马寨内，想解决问题，减少伤亡，还得费点精力，最好能把炮连调来，攻击起来会轻松不少。李连城想到这点，让身边的一个警卫立刻去联系炮连。他跟着多蒙，带着一个警卫进了库府。

李连城在库府见到库藏，将杜元德的信交给库藏道："库藏兄，这是杜元德托我带给你的信，请你过目。"库藏从李连城手中接过信，大致扫了一眼，吩咐下人给李连城上茶。李连城拱手道："库藏兄，今日便不喝茶了，乌马寨那边情况紧急，我还得赶过去。碧河镇杜元德想与青山寨和解，他让我做信使，我相信他是真心诚意的，还望库藏兄以民族团结大义为重，不再计较个人的恩怨得失。"

库藏拱手道："连城兄，我和杜元德都在民族代表大会上签了字，画了押，共同维护思普地区民族团结是义不容辞的责任，只是此事事关重大，我需和寨中的各兄弟商议商议。无论怎么说，杜元德邀请我去碧河镇签订和解盟约，我必会按时赴约。"

"好，有库藏兄的话，我就放心了。今日先行告辞，如果能顺利解决乌马寨的问题，时间允许的话，我一定前来参加你们两寨的和解仪式。"李连城匆匆地拱手道别，临走前又回头看了一眼多蒙，"多蒙兄弟，凡事朝前看，以大局为重。"

多蒙没有说话，李连城拍了拍多蒙的肩膀，转身离去。库藏和多蒙知道李连城军情紧急，也没挽留，两人将李连城送到库府门口，目送李连城和警卫快马离开了青山寨。等李连城走远后，库藏从怀中摸出杜元德的信，连续读了三遍，将信交到多蒙的手中，吩咐道："三弟，派人去白沙镇，让你二哥回青山寨。"

多蒙展开信，见上面写道："库藏头人，我碧河镇和青山寨已有百年仇怨，这百年来，寨中先辈、兄弟死伤无数。数日前，在民族代表大会上，在下与你同在民族团结誓词书上画了押，盟了誓，从此便是歃血为盟的兄弟。为了化解碧河镇和青山寨的百年恩怨，希望尊驾能亲临碧河镇，签一个和解盟约，两寨从此化干戈为玉帛。另外，自贵寨的三当家多蒙抢亲以来，小女只钟情多蒙。在下年轻时，失手杀死多蒙的父亲，现今悔之不已，如果我们能和解，我愿成全女儿和多蒙……"多蒙读到这里，抬起头望着库藏："大哥，我们要和碧河镇和解吗？"

"是为报父仇，杀了你心爱女人的父亲，还是娶你心爱的女人，忘记父仇，你选一个。"库藏说完，背着手进了大门，只留下多蒙在冬天的寒风中茫然。多蒙知道自己没法选，为了杜沈思，他只能放弃报仇，只是他内心深处有些事依然无法释怀，对此，他不愿想太多，只能走一步算一步。

按照库藏的吩咐，多蒙派人去白沙镇，请二哥关安逸回青山寨。数日后，关安逸风尘仆仆地回到青山寨，多蒙和三盒子在寨门口迎接了自己的结拜二哥关安逸。

关安逸见到多蒙，喜出望外，一把抱住多蒙，开心地说："三弟，你知道吗？这几个月来，我在白沙镇听到关于你和大哥的各种信息，我多次派人来青山寨打听，都说你和大哥被害了。这些日子，每次想到我们结拜时的情景，心中的痛难以言表，我一直在想怎么给你和大哥报仇。"

"二哥，我和大哥命硬，不会那么轻易被人害了。"多蒙笑着宽慰道，岔开话题道，"白沙镇那边情况怎么样？"

"现在时局动荡，政权交替，很多人都盯着白沙镇的盐矿，我也不敢掉以轻心，几乎一步都不敢离开白沙镇。如果丢了白沙镇盐矿，我怎么面对青山寨的父老乡亲，怎么向大哥交代？"关安逸说到这里，顿了顿，"我近来听说，共产党执政的话，要将矿产、盐井这些收归国有，如果消息准确，到时候我们可能保不住白沙镇盐井。"

"唉——"多蒙叹息了一声。想当年，青山寨就是趁时局动荡，从碧河镇手中夺下白沙镇盐井，时过境迁，碧河镇也极有可能借助共产党的力量,从青山寨手中夺回白沙镇盐井。一直以来都有个传闻,碧河镇和共产党走得较近,甚至杜元德的儿子中有一个是共产党。从这个角度考虑,此时杜元德邀请大哥库藏去碧河镇,似乎别有用心。如果借此机会除掉自己大哥库藏,青山寨一时间群龙无首,必然大乱,碧河镇会不会借着这个时机,夺回白沙镇盐井?多蒙越想越心惊,这种可能不是没有。所谓害人之心不可有,防人之心不可无,他觉得大哥库藏还是要做一些防备。

"兄弟为什么要叹息?大哥这次将我喊回来,一定有重要的事情吧?"关安逸问。

"大哥想和碧河镇和解。"

"什么?大哥想和碧河镇和解?"关安逸脸色大变,"我听说大哥去了北京,还在思普府参加了什么代表大会,盟了誓,画了押,打算跟着共产党走到底。"

"是的!"多蒙点点头。

"大哥糊涂啊!我不相信有人可以为什么民族大义,不计前嫌。没有报仇,只是时机还未到吧?"

多蒙不知道该怎么回答关安逸,他觉得关安逸说得没有错,没人能轻易放弃仇恨,就算是自己,如果不是为了杜沈思,也不可能放弃报仇的意愿。至于共产党打土豪,分田地,多蒙却不以为意,钱财虽可聚人心,但毕竟是身外之物,只要保住青山寨不倒,就能谋长远发展。

"走走,和我一起去劝大哥。"关安逸拉着多蒙朝库府快步走去。

"二哥,你知道的,大哥一旦做了决定,就很难改变。他把你喊回来,绝对不是和你商量的,他是来通知你的。"多蒙边走边说,库藏的性格他和关安逸都了解,"这一次,大哥打算和碧河镇和解,碧河镇的杜元德让李连城送来一封信,要大哥去碧河镇,签订和解盟约。"

"大哥决定了吗?"关安逸皱着眉头问。

"似乎已经做了决定。"多蒙想起大哥和李连城说的话,"不过,大哥说要和寨里的兄弟商议商议,或许还有回旋的余地。"

"不行，无论如何也不能让大哥去碧河镇，这可能是一个陷阱。"关安逸斩钉截铁地说，并加快了步伐。

很快，关安逸和多蒙到了库府大门外，三盒子、小飞等青山寨小头目都在门口等着关安逸。库藏决定召开一次大会，与族人商讨和碧河镇和解的相关事宜，毕竟两个山寨为世仇，不少青山寨寨民的先人、亲属死在两个山寨的战斗中，现在说要和解，思想上一时半刻可能转变不过来。

三盒子见到关安逸，上前拱手道："关二当家，好久未见。今天大当家喊大家一聚，就是想听听大家对青山寨和碧河镇和解的看法。这些天，整个青山寨都在讨论是否应该和碧河镇和解，我们众兄弟也想听听二当家的想法。"

关安逸笑了笑，并未将刚才和多蒙说的话与众人讲，只是有所保留地说："我想此事大哥自有定夺，无论大哥做什么决定，我都会支持。"他话锋一转，笑道，"我想听听众兄弟的意见，大家认为可不可以和解？尤其三盒子兄弟的想法，我想听一听。"

三盒子望了一眼旁边的众兄弟道："二当家问起，那我也直说了。我们青山寨和碧河镇打了上百年，哪家的祖上没有几个人死在碧河镇人手上？"说到此处，他的语气变得低沉，"当然，哪家的祖上没有几个碧河镇的仇人？总而言之，我们两寨互有死伤，如果再打下去，还会有人死去，长此以往，冤冤相报何时了？"

三盒子说到此处，一边的小飞抑制不住激动的心情，说："三盒子哥，你说得没错，但是碧河镇人杀害的不是你爹，你不会有切肤之痛。我三岁时，我爹就被碧河镇的杜元德杀害了。我爹临终前拉着我娘的手说，让我长大了，一定要为他报仇。这些年来，我为了报仇，吃了多少苦，这仇说不报就不报了？"

"对对，小飞兄弟说得没错，我爹也死在碧河镇人手上，这仇也得算在杜元德的头上，不能不报。"一部分人附和着说。其中一个人笑道："毕竟我们不是多蒙哥，杜元德有女儿许配给他，如果杜元德也许配给我一个女儿，我可以考虑不复仇。"话音刚落，人群里传来了一阵欢快的笑声。

多蒙听到这话，脸色变得铁青，大家看他神色不对，忙转换话题，嘻嘻哈哈地把这话糊弄过去了。关安逸知道三盒子没有把话说完："三盒子，你继续说。"

三盒子定了定神，继续说："各民族和平团结相处，这是大势所趋，如果我们继续和碧河镇为敌，可能会破坏这个大局。从长远打算，如果碧河镇真心想与我们青山寨和解，我们只能与他们和解，哪怕是表面上签订一个和解盟约……"

三盒子一口气把想法说了出来，那些反对和解的人听了三盒子的分析，一时间也找不到反驳的由头。三盒子说得没错，相较青山寨的存亡，其他的都可以暂时放在一边。这时，人群中有人赞同三盒子的话："三盒子兄弟眼界很宽，为青山寨的长远着想，他说得没错，我们不能逆历史潮流，为了青山寨的未来，我们还是要从长计议。"

"仇怎么能说不报就不报了呢？"小飞高声道，"就算青山寨和碧河镇签订和解盟约，这个仇我也要报。实在不行，我可以脱离青山寨，以个人名义复仇，一人做事一人当，到时和青山寨无干。"小飞的话说得很硬气，可所有人都知道这只是气话罢了。小飞说完了，一下子变得垂头丧气，他也知道这只是气话，他的行为早已打上了青山寨的烙印，不是说无关就无关的。

"我们在这里吵也没用，我们还是进去听听大哥的意见吧。"多蒙建议道。青山寨的事务几乎都是寨主一个人决定，下面的人仅有提意见的权利。所谓讨论，也只是为了让寨主充分听取意见，至于怎么做，都得库藏拿主意。多蒙隐约觉得，库藏早已拿定主意，并不是要听取大家的意见，讨论的目的更多的是让大家充分认识和解的意义。因为这段时间，所有要见库藏的长老，库藏都以守孝为名，拒不会见，库藏唯一召见过的人只有三盒子。今日三盒子估计得到了库藏的授意，所以三盒子的话，大概就是库藏的意思了。

众人并不知情,一路讨论着进入库府正堂。正堂早早摆好了茶水,众人按次序落座后,库藏才穿着白色的孝服姗姗而来。大家发现,自上次召集大家召开大会,不足半年,开会的人发生了不小的变化。当初库家的不少熟悉的面孔都不见了,宋真司死后,库藏的妹妹库玛心如死灰,一心向道,已很少过问青山寨的事务,自然也不出席会议。一直是青山寨实际掌舵人的王夫人逝世,库什与其夫人扎依身死,平日兴盛的库家现在仅剩下库藏一人独自坐在虎皮大椅上,他一身白色的孝服,显得有些憔悴和落寞。座次安排上,多蒙和关安逸被安排在了离库藏最近的左右两边,如库藏的左右手。

关安逸见到库藏,两人聊了一些青山寨和白沙镇的情况,才切入正题。关安逸问库藏道:"大哥,刚才兄弟们和我谈了一些共产党人和碧河镇的事情,大哥将众兄弟召集在一起,想必有重要的决定。"

库藏望着在座的各位兄弟,抬起头缓缓地说:"今天把兄弟们聚在一起,想听听大家的意见。或许大家已有所耳闻,碧河镇的杜元德修书一封到青山寨,要与我们和解。今日大家只管畅所欲言,谈谈我们要不要和碧河镇和解。"

库藏话音刚落,小飞第一个站出来,发表了一番反对和解的言论,一些和碧河镇有家仇的马脚子纷纷对小飞的观点表示赞同。以三盒子为代表的和解派也做了发言,不想再打下去的马脚子觉得三盒子目光长远。还剩下一大部分人,没表示赞同,也未表示反对,他们都在观望。除了报仇的情感诉求,青山寨和碧河镇的核心矛盾其实是白沙镇盐井,这些年来,青山寨从白沙镇盐井获得的利润,和茶叶生意各占半壁江山。如果不影响利益,能和解自然最好,如果影响到切身利益,谁也不愿意和解,这才是绝大部分马脚子的真实想法。

眼看分别支持小飞和三盒子的人都说得差不多了,库藏将目光转向关安逸问:"二弟,你怎么看?你打理白沙镇多年,你最有发言权。"

一直没有表态的关安逸听大哥库藏直接问他,他知道自己不能再沉默:"大哥,我现在担心的是杜元德会不会依靠共产党,和我们抢白沙镇盐井,如果是这样的话,你去碧河镇就非常危险了,到时,杜元德万一扣留下你要挟青山寨怎么办?"

库藏听关安逸说完,将目光转向多蒙:"三弟,你怎么看?"

对于和解一事,多蒙的内心一直是矛盾的,他没法回答,只能将主要关注点转移到库藏身上:"大哥,尽管送信来的人是李连城,但防人之心不可无,为了青山寨的未来,大哥万不可前往碧河镇冒险。如果杜元德真有心和我们签署和约,他大可自己来青山寨,而不是让大哥去碧河镇。"众人纷纷附和多蒙,劝库藏道:"对,多蒙三当家说得没错,我看杜元德就是黄鼠狼给鸡拜年——没安好心。"

库藏见大家说得差不多了,才发表自己的观点:"诸位,大家的想法,我都仔细考虑过。这一次,共产党组织各山寨头人前往北京,参加国庆大典,见了中央的领导人,整个行程,让我感触颇深,我坚信共产党有宽广的胸怀和格局,确实想实现各族人民和平和团结。我库藏作为一寨之主,虽谈不上大义气节,但还是应该有一定的人生境界。如果此次碧河镇请我青山寨会盟,他们并非真心实意,那么我库藏愿意以自己的死,给青山寨以及其他山寨提一个醒。如果碧河镇真从大局出发,真心与我青山寨和解,那么我们两个山寨的百年世仇,就在我这里终结吧。我不想再看到以后我们的子孙后代,因为仇杀,再死去。"

"如果他们要白沙镇盐井呢?"关安逸担心地问。

"这就是把你喊回青山寨的原因。"库藏胸有成竹地说,"和平团结是大势所趋,我们青山寨断然不能违背大势,碧河镇既让我去,哪怕对方摆的是鸿门宴,我也非去不可。当然,如果碧河镇想打白沙镇盐井的主意,我们也需要防着一手。所以我去后,二弟、三弟,你们一个守好白沙镇,一个守好青山寨,互为犄角,我相信碧河镇哪怕有所图,也不敢轻举妄动。"

"大哥,去碧河镇的事情,再考虑考虑吧。"关安逸说。

"二弟,我意已决,此事就这样决定吧,万一我真有个三长两短,青山寨寨主之位，就由三弟多蒙来坐。"库藏说。

众人见库藏心意已决，也不再劝库藏，知他一旦下定决心，几乎没有转圜的余地。大家只能按照库藏的安排，保护好青山寨和白沙镇的利益。众人散去后，库藏、关安逸、多蒙三人许久未见，本想聚一聚，无奈库藏需要守孝，不便开怀畅饮，便没有在库府设宴招待关安逸。多蒙让阿木哩安排了一桌酒肉，并喊上小飞、三盒子，和二哥一起畅饮一番。

多蒙的家里，阿木哩在紫衣、青兰的帮助下，做了满满一桌菜。多蒙、关安逸、小飞、三盒子在桌旁坐下，小飞和三盒子坐一侧，两人始终保持着沉默，多蒙能明显地感觉到，两人还因碧河镇的事情没有打开心结。

多蒙端起酒杯道："三盒子、小飞，难得二哥回一次青山寨，今天，我们仨就好好地敬他一杯。"小飞和三盒子斟满酒，和关安逸碰了一杯。多蒙又分别与小飞、三盒子喝了两杯。

小飞几杯酒下肚，好奇地问关安逸道："二哥，我知道你是反对和碧河镇和解的，但你今天怎么不力劝大哥呢？"

关安逸喝了一口酒，笑了笑："小飞兄弟，我确实想过力劝大哥，后来听大家的发言，再想到大哥的性格，他每次召开聚会，都准备周全，下定了决心，所以我没法全力劝他，毕竟他是青山寨的寨主啊，他做的所有决定，只要不违背族规，我们都只能无条件地执行。"他说到这里，望向三盒子，"这一点，我们都应该学学三盒子兄弟。自真司妹夫去世后，三盒子最得他的真传，也最明白大哥心中所想。近半年，青山寨发生众多变故，大哥的亲人先后去世，我们这些大哥身边最亲近的人，更应该为大哥着想。如果我们三个都不支持他，大哥会有多寒心啊！"

关安逸说到此处，三盒子已热泪盈眶。关安逸说得没错，现在库藏最亲近的几个兄弟，多蒙、小飞和碧河镇有杀父之仇，自然不会赞同和碧河镇和解，关安逸碍于白沙镇盐井的利益，也很难和碧河镇和解，那么唯一能和库藏站一起的，只有和碧河镇没有多少瓜葛的三盒子。为此，库藏还派三盒子去了一趟碧河镇，与碧河镇敲定盟约的具体事宜。三盒子这一来一往,深知库藏的决定是多么不易,所以哪怕得罪最好的兄弟小飞,也毫无保留地支持库藏的决定。

小飞听关安逸这么一说,见三盒子委屈的神色,他突然意识到自己误会了好兄弟,忙倒了一杯酒,对三盒子道:"三盒子哥,二当家这么一说,我感觉自己实在有愧,我只想着报仇,误会你了,还望你勿怪。"

三盒子见小飞真诚地向他道歉,也端起酒杯道:"小飞兄弟,我确实有难言的苦衷。这一次大哥回来,青山寨又发生诸多变故,大哥的心态似乎发生了巨大的转变,我能感觉得出,大哥哪怕牺牲自己的一切,也想结束我们与碧河镇上百年的恩怨。作为兄弟,我也明白你誓要报仇的心情,只是有些事随着时局在改变,如果像大哥所想,能在我们这一代结束两个山寨的仇怨,自然最好。"

"如果不能,你们想过结果没有?"关安逸斟了一杯酒,一口喝下,"如果不能呢?我们可能就要失去大哥,失去现在的一切,甚至失去青山寨。"

三人的话题越来越沉重,多蒙连忙笑道:"二哥、两位兄弟,来来,大家都是兄弟,不要有隔夜的恩怨。我再敬兄弟们一杯,告诉大家一件开心的事情——我要当爹啦!"说着把一边倒酒的阿木哩拉到跟前,摸着阿木哩略微凸显的小肚子说,"看看,我娃,过几个月就要与你们这些大伯、叔叔见面了!"

"不错啊,二弟!你这小子,都快当爹了!"关安逸端起酒杯,庆祝道,"二弟,你可真有福啊!孩子出生可别忘记请我们喝满月酒,这孩子的名字,我要取啊。"

"哈哈,二哥,早想好了,没有你的份儿。"多蒙笑道。一时间,小屋内一扫刚才的沉重气氛,变得欢快起来。

三盒子望着多蒙和阿木哩的幸福模样,心中一动,问道:"多蒙哥,如果我们和碧河镇和解,那么杜元德就要成全你和杜沈思,到时你怎么办?"他担心地看了一眼阿木哩。

"三盒子哥,你真是哪壶不开提哪壶啊!"小飞看向多蒙,多蒙低着头,没法回答这问题。小飞忙给多蒙斟酒:"多蒙哥,不要管三盒子哥,喝酒喝酒。"

阿木哩低着头笑着说:"多蒙哥和沈思姐本来已经成亲,只是杜家不肯承认罢了,如果沈思姐以后真能嫁到青山寨,那就太好了,我就多一个伴啦!"

"三弟,你看看,阿木哩多么善解人意!来来,三盒子、小飞,我们敬你和阿木哩一杯。"关安逸招呼两个兄弟,以及紫兰、青衣一起敬酒,尴尬的气氛瞬间被化解了。众人觥筹交错,畅快而谈,小屋中传来一阵阵欢快的笑声。

随着时间的流逝,夜幕降临。小飞性格最豪爽,酒量却不行,他第一个喝醉,由紫衣和青兰扶着,先送回家去。小飞走后,剩下的多蒙、三盒子、关安逸又喝了一轮,三人都喝得有七八分醉意,眼看时间不早,关安逸起身告别,多蒙将关安逸送到家门口。关安逸站在多蒙家门口,望着山下灯火通明的青山寨,如天上星河一般的灯火沿着谷地连成一片,东面山上挂着一弯残月。

"每次来都行色匆匆,很久没看青山寨的夜景了。"关安逸感慨道,脚下有些踉跄,多蒙忙让三盒子将关安逸扶住,关安逸才站稳了。关安逸笑道:"醉了,醉了。三弟,阿木哩怀孕,你照看好她,不用管我了,让三盒子送我吧。我明天一早就回白沙镇,你就不用送我了。"

"事情较多,否则我们兄弟多聚几日,岂不快活?"多蒙道。

"多事之秋啊。"关安逸感叹道。三盒子扶着关安逸离开了。

关安逸走了几步,回过头问多蒙:"哦,三弟,有件事我忘了问,大哥也没有说,他什么时候去碧河镇啊?"

多蒙醉意蒙眬地望了一眼周围,现在整个青山寨都知道大哥要和碧河镇和解,但具体什么时间去碧河镇,可能除了多蒙和三盒子,再没有其他人知道。多蒙见周围没外人,才压低声音回答:"二哥,这是机密。大哥去会盟的时间定在本月八日,也就三天后,所以你赶回白沙镇后,一定要

第二十二章 两寨会盟

做好准备,以防不测。"

"三弟,我知道了。青山寨这边就交给你了,若有变故,速通知我,我们互为犄角,谅碧河镇也不敢做小动作。只要我们密切配合,哪怕这次大哥赴的是鸿门宴,碧河镇也不敢动大哥一根头发。"关安逸豪气冲天地说,说罢才让三盒子扶着离开了多蒙家,前往驿站休息。多蒙和阿木哩目送关安逸和三盒子离开,转身回屋子中。

# 第二十三章　库藏之死

三天后的清晨,多蒙和三盒子在青山寨东门送库藏,库藏仅带了四个库府的心腹。为了安全起见,库藏的行程非常隐秘,就算是库府的心腹,也是今天临行前才知道库藏要动身的消息。

多蒙和三盒子将库藏送到寨门外,此时晨雾还没散去,前方的路处于一片迷雾中。多蒙隐隐担心,又问库藏:"大哥,真的不多带一些人手吗?万一杜元德发难……"

库藏拍了拍多蒙的肩膀:"三弟,我是去签和解盟约,又不是去下战书,不用带太多人。况且,我此行非常机密,带的人多了反而会引起别人的注意,如果遇到几个山匪,这四个兄弟绰绰有余。"说着打量一眼身后四个心腹,四人背着长枪,浑身肌肉,是精心挑选出来的青山寨的顶尖好手。可多蒙经历了上一次九死一生的境遇后,总觉得还有些不放心,但库藏去意已决,他也不好再说什么。

库藏又交代说:"三弟啊,我离开的这段时间,青山寨就交给你了,万一碧河镇真耍手段,扣押我,要挟我们青山寨,你便召集青山寨的人马,压境碧河镇。我相信,只要用我们青山寨大队人马的力量进行施压,碧河镇就绝对不敢加害于我。"

多蒙点点头,这些天他也在分析青山寨和碧河镇和解的事情,总的来说,和解是大势所趋,杜元德亲自找李连城送和解信,这说明杜元德对和解一事还是很有诚意的。如果真要耍那些卑鄙的手段影响和解,既得罪了青山寨,又得罪了共产党,这种损人不利己的事,相信碧河镇也干不出来。从大局看,大哥也非去碧河镇不可,不能与历史潮流背道而驰,否则会被历史的车轮碾压得粉身碎骨。

"三弟,我走后,反对和解的人可能会散布一些不利于和解的消息,你务必沉住气,不要被那些不利于和解的言论所影响。"库藏从三盒子手中接过马鞭,又嘱咐三盒子说,"三盒子兄弟,多蒙做事,有时候果断有余,思虑不足,你做事,谋略有余,果断不足,所以我走之后的这段时间,你辅佐好多蒙三弟,共同处理好青山寨的事务。"

"大哥只管放心去,我和多蒙哥合作多年,一定会默契配合,确保青山寨的稳定。"三盒子将牵着的马绳交到了库藏的手中。库藏点点头,多蒙和三盒子对青山寨忠心耿耿,做事又极为稳妥,他便没有了后顾之忧。

库藏和四个心腹随即上了马,准备出发。多蒙笑道:"大哥,不急着走,你稍等片刻。为了确保你的安全,我给你找了一个得力保镖,他跟你去,就如我跟你去一样,我和三盒子都放心。"多蒙说着和三盒子相视一眼。为了确保库藏的安全,他和三盒子昨晚商量了一夜,才挑选出一个最佳人选随库藏一同前去。

"哦,谁?"库藏心中有些疑惑,不知道多蒙和三盒子葫芦里卖的是什么药。这时,晨雾中传来一阵急促的马蹄声,多蒙开心道:"大哥,他来了。"多蒙话音刚落,一个背着长枪、身手矫健的人从晨雾中快马而来。库藏见到此人,开心道:"马程兄弟!"

"对,马程兄弟。"多蒙说话时,马程已经来到众人跟前,并向各位拱拱手道:"不好意思啊,库藏当家,多蒙兄弟今早才通知我,要我随库藏当家前往碧河镇,所以迟了。"库藏听言,笑了笑,多蒙为了他的安全,花了不少心思。他拱手对马程道:"有马程兄弟随行,路上遇到猫猫狗狗都得让着我们。"多蒙也抱歉道:"马程兄,不好意思,我和三盒子昨晚想了一夜,才想到你,所以通知迟了。"

"一家人就不说两家话,青山寨需要我做什么,只管吩咐。我家少主回藏云寨时特别吩咐,从此之后,藏云寨和青山寨便是一家,青山寨的事情也是我们藏云寨的事情。"马程乐呵呵地说。他留在青山寨,正是为了维护好青山寨和藏云寨之间的关系。

多蒙解释道:"马程兄,此次我大哥去碧河镇,理应我亲自护送他去的,可大哥安排我守着山寨,无法脱身,只能烦请你代劳了。有你护送我大哥,我和三盒子便可以放心了。"三盒子在一旁道:"'南鹰北马',马程兄,我大哥的安全靠你了。"

"二位兄弟只管放心,只要我马程在,定会护送库藏当家安全到碧河镇,再安全地护送回来。"马程拍着胸脯保证道。他说话的语气很自信,也很坚定。他在茶马大道上行走多年,经历过各种大风大浪。现在,青山寨除了多蒙,他是护送库藏的最佳人选,更难能可贵的是他值得青山寨信任。

库藏一行六人辞别多蒙和三盒子,前往碧河镇。多蒙站在城门外,遥望着库藏一行人消失在晨雾中,心中不免还是有些忐忑,但想到有马程随行,他又稍微安了些心,有这样一个神枪手在库藏身边,就算遇到马匪,也有一定的威慑力。

库藏走后,多蒙和三盒子坐镇库府,静候库藏的消息。按照事先的约定,一旦库藏和杜元德达成和解盟约,为庆祝这历史性的时刻,库府将大摆宴席,连续庆祝三天,所以库府上下开启忙碌模式,筹备庆祝用的各种用品和菜肴。万一库藏被杜元德扣押,多蒙也准备了后手,他要青山寨的大小头目做好准备,一旦有事,立刻发兵前往碧河镇,将大哥库藏解救出来。无论是什么结果,多蒙和三盒子经过仔细的谋划,做足了预案。

库藏离开后,正如库藏所料,一些反对和解的人散布谣言,说库藏被杜元德扣押了,库藏中了杜元德的计。也有人说,杜元德有共产党撑腰,而库藏曾经得罪共产党,杜元德正想利用这次机会,除掉老对头库藏,再借助共产党的力量,铲除青山寨的势力,一举夺回白沙镇盐井。

各种谣言像瘟疫一般在青山寨内流传,一时间,全寨上下人心浮动。多蒙能感觉得出,青山寨和碧河镇的和解有巨大的阻力,就如自己的好兄弟小飞,自从库藏离开青山寨后,再也没出现过。他向三盒子打听小飞的状况,三盒子说小飞得知库藏前往碧河镇的消息后,整个人都蔫了,每日喝酒度日,非常沮丧。

同样作为杜元德的仇人,多蒙自然理解小飞的心情,报仇曾是他和小飞继续生存下去的重要力量支撑。青山寨和碧河镇签订和解盟约后,没有整个青山寨作为支撑,再想报仇就难了。从这个角度看,曾经生命中的重要部分将变得毫无意义。不过多蒙也没立即去劝说小飞,有些事情需要时间去化解,等过一段时间,再找小飞聊一聊,或许小飞也只能接受现实。毕竟小飞现在已经成家,他应该放下报仇的执念,将身心转移到家庭上来。

经历一些事情后,多蒙沉稳了许多,面对流言,多蒙不为所动,只是让三盒子密切关注碧河镇的情况。青山寨在碧河镇也安插了一些内线,这一刻,这些内线都用上了,他们能及时准确地给多蒙提供消息,这也是多蒙能镇定自若的底牌。

库藏走后的第二天傍晚,多蒙坐在库府的大堂中,喝着普洱茶等着三盒子的消息,坐在多蒙对面的是大嫂娜莫和库玛。平日里,两个女人深居府内,不再过问青山寨的事情。可因为库藏前往碧河镇,两个女人终究没法安坐了。尤其娜莫,经历了库什篡权一事,现在已成惊弓之鸟,但凡一个不利于库藏的消息传到她耳朵里,她都要找多蒙证实消息的可靠性。多蒙每次都耐心地解释,才能稍微安抚娜莫。

库玛学道后,心态变得宁静了许多,不过,哪怕平日心态再怎么平静,今日也变得躁动不安。丈夫、母亲、二哥库什相继死后,库藏成了她唯一的亲人,半年间的一个个巨大的打击,基本摧毁了她的内心。哪怕学道,她也仅是在一片废墟上整理瓦砾,如果再失去大哥库藏,就如同把废墟上整理好的瓦砾再次碾碎,她都没法确定自己是否还能支撑下去。

三人正在等待,三盒子快步走进大堂中,他的脸色极为难看。来到三人面前,他首先看了一眼娜莫,稍作思考后,目光落到多蒙的脸上。多蒙见他神色不好,担心地问:"三盒子,大哥那边情况怎么样?飞鸽传书到了吗?"

"到了!"三盒子的面色变得更加阴沉了。一旁的娜莫早已忍不住,急问道:"三盒子兄弟,老爷那边情况怎么样?"三盒子皱着眉,将飞鸽传书的纸条递给多蒙。多蒙忙接过,展开一看,纸条上只有一句话:"寨主死在碧河镇。"多蒙顿感如五雷轰顶,他甚至有些怀疑这飞鸽传书的真实性:"三盒子,消息可靠吗?"

"可靠,我们设在碧河镇上的这位内线已经为我们传信多年,从没有出现过差错。"三盒子强忍着悲伤,故作镇定地回答。一边的娜莫突然站起来,焦急地问:"多蒙,老爷那边的情况怎么样?老爷是不是被杜元德扣押了?"娜莫一下子想到最坏的结果,话一出口,旁边的库玛也坐不住了,跟着娜莫站了起来。

"嫂子,你做好心理准备,是个不好的消息,这消息还有待确认。"多蒙担心娜莫一下子接受不了事实,稍微做了解释。娜莫走到多蒙跟前,从多蒙手中拿过飞鸽传书,看完她崩溃了:"老爷啊,老爷!"一口气接不上,跟跄着就要摔倒,还好库玛站在旁边,急忙将她扶住。但库玛得知库藏死在碧河镇的消息后,脸色瞬间变得煞白,情绪却平静得可怕,木然地说:"多蒙、三盒子,青山寨交给你们了,我要给大哥报仇。"说完搀扶着娜莫进了后院,再也没有出来。

娜莫和库玛进去后,多蒙双眼含着泪,咬牙切齿道:"三盒子,将青山寨的长老和众兄弟都召集来,我们必须给大哥报仇。"

"好,我这就去。"三盒子强忍着悲伤,转身离开。他走到门口,多蒙又喊住他:"三盒子,再确认消息是否属实。另外,派人去白沙镇通知我二哥,要他出兵,一起去碧河镇,为大哥报仇。仅凭我青山寨的力量,想拿下碧河镇,可能会有些吃力。"

"好,明白。"三盒子领命而去。

等所有人都离开后,多蒙一下子像泄了气的皮球,瘫倒在座位上,掩面哭道:"大哥啊大哥,你当初为什么不听我的劝?杜元德人面兽心,他的话,岂能相信?想当年我们歃血结为兄弟时对着苍天起誓,只求同年同月同日死,现在你枉死,我和二哥该何去何从?青山寨又该怎么办?我早就说过,我做不了寨主,青山寨不能没有你……"

多蒙悲痛欲绝,不知不觉,靠在椅子上恍恍惚惚地睡着了。睡梦中,他看到大哥走进大堂中,对着他感伤道:"三弟啊,对不起,大哥先走一步,青山寨就交给你了,不要给我报仇,守住青山寨,不要给我报仇……"库藏说完,转身离开了大堂。多蒙连忙问:"大哥,你要去哪里?"他起身去拉库藏,一下子惊醒过来,大堂中空荡荡的,一个人影都没有,只有大哥"不要报仇"的声音在他脑海中回荡着。多蒙这才意识到自己在做梦,他怅然若失地呆坐在椅子上,想,大哥真的不要我报仇吗?但是怎么能不报仇?不仅要给大哥报仇,还要新仇旧怨一起算,否则怎么能解心头之恨?

不一会儿,三盒子回到了大堂,青山寨的大小头目以及长老都陆续到达。见人到齐了,多蒙将三盒子喊到身边,再次确认道:"消息确认了吗?"三盒子在这段时间里,已经再次确认库藏死在碧河镇的消息,面对多蒙的询问,他说不出口,只是点点头。多蒙知道已无法挽回,现在要做的事情,就是召集人马,去碧河镇讨回公道,给大哥报仇。有了目标,他重新振作起来,起身对堂中众人道:"诸位,想必大家已经知道大当家死在碧河镇的消息。今日将大家召集来,目的只有一个,我们和碧河镇新仇旧恨一起算的时候到了。今天大家回去准备准备,明天和我前往碧河镇,不杀了杜元德誓不罢休。"

"好,这些年,就等今天!"坐在一旁的小飞一改几天来的颓废,像全身打了鸡血似的,双眼充满杀意,"我就说,没有谁能放弃仇恨和利益,我小飞不行!杜元德也不行!明日,我们就去踏平碧河镇,为大当家报仇!"在小飞的煽动下,和碧河镇有仇的马脚子群情激愤,都喊着要给库藏报仇。一时间,报仇的气氛被渲染到极点,众人达成共识,连夜准备好刀枪、干粮、马匹,明日进攻碧河镇。

开完会,多蒙和三盒子又商议进攻碧河镇需要准备的事情。青山寨已经多年没有举全寨之力展开行动了,这一次行动,关系到青山寨的未来,稍有不慎,青山寨就有可能万劫不复。一时间,多蒙感觉到,除了报仇,他肩膀上的担子又加重了几分。报仇固然重要,可相较于报仇,青山寨的存亡才是重中之重。

出发前往碧河镇前,多蒙决定回家见一见阿木哩,毕竟要和碧河镇拼命,生死难料,他要给阿木哩一些交代。万一他战死,阿木哩余生怎么度过?她怀着的孩子又怎么办?这些都需要一个妥善的安排。所以处理完库府的事情后,在夜色里,他独自回到了家中。

像往常一样,阿木哩坐在火塘边织着布。阿木哩说趁着现在肚子不是太大,还能动,给将要出生的孩子织几件衣服,等出生就用到了。阿木哩一门心思全在未出生的孩子身上,青山寨发生的事情,她完全没放在心上。

阿木哩见多蒙一脸疲惫地回家,心疼地问:"多蒙哥,吃饭了吗?今天你的脸色很难看啊。"阿木哩放下手中的活,在火塘中煮了一壶茶。"库藏大哥那边情况怎么样了?"她关心地问着,从灶台的锅中给多蒙拿了两块麦子饼,又拿来蜂蜜,"我今天做了你最爱吃的麦子饼,还热着呢,快吃吧。"

多蒙忙了一天,加上大哥的死,他一天颗粒未进,突然闻到麦子饼的香味,才感觉确实有些饿。他从阿木哩手中接过麦子饼,蘸着蜂蜜狼吞虎咽地吃了起来。阿木哩望着多蒙的吃相,笑了:"多蒙哥,别噎着啊。"说着从橱柜里找来一只碗,给多蒙倒了一碗茶。

多蒙风卷残云般吃完麦子饼,阿木哩又拿了两张麦子饼给多蒙,这一次,多蒙吃得稍微慢了一些。他坐在火塘边烤着火,低着头望着燃烧的火焰,慢悠悠地说:"阿木哩,我要离家一段时间。"

"你要去哪里?要开始走马运茶了吗?"阿木哩一愣,停下手中的活问,"不是说今年内不走商,等时局稳定些,来年开春才动身吗?"

"不是,大哥被杜元德杀了,我得去给大哥报仇。"多蒙宽慰道,"不用太担心,这一次我们出动了青山寨的所有力量,哪怕面对的是碧河镇,我们也有一战之力。"

"大哥被杜元德杀了?"阿木哩听到这个消息,愣住了。不过她早已听说库藏要去碧河镇和杜元德和解会盟的消息,虽感意外,似乎又在情理之中,毕竟青山寨和碧河镇有世仇,百年来两寨的人常发生械斗,各有死伤。"多蒙哥,你真想好要去打杜元德吗?"

阿木哩的这句话把多蒙问得有些摸不着头脑,杜元德是他的杀父仇人,现在又杀了结义大哥,去报仇岂不是天经地义的?这还需要想吗?阿木哩望着多蒙疑惑的模样,继续说:"多蒙哥,我当然没法阻止你去报仇,只是刀枪无眼,万一你有个闪失,我该怎么办啊?"

"放心,我不会有事的。"多蒙又宽慰着,起身走到床头的木柜前,从木柜里拿出一个藏红小木盒。多蒙打开锁,盒子里放着票据,以及两颗红色的宝石,多蒙将木盒交到阿木哩手中:"阿木哩,这是我这些年赚到的钱,存在青山寨马帮,你需要的时候,拿着票据去取钱就行了。还有这两颗红宝石,是我父母留给我的,你小心保存,万不得已的时候,你也可以卖掉。"

阿木哩眼睛泛红,多蒙嘴里说着不会有事,可交代的都是后事,她可不管多蒙说什么:"多蒙哥,我是你的媳妇,不是你的管家,你自己的钱,还有你的宝石,你自己保管。你又不是不知道,我只会饭来张口,衣来伸手,人又傻,没有你,根本没法一个人过。"

一时间,多蒙也不知道该说什么。阿木哩说得没错,她将自己卖给他后,便与他相依为命,他是她在这个世界上唯一的亲人,如果他真的死了,她一个人孤苦无依,确实难熬。想到这,他走到阿木哩跟前,将阿木哩拥在怀中。阿木哩靠在多蒙的怀中,轻轻地说:"多蒙哥,你真的要去攻打碧河镇,杀杜元德?你想过沈思姐该怎么办吗?如果这样的话,恐怕你和她这一生只能是仇人了。"

"我和她从出生那一刻起，便是仇人了。"多蒙茫然地说。

"多蒙哥，其实你可以选择的。"阿木哩望着多蒙的脸说，"为了她，为了我，还有我们的孩子，多蒙哥，你可以不报仇的。现在你和以前不同了，以前你是一个人，但现在不是。"

"我知道，我可以放弃父仇，但是我和大哥情同亲兄弟，是他把我带大，才有了我的今天，长兄如父。如果我连大哥的仇都不去报，我有何颜面去见九泉下的大哥？又有何颜面面对青山寨的众兄弟？我岂不成了不忠不孝不义之人？"多蒙的眼神异常地坚定。阿木哩从多蒙无可辩驳的话语里听得出，这个仇非报不可了。

"好吧，是我太自私了。"阿木哩自责着，从多蒙的怀中挣脱，"你明天要出门的话，我给你准备准备。哦，你就骑着我的白霜去吧，白霜是一匹好马，它通人性，有它陪着你，我放心一些。"阿木哩边说边从橱柜中拿出一袋麦子粉，她决定多给多蒙烙些饼，好作为干粮。

"好，我带着白霜一起去。"多蒙答应着。白霜是阿木哩从小养大的，多蒙出门的日子里，基本也是白霜陪着阿木哩。从感情上说，白霜在阿木哩心中宛若亲人，更为关键的是，它还是少有的千里马。

多蒙坐在火塘边，阿木哩做着麦子饼，两人东一句西一句地聊着明天出发的事情。多蒙不敢再说万一回不来的话，可他的话中不自觉地透露着万一他回来不了，孩子要怎么照顾的事情。他突然想到，如果自己真的战死在碧河镇，是否要让孩子给自己报仇呢？再反思自己的过往，报仇似乎占据了他生命中很多重要的部分，如果不用报仇的话，或许他的生命中有很多美好的时光。猛然间，他意识到，如果他真的战死，他也并不希望自己的孩子活在仇恨中，让本来就短暂的人生变得黯淡。想是这么想，可他不知道怎么和阿木哩说。两人继续聊着家常，按部就班做着明日出发前的各项准备工作，许久后才睡下，两人一夜无话。

第二天清晨，阿木哩早早地起床，为多蒙做好早餐。多蒙吃过早餐，阿木哩又牵来白霜，将准备好的枪、食物、水、金疮药等东西放在白霜身上

第二十三章　库藏之死　｜　295

的马褡子中。所有人都说,多蒙找了一个好妻子。多蒙此时此刻真切地感受到,阿木哩对他的关怀可以说是无微不至,而他这些年来将她视为妹妹,从爱情的角度而言,他实在亏欠阿木哩太多。

带着歉意,多蒙出发前又抱住了阿木哩,在她的耳边说:"阿木哩,如果我回不来,等我们的孩子长大了,你别和他说我是被仇家杀死的,你就说我是病死的。我不希望我们的孩子活在仇恨中,为我报仇。"

"我知道,我知道!"坚强的阿木哩埋在多蒙的胸前哭了。多蒙扶着阿木哩的肩膀,用手轻轻揩去她脸颊上的泪水:"阿木哩,无论发生什么,为了我们的孩子,你都要坚强。"阿木哩咬着牙齿,流着泪,点点头。多蒙安排妥当,又紧紧地抱住阿木哩,许久后,才依依不舍地放开她。他牵起白霜,三步一回头,朝着青山寨东门走去。阿木哩泪水婆娑地挥手送别,直到多蒙从视线中消失。

# 第二十四章　百年仇怨

多蒙带着青山寨的三千多人,浩浩荡荡直奔碧河镇,第二天下午到达了碧河镇土城墙下。多蒙远远看去,碧河镇大门紧闭,土城墙上站满了守卫。显然,碧河镇知道青山寨的人会来报仇,早已做好了应对准备。

多蒙意识到这将是一场恶战,他命令青山寨兄弟在碧河镇外围扎下营寨,围着碧河镇外围快速修筑简单的工事,做好攻城准备。碧河镇经过上百年的运营,墙高城厚,以青山寨的轻型武器,无法攻破碧河镇的城墙。可青山寨和碧河镇明里暗里都在较劲,这些年青山寨一直在谋划,万一有一天真的进攻碧河镇,怎么在没有重武器的情况下攻破碧河镇的城墙。最佳的办法自然是偷袭,可惜这一次动静太大,碧河镇早有准备,偷袭的方案只能放弃。不得不攻城的情况下,又有三个方案,分别是里应外合、挖地道、炸城门。也正因为提前谋划多年,多蒙才敢带着大队人马直抵碧河镇城下,否则再给青山寨多一倍的人马,也毫无胜算。

三盒子匆匆找到多蒙,给多蒙带来了一个消息:"多蒙哥,碧河镇派人来说,关于大哥的死,他们的大小姐杜沈思要和你在碧河镇南门口谈一谈。"

多蒙脸色沉郁,但最终还是不得不面对杜沈思和自己是仇人的事实。曾经无数个夜晚,他梦到杜沈思成为仇人,从梦中惊醒。如今,噩梦快成现实,他内心深处极度排斥去见杜沈思,但他又非面对不可。三盒子见多蒙沉默无言,建议道:"多蒙哥,依我之见,由我代你去见杜沈思。碧河镇素来诡计多端,我担心他们借这个机会向你打黑枪,万一你有个闪失,我们青山寨便群龙无首了。"

多蒙摇摇头："三盒子,你知道我和杜沈思的过往,现在我们兵临城下,和碧河镇多年的仇怨必须做个了断,我和她的感情也需要做一个了断,所以我必须去。万一他们真的向我打黑枪,那也没关系,青山寨没有我,还有你,你一样可以带着青山寨的兄弟,踏平碧河镇。"他说完拍了拍三盒子的肩膀。三盒子还想劝,多蒙已让手下牵过白霜,他跃上马背,朝着碧河镇南门纵马而去。三盒子没有办法,只能吩咐手下众兄弟看准了杜沈思,万一碧河镇开黑枪,便将杜沈思射杀。

多蒙来到土城墙下,碧河镇的城门缓缓地打开,杜沈思身着一身麻衣骑着马出了城门。两人四目相对,沉默了片刻,杜沈思在马背上说："多蒙哥,你大哥不是我们碧河镇杀的。我们见到他时,他已经死了,他的尸体被安放在马背上,驮到了碧河镇。"

多蒙冷冷地说："这样说来,我大哥的尸体确实在你们碧河镇了?是你爹杜元德邀请我大哥来会盟,来会盟的时间只有我们几个人知道,不是你们杀了我大哥,难道是我青山寨的人?除此以外,还会有其他人?"

"你不信我!"杜沈思的脸变了色,话语中夹杂着失望。

"我当然信你。但是我大哥死在碧河镇,这是板上钉钉的事实。我可以信你,我身后碧河镇的兄弟怎么信你?"多蒙转身用马鞭指着身后青山寨的兄弟,此时,临时战壕里的青山寨兄弟都远远地望着他和杜沈思。

"所以,这个仇你是非报不可了?"杜沈思语气有些激动,持着马鞭的手在微微地颤抖,"如果你真要进攻碧河镇,从此以后,我和你恩断义绝,再见时便是仇人。"她咬着牙齿,眼中泛着泪光,一滴冰冷的泪水悄然从她脸颊上滑落。

多蒙掉转白霜,以不回答代替了回答。他背对着杜沈思,回忆起第一次和她相遇,还有他抢亲时骑马载着她飞奔的情景,每一个幸福的画面在他脑海中跳跃,如果那些路没有尽头,可以一直走下去,该多好啊。

这时,杜沈思一把揩去脸颊上的泪水,高声朝多蒙吼道："多蒙,我恨你!"说罢掉转马头,一挥马鞭,转回碧河镇,城门缓缓地关闭。多蒙望着西边即将沉没的太阳,他的心底浮起一抹惆怅的血红,遮蔽了整个天空,直到夜幕降临。

随着夜晚的到来,青山寨进攻的号角吹响,多蒙带队在东门主攻,小飞和三盒子分别在南门和西门佯攻,各种方法都用尽了,多蒙依然没法攻破碧河镇。毕竟是世仇,碧河镇对青山寨的攻击套路也极为熟悉,又占着地利之便,青山寨兵力上的优势并不明显。

到了下半夜,多蒙见久攻不下,伤亡却在不断增大,为了保存实力,只能下令停止攻击,决定稍作休整后,等白沙镇二哥关安逸的人马到了,兵合一处,再做打算。多蒙将三盒子和小飞召集在一起,对今晚的战斗做了一个简单的分析,最后一致认为,要尽快攻破碧河镇,唯一的办法是用土炮攻城。青山寨确实准备了一些土炮,只是土炮较重,运输需要时间,短时间内也不可能将土炮弄到碧河镇城墙下。如果不是速攻,时间久了容易生变。也不适合围困碧河镇。三人最终决定,从青山寨中挑选十名敢死队员,抱着炸药包,炸碧河镇的城门,只要城门一破,碧河镇就无险可守了。商定后,多蒙吩咐小飞去组织敢死队。小飞拍着胸脯,持着枪豪气万丈地走了,临时指挥所里只剩下多蒙和三盒子。

三盒子对多蒙道:"大哥的死有不少疑点。根据我们的情报,碧河镇内只有大哥的尸体,跟着大哥一起来的马程,还有四位兄弟的尸首,并不在碧河镇内。我一直在想,以马程兄弟的身手,绝不可能束手就擒,被一网打尽,至少也得闹出一些动静来。大哥和马程兄弟死得极为蹊跷。"

多蒙长长地叹息了一声:"杜沈思和我说,大哥不是碧河镇杀的,但大哥不是他们杀的,他们怎么会有大哥的尸体?再说,大哥的行动极为隐秘,外人根本不知道大哥何时到碧河镇,如果大哥路上遇到马匪,有马程在,马匪也不会轻易得手。"

三盒子若有所思地说:"我担心,有人要挑起我们和碧河镇之间的仇恨,当然,也不排除碧河镇杀大哥报仇,就此夺回白沙镇的可能。我们得尽快弄清楚大哥死的真相。大哥带的四个兄弟都是青山寨的好手，只要有人动手，一定会留下蛛丝马迹，所以我让几个兄弟按照大哥走的路，沿途调查，看能不能找到一些线索。"

多蒙点点头："你考虑得比我周密，现在我们和碧河镇的战事已开，无论如何，我们必须给青山寨上下一个交代，否则无法安抚人心。"三盒子明白多蒙的难处，哪怕大哥的死疑点重重，就算和心爱的人反目成仇，为了安定青山寨，多蒙都必须做出选择。

次日清晨，多蒙又向三盒子询问了一遍二哥关安逸的情况，关安逸还是迟迟没有动静，多蒙又等了半日。中午时分，关安逸总算带着白沙镇的人马来了。让多蒙没想到的是，和关安逸一起来的还有龙殿英及其手下。多蒙对龙殿英并不陌生，他额头上的弹痕清晰可见，平添了几分杀气。龙殿英身边还跟着两个手下：一个是身材矮小、目光如鹰的副官庞虎；另一个是参谋徐亮。

关安逸见到多蒙，悲从中来："三弟，大哥怎么就被杜元德害了呢？我们三兄弟结拜时的誓言还在耳边，今日大哥就离我们独自而去了……"关安逸泣不成声。一时间，多蒙也不知道怎么劝二哥。

龙殿英在一边安慰道："关兄弟，事已至此，我们还是想想怎么给库藏大哥报仇吧。"

关安逸回过神，对多蒙道："三弟，这是龙团长。我想我们青山寨没有攻城的利器，特意把龙团长请来，助我们一臂之力。我又担心白沙镇空虚，杜元德会偷袭白沙镇，为了确保白沙镇万无一失，我不敢抽调白沙镇的人马。"

"还是二哥考虑周全。"多蒙想着复仇，确实未能想到这点。龙殿英在一边宽慰道："多蒙兄弟只管放心，就算没有白沙镇的人手，依靠我的兵力，也能解决碧河镇。路上我听关兄弟介绍说，白沙镇城墙坚固，难以攻破，但是在我眼里，要攻破这等城墙，绝非难事。"说完，吩咐徐亮去调团里的小钢炮连，轰开碧河镇的大门。徐亮领命而去。

多蒙听说有炮，吩咐三盒子配合徐亮展开行动。此时，青山寨的人见援兵到了，士气大涨，又听说龙殿英带来了小钢炮连，更是信心百倍，所有人按照安排，做好了进攻的准备。多蒙也荷枪实弹，骑着白霜，欲一鼓作气攻下碧河镇。

一声令下，碧河镇南门外一阵小钢炮的炮弹划破天空，轰击在碧河镇南门周围。碧河镇的守兵被这突如其来的炮击打得措手不及，碧河镇的南门在炮火的轰击下轰然倒下。多蒙见大门已破，立刻带着马队，以迅雷不及掩耳之势冲进碧河镇。

碧河镇南门守卫见城墙被攻破，无心恋战，纷纷退却，所谓兵败如山倒。多蒙带人以摧枯拉朽之势杀进了碧河镇内，直奔杜元德的府上，只要逮住杜元德，这场战争就算结束了。多蒙进了碧河镇后，一路没有受到阻挡，碧河镇似乎知道大势已去，也不再做无谓的挣扎和抵抗，纷纷撤退了，多蒙顺利地带着大队人马攻到杜府门口。

多蒙本以为杜元德会派重兵守卫自家经营百年的祖宅，但到了杜府门口发现，竟然没有一个守卫，反而是开着大门，似乎在等多蒙的到来。多蒙担心有诈，让大部队围住杜府，他带着一小队人马试探着进入杜府。此时的杜府内挂满了白色的孝布，显然在办丧事。多蒙也不管这些，现在他的脑海中只有杜元德，新仇旧恨全在杜元德，他只要杀了杜元德，大仇便报了。

多蒙持枪，带着小队人马冲到杜府正院，又发现正院中设置了一个灵堂，灵堂上摆着一口黑红大棺材，棺材前写了一个大大的"奠"字。杜元德穿着素衣，不慌不忙地独自坐在棺材前焚烧着黄泉纸。杜元德见多蒙冲进府内，并不吃惊。他烧尽手中最后一张黄泉纸，立于灵堂前，平静地对多蒙道："多蒙，你终于来了。"

多蒙身后的所有人用枪指着杜元德，杜元德从容地起身，从供桌上抽出三炷香，点燃后，朝着灵堂上的棺材祭拜道："库藏兄，你青山寨的人到了，我们碧河镇和青山寨的百年仇怨，今日就此终结吧。"

一旁的多蒙这才注意到，牌位上写着"青山寨寨主库藏之灵位"，也就是说棺材里是自己的大哥库藏。多蒙虽然知道大哥已逝，可是当见到大哥的棺材时，还是无法接受这个现实。他不管杜元德，冲到棺材前，掀开棺材盖子一角，这一回他看实了，躺在棺材里的正是自己的大哥库藏。

"大哥，大哥！"多蒙一时间没法控制住自己的情绪，扑通一下跪倒在了棺材前，泪水如奔涌的泉水。在场的所有人见多蒙悲伤的模样，不禁为之动容，不觉落下眼泪。杜元德悲伤地闭上了眼睛。

多蒙哭了大约一刻钟，也没缓过神来。攻击碧河镇的大队人马都进了碧河镇内，小飞押着杜沈思来到杜府。杜元德见到杜沈思，责备道："沈思，不是告诉你，如果守不住了，就带着人马撤走吗？你怎么还留了下来？"

杜沈思一脸的倔强："爹，我不能看着自己最爱的人杀了我最亲的人，如果今天多蒙敢动你，女儿就陪你一起，黄泉路上也有个伴。"

多蒙听到杜沈思和杜元德的对话，才从悲伤中回到现实。三盒子忙上前扶住多蒙："多蒙哥，事已至此，杜元德也抓到了，现在青山寨上下都要一个交代，你振作一些。"

多蒙在三盒子的劝说下，悲伤的目光逐渐消退，取而代之的是冰冷的眼神，他朝杜元德怒吼道："杜元德，你杀了我父亲，为何还要杀我大哥？"

杜元德已从多蒙的目光中读出杀意，他摸向怀中，抽出一把枪。在场的青山寨的所有人见杜元德拔枪，都将枪口指向了杜元德。杜元德却没有要开枪的意思，他将枪放在库藏的灵堂前，对多蒙说："多蒙小兄弟，当年我年轻气盛，失手杀了你的父亲，酿成大错。如果你想报仇的话，就用这把枪杀了我吧。当年，我就是用这把枪杀了你父亲。至于你大哥，不是我所杀，我杜元德向来敢作敢当，做过就做过，没有做过就没有做过！"

"爹！"杜沈思想劝杜元德，可杜元德哪里肯听？他早已做了决定："沈思，我早已和你说过，这是我欠多蒙和青山寨的，如果我的死能化解仇恨的话，我死又何妨？"他又转向多蒙，"多蒙小兄弟，你要杀我可以，一人做事一人当，但还望你放了我女儿和碧河镇的寨民，他们都是无辜的。你攻击碧河镇前我早已做了安排，就算你杀了我，我们碧河镇的人也不得找你报仇，否则逐出碧河镇，其子孙都不能入宗族祠堂。我想我们的仇怨就以我的死来终结吧。"

"好，杜元德，我成全你！"多蒙一步上前，拿过祭台上杜元德的手枪，指向杜元德的脑门。杜元德早已将生死置之度外，只等多蒙开枪。

"多蒙，你敢杀我爹，我今天就死在你面前！"杜沈思从怀中掏出随身携带的断情刀，将断情刀架在了自己的脖子上，眼睛始终盯着多蒙手中的枪。多蒙红着眼，拉动了枪栓，锋利的断情刀也划破了杜沈思的脖子，现出一道血痕。

杜元德劝杜沈思道："沈思，别做傻事，你和我一起死毫无意义。冤有头，债有主，我欠下的债，由我一个人偿还。"

"爹，我不管！我死了，你也不用担心我找他报仇，否则女儿只要活着，就要找多蒙报仇！"杜沈思手中的断情刀逼得更紧。

"杜沈思，你别逼我！"多蒙握枪的手都在颤抖，他想一了百了，可他手中的手枪扳机宛如千斤重，压得他有些喘不过气来。当他再看到杜沈思脖子上一滴血从刀刃上流过时，他的心彻底碎了。他将枪重重地拍在祭台上，扑通一声跪下，对着大哥的棺材拜道："大哥，对不起！"又仰天长叹一声，"爹，孩儿不孝！"

"多蒙哥，为什么不杀杜元德？他杀了我们父亲，还杀了大哥，他罪有应得！"小飞见多蒙不动手，拔出手枪，指向杜元德。三盒子眼疾手快，一把夺过小飞的枪，劝道："小飞兄弟，住手，你不能杀杜元德。"

"你忘了库藏大哥为什么要来碧河镇吗？你如果杀了他，我们和碧河镇的百年仇怨将永远无法化解。"三盒子又向身边的青山寨的众兄弟下命令道，"诸位兄弟，库藏大哥已死，现在多蒙是青山寨的寨主，是否杀杜元德，应该由寨主决定，诸位兄弟哪怕和杜元德有仇，也不可造次。"

青山寨众兄弟听到三盒子的提醒，都不敢轻举妄动。但小飞可不管这些,他手中没枪,抽出腰间的长刀,就要攻击杜元德。三盒子早已看透了小飞,他立刻命人上前夺了小飞手中的刀,并把小飞控制住。三盒子上前劝道:"小飞兄弟,为了青山寨的长远考虑,只能委屈你了。"

小飞眼看仇人就在跟前,却报不了仇,他一下子跪在地上,悲鸣道:"爹,不是儿子不想给你报仇,是多蒙他不想报仇!"接着破口大骂多蒙,"多蒙哥,你今天不杀杜元德,你以后到了下面如何去面对自己的父亲、大哥,以及那些被碧河镇杀死的青山寨的兄弟?"多蒙不管小飞怎么骂,只是木然地跪在地上,他心如死灰。三盒子也顾不得其他,吩咐人将小飞架到一边,小心看护。小飞在一阵吵嚷声中,被三个青山寨好手看住了。

这时,关安逸带着龙殿英、庞虎、徐亮进入正堂。关安逸一进门就见到多蒙跪在库藏的棺材前,他不敢相信地检查了一遍棺材,见棺材里躺着的正是自己的大哥库藏,一股强烈的悲伤冲击着他,他跪下哭道:"大哥,对不起,兄弟来迟了,才让你惨遭不幸!大哥,是兄弟对不起你,如果当日我多劝你,不让你来,就不会有今日之祸,千错万错,都是兄弟辅佐不力,千不该万不该,让你孤身犯险……"关安逸悲切的话语一句胜过一句,他的悲伤与多蒙比有过之而无不及,在场的众人不免再次动容,都悲伤地低下了头。

龙殿英见多蒙和关安逸都陷入悲伤中,走到杜元德跟前,冷冷地道:"元德兄,我听说你投靠了共产党,为此杀害了库藏寨主。想当年党国对你碧河镇也不薄,你为何要背叛党国?"

杜元德冷冷地一笑,针锋相对道:"龙团长,你不要血口喷人!库藏寨主并非我所杀,我杜元德为人光明磊落,做过就做过,没有做过就没有做过!另外,我只是一个商人,何来背叛一说?这些年,你们从我碧河镇捞取的油水也不少吧?"

龙殿英嘴角抽动了一下,上下打量着杜元德,继续说:"我还听说,你在共产党的团结誓词书上签了字,画了押。今日,如果你肯写一封和共产党决裂的书,昭告众山寨,我可以饶你一条性命;否则,就用你的头祭奠库藏兄的在天之灵。两条路,你选吧!"

"真没想到,青山寨已经投靠了龙殿英。哈哈,多蒙,是我看错了人。"杜元德冷着脸,从祭桌上抓起手枪,"既如此,不劳你动手,我杜元德既已在民族团结誓词书上画了押,发了血誓,就绝不会违背誓言。"他将枪指向自己的脑袋,转头对杜沈思道,"女儿,爹愿意死,只是不想违背当日的誓言。我的死和多蒙无关,记住爹给你说的话,不要报仇。"

"爹!"杜沈思大哭着。

杜元德回头望了一眼库藏的灵位,平静道:"库藏兄,我和你一起在民族团结誓词书上画了押,我本想将你喊来,化解我们两个山寨百年的恩怨,哪承想害得你惨死,造成今天无法挽回的局面。今日,一命抵一命,我杜元德下来陪你。"他说完扣动扳机,一声枪响后,杜元德应声倒下。杜沈思见父亲自杀,痛彻心扉,手中一直持着的匕首也随之滑落。多蒙这才回过神来,面对眼前的这一幕,他脸上没有一丝表情。

一边的小飞见杜元德自杀,狂喜地跪在地上,朝着天空哭道:"爹,看到了吗?杜元德死了,你的仇总算报了,报了!"小飞哭喊过后,又像一只泄了气的皮球,垂头丧气地瘫坐在地上,有些空虚,又有些落寞。

三盒子上前一步问多蒙:"多蒙哥,杜元德已死,我们抓到的碧河镇俘虏怎么办?"

多蒙异常平静地说:"放了!"

"还抓了几个准备逃跑的杜府的人,也放了?"三盒子望了望杜沈思,"还有杜沈思怎么办?"

"全放了。"多蒙说。

杜沈思扑在杜元德的尸首上,听到多蒙要放了自己,红着眼发狠道:"多蒙,你今天把我放了,有朝一日,我一定会杀了你,为我爹报仇!"

多蒙没有理会杜沈思,他扶起跪在地上的悲伤的关安逸,劝道:"二哥,我们走吧。"关安逸在多蒙的搀扶下,勉强从地上起身。多蒙回头对三盒子道:"三盒子,喊兄弟们进来,我们一起把大哥的棺材抬回青山寨。"

很快,三盒子带着十几个兄弟进了灵堂,他们将库藏的棺材用绳索绑好,又找来木棍,多蒙站在最前面,三盒子在另一边,和众兄弟抬起库藏的棺材,准备离开杜府。龙殿英见多蒙要走,上前一步道:"多蒙兄弟,今日事已至此,你是否愿意跟随我,一起对抗共产党,为库藏兄报仇?"

多蒙抬起头,望着龙殿英额头上的疤痕,淡淡地道:"谢谢龙团长今日助我青山寨攻破碧河镇,这个恩情,我青山寨会永远铭记。我多蒙向来有恩报恩,有仇报仇,至于政治,真是惭愧,我着实没有兴趣。今日一别,后会有期。"多蒙说完,示意众人抬着棺材走,走了几步,又回头对龙殿英道,"龙团长,今日之事,是我青山寨和碧河镇的恩怨,现在我们大仇已报,望你不要为难碧河镇和杜家的人。"

龙殿英拱手道:"多蒙兄弟只管放心,我绝不会为难碧河镇和杜家的人。"

多蒙还是有些不放心,他向三盒子使了一个眼色,三盒子心领神会,暗地里又做了一些安排。

很快,多蒙和龙殿英的手下都撤出了碧河镇。走到碧河镇路口,关安逸对多蒙道:"三弟,这次走得急,白沙镇很多事情未来得及安排妥当,等我安排好白沙镇的事务,和你在青山寨会合,为大哥办丧事。"

"二哥,青山寨见。"多蒙道。

龙殿英上马,也和多蒙道别:"多蒙兄弟,今日暂且别过,等我先把安逸兄弟安全送回白沙镇,再做打算。"

多蒙和关安逸、龙殿英拱手作别,两支队伍就此分道扬镳。多蒙目送关安逸等人走后,让青山寨所有兄弟穿上白色的丧服,抬起大哥的棺材,返回青山寨。

小飞知道多蒙数日来操劳,心力交瘁,想到自己一心只想报仇,多次顶撞多蒙,内心不免有些惭愧。见多蒙勉强支撑着身体,又要去抬库藏棺材的头杠,他上前一步说:"多蒙哥,你休息休息,这头杠就由兄弟为你代劳吧。"

多蒙抬起头,注视着小飞真诚的脸,他的内心深处,在给父亲报仇的事情上,多少有些愧对小飞。自从认识杜沈思以来,是否该找杜元德报仇,成了横亘在他和小飞之间的一道坎。今日杜元德已死,这道坎也就没有了。无论怎么说,他和小飞都是出生入死的兄弟。想到这一点,他把头杠交到小飞的手中:"兄弟,辛苦了。"

多蒙上了马,和大队人马跟在棺材后,缓慢地前行。三盒子陪在多蒙身边,边走边说道:"多蒙哥,如果大哥不是杜元德所杀,那会是谁下的狠手?"

多蒙仔细想了想,知道大哥要到碧河镇的人极少,除了碧河镇杜元德外,还有李连城,但是李连城真要杀自己大哥,他有的是机会,更何况李连城亲自送信,这不是多此一举吗?三盒子见多蒙不说话,压低声音道:"多蒙哥,我看关二哥和龙团长走得很近,今日见龙团长对杜元德的态度,他并不希望众山寨跟随共产党,你说会不会是……"

多蒙抬手止住了三盒子的话。三盒子所言,他不是没有想过,可大哥库藏、二哥关安逸是歃血为盟的兄弟啊,以他对二哥的了解,二哥是有些贪财,但他相信二哥绝对做不出弑兄的事情。再说,二哥见到大哥的遗体时悲痛欲绝,其伤心一点儿也不比他少,这种悲痛的情感,就算二哥怎么能演,也绝对演不出来。

三盒子识趣,没有说下去。青山寨已经发生了一次兄弟相残的事情,如果再来一次,让青山寨众兄弟情何以堪?再说,关安逸和龙殿英走得近,也并不奇怪。这些年来,青山寨背靠国民党,才维持住思普地区第一马帮的势力,青山寨与国民党政府官员沟通的事情,几乎都是关安逸在负责,关安逸和龙殿英是老朋友了。

多蒙心事重重,一言不发,又走了几里,他突然转头问三盒子:"如果真是龙殿英杀了大哥,他下一步会怎么做?你说他会不会借着这个机会,对碧河镇赶尽杀绝?我离开碧河镇时拒绝了他的邀请,他会不会忌惮我,对我下手?"

三盒子皱着眉道："碧河镇那边，按照你的吩咐，我已经安排了一队人马，暗中保护杜沈思，你只管放心。至于我们这边，龙殿英的队伍尽管武器比我们好，但区区数百人，想吞下我们整个青山寨，绝无可能，唯一的可能是……"

三盒子话未说完，多蒙听到一声清脆的枪声响彻群山。抬头杠的小飞应声倒下，队伍里立刻传出"有埋伏"的喊声，所有人慌作一团，下意识地找隐蔽的地方。只有多蒙骑在马背上，没有半分慌乱，他脑海中浮现出姐夫宋真司被杀时的情景，那时也如今天这般，被人一枪取了性命。多蒙迅速从马背上取过长枪，如鹰一般的眼睛搜索着枪响的方向。他看到百米之外，偷袭者背着步枪，不慌不忙地跳上藏在山坡上的马就要离开。

多蒙眉头紧锁，心中生起一团怒意，偷袭者一定是认为自己得手，欺青山寨再没有神枪手，才敢如此明目张胆。多蒙深深地吸了口气，瞄准偷袭者，扣动扳机，一声枪响，百米外的袭击者摇晃了几下身体，滚落马下。一边的三盒子见多蒙得手，立刻命令手下去查看情况。

多蒙此刻没心情管偷袭者，他跳下马背，朝被打倒的小飞跑去。小飞胸口中弹，倒在血泊中。多蒙上前，一把抱住小飞，检查了小飞的伤口，这一枪正中要害，就算大罗神仙来也救不活了。多蒙知道偷袭者的目标是自己，小飞因为代自己抬棺，为自己挡了子弹，他抱着小飞，欲哭无泪。小飞口中流着血，气息微弱地道："多蒙哥，我不行了……"

多蒙一把抓住小飞的手，感伤道："好兄弟，你是代我而死啊！"

小飞的嘴角露出一丝微笑："多蒙哥，能代你而死，是我这一生中最大的幸运，大哥的死，你一定要找到……真……凶！"小飞用最后的力气紧紧地握住了多蒙的手，黯然地闭上了眼睛。

这时，偷袭者被拖了回来，子弹直接命中他的头部，一枪毙命。三盒子看到偷袭者的模样，不禁眉头紧皱，此人正是龙殿英的手下——有着"神枪手"之称的庞虎。

龙殿英还真的派人来杀多蒙了，多蒙悚然一惊，难道大哥的死真和二哥有关？兄弟相残的事情，真的重新上演了？他有些不敢相信，同时他又劝自己，或许要杀自己的人只是龙殿英，和二哥关安逸没有关系，想二哥关安逸在大哥棺材前那样悲痛，绝对不会是出卖大哥的人。哪怕他这样试图说服自己，他的内心深处还是阵阵作痛，因为只有庞虎出手，才可能将同是神枪手的马程一枪解决掉，也只有凭龙殿英的能力，才能把这事情做得悄无声息，不留一丝痕迹。

多蒙又想到，龙殿英既已向他下手，碧河镇的杜沈思也可能遇到危险了，他立刻命三盒子派一些人去碧河镇增援。三盒子知道杜沈思在多蒙心中的分量，亲自带着一队人马回援碧河镇。

# 第二十五章　水落石出

所幸青山寨的队伍离碧河镇并不远,大约两刻钟的工夫,三盒子带着人马回来了,还带回了十几个俘虏,全是龙殿英的手下。

三盒子跳下马,快步走近多蒙,向多蒙禀报道:"多蒙哥,你猜得没错,我们走后,龙殿英这厮就派了他的参谋折返碧河镇,要把杜家赶尽杀绝。还好我们早有准备,在他们要动手的时候,缴了他们的械,否则后果不堪设想。"

"杜沈思呢?"多蒙忙问。

"她没事!"三盒子说。

"她没有说什么?"

"嗯……"三盒子顿了顿,见多蒙盯着自己,继续说,"她说,要放就放,要杀就杀,不要假仁假义,干脆利落些。"

多蒙在心底叹息了一声,看来杜沈思已经将他和龙殿英看作一伙了,杜元德虽说不是自己杀的,可杜元德的死和自己有莫大的关系,经过这件事,杜沈思对他再也没有半分情意,在杜沈思的心中,他就是杀父仇人。

三盒子继续说:"龙殿英的参谋徐亮已经交代,是龙殿英半路阻截了大哥,大哥不愿跟着龙殿英,和杜元德一样,举枪自尽。"说着向身后的手下挥挥手,下令将徐亮带上来。此时的徐亮,浑身是伤,因流血过多,面容惨白。由于被打断了腿,他被青山寨的两个人架着来到了多蒙跟前,如一摊烂泥被丢在地上。三盒子冷冷地对徐亮道:"徐亮,如果想活,把你们做过的事情再交代一遍。"

徐亮喘着粗气，无力地抬着眼，望着多蒙说："多蒙当家，所有事，都……都是龙团长指使的，和我……没关系。"

多蒙呵斥道："我马程兄弟又是谁杀的？"

徐亮说："在困鹿岭，被……被庞虎一枪毙命。"

多蒙听到此处，闭上了眼睛，他能想象，大哥和马程骑在马背上，风尘仆仆地赶往碧河镇，在困鹿岭，埋伏的庞虎一枪击杀马程，再把护送大哥的家丁陆续击杀，抓住大哥库藏。多蒙怒问："是不是龙殿英杀了我大哥？"

"没……没，龙团长只想让库藏寨主归顺，没想到库藏寨主刚烈，不愿归顺，举枪自尽。"徐亮又狡辩道，"多蒙当家，龙团长绝没有杀库藏寨主的意思，龙团长只想劝一劝库藏寨主，可是……没想到……"

"够了！"多蒙怒喝一声，打断了徐亮的话。多蒙的脑海中，龙殿英逼迫杜元德的情景又浮现出来。毫无疑问，龙殿英一定像逼迫杜元德一般逼迫大哥库藏，大哥才会被迫自杀。"既是你们逼死我大哥，我大哥的尸体为什么会在碧河镇？"

徐亮继续道："是龙团长的意思，说库藏当家既已死，他的心愿是到碧河镇，那么就完成库藏当家最后的心愿。所以我们将库藏当家的尸体放置在马背上，送到碧河镇……"多蒙听到此处，实在听不下去了，他从腰间抽出手枪，指着徐亮的脑门，想一枪毙了他。徐亮吓得哆嗦着说："多蒙当家，我……我说实话，这是龙团长的计划，他想青山寨和碧河镇打起来。"

多蒙听他说真话，强压住心中怒火，又问："说，我姐夫宋真司是不是你们害的？"

徐亮一愣，没有立刻回答。三盒子抽出马鞭，抽了徐亮一鞭，呵斥道："老实说，我师父宋真司是不是你们害的？"

"是……是的，是庞虎，只有他有百步穿杨的枪法。"徐亮为了活命，索性全招了，"还……还有，龙团长已经派了庞虎，要在多蒙当家回青山寨的路上，击杀多蒙当家。"

第二十五章　水落石出　| 311

多蒙冷着脸,吩咐手下兄弟道:"把尸体抬上来,看他认不认识。"

不一会儿,庞虎的尸体被抬到了徐亮的跟前。徐亮看到庞虎的尸体,大惊失色道:"庞……庞虎,他……他死了?!"多蒙挥挥手,吩咐手下将徐亮带下去。

三盒子看着徐亮被带下去,才回头对多蒙道:"多蒙哥,这样看,大哥的仇,我们必须找龙殿英报。"

多蒙脸色阴沉,若有所思地说:"龙殿英怎么可能知道大哥前往碧河镇的准确信息?一定是关安逸把大哥前往碧河镇的信息透露给了龙殿英,除此之外,还有其他可能吗?"多蒙最终还是把自己内心的猜测说了出来,该来的,他还是要面对的。

三盒子叹息道:"关安逸和龙殿英走得那么近,只有这种可能。"

多蒙目光如剑,安排三盒子,将青山寨的小头目都召集起来,开个简短的会议。多蒙和三盒子等人经过商议,想到现在龙殿英和关安逸都在白沙镇,正好借这个时机,一旦龙殿英离开白沙镇,想再找他报仇,就没那么容易了。计划商定,多蒙下命令,受伤的青山寨兄弟抬着大哥的棺材,带着本次在碧河镇战死的兄弟一起带回青山寨,剩下的人掉转方向,直接攻向白沙镇。众人在仇恨的刺激下,不顾碧河镇战斗的疲惫,上下一心,发誓如若不报仇,决不收兵。

第二天清晨,多蒙带着青山寨的兄弟来到白沙镇外。白沙镇建在盐峰下,城墙全用白色的盐石堆砌而成,远远看去,宛如一座白色的城堡。城堡后面的盐峰,是白沙镇财富所在,盐井打在盐峰上,每天由矿工将盐井内的盐矿石背出来,用大锅熬出盐。熬出的盐晒干制作成盐巴,由马帮通过茶马大道运送到全国各地。盐井的生意是一本万利的买卖,谁就控制了盐井,谁就拥有了一座永远采不完的金矿。也正因为如此,为了争夺盐井的归属权,碧河镇和青山寨斗了数十年,直到民国时期,青山寨背靠国民党政府,从碧河镇手中抢过白沙镇的盐井,一直运营至今。

此时的白沙镇大门紧闭,白沙镇的城墙经过关安逸这些年的加固,比碧河镇的城墙还坚固,想攻破白沙镇绝非易事。可事情发展到这个地步,多蒙也只能硬着头皮,哪怕是困死在白沙镇,这个仇也非报不可。毕竟和关安逸曾是结拜兄弟,多蒙决定先找关安逸问清楚,再做打算。他派人给关安逸送了一封口信,要关安逸打开大门,把事情说清楚。

关安逸收到多蒙的口信,匆匆地赶到城墙上。他做贼心虚,也不敢开门,只是站在城墙上,假惺惺地向多蒙打招呼道:"三弟,为何这么早到我白沙镇,还带了这么多兄弟?我们不是约定,等白沙镇的事情办妥了,一起给大哥办丧事吗?"

多蒙骑在白霜上,用马鞭指着关安逸,横眉质问道:"关安逸,我只问你一句话,大哥的死,和你有没有关系?是条汉子,就敢做敢当,说实话,兄弟一场,不要让我看不起你!"

关安逸故作惊讶地迟疑片刻,反问道:"三弟何出此言?"

多蒙见关安逸不想承认,马鞭一挥,身后三个青山寨的兄弟抬着庞虎的尸体、押着徐亮走上前来:"看看这是谁?你来告诉我,龙殿英的手下为什么要杀我,打死小飞兄弟?"

关安逸看到庞虎的尸体和徐亮后大怒,转身问身边的家丁:"龙殿英呢?他在哪里?让他出来给我解释清楚!"

多蒙怒道:"姓关的,你就不要演戏了!你是不是串通龙殿英杀了大哥,又担心我知道真相后找你们报仇,派人对我赶尽杀绝?"

关安逸连忙辩解道:"三弟,你听我说……"

多蒙哪里有心思听他狡辩?直接用枪指着关安逸骂道:"姓关的,你听好了,从今以后,我没有你这个二哥,我与你划清界限,恩断义绝!"多蒙说完,朝着天空打了一枪,而后骑着白霜转身便走。随着多蒙的枪声,白沙镇周围响起了密集的枪声,青山寨的人对白沙镇展开了第一波攻击。

枪声越来越密集,关安逸的家丁匆匆来报:"二当家,不好了,白沙镇的三个城门同时受到攻击!"

关安逸咆哮道:"都给我顶住!只要顶住了,我重重有赏!"

第二十五章 水落石出 | 313

家丁慌张地道:"是,二当家!"

关安逸又问身边的家丁:"龙殿英呢? 他在哪里?"

家丁道:"禀报二当家,他在白沙镇广场。"

关安逸命令道:"走,跟我去见他! 其余人给我顶住了,打完仗,每个兄弟发十块大洋,不,二十块!"守卫城墙的兵丁听说有大洋可拿,一时间精神抖擞,奋力还击。

关安逸带着一队家丁来到白沙镇广场,见龙殿英残部正在整队,他慌忙跑过去,质问道:"你怎么可以派人去杀我三弟?"

"我提醒过你,不杀掉多蒙,他早晚会找上门来。你看,这不就来了吗?"

关安逸被龙殿英的话噎住了,缓了好一会儿才道:"事已至此,下一步该怎么办?"

"怎么办? 你昨晚不是已经收拾好了金银细软? 这还用我说?"龙殿英意味深长地笑道。

"我的意思是,万一他们攻破白沙镇,我们该怎么办?"关安逸急了。

龙殿英看着他的残部说:"区区青山寨的兵丁,何足挂齿? 如果他们真的攻破白沙镇了,我带着队伍,护送你带着金银细软打出去。"

这时的白沙镇外,多蒙在指挥青山寨的人马攻击白沙镇。

多蒙持枪面对城墙上的守兵,只要守兵露头,他手起枪响,枪枪毙命。神枪手多蒙加入战斗,攻击白沙镇的青山寨兄弟一时间士气大振。趁着城墙上的守兵不敢露头,几个勇士抱着土制炸药包冲向城门,准备炸开城门。但他们刚冲出来,炮弹呼啸袭来,把他们全部轰倒。

龙殿英和关安逸站在城墙隐蔽处观看战况,龙殿英笑道:"不过是一群乌合之众,不足为惧。"

关安逸喜道:"我就知道,只要龙团长在,我白沙镇就万无一失。"关安逸刚把心放下,西门便传来一阵巨大的炮击声,关安逸惊得脸色大变。

一个家丁跌跌撞撞地跑来禀报道:"二当家,不好了,解放军和碧河镇的队伍从西门打来了,他们的火力太猛,兄弟们顶不住了!"

关安逸无可奈何地看着龙殿英,只等着龙殿英拿主意。龙殿英皱眉道:"白沙镇守不住了,撤!"

白沙镇东门突然被打开,龙殿英骑着马带着手下蜂拥而出,关安逸带着这些年积攒的钱财,装了十多匹骡马,紧随其后。

围攻东门的青山寨人马无力和龙殿英的队伍对抗,很快就被撕开了一道口子,龙殿英和关安逸带着残部朝南逃去。

三盒子飞马赶到南门,找到多蒙:"多蒙哥,西门已经被李连城的队伍和碧河镇的人马攻破了。"

多蒙喜道:"李连城来得真及时!"

三盒子又道:"龙殿英、关安逸从东门逃跑了。"

"不能让他们就这样跑了!"多蒙转头便走,边走边喊道,"兄弟们,上马,追上龙殿英、关安逸!"青山寨众兄弟闻令,纷纷跟在多蒙身后。多蒙骑着白霜,带着攻击南门的青山寨兄弟,朝着龙殿英、关安逸逃跑的方向追去。龙殿英和关安逸带着金银财物,速度始终慢了半拍,多蒙带人很快追上了他们。

多蒙一枪打中一匹骡子的屁股,骡子痛苦地乱撞,撞击过程中,骡子身上驮的货物被撞开。一时间,金银钱财随着骡子的奔跑撒落一地。

关安逸、龙殿英见状,也顾不得财物了,纵马抄小路跑了。多蒙紧紧地跟在龙殿英和关安逸的身后。

三骑一阵狂奔,多蒙举起枪,朝着离自己最近的关安逸打了一枪。关安逸应声滚落,多蒙纵马追到关安逸跟前,见关安逸中弹了,仰天躺在地上。多蒙跳下马,一把揪住了关安逸的衣领,朝着关安逸的脸上就是一拳,怒骂道:"关安逸,你为什么杀大哥?为什么?你忘记我们的誓言了吗?你这背信弃义的叛徒,是我和大哥看走了眼!"

关安逸怒喝道:"我说了,大哥不是我杀的!"

多蒙又是一拳:"龙殿英怎么知道大哥什么时候去碧河镇?不是你和

他勾结,大哥怎么会死?"

关安逸哭道:"我本来只想让龙殿英劝一劝大哥,哪想到大哥性情刚烈,举枪自尽。你说得对,是我害死了大哥,今天你就杀了我,为大哥报仇吧!"关安逸越说越沮丧、后悔、懊恼。多蒙看到关安逸的神情,似乎只求速死,他举着拳头,却打不下去了。

关安逸哀求道:"三弟,杀了我吧,让我到九泉之下陪大哥!"

毕竟是多年的兄弟,多蒙知道事情的真相后,他心软了。这时候,多蒙听到身后的白霜一声嘶鸣,发出警报,多蒙连忙回头,看到龙殿英正拿手枪指着他。

说时迟,那时快,关安逸一把推开了多蒙,子弹打在关安逸的脑门上,关安逸睁大眼睛,怒视龙殿英,头一歪死了。

龙殿英重新瞄准多蒙,多蒙自知这次躲不过了。正在这时,只听一声枪响,龙殿英从马上摔落,一命呜呼。

多蒙循声看去,只见一骑飞奔而来,原来是李连城。

这时,杜沈思、三盒子也带人赶了过来。杜沈思怒视多蒙,掏出枪指着他:"多蒙,是你和龙殿英逼死了我爹,我说过,我一定会找你和龙殿英报仇。今天龙殿英死了,你也偿命吧!"

三盒子见杜沈思要杀多蒙,立刻举枪瞄准了杜沈思,两边的人见状,纷纷拉动枪栓,用枪指着对方。李连城看情况危急,两边极有可能火拼,忙上前劝杜沈思道:"杜姑娘,杜元德寨主是为了让两个山寨放下世仇,饮弹自尽的。如果你今日杀了多蒙,你们两个山寨的仇怨可能再也无法化解,如此一来,杜元德寨主在九泉之下恐怕也无法瞑目。"

李连城的话一下子击中杜沈思的心,她眼含泪水,举着枪的手一点点地放下了。

杜沈思最后看了一眼多蒙,转身就走,走了几步,又停下脚步,对多蒙道:"多蒙,你听好了,为了我爹的遗愿,我今天可以不杀你,但是这个仇,我这辈子都记下了!"说完,一把抹去眼角的泪花,带着手下头也不回地走了。

# 第二十六章　复仇之战

白沙镇一战，龙殿英被击毙，龙殿英残部见势不妙，向南逃窜。李连城率部紧紧追赶，一路围追堵截，一直追到国境线，才不得不停下。多蒙后来才知道，当日杜元德看到库藏的尸体，立刻派大儿子杜岭去找李连城来主持大局。李连城当时正围困乌马寨，做刀松的思想工作，等李连城赶到碧河镇时，一切都晚了。后来听说龙殿英在白沙镇，多蒙正集结青山寨兄弟攻击龙殿英，李连城又带着队伍赶到白沙镇，正好助了多蒙一臂之力，用小钢炮轰开了坚固的白沙镇城墙，龙殿英和关安逸弃城而逃。

这些都是后话，此时的多蒙经历如此多的变故后，似乎失去了心神，无力地骑在白霜的背上。连日战斗，青山寨众人疲惫不堪，他们虽说打了胜仗，可失去了那么多兄弟，谁也无法开心起来。他们穿着白色的丧服，跟着多蒙缓慢地朝青山寨的方向走。走了两天后，第三天下午，总算进入青山寨的地界，离青山寨越来越近。

多蒙想到阿木哩，冰冷的内心微微地生出了一股暖意，麻木的神经也抽动了几下。大哥死了，二哥死了，小飞也代他而死，曾经朝思暮想的杜沈思成了与自己不共戴天的仇人，可他并非失去了一切，他还有阿木哩，以及阿木哩肚子里的孩子。想到这里，多蒙的内心深处浮现出一丝丝希望。此时此刻，他最想见的人就是阿木哩，甚至想像孩子一样扑到她怀中大哭一场，阿木哩绝对会给他作为妻子的最大温柔。就在这一刻，他发现了阿木哩在他心中的分量，她也是他心底的情感压舱石。

离家越来越近，队伍行进的速度稍微快了起来。多蒙和三盒子带着人马翻过一座山冈,站在山冈上,河谷中的青山寨出现在众人眼里。青山寨在阳光下冒着黑色的烟,半个山寨被烧成了废墟,余火还未燃尽。所有人见状大吃一惊,显然有人趁着青山寨空虚,偷袭了青山寨。

多蒙脸色铁青,他猛一挥皮鞭,用最快的速度朝青山寨奔去。到了青山寨东门,只见东门大开,城门两边还倒着几具寨民的尸体,城墙上有数道血痕。再往里走,青山寨在大火后,到处残砖断瓦,道路两边不断传出哀号声。三盒子急忙下马,询问青山寨发生了什么事情。路边一个悲啼的大爷说,多蒙带着青山寨主力离去后,一群马匪攻进了青山寨,无恶不作,留在青山寨的老张和老潘组织老弱,凭借对地形的熟悉展开还击,马匪见讨不到多少便宜,自己的损失反而不断扩大,所以抢掠一番后,放火烧了山寨,便扬长而去。

三盒子闻言,吩咐手下扑灭残火,救助受伤的寨民。多蒙径直朝家赶去,三盒子知情况不妙,紧跟其后。多蒙走到家门外,只见门口一片狼藉,篱笆墙七零八落,菜园里全是马蹄印,晒在院子里的茶叶也泼了一地。"阿木哩!阿木哩!"多蒙焦急地喊着,跑进院子,爬上木楼。木楼的门是开着的,门栏上涂抹了一抹血痕,多蒙的心一下子提到了嗓子眼。他冲进屋子里,屋子里有些暗,平日烧着的火塘熄灭了,没有一点儿火星。屋子内的橱柜、桌子东倒西歪地躺在地上。三盒子跟在多蒙身后,下意识地掏出了枪。"阿木哩,你在哪里?"多蒙呼唤着,跑向卧室。一道刺目的阳光透过卧室的窗户照在木床上,阿木哩赤身裸体地蜷缩在床的角落里。多蒙冲到床前,一把抱过阿木哩,阿木哩的身体冰冷,早已没有了气息。

"阿木哩!为什么?"多蒙抱着阿木哩的尸体扑通跪倒在地上。多蒙的悲鸣穿过屋顶,直达长空。这一刻,多蒙的心死了,彻底地死了。他紧紧地抱着阿木哩的尸体,想用自己的体温点燃阿木哩的体温,却是徒劳。三盒子站在门口,望着多蒙的背影,他不知该怎么劝说多蒙,所有语言在这一刻失去了意义。不知道过了多久,多蒙才从悲痛中缓过神来。他把阿木哩轻轻地放在床上,拿出红毯,为阿木哩盖上,低着头跪在阿木哩跟前,似乎在忏悔。阳光透过窗户照在多蒙和阿木哩的身上,三盒子感觉到,多蒙的头发似乎瞬间就变白了,红色的毛毯与白色的发丝在阳光下交相辉映,时间仿佛在此刻凝固了。

这时,门外传来一阵脚步声,三盒子听到声音,出了屋子。来人大致向三盒子汇报了青山寨被袭击的情况。三盒子收到消息后,坐在屋子外等着多蒙,他知道多蒙需要静一静,去一点点接受阿木哩被杀的事实。又过了许久,多蒙红着眼睛从屋里出来,到了三盒子跟前,沙哑着声音问:"谁干的?"

"刀头七!"三盒子答道。

"帮我安葬好阿木哩!"多蒙说着,大踏步朝院子外走去。

"多蒙哥,你要去哪里?"三盒子问道。

"报仇!"多蒙头也不回,快步到了院子门口,跃上白霜,双腿一夹,白霜嘶鸣一声,飞驰而去。三盒子想喊住多蒙从长计议,可多蒙的背影已消失在他的视野里。他想到多蒙一个人去复仇,非常危险,应该派一些人同去。可青山寨经过大劫,损失惨重,后期救援重建都需要很多人手。但无论怎样,三盒子还是抽调了一些好手支援多蒙,只可惜白霜太快,一般的马根本追不上。

马匪离开青山寨后,一路烧杀抢掠,多蒙很快就找到了他们的踪迹。多蒙追了两天后,总算追上了马匪,经过一番侦察,发现刀头七及手下有上百人之多,以他一人之力消灭上百人的队伍,绝非易事。

这天晚上,多蒙追到黑峰岭,刀头七的队伍在黑峰岭下安营扎寨——自上次多蒙烧了刀头七的老巢后,刀头七一伙成了流窜作案的马匪。多蒙借着月色,靠近刀头七的营寨,营寨里传来一阵划拳喝酒的声音。多蒙悄悄地靠近营寨,悄无声息地杀了两个在营寨外面的林中放哨的守卫,慢慢靠近刀头七的帐房。多蒙暗伏在林中,看着刀头七饮酒作乐,恨得牙齿咬得咯咯响。他抽出身后的长枪,瞄准刀头七,只要扣动扳机,一枪就能了结刀头七的性命。可多蒙想了想,将枪头指向一个黑毛胡须马匪。多蒙扣动扳机,复仇的子弹正中黑毛胡须的脑门,黑毛胡须手中的酒杯瞬间掉落在地,双目圆睁,倒地而死。

刀头七等马匪面对这突如其来的袭击,慌作一团,纷纷找隐蔽的地方躲藏。还未等马匪藏好,多蒙又开了一枪,将最靠近刀头七的一个瘦小马匪击毙了。众马匪这才反应过来,朝多蒙开枪的方向还击。等枪声落,刀头七让手下进林中查看情况,可早没有了多蒙的身影,只留下一块写了血书的白色布条。

刀头七的手下将布条呈给刀头七,刀头七让身边识字的马匪念布条上的字,上写:"刀头七,取你狗命的人来了。多蒙。"刀头七吃惊地把血书从手下手中扯过看了一遍,他虽看不懂字,但淋漓的鲜血、飞扬刚劲的字迹,像一把把复仇的钢刀,弥漫着冰冷的仇恨。想到刚才,多蒙连开两枪,击毙了两个手下,如果多蒙的枪口对准的是自己,那么现在躺在地上的就是他,他不禁脊背一阵发冷,摸了摸自己的脑袋。可是他又有点儿想不明白,多蒙为什么不直接取了他的性命,还要留下血书?

这时,手下又来报,说发现林中两个放哨的兄弟死了。刀头七让手下将两个放哨的尸体抬上来,发现俩人都是被匕首割了脖子,一刀毙命,在两人身边还找到用来写血书的小木棍。刀头七听到此,手一抖,把手中的血书抖搂在地上。惊慌过后,他立刻命令搜索营寨周围的树林。折腾了一晚上,连个人影都没找到,刀头七无奈,只能安排马匪们睡下。

马匪们累了半夜,再没心思玩乐。刀头七派了两个手下守夜,其余人都暂时休息。第二天,天大亮,众马匪才迟迟醒来。刀头七刚起床走出营帐,一个马匪又来报:"大当家,不好了,昨晚下半夜,兄弟们太累,休息后,两个守夜的兄弟又被人杀了。"

"什么?!"刀头七眉头拧在一起,连忙去看下半夜被杀的两个人,就如上半夜被杀的两个放哨的兄弟,也是被匕首抹了脖子,一刀毙命。刀头七阴沉着脸,这多蒙神出鬼没,总是在人不防备的时候捅上一刀。更要命的是,多蒙枪法准,要取一个人的性命,实在容易。不过,很显然多蒙还不想取他的性命,看样子多蒙带的人并不多,想自己带着上百号兄弟,哪怕多蒙再厉害,也可以应对。想到此,他心生一计。

当晚,刀头七还是像往常一样,在营寨里吃喝玩乐,同样派了两个兄弟放哨,其实暗中埋伏了一队马匪,只等多蒙上钩,可是等了一晚上,连多蒙的影子都没见到。第二天早晨,累了一夜的刀头七实在坚持不下去,只能让埋伏的马匪回来休息。睡了还没有两个小时,山林里传来两声响亮的枪声,刚进入梦乡的刀头七一下子被枪声惊醒,忙冲出营帐问发生了什么事。不一会儿,手下来报,两个放哨的兄弟被多蒙击毙了,等众马匪赶过去准备还击的时候,早已没有了多蒙的身影。

刀头七直瞪着眼睛望着眼前的尸体,两颗子弹正中二人的眉心,真是打得又狠又准,这般枪法,除了多蒙,思普地区没有其他人能做到。这一刻,刀头七总算明白了多蒙为什么要留下一封血书,而不直接击毙他,显然,多蒙留他一条性命,就是想折磨他,如同猫抓老鼠一般,玩累了才把老鼠咬死。想到这里,刀头七不禁打了个寒战,立即吩咐手下拔寨就逃。

马匪们不敢走大路,只能凭借对地形的熟悉,专找偏僻的小路走。中午时分,马匪们又疲又饿,刀头七命令手下在一处开阔的斜坡安营扎寨,生火做饭。刀头七疲惫地坐在一块石头上,脑海里又浮现出多蒙的影子。自己带着队伍走得急,或许已经把多蒙甩掉了,他暗暗地想着。一阵倦意袭来,他蒙蒙眬眬地睡去。刚合上眼不到一刻钟,一声枪声响彻山林,刀头七一下子被惊醒,他下意识地摸了摸自己的脑袋,自己还活着。手下来报,刚才一个兄弟到河边打水,被多蒙一枪击毙。

刀头七感到头疼,如此下去,不要说上百个兄弟,就算再多几倍,早晚也全被多蒙弄死了。刀头七把大小头目都喊来,商讨对策。有个人说,多蒙这次来复仇,显然是独自行动,要想个请君入瓮的办法,等多蒙自投罗网,到时这么多人对付多蒙一个人,就算多蒙再厉害,终究双拳难敌众手。这个提议正合刀头七的意,只是上次设了一次埋伏,多蒙并没有上当,所以这一次必须把局做得大点儿,挖一个坑等多蒙跳,他就不信多蒙不上当。商量好后,他要手下严防死守,晚上放哨必须十人一组,轮流值夜。

　　这一夜,刀头七安排妥当,他感觉自己应该可以睡一个安稳觉了。果然,这一夜安静地度过了。第二天清晨,他精神饱满地起床,刚走出营帐,一个手下来报,昨晚放哨的十个人连夜逃了,除了枪和马,其余东西全部留下了。刀头七闻言,差点儿气炸了,不明白这十个人为什么都跑了。这时,一个小头目对刀头七解释道,放哨的兄弟被多蒙干掉得最多,现在派谁去放哨,就等于派谁去挨刀。昨晚推来推去,放哨的任务落到了最没发言权的一组马匪身上,他们一定是惧怕多蒙,便连夜跑路了。

　　刀头七听到这里,吸了一口凉气,也就是说,昨夜根本没有人放哨,毫无防备,如果昨晚多蒙来复仇,岂不是想抹谁的脖子就抹谁的脖子?还好,多蒙可能觉得这是一个陷阱,没有采取行动,否则,他的脑袋岂不是已经搬家了?这时又有手下来报,说早上有九个兄弟一直没起床,后来发现他们在睡梦中被多蒙悄无声息地杀了。

　　"什么?!"刀头七怒火攻心,恨不得把多蒙碎尸万段,可连多蒙的影子都没见到,有力无处使,有恨无处发泄。他命人将被多蒙杀死的九个兄弟埋下,又把剩下的马匪聚集在一起。

　　刀头七扫了一眼剩下的马匪,见他们的目光中都藏着难以言说的恐惧,他忍不住高声道:"兄弟们,看看你们现在这副熊样!多蒙虽然杀了我们一些兄弟,但都是偷偷摸摸。他要敢出现,我们每个人吐一口吐沫都能淹死他,有什么好怕的?"

　　听了刀头七的训斥,一个小头目附和道:"大哥说得对,干我们这行,就是刀尖上讨生活,只要多蒙敢露头,我们就拥上去干死他。"小头目话音刚落,传来一声枪响,一颗子弹正中他的太阳穴。

　　众马匪大惊,慌作一团。刀头七故作镇定,朝天空开了一枪,高声道:"慌什么?一个多蒙,能一枪把我们全杀死吗?他就在那边!"众马匪闻言都镇定下来,朝着刀头七指的方向看去,果见满头白发的多蒙骑着白霜,站在数百米外的山冈上,手中持着枪,瞄准了马匪队伍。又一声枪响,又一个马匪被击毙倒下。

"都上马,给我杀过去,把他乱枪打死!"刀头七指挥马匪潮水一般朝多蒙冲了过去。多蒙并不恋战,收起枪,骑着白霜转身就走。马匪们紧随其后,追了十几里,似乎要追上多蒙了,可始终差了那么一点儿。

刀头七见多蒙故意保持距离,心中起疑,便让马匪们停下,稍做休整。

可当所有人停下,刚放松警惕时,枪声再次响起,最前面的一个马匪从马背上掉下来死了。众马匪已经变得有些麻木,没有人躲避,他们都看向枪响的方向。只见白发的多蒙骑着白霜,活像白无常,站在数百米开外。

"给我开枪!"刀头七怒吼着,朝远处的多蒙开了一枪。其余马匪闻言,乱枪朝多蒙射击,但多蒙不慌不忙地掉转马头,慢悠悠地走了,马匪的枪根本打不到多蒙。这一下,刀头七彻底泄气了,多蒙的狙击步枪有射程上的优势,他胯下的白霜又是一匹千里马,以目前的状况,绝无追上多蒙的可能。既然追不上,那就逃吧。刀头七掉转马头,横了心,朝着另一个方向飞驰而去。

这一次,刀头七跑了半天才发现,早上他是追击者,下午他成了被追击者。多蒙始终保持着一定的距离,紧随其后。想杀杀不死,想甩甩不脱,稍微放松警惕,多蒙逮着机会,抬手便是一枪,每一声枪响,就有一个马匪倒下,一个下午,就有五个马匪在不注意时被多蒙一枪击毙。

夜幕降临,马匪们到达一处三面环山的山谷。见地势险峻,刀头七计上心头,今天晚上就在山谷里扎下营寨,再把马匪们分为四组,分别安排在三个山头上,剩下的一组埋伏在山谷的入口处,只等多蒙进了包围圈,让他插翅难逃。

刀头七召集三个小头目,给每个小头目安排了二十个人,自己带三十个人埋伏在入口处。入夜,一切按照计划而行,临时营帐搭在山谷里,并点上灯,又安排了几个放哨的人,故作防备的样子,等着多蒙上钩。

但一晚上过去了,多蒙就是没有出现。刀头七垂头丧气地挨到天明,知道多蒙识破了自己的计策,不会上当了。他回到临时营帐,看了看时间,埋伏在山中的兄弟应该都收兵了,可等了三刻,没有一个兄弟回来。刀头七隐约感觉情况不妙,忙派人去联系三个小头目。过了一段时间,派去的人来报,三个小头目带着手下的人全跑了。刀头七听到这个消息,一下子坐在地上,直愣愣地盯着天空,喃喃自语道:"完了,完了,全完了。"

刀头七知道这些人都被多蒙吓破了胆,多蒙就是想把刀头七身边的人一个个杀掉,最后再杀刀头七,让刀头七在暴躁、惊恐、恼怒、无奈中受折磨而死。刀头七这一刻也捋清了思绪,只要他身边还有人,多蒙就不会杀他,现在只能带着身边余下的三十个兄弟逃到国境线外,寻找国民党军残部。

想定后,刀头七也不休息,除了必需的物品外,全部扔下,带着仅剩下的三十个兄弟继续前行。

刀头七带着三十个兄弟行了三天,来无影去无踪的多蒙总是趁马匪不注意,凭空冒出来,打死一两个马匪后又消失了。三天下来,刀头七又失去了十八个手下。

这天晚上,马匪们来到一座大山下,翻过眼前这座大山,便出国境了。

刀头七明白,他要想办法让这十二个兄弟陪他走出国境线。他说:"今夜由我值夜吧,大家养好精神,我们明天可能会和多蒙进行最后一战,如果多蒙要杀我,就让他来杀我好了。"刀头七说得豪气冲天,其实他心里是虚的。他如果不值夜放哨的话,这十二个兄弟趁他不备,今晚全走了,那他就是光杆司令了,明日多蒙必然取他的性命。他值夜,既可以防止手下兄弟逃跑,也可以防备多蒙半夜偷袭。十二个马匪心里清楚,值夜放哨等于给多蒙送人头,老大说他放哨,所有人自然同意。

这一夜特别安静,刀头七坚持着,一直守到天亮,多蒙确实没有来。他觉得自己赌对了,多蒙在杀死他身边所有人之前,是不会动手杀他的。天亮后,刀头七和十二个手下随便吃了点儿干粮,准备出发。

这十二个人却不走了,刀头七独自骑在马背上,说:"兄弟们,上马,走啊！"

一个小头目站出来说："大当家,昨晚你值夜放哨时,我们几个兄弟商量了下,都觉得多蒙要复仇的人是你,他在杀光我们之前不会对你动手。所以我们商定,不和大当家一起走了。"

"什么？你们竟敢背叛我！"刀头七大怒,连忙去拔枪,想把说话的小头目枪毙掉。可其余马匪早有准备,刀头七还未拔出枪,一根绳索便套中了他,一下子将他从马背上拽了下来。由于头先着地,他磕掉了三颗门牙。

十二个马匪一拥而上,将刀头七捆得结结实实,把他吊在一棵歪脖子树上。刀头七满嘴是血,骂骂咧咧地威胁恐吓了一通。十二个马匪毫不在意,不紧不慢地收拾着行装。刀头七见威胁恐吓没用,又哀求示弱,十二个马匪依然不为所动。他们整理好行装后,上马走到路口,为首的小头目高声对山林中喊道："多蒙,我们知道你藏在里面。你老婆是刀头七为给他的亲兄弟复仇奸杀的,和我们无关。我们把他吊在这里,要杀要剐,悉听尊便。"说罢,他们纵马离去。

"兄弟们,你们别走,带上我。"被吊在树上的刀头七用尽力气哀求道,但哀求变得毫无意义。不一会儿,十二个马匪完全消失在刀头七的视野里,偌大的树林里只剩下他一个人。

刀头七哀求的声音在林间回荡着,不一会儿,从林中走出了比地府的白无常还恐怖的索命人多蒙。他满头白发,骑在白霜上,手中拿着一把匕首,冷冷地注视着他："想走,你还走得了吗？"

多蒙骑着马,一步步靠近刀头七。过了会儿,树林里传来刀头七杀猪般一声又一声痛苦的哀号,声音越来越小,最终完全消失。

第二十六章　复仇之战　｜　325

# 尾　声

　　几年后,青山寨祠堂后面的两座坟前,两块墓碑上分别刻着"大哥库藏之墓""二哥关安逸之墓"。白霜拴在坟前的一棵松树下,满头白发的多蒙独自坐在库藏的墓碑前,靠在墓碑上。此时,多蒙头戴一顶五角星帽子,脸上多了一道弹痕。

　　多蒙在库藏、关安逸的墓碑前各倒了一杯酒,缓缓道:"大哥、二哥,好久不见了,今天我来敬你们一杯。大哥,这些年我跟着李连长剿匪,我现在终于明白了,当年你为什么宁愿死,也要和碧河镇化干戈为玉帛,可惜我明白得太迟了。如果当日我不把大哥你何时前往碧河镇的信息告诉二哥,大哥你也不会死。二哥说,大哥死他有责任,其实我也有责任。"多蒙说着,喝了一口酒,悲伤地道,"大哥、二哥,这些年我都在自责,如果我当年不想着报仇,今日你们就能和我一起喝酒了。今日的世界,如大哥你所愿,我们应该为此干一杯。"

　　多蒙对着墓碑自言自语,这时,三盒子拿着一个木盒子走了过来。多蒙抹去眼角的泪水,又喝了一口酒。三盒子上前对多蒙道:"多蒙哥,抗美援朝战争结束了。"

　　多蒙呆了半晌,才缓缓地问:"杜沈思回来了吗?"

　　三盒子道:"没有,她牺牲了。这是她临终前托人带给你的信,还有她留给你的遗物。"

　　多蒙一下子呆住了:"她牺牲了?!"

　　多蒙用颤抖的手接过木盒子,又缓缓地抬起头,对三盒子道:"三盒子,你让我一个人静一静。"三盒子有些担心地看着多蒙,欲言又止,最后还是咬咬牙,转身离开。多蒙打开盒子,盒子中放着一封信,以及杜沈思的断情刀。

多蒙拿出断情刀放在坟前,打开了杜沈思的信,信上写道:"多蒙哥,你好!可能你见到这封信的时候,我已经不在人世了。我作为医务人员,自愿到朝鲜,一方面是为了报效祖国,一方面是因为你。我始终无法放下对你的仇恨,我想逃离你,逃离碧河镇,逃离关于你的一切。但是我始终逃避不了,当我真正面对自己的心结时,我才明白,我并不恨你。尤其这两年,面对无数受伤的志愿军战士,我更深知我们的团结与和平来之不易,渐渐地,我对你的恨越来越少,思念却越来越多。可惜一切都迟了,我知道自己回不去了。我真的好怀念第一次见到你的情形,你奋不顾身救了我。我也怀念和你一起骑马奔驰的那条小道,你说,如果那条路没有尽头,那该多好啊!好想念你啊,多蒙哥,来生再见了!"

读到这里,多蒙缓缓地合上信,他的脸颊已经被泪水打湿。多蒙把信和断情刀装回盒子中,站起身,走到白霜身边。他将盒子装进马鞍的侧袋里,又顺手从袋子里掏出手枪。

多蒙拿着手枪,准备回到大哥和二哥的坟前,他刚转身,白霜感觉到多蒙神色不对,朝着多蒙嘶鸣了一声。多蒙停下脚步,回头摸了摸白霜的鬃毛,温柔地说:"老朋友,谢谢你这些年一直陪着我。"他想到了自己的妻子阿木哩,如果阿木哩还活着的话,他们的孩子应该都会喊他爸爸了。这个念头一闪而过,他眼中不知不觉又泛出了泪花。

白霜听着多蒙的话,用脖子蹭了蹭多蒙,又低嘶了一声。多蒙拍拍白霜的背,走回到大哥和二哥的墓前。多蒙在大哥、二哥的墓前站定,脸上露出一丝微笑,举起枪,平静地道:"大哥、二哥、阿木哩、沈思,我来见你们了。"一声枪响后,多蒙的手枪掉落在地上。白霜嘶鸣一声后,跪在了地面,整个世界陷入了宁静。

三盒子听到枪声,飞快跑来,心中隐约有种不祥的预感。他到了坟前,只见多蒙跪在地上,将手枪埋在了大哥的坟前,说:"大哥、二哥、阿木哩、沈思,战争和仇恨从此结束,曾经的多蒙今日已随你们而死,以后的多蒙将为大哥立下的血誓而活。"多蒙埋好枪,缓缓地站起身,目光变得前所未有地坚定。

片刻后,三盒子问:"多蒙哥,今后有什么打算?"

多蒙想到这些年来,在李连长的带领下,边地的土匪已被剿清,逃到国境线外的国民党军残部也兴不起任何风浪,边地终于恢复了安宁。边地各族人民在共产党的领导下,不负当初的誓约,变得空前团结,并齐心协力修建了一条通向内地的公路,叫云滇国道。有了这条国道,茶马盐道将退出历史的舞台,靠马帮安身立命的青山寨显然到了一个新的路口。对此,多蒙已有打算:"我和李连长早说好了,等剿匪结束,国道修好,我们青山寨曾经赶马的兄弟全部去开车,我不做马锅头,但可以做司机头。"

"好,司机头,司机头!你赶马,我就赶马;你去做司机,我也做司机。"三盒子高兴地说。他和多蒙一起眺望着远方,那条茶马大道渐渐变得模糊,一个崭新的时代正缓缓地拉开序幕。